咆哮山莊

WUTHERING HEIGHTS

Emily Brontë

艾蜜莉 · 勃朗特——著 梁實秋——譯

推薦序　在風中斷裂的，終將從水中撈起

溫佑君（肯園創辦人，著有《琥珀時光》、《療癒之島》等書）

《咆哮山莊》寫於十七至十九世紀那次小冰期的後段，寒冷帶來的效應，導致地球上多處經歷朝代與人心的崩塌。如此之自然條件下，《咆哮山莊》光是書名便精準呼應了整體環境的能量，充分展現艾蜜莉・勃朗特感時應物的天才。所以，內文反覆出現的刺骨寒風，不單是烘托氣氛的場景，事實上，書中許多對物候的描寫，都隱隱透著人若小宇宙的深意。

男主角希茲克利夫也許是文學史上最不可愛又最令人心疼的戀人形象，他活著的時候彷彿永遠是冬季，奇妙的是，作者讓他死於春天——「天氣和美，草葉被春雨煦日弄得十分綠」。尤其值得留意，他驟離人世前數日，往常總被狂暴風聲掩蓋的「吉墨頓那邊小河的汩汩聲清晰可聞，水沖在碎石上的潺潺聲以及在淹沒不了的大石頭中間穿過的漣波聲，都可以聽得見。」同樣的水聲，也在女主角凱撒琳生命即將終結前迴盪於紙面：「在咆哮山莊，在沒有風雪的日子，雪融或久雨之後，總會聽見那水聲的。凱撒琳現在傾聽著，就是在想到咆

哮山莊。」

這樣的安排不可能是無意義的巧合。我們再來看另一個突兀的情節。咆哮山莊裡最忠心卻又頑固顢頇的老僕約瑟，在小說接近尾聲時，竟然崩潰求去，原因只是二代的年輕人拔除了他手栽的黑醋栗，準備種上別的花草。約瑟從頭到尾都是一個死抱聖經的愚魯傢伙，言語兇惡粗鄙，但講到失去的黑醋栗竟然把持不住，放聲大哭！雖然這裡只是要鋪墊之後小凱撒琳對希茲克利夫的「揭竿而起」，但作者選擇療效顯著的藥用植物，而不是以其他什麼動物或工藝品來設計這個橋段，絕對不是信手拈來之筆。

那麼，艾蜜莉．勃朗特想用流水和植栽表達什麼？首先，我們必須提醒自己，希茲克利夫和凱撒琳之間的熊熊烈火，是一個劃時代的產物。如果沒有工業革命和資本主義的生產模式，把人從各個社會網絡中解離出來，我們今日視為純情範本，完全無視家族、階級、宗教，以孤立個體身分相戀的那種「原子碰撞之愛」，是無法想像的。

作者藉外來者勞克伍德的視角，點出主人翁的優勢：「他們確實是較誠懇的生活著，較為**為自己而生活**，對於表面、變化，以及瑣細的外界事物是比較少經心些。我能想像一段終身的戀愛在此地幾乎是可能的。」但希臘神話早已預告，脫韁的浪漫只是神的特權。當凱撒琳自剖其永恆之愛時，女僕奈萊，「用力把她的臉給推開」，然後說，「小姐，那只能令我相信妳完全不懂妳在婚姻中所要擔負的義務」。而在希茲克利夫自認靈魂太過幸福，以至軀體再也不能承受時，奈萊則指出，「自從你十三歲時候起，你就過的是一種自私的非基督徒的生活。」暗示主人自以為的幸福並不是真正的幸福。

讀者千萬不要把奈萊的回應當作建制派的陳腔濫調，作者有意識地把她塑造成全書最清醒的人物，不僅深具智慧，也真誠地同情男女主角。這齣愛的悲劇，正是肇因於其「原子化」，希茲克利夫根本就是凱撒琳的重像，凱撒琳都講了，她愛希茲克利夫，「是因為他比我更像我自己」。這種精神狀態與其說是心心相印，本質上就是自我的無限放大。

然而艾蜜莉・勃朗特並不願意把孤獨的心靈塞進更為碎片化的近代社會，也未必是要拿驚世駭俗當反面教材。故事裡關鍵的一七七八年，現實世界中死了伏爾泰和盧梭。這些自由先驅的凋零，是否召喚出艾蜜莉對「自由」的省思？而被約克郡的荒原同時摧折與滋養的她，最後不著痕跡地將救贖寫入自然演替。於是，我們看到希茲克利夫和凱撒琳都在春日離苦得樂，聽到上善若水的溶解與洗滌。除此以外，外貌宛如複製上一代的小凱撒琳和哈來頓，卻能跳出複製的苦難，讀者不妨試著探索他們所配備的力量，從不同命運的興衰圖像去揣摩作者的世界觀，即可能得到療癒的啟發。

—人物介紹—

恩蕭先生

咆哮山莊的老主人、英格蘭北部約克郡鄉紳，性格嚴峻莊重。「恩蕭」是當地存在已久、古老的世家。在某個良好夏晨，他外出前往利物浦，回程時卻意外帶回一名襤褸的吉普賽孤兒；恩蕭先生稱之為「上帝的贈禮」，並以夭折兒子的名字為其取名——喚他作「希茲克利夫」。

興德來・恩蕭

恩蕭先生的長子。認為希茲克利夫篡奪他父親的慈愛及他在家中的權利，從此終生仇視之，興德來因而離開咆哮山莊，到大學念書。恩蕭先生故去後，從外地帶回妻子法蘭西斯，並繼承了咆哮山莊；變成殘暴的繼承者，在嫉恨的情緒中將希茲克利夫貶為奴僕，並且施以百般虐待。

凱撒琳・恩蕭

興德來的妹妹，從小便與希茲克利夫建立起青梅竹馬般的情誼。性格驕縱、任性，充滿荒野般的活力。在一次意外中結識林頓一家人，漸漸意識到她與希茲克利夫階級上的差異，後來嫁給哀德加・林頓為妻。並且在一次與希茲克利夫、哀德加的激烈衝突中，舊病復發，生產後旋即離世。

希茲克利夫

身世不明，為流浪在利物浦街頭的吉普賽孤兒。一雙黑色眼睛下，隱藏復仇的心，以及對凱撒琳・恩蕭深沉的愛。性格堅韌而憂鬱。在一次暴雨夜中憤而出走，三年後歸來，性格已變得詭異且殘忍，並且展開醞釀已久的復仇計畫。在偏執的狂熱中，以賭博的手段盜取咆哮山莊的資產、惡意地娶伊薩白拉・林頓為妻。此後不斷地施以詭計奪取鶇翔田莊的財產。在熱烈的復仇中轉變為一名暴君。

哈來頓・恩蕭

興德來・恩蕭的獨子。自母親法蘭西斯因病逝世後，便在興德來酗酒放蕩的陰影下成長。後來更因希茲克利夫的復仇計畫，喪失原屬於恩蕭家的一切資產，成為奴僕；像從前年輕時的希茲克利夫一般的生活，卻仍然擁有一顆慷慨的心，與希茲克利夫之間存在著一種常人難以理解的鎖鍊般情感。

林頓・希茲克利夫

希茲克利夫的獨生子，鶇翔田莊資產的繼承人。自出生後即體弱多病。性格易怒且乖戾。在其病弱的一生中，成為父親希茲克利夫的復仇工具。罔顧自己與表姊凱撒琳・林頓的友誼，懦弱地順從父親的詭計，而與凱撒琳・林頓結婚，旋即過世。

林頓先生

鶇翔田莊的老主人，擁有可觀資產。信仰虔誠，慈愛地對待凱撒琳・恩蕭。在凱撒琳・恩蕭一次嚴重受寒病重中，其妻林頓夫人將其接送至鶇翔田莊中細心照顧；老林頓夫婦卻因此遭受熱病傳染，相繼離世。

哀德加・林頓

林頓家的長子，在富裕的環境中成長。相貌俊秀，深愛著凱撒琳・恩蕭。嫉恨妻子凱撒琳・恩蕭與希茲克利夫之間親暱友好的感情。遭受妻子過世的打擊後，在悲痛中變成一名隱士，放棄村鎮裡的社交活動，在鶇翔田莊範圍內過著與世隔絕的生活，並獨自肩負起教養女兒凱撒琳・林頓的責任。

伊薩白拉・林頓

哀德加・林頓的妹妹。曾經鍾情於希茲克利夫，在哀德加的反對下，與希茲克利夫私奔，斷絕了與兄長哀德加的聯繫。婚後深刻認識希茲克利夫鋼鐵般的意志與憤恨，之後不堪希茲克利夫的虐待，獨自逃離咆哮山莊。在逝世前將其子林頓・希茲克利夫交託給哀德加。

凱撒琳・林頓

哀德加・林頓的獨生女。在哀德加教養下，在鶇翔田莊像隱士般的成長。遺傳恩蕭家美麗的黑眼睛、林頓家白皙的皮膚、金黃的鬈髮。性格敏銳真摯且活躍。因希茲克利夫殘暴的打擊，被迫離開鶇翔田莊，嫁給了林頓・希茲克利夫。經歷死亡、人生醜陋的險惡後，與表哥哈來頓之間漸漸滋生出互相愛慕的情感。

奈萊．丁

咆哮山莊的女僕。其母曾經哺養過興德來．恩蕭。隨著凱撒琳嫁給哀德加，成為鶇翔田莊的女管家。盡心幫助哀德加撫養凱撒琳．林頓，與凱撒琳小姐情同母女。

約瑟

咆哮山莊的老僕人，信仰虔誠、性格粗鄙，忠心耿耿於恩蕭家族，痛恨希茲克利夫所象徵的荒原般的性格與力量。

勞克伍德

小說第一人稱的敘事者。向希茲克利夫租賃鶇翔田莊，透過奈萊而熟悉於咆哮山莊曾經發生的悲歡離合。

1

一八〇一年——

我剛拜訪我的房東歸來——他就是使我以後將受麻煩的一位孤獨的鄰居。這誠然是一片美麗的鄉野！在全英格蘭，我不相信我能找到像這樣與社會煩囂完全隔離的地點。真是一個十足的厭世者的天堂，而希茲克利夫先生和我又是如此合適的一對，分享這一片荒涼景物。很夠尋味的一位人物！當我騎馬上前，他的一雙黑眼睛猜疑的縮到眉毛底下，並且在我通報姓名的時候，他用一種疑忌的決心，把他的手指更深的隱藏在背心袋裡，這時節我的心對於他是何等的溫熱起來，他卻一點也沒有想到。

「希茲克利夫先生？」我說。

點點頭便是回答。

「我是勞克伍德，你的新房客，先生。我很榮幸，我一來到就來拜訪，甚望我堅持要租用這座鶇翔田莊不至於對你有什麼不便，我昨天聽說你曾想——」

「鶇翔田莊是我自己的，先生，」他插口說，退縮著。「我不要任何人使我不便，假如我能防止的話——走進來！」

這一聲「走進來」是閉著牙齒說的，所表示的情緒就是「滾你的」，就是他所依靠著的那扇大門也沒有對這句話表示出同情的動作；我想是當時的情形決定要我接受這樣的延請，我覺得這人有趣，他像是比我更過度的深沉。

當他看見我的馬的胸部幾乎觸動柵欄，他就伸手給排解開，怏怏的引我走上砌道，我們走進院裡他就喊──「約瑟，拉走勞克伍德先生的馬；送點酒來。」

「我猜想這就是他的全班的僕役了，」這是他的那句複雜的命令所引起的想像，「怪不得石板縫裡生滿了草，只有牛去修剪圍籬。」

約瑟是個上年紀的，不，簡直是個老人：或者是很老了，雖然還很健壯結實。「主保佑我們！」他一面接過我的馬，一面用不愉快的抱怨的低聲自言自語，同時很陰鬱的望著我的臉；我不免要善意的揣測大概他是需要神的助力來消化他的飯食，而他的那句虔誠的呼聲也許和我的突然來訪是毫無關係的罷。

希茲克利夫先生的住處名叫咆哮山莊。「咆哮」是當地一個很有意義的形容詞，描寫在風暴的天氣裡此地所感受的氣象的騷動。純潔興奮的空氣，他們這裡當然是隨時都有；屋的盡頭處幾棵發育不全的樅樹之過度傾斜，以及一排茁壯的荊棘之向著一個方向伸展四肢，好像是向太陽乞討，這都能使我們猜想到吹過籬笆的北風的威力。幸虧建築師卻有先見，房屋造得很結實：窄的窗子深深的嵌在牆裡，牆角有大塊凸出的石頭保護著。

在邁步進門之前，我停步瞻仰這房屋前面之大量的奇異的雕刻，尤其是大門周圍的；在門的上面，於一群破碎的怪獸和不知羞的小孩中間，我發現了「一五〇〇」的年代和「哈來頓・恩蕭」的名字。我頗想說幾句話，並且請這位乖拗的主人略微講解這地方的歷史；但是他在門口的姿態是要我立刻進去否則就完全走開的樣子，我於察視內部之前卻也無意加增他的焦躁。

一步就跨進了起居室，沒有任何迴身的小室或穿堂之類；他們就把這地方喚作「家舍」。廚房與客廳是都包括在內了；但是我想在咆哮山莊廚房是被迫退到另一角落去了；至少我聽辨出喋喋的說話聲和廚具的鏗鏘聲在更深入的地方；在大壁爐裡我也沒看出燒烤食物的痕跡；牆壁上也沒有銅鍋和錫濾器之類的閃爍。在一個盡頭處，有一個大橡木櫃臺，上面放著很大的一排排的盤子，中間羼放著銀製的杯罐，一排比一排高，高到屋頂，誠然是把光線和熱氣都反映得很燦爛。這櫃臺從沒有油漆過，整個構造狀態都呈現在眼前，除了有一處木框是被麥餅和一堆牛羊肉和火腿之類給遮掩住了。壁爐的上面有各種樣式的駭人的老槍，還有一對馬上手槍，並且為了裝潢起見，還有三個塗了鮮豔顏色的茶葉罐在邊緣上放著。地是平滑的白石鋪的；椅子是高背的，古老的構造，塗作綠色的；有一兩把粗重而黑色的藏在黑暗處。櫃臺的一個圓拱下面，臥著一條巨大的豬肝色母獵狗，一窩銳叫的小狗繞著牠，還有別的狗在其他空隙處盤據著。

這房屋和家具都可以不算稀奇，假若這主人是一位樸質的北方農人。有頑強的面貌，和穿起短褲綁腿而顯著滿漂亮的粗壯腿子；這樣的一個人坐在他的扶手椅上，一大杯啤酒在他面前的圓桌上冒著白沫，這種情景在這山間任何周近五六哩區域內都可以看得到，假如你在飯後適當的時候去。但是希茲克利夫先生對於他的住所和生活方式卻成為奇異的反襯了，在外表他是個黑皮膚的遊民，在衣裝態度方面他又是一位紳士；這就是說，像鄉紳一般的那樣一個紳士，或者是有些不修邊幅，但是懶散得並不難看，因為他有挺直而俊秀的身體，並且有些乖僻。也許有人會疑心他是因為出身較低而反養成一種傲氣；我的內心卻有一種同情，告訴我他必不是如此，我本能的知道，他的沉默寡言是由於對於情感炫示的厭惡——厭惡彼此親熱的表示。他愛和恨，都同樣的藏在心裡，並且認為再被人愛或恨是一種無禮的事。不，我說得太快了：我把我自己的特性太慷慨的送到他身上去了。希茲克利夫先生遇見一位所謂熟識的人的時候，便把自己的手藏起來，也許他的理由，和我的完全不同。我希望我自己的心情是幾乎獨特的，我親愛的母親說我永遠不會有一個舒適的家；到了去年夏天我纔證實我是十分的不配有。

我正在海岸享受整整一個月的良好天氣的時候，認識了頂有魔力的一個人；在她沒理會我以前，她在我眼裡簡直是一個真的女神。我從來沒有口頭表示我的愛，但若是眉目可以傳情，一個癡人都可以猜到我是深溺在愛情裡了。最後她懂了我的意思，回看了我一眼——一切所能想像的顧盼中之最甜蜜的一眼。我怎樣辦了呢？我含羞的懺悔了——冷冰冰的向裡萎縮，像是一個蝸牛，每看一眼，便萎縮得越往裡、越冷；直到這可憐天真的女人懷疑起她自己的感覺，以為是自己的錯誤而莫知所措，終於勸說動了她的母親拔營而去。由於這次奇怪脾氣的發作，我得了冷酷無情的名聲；多麼冤枉，只有我知道。

我在爐邊一個座位坐下，我的房東便走向對面的一個椅子，我想用手撫摩那條母狗，以消磨短期的靜默。這條狗剛剛離開牠的窩，狼一般的偷偷的要走到我的腿後，嘴唇翻捲著，白牙上流著涎，要咬我一口。我的撫摩招出牠從喉裡發出的一聲長嗥。

「你最好不要理這條狗，」希茲克利夫先生用同樣音調吼了起來，還用頓足來節制了更強烈的表示。「牠不慣於受撫弄——不是養做玩物的。」然後，跨到一個旁門，他又大叫，「約瑟！」

約瑟在地下室的深處咕嚕了幾句什麼話，但是沒有上來的意思，於是房東鑽下去找他，留我獨自對著這隻惡母狗，還有一雙猙獰尨毛的牧羊犬，同那母狗一樣的猜疑地監視著我的一切動作。我並不想嘗試牠們的尖牙，所以我凝坐不動；但是，我心想牠們也許不懂不出聲的侮辱，我就向這三條狗擠擠眼睛做了個鬼臉，不幸我臉上的某種樣子頗激動了母狗，牠猛然發狂一般跳上了我的膝頭。我把牠推開，急忙拉了一張桌子隔在中間。這個舉動激動了全窩，半打的四腳魔鬼——不同的體格、年紀，從隱暗的窟穴竄到共同的中心地帶。我覺得我的腳跟和衣裾特別成為了攻擊目標；我竭盡全力用火鉗擋開了較大的鬥士，我不得不大聲叫喚，請家裡什麼人來幫助我恢復和平。

希茲克利夫先生和他的僕人帶著煩悶、遲滯的脾氣從地下室的階梯爬了上來，我覺得他們並不比尋常快走一秒鐘，雖然屋裡已是一團驚駭與狂吠的騷動。幸虧廚房裡有一位來得快些，一個壯健的女人，摺攏著衣裾，裸著胳臂，還有火紅的腮，舞著一只油鍋衝到我們中間，就用這武器和她的脣舌，居然很奇妙的把這場風波壓制下去了，當主人進來的時候，她正停在那裡像風暴過後的大海一般喘動。

「到底是怎麼一回鬼事？」他問，看了我一眼，在受了這一場惡待之後，那神氣幾乎使我不能容忍。

「真是鬼事哩！」我喃喃的說。「聖經上所說的惡魔附體的豬群，[1] 怕也不見得比你的這一群畜生有更兇惡的魔鬼在身上哩。先生，你還不如養一群老虎待客哩！」

「對於不動手的客人，牠們也決不打攪的，」他說著把酒瓶放在我面前，恢復了方纔移動的桌子。「狗應該是警醒著守衛的。喝一杯酒罷？」

「不，謝謝你。」

「沒被咬著罷？」

「若是被咬著了，我倒要在這咬人的東西上打我的一顆印。」

希茲克利夫的臉色鬆弛了，露出苦笑的樣子。

「好了，好了，」他說，「你是受驚擾了，勞克伍德先生，喝一點酒罷。這家裡客人極少，所以我很願承認，我和我的狗都不知道怎樣接待客人。祝你健康，先生！」

我鞠一躬，回敬了一句，開始覺得，為了一群狗的失禮而坐在那裡生氣，那是未免太傻了：並且，我很不願犧牲自己再給他做訕笑的資料，因為我當時確有那種心理。而他——也許是受了聰明考慮的影響，考慮到開罪於一個好房客之不智——也把他的削除代名詞和助動詞的簡練語法稍稍放鬆了一些，並且提起了他以為對我有興味的話頭——討論到我目前退隱地點之優點與劣點。關於我們討論到的題目，我覺得他是很有眼光，在我回家之前，我居然得到充分的鼓勵，自告奮勇要在明天再來拜訪。他很明顯的不願我再來打攪。但是，我還要去。真是怪，我覺得我比起他來，真不知要和藹多少哩。

1. 編註：典故出自於《新約聖經・路加福音》第八章第三十一節至三十三節：「鬼就央求耶穌，不要吩咐他們到無底坑裡去。那裡就有一大群豬，在山上喫食。鬼央求耶穌，准他們進入豬裡去，耶穌准了他們，鬼就從那人出來，進入豬裡去，於是那群豬闖下山崖，投在湖裡淹死了。」

2

昨天下午起霧而且寒冷。我頗想就在我的書房爐旁消磨我的時光，不必跋涉泥沼去到咆哮山莊了。但是吃過午飯（附註——我吃午飯是在十二點與一點之間；而女管家，一位慈祥的太太，可以認為是附屬於這所房屋的，卻不能並且不願了解我請求在五點開飯的用意），我帶著懶惰的意念走上樓梯跨進屋門的時候，看見一位女僕跪在地上，周圍全是毛帚與煤斗，她用灰燼撲滅火焰的時候，弄得灰煙瀰漫。這景象立刻把我趕了出來，我拿了帽子，走了四哩的長途，到了希茲克利夫的花園門口，剛好躲過了一場大雪的最初羽毛般的雪片。

在這荒涼的山頂，土地是硬的，還有一層黑霜，空氣冷得使我抖顫透過了四肢。我打不開門上的鎖鍊，我就跳了過去，然後跑上一段石板路，路旁是一些蕪蔓的醋栗樹叢，我徒然的敲門，直敲得我手指骨發痛，群狗狂吠。

「倒楣的住戶！」我心裡喊叫，「就為了你這樣無禮慢客，你就活該永久的離群獨居。至少，我不願白晝就鎖起門來。我不管——我要進去！」這樣決定了，我握著門閂猛烈的搖撼。苦臉的約瑟從穀倉的圓窗探出頭來。

「你要幹什麼？」他大叫。「主人是在牛欄裡。你若是要和他談話，從路盡頭處轉過去。」

「屋裡沒有人開門嗎？」我回叫起來。

「屋裡除了太太之外沒有別人，她是不會給你開門的，縱然你敲門的聲響鬧到夜晚。」

「為什麼呢？你不能告訴她我是誰嗎，啊，約瑟？」

「我不！我不參加這閒事。」那個頭喃喃的說，隨後就不見了。

雪下大了。我握著門柄再試一下，一個沒穿外衣的年輕人，背著一根叉耙，在後面的廣場上出現了。他喊我跟隨著他，走過一個洗衣房和一塊鋪砌過的區域，上有煤棚抽水機和鴿房，終於到了那一間廣大、溫暖的歡樂屋子，就是我上次被招待過的那地方。一個煤炭泥炭和木柴燃起來的大火把屋裡照耀得很是愉快；在擺著豐盛晚餐的桌旁，我很榮幸的見著這位「太太」了，我從前沒有猜想到過有這一個人的存在。我鞠躬等候，以為她一定會請我坐下。她望望我，往椅背一靠，不動也不出聲。

「天氣不好！」我說。「希茲克利夫太太，我恐怕您的僕人們之好整以暇，使得大門頗受影響，我費了很大事纔使得他們聽見我敲門。」

她從不開口。我瞪眼——她也瞪眼，無論如何，她總是用一種冷酷無情的樣子望著我，令人十分侷促不安。

「坐下來，」年輕人粗暴的說：「他就來。」

我聽從了，並且輕嗽一聲，叫喚那條惡狗的名字「鳩諾」，牠在這第二次相會居然翹起了尾巴的尖端，表示認我為熟人了。

「好美的一條狗！」我又開始說話，「妳是不是不想要這些小狗呢，夫人？」

「不是我的，」這位和藹的女主人說，比起了希茲克利夫本人所能回答的話更是峻厲。

「啊，妳所最心愛的一定是在這一群裡了，」我接著說，轉身向著一個黑暗的靠墊，上面像是充滿了小貓的樣子。

「愛這些東西纔是怪事哩！」她傲然的說。

不幸，原來是一堆死兔子。我又輕嗽了一聲，向火爐湊近了一點，重複說起這晚天氣的狂暴。

「你就不該出來，」她說，立起來去取壁爐板上的兩個塗有彩畫的茶葉罐。

她原先坐的位置是被遮著光線的；現在，我把她的相貌和全身看得很清楚。她很細瘦，顯然是還沒有完全過了青春：一個很可愛的身段，一個我從未見過的精緻小臉，眉清目秀的很是美麗；淡黃色的鬈髮，或者說是金黃色，鬆散在她的細頸上；至於眼睛，若是在表情方面稍微和悅一些，必有不可抵拒之魔力。我這顆善感的心總算是幸運，她兩眼所表現的情緒僅是介於輕蔑與絕望之間的一種情緒，都是非常奇特而勉強的神情。茶葉罐幾乎不是她所能伸手摸得到的，我纔一動作，想去幫助她，她立刻就轉過身來對著我，像是一個守財奴對於一個想幫助他計算金子的人所能做出的樣子。

「我不要你幫助，」她叱責說：「我自己能摸得到。」

「我求妳寬恕！」我趕快回答。

「你是被請來吃茶的麼？」她問道，把一條圍襟繫在她那整潔的黑袍上面，立著拿一匙的茶葉停在茶壺口上不動。

「我很願能有一杯茶。」我回答。

「你是否被邀請來的？」她重複一遍。

「不是，」我說，半笑著。「你是最適宜的人來請我呀。」

她連匙帶茶葉都倒回去了，盛怒的又坐在椅上；她的前額起了皺紋，紅色的下唇翹了起來，像一個孩子要哭的樣子。

同時，那年輕人已穿上了一件確實襤褸的上衣，在火光前直立著，從眼角裡向下望著我，好像我們之間有什麼未報的死讎一般。我開始懷疑他是否為僕人：他的衣服和言語都很粗魯，毫沒有希茲克利夫先生與夫人身上所看得出來的那種優秀氣概。他那厚的棕色頭髮是很粗亂的，鬍子很粗野的侵佔了他的兩腮，他的手就像是平常工人那樣變得焦黃，可是他的態度很隨便，幾乎是驕傲，毫未表示出一個僕人伺候女主人時的慇懃樣子。關於他的地位既無明白的證明，我覺得最好是避免注意他的奇異的舉止；五分鐘之後，希茲克利夫進來了，給我相當的解除了不安適的局面。

「你看，先生，我來了，按照諾言！」我鼓著歡樂的神情說：「我恐怕要被這壞天氣給困住半個鐘頭，假如你肯讓我在此躲避這樣久。」

「半個鐘頭？」他說，抖擻他身上的雪片，「我很奇怪，你竟挑選這樣大雪天來散步。你知道你要冒著在沼澤中迷途的危險嗎？對於這沼澤熟悉的人往往都在這樣的夜晚迷途，我可以告訴你，現在這天氣不會變的。」

「或者在你的傭人中間找一位做嚮導，他可以住在我的莊舍到明天早晨——你能讓給我一位嗎？」

「不，我不能。」

「啊，真是的！那麼，我就靠我自己的聰明好了。」

「哼！」

「妳是不是要泡茶？」穿襤褸衣裳的年輕人問，把他兇惡的凝視從我身上轉移到那女郎身上。

「他也要有一杯嗎？」她問希茲克利夫。

「快預備好，可以罷？」這就是回答，而且說得如此蠻橫，使我吃一驚。這句話的腔調表示出真正的壞脾氣，我再也不想稱希茲克利夫為一個了不起的人物。茶準備好之後，他便這樣的請我——「現在，先生，把你的椅子移向前來。」於是我們全體，連那村野的青年在內，圍桌而坐：當我們品嘗食物的時候，是一片嚴肅的沉默。

我想，這陰霧若是由我而起，我該設法把它破除。他們不會是每天都這樣陰沉靜默的坐著；無論他們脾氣怎樣不好，他們不會是每天臉上都是普遍的憂鬱。

「很奇怪的，」我在吞下一杯茶再盛第二杯之間的時候開始說——「很奇怪的，習慣之所以能形成我們的品味與思想，很多人不能想像，希茲克利夫先生，像您所過的這樣完全與世隔絕的生活裡，也能有幸福的存在，但是我敢說，您的家人這樣圍繞著你，並且有您可愛的夫人作為您的全家的和心靈上的主宰——」

「我的可愛的夫人！」他打斷我的話，臉上露出幾乎是惡魔般的譏嘲。「她在哪裡——我的可愛的夫人！」

「我的意思是說希茲克利夫夫人，你的妻。」

「啊，是的——啊，你的意思是說，她的身體雖然已經沒有了，而她的魂靈還能做施助的天使，來回護咆哮山莊的幸福，是否這樣呢？」

我發現了我的錯誤，便設法改正。我本該看得出，兩方的年紀懸殊，不像是夫妻。一個差不多是四十了，男人在這階段，腦力尚強，很少人會妄想著女人為了愛情而嫁給他，這樣的夢想是留著在我們衰老的年紀時做安慰用的；另一個還像是不到十七歲的樣子。

於是我忽然省悟——「在我肘邊的那個蠢才，用一個盆子喝茶，用沒洗過的手抓麵包，他也許是她的丈夫哩：希茲克利夫少爺，一定是。這簡直就是活活的被斷送了幸福，她竟委身於這樣的一個粗人，只因不知道世上還有更好的男人！太可惜——我一定要留心不要由我而使得她悔恨她的選擇。」最後的一個念頭似是未免太自負，其實不。我旁邊的這個人，據我看，是近於可憎。我從經驗中曉得，我是相當的可親。

「希茲克利夫夫人是我的兒媳婦。」希茲克利夫說，與我所想正合。他一面說，一面以奇異的眼光轉向她望：是一種厭惡的神氣；除非他臉上長有一副極端乖戾的筋肉，和別人的不一樣，並不表示他心靈的語言。

「啊，是的——我現在明白了，原來是你的運氣好，有這樣的一位和善的天仙。」我說著轉身向我旁邊的那個人。

這一回更糟了，年輕人臉上飛紅，握緊了拳頭，表現出有意動武的種種樣子。但是他立刻似乎是鎮定了下來，喃喃的用一句對我而發的殘暴詛咒壓滅了他的怒焰：我卻故意裝作沒注意。

「你猜測的都不對——先生，」我的房東說：「我們兩個都沒有福氣能佔有你這位好天仙，她的丈夫死了。我說她是我的兒媳婦，所以她一定是和我的兒子結過婚的了。」

「這位年輕人是——」

「當然不是我的兒子。」

希茲克利夫又微笑，好像把這粗漢誤認為他的兒子是未免玩笑開得太厲害了。

「我的姓名是哈來頓・恩蕭，」那個人吼著說：「並且我勸你敬重它！」

「我沒有表示不敬呀。」我回答說，心裡竊笑他自道姓名時的那種嚴肅。

他瞪眼望著我很久，我都不屑於回看他了，因為我生怕忍耐不住要打他一個耳光，或是笑出聲來。我開始感覺，在這樣一個歡樂的家庭裡，我實在是很不適宜。精神上的悲慘空氣，把我身邊的物質的舒適不僅是抵消，而且是壓滅了；我決定在第三次來到這屋裡時一定要小心些。

吃完了，沒有人說一句應酬話，我走近窗口看看天氣。我見到的是一片悲慘的景象：昏夜提前來臨了，天和山混成一團酷冽的旋風和窒人的大雪。

「若沒有嚮導，我想我不能回家了，」我不禁失聲說。「道路恐怕已經被埋上了，就是還露著，我也辨不出前進的一步。」

「哈來頓，把那一打羊趕進倉廊，若是整夜的留在羊圈裡，上面還要遮蓋。前面放一塊木板。」希茲克利夫說。

「我可怎麼辦呢？」我說著，愈覺焦急。

沒有人回答我的問題。我四下一望，只見約瑟給狗送進一桶粥，希茲克利夫夫人俯在火邊，燃燒著一束火柴為戲，這是她方纔把茶葉罐送回到壁爐板時觸落下來的。約瑟放下了他的負擔之後，向屋裡仔細四望，用嘶裂的腔調叫了出來：「我真奇怪，別人都出去了，妳怎麼能獨自懶懶的立在那裡！不過妳本是沒有出息的，說也沒用——你永遠不肯改過，妳死後必定直趨惡魔，就像以前妳的母親一般！」

當時我以為這一套辭是對我說的，我很憤怒，便走向這老東西面前心想把他踢出門外。但是希茲克利夫夫人用她的答話阻止了我。

「你這老奸巨猾！」她回答說。「你一提到惡魔的名字，你不怕身體被抓走嗎？我警告你不要惹我，否則我便特請惡魔幫忙把你抓走。站住！你來看，約瑟，」她接著說，從書架上取下一本大黑書，「我給你看我在魔術上已進步了多少，不久我就完全通曉了。紅牛的死不是偶然，你的風濕痛也不能算是天賜的災難！」

「啊，妳這險惡的、險惡的！」老人喘息著說：「願上帝拯救我們脫離邪惡！」

「不，混帳東西！你是被上帝捨棄的人——滾開，否則我要嚴重的傷害你！我把你們全用蠟和泥塑起來，那一個最先超越了我定下的範圍，便要——我且不說他將受怎樣的處分——但是，你且看罷！去，我望著你呢！」[1]

這小巫婆在她美妙的眼裡假裝出險惡的神情，約瑟真的嚇得發顫，急忙跑出去，一面祈禱，一面喊著「險惡」。我想她這種行為一定是由於孤寂中想要惡作劇而起。現在屋裡只剩我們兩個了，我便想以我的煩惱向她陳述。

「希茲克利夫夫人，」我誠懇的說：「我麻煩妳，妳一定要原諒。因為，我想，妳有這樣好的相貌，我敢說妳一定有一副好心腸。請指出幾個路標，我好因此而知道回家的路，我怎樣回到我的家，比妳所知道的怎樣到倫敦，是同樣的茫然！」

「走你來時走的那條路，」她回答，安然坐在椅子上，點著一根蠟燭，那本大書展開在她面前。「這是很簡短的勸告，也是我所能給的最健全的了。」

「那麼，妳若是聽說我被發現死在池沼或雪坑裡面，妳的良心不會低聲告訴妳這一部分是妳的過錯嗎？」

「怎麼呢？我不能送你，他們不准我走到園牆的盡頭處。」

「妳！在這樣的一夜，為了我的方便，我怎肯請妳邁出門限一步呢！」我喊起來，「我要妳告訴我路，並不要妳指引。再不就請妳勸希茲克利夫先生派給我一名嚮導。」

「誰呢？只有他自己、恩蕭、齊拉、約瑟，和我。你要哪一個呢？」

「田裡沒有男工嗎？」

1. 編註：指的是鄉野間的巫術信仰，艾蜜莉•勃朗特常在小說中側寫鬼魂；小說中，奈莉•丁也曾稱希茲克利夫為食屍鬼（ghoul）。這裡指巫師作法，用雙眼盯住人的眼睛，震懾之，使其不能移動。

「沒有，只有這幾個。」

「那麼，我只得被迫住在這裡了。」

「你可以找你的主人解決。這與我無關。」

「我希望這對你是一個教訓，以後別再在這山間亂跑，」希茲克利夫的嚴厲的聲音從廚房進口處喊出來，「至於住在這裡，我向無招待客人的設備；若是要住，一定要和哈來頓或約瑟同睡一床。」

「我可以睡在這屋裡一個椅子上。」我回答。

「不，不！一個生客總是一個生客，不管他是貧是富。我不願在我不及防的時候准許任何人在這地方自由動作！」那沒有禮貌的東西說。

受了這場侮辱，我忍無可忍。我發出一聲厭惡的聲音，從他面前衝出庭院，匆忙中撞著了恩蕭。這時天很黑，找不著出口，正盤桓間，我聽到他們彼此間有禮貌行為之又一例證。最初這年輕人像是很照顧我。

「我送他到公園那裡。」他說。

「你同他下地獄喲！」他的主人這樣喊，究竟是怎樣的關係我也不知道。「誰照顧馬匹呢，啊？」

「一條人命總比一夜對馬匹的疏忽要更重要些，總要有個人去。」希茲克利夫夫人喃喃的說，比我所想像的要和善得多。

「不能受妳的命令而去！」哈來頓抗聲說：「妳若是憐惜他，最好別作聲。」

「那麼我希望他的鬼魂來侵擾你，我希望希茲克利夫先生永遠尋不到一個房客，直等到田莊變為廢墟！」她尖刻的回答。

「聽呀，聽呀，她是在詛咒他們呢！」約瑟嘟囔著說，我向著他走去。

他是坐在能耳聞的近處，就著燈籠的光在擠牛乳，我很無禮把燈籠奪過，大喊著明天送還，奔向最近的一個便門。

「主人，主人，他偷了燈籠去了！」這老年人喊著，追趕上來。「嗐，強盜！嗐，狗！嗐，狼！拉住他，拉住他！」

我剛打開小門，便被個毛蓬蓬的怪物竄上我的咽喉，把我撲倒了，燈也滅了；希茲克利夫與哈來頓同聲大笑使得我的狂怒與羞憤達到了頂點。幸而，這些畜類忙著伸爪打呵欠，搖尾巴，似乎並不想把我活吞，但是我的復活也不是牠們所願忍受的，所以我也只得靜臥著，等著牠們險惡的主人高興時來解救我。隨後，頭上沒有了帽子，怒得發抖，我命令這些惡棍立刻放我出去——再多留我一分鐘便要對他們不起——說了些不連貫的報復、恐嚇語，其毒恨之深，頗有李爾王的風味。

我的震動之劇烈使得我流了大量鼻血，而希茲克利夫還是笑，於是我還是罵。我不知怎樣下臺，虧了旁邊有一個人比我多些理性，比我的主人較為和善。這就是齊拉，很強壯的管家婆。最後她跑出來打聽這場騷亂的原由。她以為他們有幾個人必是對我下了毒手；不敢直接攻擊她的主人，便掉轉話鋒向年輕的惡棍進攻。

「好，恩蕭先生，」她叫起來，「我真不知道你下次要幹出什麼事來！我們是否要在自家門口殺人？我瞧這家我簡直住不下去了——看看這個可憐的人，他幾乎要閉氣了！噯，噯！你不能這樣走。進來，我給你醫好。好了，你不要動。」

說完這幾句話，她便猛然把四兩冰水澆下了我的頸子，把我拉進廚房。希茲克利夫先生跟了進來，他偶然的歡樂很快的消散在他習慣的陰鬱之中。

我是十分的難過，昏暈而疲憊；於是不得不承受在他家裡下榻。他告訴齊拉給我一杯白蘭地，隨後就走進內室去了。這時節她便安慰我的不幸的處境，聽從了她的吩咐之後，果然覺得精神恢復一些，她便引我去睡。

3

她引我上樓的時候，勸我把蠟燭藏起來，並且不要出聲。因為她的主人對於她引我去睡的那間屋子有一種古怪的見解，從沒有情願的讓任何人去睡過。我便問是什麼理由。她說她也不知道：她只在這裡住過一兩年，他們有許多的古怪的行徑，她不能不開始好奇了。

我精神恍惚，無力好奇，門上了門便四面望著找床。所有的家具只是一把椅子、一部衣櫃、一個大橡木箱子，箱上近頂蓋處挖了許多方洞像是馬車的窗子。我走近向裡一望，纔看出它是一種很奇怪的老式的一只臥榻，製造得很是巧妙，為的是免除家中每人獨佔一屋的必要。真是的，它本身就是一間小屋，裡面的一個窗臺就是桌子了。我推開了嵌板的床門，舉著蠟燭進去，又把門關起，覺得不會被希茲克利夫或其他任何人發覺。

我放蠟燭的窗臺上有幾本生黴的書堆在角落裡；窗臺的油漆又充滿了抓畫的字跡，而所畫的字無非是用各種大大小小的字體寫的一個人名——凱撒琳・恩蕭，有些地方又變作「凱撒琳・希茲克利夫」，隨後又變作「凱撒琳・林頓」。

我無精打采的把頭靠在窗上，不斷的拼寫凱撒琳・恩蕭——希茲克利夫——林頓，直到我的眼睛閉上。但是休息不到五分鐘，黑暗中有一片白色字母閃爍著如鬼火一般的活躍——

空氣裡瀰漫著無數的凱撒琳。我驚起自己剛要驅散這無端闖來的名字，發現我的燭芯靠在一本舊書上面了，一種烤牛皮的味道薰蒸了起來。我剪了燭芯，在寒冷與不斷的胃嘔交攻之下，很不舒適，便坐起來把那本受傷的書打開擺在膝上。是一部聖經，細長字體印的，有很可怕的霉味，內封面上寫著──「凱撒琳・恩蕭，她的書」，還寫著二十幾年前的一個年數。我關上，又打開一本，再打開一本，以至全都給驗過了。凱撒琳的藏書是有選擇的，而且其磨損的狀態也可以證明這些書是很經過使用的，雖然不全是合法的使用：幾乎沒有一章能避免墨水筆所寫的批語──至少像是批語──塗滿了印刷者所給留下的每一塊空白處。有些是獨立的句子，有些採取了正式日記的體裁，用一種不成形的兒童字體寫的。在空餘的一頁的頂上（最初發現這一頁的時候，大概認為很是寶貝吧！），我很高興的發現了我的朋友約瑟的很好的一幅諷刺畫──很粗率，但是很有力的速寫。對於這位不知何許人的凱撒琳我心裡立刻發生了興趣，便開始譯解她那褪色又難解的文字。

「好可怕的一個禮拜天！」底下一段文字這樣開始。

我願我的父親能再回來。興德來是一個可惡的替人──他對希茲克利夫的行為很兇暴──希和我就要反抗──今晚我們發動了第一步。

整天大雨氾濫，我們不能到禮拜堂，所以約瑟只得在屋頂小室召集會眾。興德來和他的妻在樓下舒適的火旁取暖——什麼事都幹，就是不讀聖經，我敢說一定——而希茲克利夫，我自己，和那不幸的田夫，卻被命令拿著我們的祈禱書爬樓：我們坐在一口袋糧食上排成一排，呻吟抖顫，希望著約瑟也抖顫，為了他自己，或者給我們一個較短的說教。這是妄想！禮拜整整延長三個鐘頭；但是我的哥哥看見我們下樓的時候，居然還說：「怎麼，已經完了？」在禮拜天晚上，我們平常可以得到允許玩耍一下，假如不太吵鬧，如今只是一聲嗤笑就足以使我們在室隅受罰！

「你們忘記了你們有一個主人在這裡，」這暴主說：「第一個惹我發脾氣的，我就毀滅他！我堅持要十分的嚴肅沉靜。啊，孩子！是你麼？法蘭西斯，我的親，妳過身時扯他的頭髮，我聽見他捻指作響。」法蘭西斯用力的扯了他的頭髮，隨後走過去坐在她丈夫的膝上。他們就像兩個小孩一般，整小時的親吻瞎談——我們會引以為羞的閒談。我們窩在櫃櫥的圓拱下盡力的弄得舒服。我纔把我們的涎圍繫拴起來，掛起來作為簾幕，約瑟有事從馬房進來，他把我的手工扯了下來，打我耳光，粗聲吼叫——

「主人還沒有死，安息日也還沒有過，福音的聲音也還在你們的耳裡，你們居然敢藏著玩！好不害羞！坐下去，壞孩子們！有的是好書，只要你們肯讀！坐下去，想想你們的靈魂！」

說完這番話，他便強迫我們調整位置，使遠處的爐火放出一線暗光照著他強塞給我們的無用的經文。我忍受不了這樣的待遇，我把我的一本破書拋到狗窩裡去，賭咒說我恨善書。希茲克利夫也把他的那本踢到同一個地方，隨後是一陣騷鬧。

「主人興德來！」我們的牧師大叫，「主人，快到這裡來！凱撒琳小姐把《救世的盔》的書殼裂掉了，希茲克利夫用腳踏了《到毀滅的大路》的第一部！你讓他們這樣下去可是不得了。噯，老頭子會把他們好好打一頓——但是他不在了！」

興德來從他的爐旁天堂趕了來，抓到我們一個的脖領、另一個的胳臂，一齊推進後廚房裡。約瑟斷言魔鬼必定要把我們從這地方抓走。這倒是安慰，我們各自找一個角落等候他的來臨。我摸到了這一本書，從架上還找到一瓶墨水，把門推開放進了光，我寫字消遣了二十分鐘，可是我的同伴卻焦躁了，提議佔用牛奶婦的外套，在這樣遮掩之下去到原野上奔馳。很好的建議——並且，若是那怪脾氣的老人進來，他會相信他的預言實現了——我們在雨裡不見得比在這裡更濕更冷。

我想凱撒琳必是實現了她的計畫，因為下一句講的是另一件事：她變得好哭了。

「我沒有夢想到過，興德來會使得我這樣的哭！」她寫道：「我頭痛，直到不能安枕，我還不能止住哭泣。可憐的希茲克利夫！興德來喚他作流氓，再也不准他和我們一起坐，一起吃；他說，他和我一定不准一處玩，並且威嚇說若是我們違了他的命令，便把希茲克利夫驅逐出去。他怪我們的父親（他怎麼敢？）待希太寬，賭咒說他要把他降到他適宜的位置上去……」

＊＊＊＊＊

我對著昏暗的書頁開始打瞌睡了，我的眼光從墨跡滑到印刷字上去了。我看見一個紅色、有花飾的標題——「七十乘七，與第一個第七十一。[1] 傑伯斯·伯蘭德罕牧師在吉墨頓蘇的教堂宣講的一篇神學論文。」我正半自覺的苦苦思索著傑伯斯·伯蘭德罕怎樣發揮這樣的一個題目，我倒在床上睡著了。噯呀！壞的茶和壞的脾氣真影響不小！使我過這樣可怕一夜的原由，除了這個還有什麼？自從我能夠吃苦以來，我不記得有一夜能和這一夜相比擬。

我開始做夢，幾乎在我不知置身何處之前即已開始。我覺得是個清晨，約瑟做我的嚮導領我回家走著。路上的雪有一碼深；我們蹣跚而行，我的伴侶時常的罵我沒帶一根拐杖，使

1. 編註：第一個七十一（the first of the Seventy First）是指傑伯斯·伯蘭德罕牧師宣的傳道經文。至於「七十乘七」（Seventy Times Seven），出自《新約聖經·馬太福音》第十八章第二十一節至二十二節：「那時，彼得進前來，對耶穌說：『主啊，我弟兄得罪我，我當饒恕他幾次呢？到七次可以嗎？』耶穌說：『我對你說，不是到七次，乃是到七十個七次。』」

得我都厭煩了。他告訴我沒有拐杖一定走不進家門，說時飛舞著一根重頭的木棍，我明白這就是所謂的拐杖了。當時我覺得好笑，我何至於需要這樣的一個武器纔能進得我的住家。隨後起了一個新的念頭，我並不是在回家去：我們是去聽著名的傑伯斯・伯蘭德罕宣講經文──「七十乘七」；或是約瑟，或是牧師，或是我，犯了這「第一個第七十一」，也許要當眾受揭發被逐出教會哩。

我們到了教堂。我在走路時真曾經到過這地方兩三回；它是在兩山之間的一個山洞裡：一片高起的山洞，在一片濕窪附近，一股泥炭的濕氣據說可以使停在那裡的幾具屍身發生一切防腐的作用。房頂一向是完整的，但是牧師每年只有二十鎊的收入，另外有一所兩間屋的房子，不久還有成為一間的趨勢，沒人願負擔起牧師的職責：尤其是據傳說他的教友們寧願餓死他，也不願從腰包再多掏出一文錢來供養他。但是在我的夢裡，傑伯斯有滿座傾聽的會眾，他宣講了──天呀！何等樣的一篇演辭，共分作四百九十節，每一節和普通傳道演說一般長，每一節討論一種不同的罪惡！他從哪裡找到這些，我不知道。他對於辭句有他自己特殊的解釋，而且教友們在每一不同的時機似乎有犯不同罪的必要。這些罪惡的性質很是奇特，我從未想像到過的奇怪罪過。

啊，我是多麼厭倦，我怎樣的扭動不安、呵欠、瞌睡，而又振興！我怎樣的擰掐自己，揉眼睛，站起來，又坐下，以肘觸動約瑟要他告訴我他覺得疲倦不。我是被罰要聽完。最後他講到了「第一個第七十一」。在這時機忽然有靈感來到，我不自主的站立起來痛罵傑伯斯・伯蘭德罕，指明他就是犯了沒有基督徒用得著饒恕的那樁罪過的罪人。

「先生，」我說：「坐在這四壁之間，我一口氣耐心聽著而又原諒著你的論文的四百九十個項目。我有七十個七回拿起了帽子預備要走——而你有七十個七回荒謬的強迫我坐下。這第四百九十一篇是太難堪了。信教的難友們，動手打他！把他拉下來，搗成細末，讓他不再存在於這個地方！」

「你就是罪人！」傑伯斯於一陣嚴肅的寧靜之後大叫，從他的座墊上向前探身。「七十個七回你張著嘴做怪相——七十個七回我和我的靈魂商議——看呀，這就是人類的弱點，這也可以消除的！第一個第七十一是來了。弟兄們，把寫定的裁判在他身上執行罷。『祂』的聖徒們全有過這樣的榮幸！」

最後一句話說完，全體舉起了他們的手杖，一致的圍上了我。而我，沒有自衛的武器，便開始奪取我的最近的而又最兇猛的約瑟的手杖。人眾錯雜，好幾根棍子交叉起來了，對我撲來的打擊落在別人的頭上。立刻整個教堂震響起敲打和反攻的聲音，每個人都對他鄰近的人動起手來。伯蘭德罕也不甘自逸，在講臺板上一陣狂敲來發洩他的熱心。響聲是如此之大，我纔得到妙不可言的解救，聲音終於驚醒了我。到底是什麼事令人聯想到這場紛擾？騷動中佔傑伯斯的位置的到底是誰？僅僅是，一陣狂飆吼過，一棵樅樹的枝子觸著了我的窗格，它的乾毬果在窗面上戛戛作響罷了？我懷疑的聽了一陣，發現了這擾亂的東西，然後轉身又睡，又做起夢來了：若是可能的話，可以說是比以前更加令人不快。

這一回，我記得我是睡在橡木小閣子裡，我清晰的聽到怒號的大風和急驟的大雪，也聽到樅枝復演著它淘氣的聲音，我認為這是有正當的原因的！但是吵得太厲害了，我決定要止住它，若是可能的話。我大概是就站起來了，想要打開窗戶。鉤子是銲在鐵環上的，這情形我在醒時曾注意到，當時卻忘了。「無論如何，我要止住它！」我喃喃的說，打穿了玻璃，伸手去捉那搗亂的樹枝，沒捉到樹枝，我的手指卻正交叉在一個冰冷小手的手指上！夢魔的強烈恐懼立刻來到我身上，我想撤回手來，但是那隻手卻抓得緊，一個頂哀慘的聲音哽咽著，「放我進來——放我進來！」

「你是誰？」我問，同時掙扎著抽回手來。

「凱撒琳·林頓，」它抖顫著回答（我為什麼想到林頓？我有二十次讀到林頓時都讀作了恩蕭），「我回家來了：我在池沼中迷了途！」

正說之間，我看出一個孩子的臉向窗裡望。恐怖使得我殘忍，因為擺脫她不掉，我就把她的手腕向破窗玻璃上拉，來回的揉搓，以致血水淌下浸濕了鋪蓋。她還是哭叫：「放我進來！」還是緊握著我，嚇得我幾乎發瘋。

「我怎樣能呢？」我最後說：「先放鬆我，若是你要我放你進來！」手指果然鬆開了，我從窗洞裡急抽回來，匆忙得把書堆起塞住那個窗口，按著耳朵不敢聽那悲慘的乞求。大約我按著耳朵有一刻鐘之久，但是我再一聽，還是呻吟著那悲慘的叫聲！「滾開！」我大叫，「我永不放你進來，你就是求二十年也不行。」

「已經有二十年了，」那聲音哀叫：「二十年了。我已經做了二十年的棄兒！」

於是外面有輕微的抓撓的聲音，那堆書動了，像是被推開的樣子。我想要跳起，但是四肢不能動彈，驚嚇中狂叫起來。使我驚慌的是，這一聲狂叫並不高明。急促的腳步聲逼近了我的房門；有人用力的把門推開了，一道光亮從床頂方空處微照進來。我還在坐著發抖，揩了額上的汗。

闖進來的人似是逡巡不前，向自己喃喃的說話。最後他用半耳語的聲調說：「有人在這裡嗎？」很明顯的他並不希望回答，可是我覺得還是直認最好，因為我聽出希茲克利夫的口音，若是不響，怕他再繼續搜。這樣一想，我便翻身打開床門。我很難忘記我這舉動所產生的結果。

希茲克利夫站在近進口處，穿著襯衫褲：舉著一根蠟燭，燭油滴在手指上，臉和身後的牆一樣的白。橡木門的第一聲轆軋響時嚇得他像是觸電一般！手裡的蠟燭跳出好幾尺遠，嚇得不能抬起來。

「只是您的客人，先生。」我叫了出來，不願他受暴露更多的怯懦的恥辱。「我不幸在睡中遇到可怕的夢魘，遂不覺叫起來了。我擾動了你，甚是抱歉。」

「啊，上帝厭惡你，勞克伍德先生！我願你是在——」我的房東開始說，把蠟燭放在椅子上，因為他不能再穩穩的舉著了。「是誰引你到這房間裡來的呢？」他繼續說，把手指甲掐進手掌，同時磨著牙齒，為的是抑制顎骨的顫動。「是誰？我頗想立刻把他們都驅逐出去！」

「是您的女僕齊拉，」我回答說，跳在地板上急速的穿上衣服。「您這樣做我並不在乎，希茲克利夫先生。她是很該受這樣的處分，我想她是忍心的教我吃苦，來找一個此地鬧鬼之又一例證。是的，是鬧鬼——擠滿了鬼怪！你關閉這間屋子是有道理的。沒有人在這洞窟裡睡個覺會感謝你的！」

「你說的是什麼意思？」希茲克利夫問，「你在做什麼？你既然是在這裡了，繼續下去睡完這一夜！不過，為了上天！別再做那可怕的叫聲。那聲音是不可恕的，除非是你的頸子正在被割斷！」

「那個小鬼若是從窗子進來，她就也許把我掐死！」我說。「我不想再忍受您那些善於款待客人的祖先們的迫害了。傑伯斯・伯蘭德罕牧師是不是您的母系的尊親？還有那個小女子，凱撒琳・林頓，或是恩蕭，或是姓任何其他的姓——她一定是個妖精換過的孩子——好壞的小東西！她告訴我她已流浪了二十年。對於她所犯的大罪，這是正當的懲罰，毫無疑義！」

這幾句話剛說出口，我想起那本書裡希茲克利夫和凱撒琳兩個名字的聯繫，我完全忘了，現在忽然想起。我為了我的失檢而臉紅了。但是我不再表示我對自己的過失的覺察，我急忙加上這樣一句——「事實是，先生，這夜的前一部分我是在——」我突然又停住了——我剛要說「看那幾本舊書」，那就表示了我已知道他們所寫的所畫的內容了。於是，糾正我自己，這樣說下去：「拼念刻在窗框上的那些名字，很單調的工作，原想這樣便可入睡，像計算數目似的，或是——」

「你這樣對我講，可能有什麼意義呢？」希茲克利夫粗野的狂吼。「你——你怎麼敢，在我自己家裡？——天呀，他這樣講話必是瘋了！」他氣得敲自己的額頭。

我不知道是反唇相譏好，還是進行解釋好；但看他盛怒的樣子，我覺得怪可憐的，便繼續解說我的夢；我說以前從沒有聽說過「凱撒琳・林頓」這樣的一個名字，但多讀了幾遍之後，便產生一種印象，在我不能統制我的想像的時候，這印象便以真人的姿態而活現了。在我說的時候，希茲克利夫慢慢的隱身在床裡面去了，最後竟坐下來整個藏在裡面。但聽他急促不勻的呼息聲，我猜想他必是在掙扎著克服他的過度狂烈的情感。我不願表示我聽出了他的苦悶，便繼續大聲的裝飾我自己，看看我的錶，自言自語的抱怨這夜之長：「還不到三點哩！我敢賭咒是已經六點了。光陰在此地是停滯了，我們一定是八點就睡了！」

「在冬天永遠是九點睡，四點起床。」我的房東說，抑止住一聲呻吟。看他胳臂的影子的動作，據我猜想，他必是從眼上抹了一把淚。「勞克伍德先生，」他又說，「你可以到我的房裡。你這樣早下樓去，反倒妨礙人。你的狂叫已經使我不能再睡了。」

「我也是不能再睡了。」我回答說：「我在院裡走到天亮，然後再出發好了。您不必擔心我再闖進來打攪你。訪友尋樂的毛病，我已經是被醫治好了，不管是鄉間或城裡。一個有腦筋的人本應該在自己身上尋得充分有趣的伴侶。」

「好個有趣的伴侶！」希茲克利夫喃喃的說，「拿著蠟燭，願到哪裡就到哪裡去罷。我立刻就來會你。可是不要到院子裡去，狗沒有鎖著，大廳裡——鳩諾住那裡站著崗位，還有——不，你只能在樓梯和甬路間走走。你去罷！我兩分鐘內就來！」

我服從了，真的離開了這間屋子。我也不知這狹窄的甬路通到哪裡，於是我站定了，不料就在無心中看到了我的房主人的一種迷信的行徑，表示出他表面的通達是假象。

他上了床，扭開窗子，一面開窗一面迸出不可抑制的熱淚。「進來！進來！」他哽咽著。「凱撒琳，來罷。來啊——再來一次！啊！我心愛的！這一回妳聽我說，凱撒琳，可聽我說罷！」鬼靈表示了鬼靈常有的慣技，它不表示一點存在的痕跡；而風與雪在狂暴的打旋，甚至吹到我立著的地方，把燈火吹熄。

這一陣哀號之中有如此深刻的慘痛，以致我的同情心使我忽略了這情形的愚妄，隨後我就走開，聽他這一場胡言亂道都有一點怒了，並且為了我述說夢魘纔使得他如此苦痛，我也於心不安。雖然，他為什麼如此，是我所不能理解的。我小心的下樓，到了後廚房，裡面有一閃火光，聚攏在一起之後，幫助我把蠟燭又點燃了。屋裡一點動靜也沒有，除了一條斑爛灰貓，從灰燼裡爬出來，咪的一聲向我敬禮。

兩條木椅，形如圓環中的一節，幾乎把壁爐圍繞起來了。我躺在一條椅上，灰貓爬上了另一條。我們兩個都在打瞌睡，沒有一個人來打攪，隨後是約瑟來了，放下一個木頭梯子，從一個活門通到屋頂上，我想這必是他到他樓頂去的路。他對我撥弄起來的小小火焰惡狠狠的望了一眼，把貓從那高聳的地方給推了下去，自己坐上那空地方，開始用菸草裝進一個三寸長的煙斗。我闖進了他的聖地，顯然是太可恥的鹵莽行為，不值得他提起來說。他靜默的把煙管放在脣間，交叉起胳臂，噴起煙來。我讓他享受，不去打擾他；他吭吸了最後一口，嘆一大口氣，站了起來，像來時一般的莊嚴而去。

一個較有彈性的腳步進來了，我要張嘴說一聲「早安」，但是又閉上嘴了，敬禮未能完成，因為哈來頓•恩蕭正在高聲做他的早禱，就是用一大串的詛罵送給他所觸到的每一件物事；這時節他正在屋角尋找挖雪的鏟子。他從椅背後望了一眼，張大了鼻孔，對我就像對那隻貓一樣的並不想到要彼此互相寒暄。看他準備的樣子，我猜想是准許我走了，於是離開我的硬床，開始要跟隨他去。他看到了，用他的鏟子的一個尖端向屋裡的一個門上猛然一撞，又發出一個不明晰的聲音，那意思是說，如其我要挪動地方，那個門裡就是我必須去的地方。

這門通往大客廳，女性們已在那裡行動。齊拉用一具碩大的風箱把火焰吹上了煙囪。希茲克利夫夫人跪在壁爐邊，靠火光讀一本書。她舉著手在眼邊，擋著爐火的熱氣，似乎是讀得很出神；只有在罵女僕迸她一身火星的時候，或是在一條狗把鼻子太挨近了她的臉而必須不時的把牠推開的時候，她纔放下她的書本。我很驚訝的看見希茲克利夫也在那裡。他站在火邊，背向著我，剛和可憐的齊拉鬧完一場脾氣，她不時的要停住工作，捲起圍裙的角，嘆一聲憤怒的呻吟。

「還有妳，妳這下賤的——」我走進時他正在發作，對著他的兒媳說，罵她為鴨，或羊，都是些不甚傷人的名詞，但是平常總不說出究竟是下賤的什麼什麼而用一個——來代表。「妳又在那裡，玩妳的無聊的把戲！別人都能掙他們的麵包——妳卻靠我救濟！丟開妳那無用之物，找點事情做。妳永久的在我眼前晃著，妳是要付出代價的——妳聽見沒有，該死的賤婦！」

「我就丟開我的無用之物，因為我若拒絕，你會強迫我丟開的。」少婦回答說，把書闔上拋在一把椅子上。「但是我偏不做什麼事，雖然你罵掉了舌頭，除了我所願做的事！」

希茲克利夫舉起了他的手，說話的人跳到一個較安全的遠處，顯然的是很熟習於那隻手的分量。我不想看一場貓狗打架來取樂，便急速走向前去，好像是急於向爐邊取暖，對於這一場中斷的爭吵作為全不知曉。雙方倒還都有充分的禮貌，暫停敵對行為。希茲克利夫不知不覺的把拳頭放進衣袋，希茲克利夫夫人抿著嘴走到較遠的座位，她果然不失信，就在那座位上扮演成為一座塑像，在我滯留的餘賸時間以內一言未發。但我滯留並不久，我謝絕參加他們的早餐。在曙光初放的時候，藉機會逃出戶外，現在的空氣是清新、凝靜，寒冷得像是摸不著的冰。

我的房東喊我停住，我還沒有走到花園的盡頭，他開口說要陪我走過曠野。幸而他這樣做，因為整個山背是一片白浪滔滔，起伏處並不表示地面的隆窪：至少有許多凹坑是被填平了。整串的丘陵，石坑的殘跡，全都從我昨天走過時在心裡留下的那張地圖上消逝了。我曾注意到，在路的一邊，每隔六七碼處，有一排直立的石頭，延續到荒原的全部。豎起這些石頭，並塗以石灰，原為的是在黑暗中做標記的；或是在一場大雪，像如今這樣，把兩旁的深窪和較堅穩的路途給弄模糊的時候。但是，現在除了偶然有幾處零落的髒點以外，這些石頭的存在痕跡一齊消逝了。我的伴侶發覺了有隨時警告我向左轉向右轉的必要，而我還自以為是正確的隨著路線轉彎。

我們很少交談，他走到了鶇翔田莊的入口處便停住腳步，並說我不至於再走錯路了。我們的別離僅限於匆匆的一鞠躬，我隨即前進，只好信賴我自己的機智了，因為守門的小屋還沒有租出去。由門口至田莊是兩哩：我相信我給變成為四哩了；一部分是由於在樹林裡迷了路，一部分是由於沉入雪裡深到脖頸。其困苦只有曾身臨其境的人纔能明瞭。無論如何，不管我徘徊多久，我進屋時鐘敲十二下；這證明從咆哮山莊過來，平常一哩現在用了一小時。

我的僕婦和她的附屬人等都湧出來歡迎我，嘈雜的稱說已經以為我是無望了，每人都以為我在昨夜死掉了。他們正在躊躇怎樣去出發尋求我的遺體。我教他們不必喧嘩，我既然是回來了。我的心都凍僵了，便爬上樓去，換上了乾的衣服，往來逡巡三、四十分鐘，恢復體溫，走到書房裡，弱得像隻小貓：幾乎是太弱了，以至於不能享受僕人為使我休養而設下的歡旺爐火和熱氣騰騰的咖啡。

4

我們是何等容易轉變的東西喲！我，原本決心要屏絕世俗的來往，並曾感謝上蒼，終於到了一個幾乎與世隔絕的地方——我，無用的弱者，與憂鬱孤寂相搏鬥，支持到黃昏以後，終於被迫投降了，假裝是探聽關於我住房所必需的事物，我就請求給我送進晚飯來的丁太太坐下來看著我吃，誠心的希望她是一個正常、絮聒的老太婆，用她的談話或是使我興奮，或是引我入睡。

「妳在此地住很久了罷，」我開頭說，「妳不是說十六年麼？」

「十八年，先生。我是在女主人結婚的時候來伺候她的，她死後，主人留我給他管家。」

「真是的。」

跟著是一陣靜默。我生怕她不是一個絮聒的老太婆，除非是談她自己的事，而那又不能使我感覺興趣。但是，她沉思一陣之後，拳頭放在膝上，紅臉上布滿一層冥想的雲，突然嘆聲說：「唉，時世改變得很厲害呀！」

「是的，」我說：「我想妳曾看到不少的變化了罷？」

「我曾看到，而且還看到不少的困苦哩。」她說。

「啊，我把談話轉到我的房東的家事上去！」我自己想。「是很好的一個題目來開端！還有那美貌的小寡婦，我願意知道她的歷史哩。她究竟是本地人，還是，更可能的，是個外鄉人，被狂暴的本地人不認為同類。」我懷了這個用意，便問丁太太為什麼希茲克利夫要出賃鶇翔田莊，而自己反願住到一個地點與房屋都差得那樣多的地方去。「他是不夠富的，不能維持這份房產嗎？」我問。

「富，先生！」她回答說：「誰也不知道他有的是什麼錢，每年都增多。是的，是的，他是很富的，能住比這更好的房子。但是他很吝嗇，手緊得很。假如他想搬到鶇翔田莊來住，一旦聽說有一位好的房客，便絕不會放棄這多賺幾百的機會。真是怪事，人們到了在世上孤獨的時候，還這樣貪財！」

「他有一個兒子，似乎是？」

「是的，他有一個——死了。」

「那位年輕婦人，希茲克利夫夫人，就是他的寡妻了？」

「是的。」

「她原是從哪裡來的？」

「噫，先生，她就是我過去的主人的小姐。她的小姐名姓是凱撒琳・林頓。我看護過她，可憐的東西！我很願希茲克利夫先生搬到這裡來，我們就又可以在一處了。」

「什麼！凱撒琳・林頓？」我驚訝得叫起來。但是一分鐘的回想使我相信那不是我的鬼靈「凱撒琳」。「那麼，」我說：「我以前的房客的姓就是林頓了？」

「是的。」

「那恩蕭又是誰呢？哈來頓・恩蕭，和希茲克利夫先生住在一起的？他們是親戚嗎？」

「不是；他是已故的林頓夫人的內姪。」

「那麼就是那年輕少婦的表兄弟了？」

「是的。她的丈夫也是她的表兄弟：一個是姨表，一個是姑表；希茲克利夫娶的是林頓先生的妹妹。」

「我看見咆哮山莊房子的前門上刻著『恩蕭』字樣，是個古老的世家罷？」

「很老了，先生，哈來頓是最後一個，就像凱撒琳小姐是我們最後一個似的——我的意思是說林頓家。您到咆哮山莊去過了沒有？請恕我發問；但我很想知道她近來安否！」

「希茲克利夫夫人麼？她很好，並且很美。但是，我想，不很快活。」

「啊呀，我並不驚異！您以為那位主人怎樣？」

「頗像是一個粗人，丁太太。他的性格就是這樣的罷？」

「像鋸齒一般粗，像岩石一般硬！你越少和他來往越好。」

「他一生中一定有過不少風波纔使得他成為這樣粗暴的人。妳知道他一點歷史嗎？」

「那就像是布穀鳥的歷史一般，先生——我從頭到尾都知道，除了他是在什麼地方生的、誰是他的父母、最初是怎樣弄到錢的。哈來頓像一隻羽毛未豐的籬雀似的就被趕出去了！這不幸的孩子是全教區中唯一的人不曾猜想他是怎樣被騙的。」

「丁太太，妳做些好事，告訴我一點關於我的鄰居的事罷。我若是上床去，我覺得我也絕不能安息，所以請坐下和我談一個鐘頭罷。」

「啊，當然可以，先生！我就去拿一點縫的，然後聽您要我坐多久都可以。但是您受涼了，我看見您在抖顫，您一定要喝一點粥來趕寒氣。」

這位好女人急速出去了，我更湊近火爐一些。我的頭覺得熱，其他部分都發寒冷，並且，我的頭腦神經被刺激到發昏的高度了。這並不使我感到不舒服，是使我恐懼（現在仍然恐懼），生怕今日和昨日的事情會生出什麼嚴重的結果。她立刻回來了，帶來一個冒熱氣的盆子和一籃針線活計；把盆子放在爐邊上，拉近了她的座椅，看我如此和悅可親顯然的是很為高興。

「在我來此住以前，」她開始說——不再等我請她講了——

我幾乎是一向在咆哮山莊的，因為我的母親曾哺養過興德來・恩蕭先生，那就是哈來頓的父親，我常和孩子們在一起玩，我也出去跑跑路，幫著刈草，在田地裡閒待著，等任何人教我做任何事。在一個良好的夏晨——我記得是開始收穫的時節——老主人恩蕭先生下樓了，做出外旅行的打扮，告訴了約瑟這一天要做什麼事之後，轉過來對著興德來、凱撒和我——因為我正在和他們坐著吃粥——他對他的兒子說：「我的好人，我現在要到利物浦去，你要我帶什麼給你？你可以挑選你所願意要的，只是物件要小，因為我是走著來回的，一程就是六十哩，很夠遠的！」興德來說要一個提琴，隨後他問凱撒琳小姐。她還不滿六歲，但她已能騎房裡任何一匹馬，她挑選了馬鞭子。他沒有忘記我，因為他有一顆慈祥的心，雖然有時稍嚴厲些。他答應給我帶一滿袋的蘋果和梨，隨後他吻了他的孩子們，說聲再會，就去了。

他離去的三天，我們都覺得是很長久的，小凱撒常常問他什麼時候回來。恩蕭夫人盼望他在第三天晚飯時回來，把晚飯一小時一小時的往後推延，但是沒有回來的樣子，孩子們等得膩煩了，不再跑到大門口去望。天黑下來了，她要孩子們去睡；但他們哀慘的要求准許他們不去睡；正在大約十一點的時候，門閂輕輕的抬起來了，主人走了進來。他倒在一把椅子上，笑著呻吟著，教他們都走開，因為他幾乎要累死——就是把三島都送給他，[1]他也不願

1. 編註：三島（the three kingdoms），指大不列顛群島上的英格蘭、蘇格蘭及愛爾蘭。

再走這樣一趟路。

「路快跑完了，反倒累得要死！」他說著打開他的大衣，這大衣是裹作一團抱在臂間的。「來看呀，妻！我從沒有被任何東西弄得這樣狼狽，但是妳一定要認作是上帝的贈禮，雖然他是黑得很，幾乎像是從惡魔那裡來的。」

我們圍擠過來，我從凱撒的頭上望過去，看見一個污髒襤褸的黑髮孩子；身體的大小該是能走路能說話的了。他的臉確是比凱撒琳還顯老一些，但是放他站起來的時候，他只是四下裡張望，咿咿啞啞的反覆說著些沒人能懂的話。我很吃驚，恩蕭夫人要把他丟到門外。她真的跳起來了，質問他為什麼要把這流浪的孩子帶到家裡來，自己已經有了孩子們要供給撫養？他是想要怎樣處置他，他究竟是否發瘋？主人想解釋這件事，但他真是累得半死了。在她一片責罵聲中我只聽出這樣的一個故事，在利物浦的街道中，看見這孩子快餓死了，無家可歸，和啞巴一般，於是他領了他，打聽他的家長。據他說，沒有一個人曉得他是屬於誰的；他的錢和時間都有限，他覺得還是立刻帶他回家比待在那裡亂花錢好些。因為他已下決心，他不肯照原樣丟下他。好，結局是我的主婦抱怨夠了不再作聲。恩蕭先生教我給他洗澡，換上乾淨衣服，和小孩們一起睡覺。

在秩序恢復以前，興德來和凱撒只是看著聽著，隨後，兩個孩子就開始搜檢父親的口袋，找他所允諾帶回的禮物。前一個是十四歲的男孩，可是當他扯出在大衣裡擠得粉碎的提琴的時候，他大聲的哭了；凱撒呢，知道了父親為照料這陌生的小孩子而把她的鞭子給失掉了，便苦笑著向那蠢東西吐了一口唾沫，算是發洩她的惡氣。結果是她父親重重的打她一擊，教訓她以後要有較清潔的舉動。他們完全拒絕與他同床睡覺，同屋睡都不行。我也沒有辦法，就把他放在上樓梯的地方，希望明天他也許走了。是偶然，也許是聽了聲音而被吸引，他爬到了恩蕭先生的門口，他出屋時正好發現，於是追問孩子如何能到那個地方，我不得已只得承認，這也是我的怯懦不仁的報應，被趕出來了。

這便是希茲克利夫第一次被引進這家的經過。過幾天我回來（因為我並不覺得我的被趕是永久的），我發現他們已經給他取名為「希茲克利夫」。這名字原是一個在童時就夭折了的兒子的名字，他以後就永久採用了它，又是名又是姓。凱撒琳小姐現在和他已經很親暱，但興德來恨他！老實說我也恨他。於是我們便折磨他，無理的欺負他；因為我不明白我自己的不公道，而我的主婦看見他受委屈也從不替他說一句話。

他似乎是一個憂鬱、有耐性的孩子，也許是由於受盡虐待而變成堅韌了。他忍受興德來的打，不眨眼，也不灑淚。我擰他一把時，他只倒吸一口氣，睜大了眼，好像是自己不小心傷了自己怨不得別人似的。這份耐苦使得老恩蕭大怒，當他發現他的兒子怎樣迫害這個他所謂窮苦無父的孩子的時候。他很奇怪的和希茲克利夫很有緣，相信他說的一切（講到這一點，他說話確是極少，而且普通總是說實話的），愛憐他遠過於凱撒，這女孩子作為一個寵兒是太淘氣太不守規矩了。

所以，從一開始，他就在家庭裡製造了惡感。不到兩年，恩蕭夫人死了，小主人把父親當做一個壓迫者而不當作朋友，把希茲克利夫當作一個篡奪他父親慈愛和他的權利的人；想到這些傷害，他便變得很殘刻。有一陣我很同情他，但是後來孩子們都生麻疹，我需要看護他們並且擔負起來一個女僕的職務，我便改變我的想頭了。希茲克利夫病得很兇，當他最沉重的時候，他總是要我留在他的枕旁。我想他一定是覺得我幫他不少，其實他不能明白我是被迫如此。但是，我要說，他是一個看護婦從來沒有照護過的一個安靜的孩子。他和其他孩子的分別，使得我不能不糾正一些偏心。凱撒和他的哥哥把我麻煩得要死，他像一隻羊似的毫無怨聲；雖然是倔強，不是溫柔，使得他這樣的不麻煩人。

他病好了，醫生說大部分是靠我，很稱讚我的看護，我聽了他的讚美很是得意，想想這讚美是因這孩子而來，於是對他也就心腸軟了，而興德來也就失了他最後的同盟者。我可是還不能愛希茲克利夫，我常驚異我的主人在這孩子身上看出什麼特點值得這樣喜愛，據我所能憶及，這孩子對於他的寬待從不曾表示任何感激的樣子。他並不是對恩人無禮，他只是不知不覺。雖然他十分曉得他已經據有了他的心，他很明白只消他一開口，全家的人都要服從他的。

舉一個例，我記得恩蕭先生有一次在市集上買了一對小馬，給孩子們每人一個。希茲克利夫取了最美的一匹，但是不久就跌跛了，他發現之後便對興德來說：「你一定要和我換馬，我不歡喜我這匹了。你若是不換，我就報告你父親你這星期打我的那三擊，我的胳臂都青到了肩頭，我將露出來給他看。」

興德來吐出了舌頭，打他耳光。

「你最好是立刻就換，」他堅持說，逃到了門口（他們是在馬房裡），「你非換不可，我若是說出你這些打擊來，你要照樣挨打，而且饒上利錢。」

「滾開，狗！」興德來叫，用一個秤馬鈴薯和稻草的鐵秤錘威嚇著他。

「你擲好了，」他回答說，立著不動，「我就去告發你曾誇口說等他一死你就把我逐出家外，看他會不會立刻把你逐出罷。」

興德來真擲了，打在他的胸上，他倒下了，但是立刻又立起來了，氣喘面白，若非是我阻止，他就會去見主人，讓他的樣子替他申訴，只消說明是誰害他，他就能得到充分的報復。「拿我的馬去罷，野孩子！」小恩蕭說：「我禱求牠跌斷你的頸子。拿去，倒楣去，你這乞丐似的野種！把我父親所有的都騙去罷。只是以後叫他明白你是什麼東西，惡魔的小鬼——拿去罷，我希望牠踢破你的腦殼！」

希茲克利夫去解馬韁，領到他自己的馬廄裡去。他纔走過馬的後面，興德來突然把他打倒在馬腳底下，算是結束那一場咒罵，也沒有考察他的願望是否實現，便急忙跑走了。我看了很是驚訝，這孩子很冷靜的振作起來，繼續做他的事，換鞍子等等，隨後坐在一堆稻草上來克服由這一場突擊而起的不安，然後纔回到屋裡去。我很容易的說服他，把他的傷痕歸罪於馬，他既然得到他所要的，便也不管扯的是什麼謊。真的他很少訴怨這一類的風波，我真以為他是沒有報復心的，我完全是被騙了，以後您就明白。

5

過了相當時間，恩蕭先生開始衰老了。他一向是活潑健康的，但是他的力量突然脫離他了。他到了癱在壁爐角裡的時候，便變得很暴躁。一點小事就使他煩惱，並且一猜想別人輕蔑了他的威權，便幾乎氣得要瘋。假如有人想要欺侮或壓迫他的寵兒，他就尤其要這樣，他很苦痛的小心提防，唯恐有人說什麼不利於希茲克利夫的話。他的腦筋裡似乎是有一種見解，以為因為他是愛希茲克利夫的，別人一定都恨他，想要害他一下子。這對於這孩子是不利的。我們比較心慈的人並不願惹怒主人，所以我們也就順著他的偏心，可是我們的這種遷就對於孩子的驕傲和乖戾的脾氣正好是肥美的滋養。但是又不能不這樣遷就，有兩三次，興德來表示了輕蔑，適巧父親在近旁，把老人激得大怒，他抓到手杖要打他，但是他打不動了，只是氣得發抖。

最後，我們的牧師（那時候我們有一位牧師，他是靠了教林頓家和恩蕭家的小孩和自己耕種他的一塊田地來餬口）勸告把這年輕人送到大學去。恩蕭先生也同意了，雖然心裡很憂鬱，因為他說——「興德來沒有出息，永遠不會像他所經過的那樣發達。」

我滿心希望我們現在可以得到寧靜了。我想起來很傷心，主人為了自己做下的一樁好事而反被弄得不舒服。我猜想他的老年不滿以及多病都是從他的家庭不和而來；據他自己說，事實是如此。真是的，您知道罷，先生，這是由於他的暮年。但是我們也未曾不可相安，若不是為了兩個人，凱撒琳小姐和約瑟。那個僕人，您在那裡一定見過他的。在所有的搜遍聖經把希望都歸自己，把詛咒都丟給鄰人的法利賽人們當中，其虛偽、討厭當以此人為最，他從前如此，現在恐怕猶然。他靠了巧妙的說教和虔誠的談吐，在恩蕭先生的心上留下很深的印象；並且主人越衰弱，他的勢力越強大。他殘酷的擾惱他，令他關切靈魂的問題，以及嚴峻管理孩子的問題。他鼓勵他把興德來當作一個無賴漢看待，並且每晚都不斷的怨訴出一大串不利於希茲克利夫和凱撒琳的故事。永遠不忘記把最重的過錯加在後者身上，以悅媚恩蕭的偏私。

當然，凱撒琳是有她的脾氣，我從未見過一個孩子有過的脾氣。她每天有五十次以上使得我們都不能忍耐，自從她下樓，直到上床睡覺，我們沒有一分鐘的安全，生怕她又在淘氣。她的精神永遠是在最高潮，嘴永遠不停——唱、笑，誰不同樣做她就和誰糾纏。她是個野而壞的小東西——但她有最媚人的一雙眼，最甜蜜的微笑，最輕靈的一對腳；並且我相信她究竟不是懷著惡意的；因為她一旦把你真個的招哭了，她很少時候不陪著你哭，並且使得你不得不止住哭來安慰她。她是太歡喜希茲克利夫了，我們所能給她的最大懲罰便是把她和他隔離開。但是為了他，她比我們更常受責罵。在玩的時候，她十分喜歡裝作小主婦，任意動手，隨便命令她的同伴。她對我也是這樣，但是出外買東西聽差遣我是受不了的，我就叫她知道。

恩蕭先生現在不能理解孩子們的頑笑，他對他們一向是嚴峻莊重。而在凱撒琳呢，她一點也不明白為什麼她的父親在衰老時要比在中年時脾氣壞些。他焦躁的責罵反倒激起她的一種頑皮的願望，故意的去惹怒他。她最快活的時候便是我們一齊罵她，而她用狂傲的臉和敏捷的辯詞來對抗我們，把約瑟的宗教的咒罵變成為可笑，虐待我，做她父親所最恨的事——表示她所裝出（而他信以為真）的狂傲樣子對於希茲克利夫是比他的慈愛更為有力量。她命令希茲克利夫做什麼他就去做什麼，而他的命令，只有在他自己高興時纔肯做。往往一整天盡量的刁潑，到晚上她又來撒嬌獻媚以為補償。「不，凱撒，」老頭子就會說：「我不能愛妳，妳比妳的哥哥壞。去，做晚禱去，孩子，求上帝饒恕罷。我恐怕妳的母親和我一定追悔養育了妳！」起初，這一番話使得她哭，但常這樣被拒，使她心腸硬了，我若是告訴她該為了她的錯誤而說聲道歉並請求寬恕，她便反倒笑起來了。

但是後來結束恩蕭先生塵世煩惱的時候終於來到。十月的一晚，他坐在火爐旁邊，就在椅子上平靜的死去。大風繞屋咆哮，在煙囪裡面怒吼，聲勢甚是狂暴，但並不冷，我們全在一起——我離爐火稍遠，正在織繩衣，約瑟在近桌處讀他的聖經（因為僕人做完工作之後，普通都是坐在屋裡的）。凱撒琳小姐病了，病使她很安靜。她靠在父親的膝頭，希茲克利夫躺在地板上，把頭枕在她的大腿上。我記得主人在昏睡前，撫摩她的頭髮——看她這樣溫柔，他真是難得的歡喜——並且說：「為什麼妳不能永遠是一個好姑娘呢，凱撒？」

她翻過臉來對著他，笑了，回答說，「為什麼你不能永遠做一個好男人呢，父親？」

但是她一看出他又煩惱了，便又吻他的手，並說她願唱歌引他入睡。她開始很低聲的唱，直到他的手指從她的手裡落出來了，他的頭垂到他的胸。隨後我就叫她住聲，不要動彈，怕的是她弄醒他。我們足有半個鐘頭像老鼠般一聲不響，我們還應該再長久一些，只是約瑟讀完了他的一章，站起來說他一定要叫醒主人，催他晚禱安寢。他走向前，喊他的名字，觸他的肩膀，但是他不動，於是他拿了蠟燭去看他。他放下蠟燭之後，我就想一定是有什麼亂子了。我一手抓著一個孩子，小聲的告訴他們：「快上樓去，不要聲響——這一晚就自己做晚禱好了——他有事情要做。」

「我要先向父親說晚安。」凱撒琳說，伸臂擁抱他的頸子，我們已阻止不及。這可憐的東西立刻就發覺她的損失了——她銳聲大叫——「啊，他死了，希茲克利夫！他是死了！」他們兩個便放聲痛哭起來。

我也加入痛哭，聲大而慘。但是約瑟便問，我們對於已經仙逝的人這樣狂吼，究竟是何存心？他告訴我披上大衣跑到吉墨頓去請醫生和牧師。那時候，我還不能猜想到這兩者能有什麼用。但是，我去了，冒著風雨，帶回了一個醫生，牧師說他早晨來。我留約瑟解說一切，我跑到孩子屋裡去。門大開著，我看出他們根本不曾睡下，雖然已過午夜，但是他們已較為安靜了，不需要我來安慰他們。兩個小靈魂正在用比我所能想到的更好的思想互相安慰著；世上沒有牧師能描畫出一個美麗的天堂像他們在天真的談吐中間所描畫的那樣。我一面吞泣，一面聽著，我忍不住要願望我們大家一齊平安的到達那裡。

6

興德來先生回家奔喪，有一件事使得我們驚訝，使得四鄰到處竊議——他帶回了一個妻。她是何許人、生於何地，他從來沒有告訴過我們。大概她是沒有錢財，也沒有門閥可以誇耀，否則他不至於把這段婚姻瞞過父親。

她是不會為了她的緣故而擾亂家庭的，她不是那樣的人。她自從跨進門檻，她所見的每一件東西似乎都使她歡喜，以及在她四周所發生的一切情形，也都使她歡喜；除了埋葬的準備及送喪者的到臨。從發喪的經過中她的行為而論，我以為她是半癡：她跑進她的屋裡，要我也和她同去，而我是應該去打扮孩子的；她坐在那裡發抖，鼓著掌，不斷的問：「他們還沒有走嗎？」隨後她開始用半瘋的情感來描寫她看見黑顏色所感受的激動、驚跳、抖顫，終於哭泣起來——可是我一問她究竟為什麼事，她又說她也不知道，但她覺得這樣怕死！我想她是和我一樣的不至於就死。她是有點瘦，但是年輕，臉色很鮮，眼睛像鑽石般發亮。我確實注意到，上樓梯使得她呼吸急促，最輕微的突然的聲音能使她渾身發抖，並且她時常咳嗽得很討厭。但是我一點也不曉得這些現象是什麼朕兆，也絕無同情於她的意思。我們在此地普通是不大歡喜異鄉人的，勞克伍德先生，除非是他們先來歡喜我們。

年輕的恩蕭，別來三年，形貌大變。他變得瘠瘦些，臉上失了光彩，言談裝飾都大不相同。就在他回來的那一天，他告訴約瑟和我從此要到後廚房去待著，大廳留給他。他本想再收拾出一間賸餘的小房間，鋪地毯、糊牆紙，作為小客廳。但是他的妻，對於白木地板、熊熊的大壁爐、錫盤、彩陶的櫥櫃、狗窩，以及他們起居之處可以自由活動的廣大空間，都表示非常喜愛。所以他想小客廳對於她的舒適是不必要的了，於是放棄了那個意念。

她在新認識的人當中，找到一個小姑，她也表示喜歡。她和凱撒琳攀談不休，吻她，和她奔跑，給她大量的禮物，這是在最初。以後她的情感很快的就厭倦了，在她變得乖張的時候，興德來就很殘暴。只要她說幾句話，表示不歡喜希茲克利夫，便足以把他的嫉恨重新鼓動起來。他把他趕出他們的一夥，叫他和僕人在一起，不要他受牧師的教誨，堅持要他在戶外做工，逼迫他像田莊上其他的孩子一樣的做苦工。

起初希茲克利夫很能忍受他的恥辱，因為凱撒把她所學的教給他，陪他在田間一起玩耍工作。他們都有長大了要像是野蠻人一般粗野的神情。小主人全不管他們的行為，不問他們做的是什麼事，他們也就遠遠的躲開他。禮拜天他們是否到教堂，他也不聞不問，他們缺席的時候只有約瑟和牧師來譴責他的疏忽，這纔提醒他下令給希茲克利夫一頓鞭打，給凱撒琳餓一餐午飯或晚飯。但是清早跑到荒原，玩一整天，這已成為他們主要的娛樂之一，隨後的懲罰不過是一笑置之的事情罷了。任憑牧師畫出多少章聖經叫凱撒琳背誦，隨便約瑟怎樣毆打希茲克利夫，直到打得臂疼，只消他們兩個到了一起，便立刻忘懷一切，至少在他們兩個安排下什麼頑皮的報復計畫的時候是如此。許多次，我看著他們日趨於荒唐，我獨自垂淚，可是不敢說一句話，唯恐失掉我對於這一對無依無靠的小東西所還能保持的一點力量。一個禮拜天晚上，為了發出一些聲音，或是這一類的小過失，他們被逐出大廳了。我喊他們吃晚飯，到處找不到他們，我們上上下下的尋找，莊園馬廄都尋遍了，不見他們。最後興德來動了火，令我們閂上大門，賭咒說夜間誰也不許放他們進來。全家都去睡了，我，心裡焦煩不能臥下，便打開窗子探頭去聽，雖然外面正在落雨，如果他們回來，我決計不顧禁令，放他們進來。不久，我聽見路上有腳步聲過來，燈籠光閃進了柵門。我用圍巾蒙頭跑了出去，阻止他們敲門，以免驚醒恩蕭先生。希茲克利夫一個人在那裡，我看他獨自一個，大吃一驚。

「凱撒琳小姐在哪裡？」我匆忙的問。「沒什麼意外罷，我希望？」

「在鶇翔田莊，」他回答說：「我本也想留在那裡，但是他們沒有留我。」

「好，你會著涼的！」我說：「你總是不安分，除非是等到被逼迫去做事的時候。到底是什麼東西引你們浪遊到鶇翔田莊？」

「讓我脫掉濕衣服，再來告訴你一切，奈萊。」他回答說。

我告訴他要小心別吵醒了主人，在他脫衣裳而我等著滅燭的時候，他繼續說：「凱撒和我從洗衣房逃了出去，想自由的散步一番，看到了田莊的一閃燈火，便想去看看林頓們是怎樣度過他們禮拜天的夜晚，是否站在屋角發抖，而他們的父母坐著吃喝唱笑，在火爐前面烤火。妳以為他們是這樣的麼？或是在讀說教，被男僕一問又回答不出，於是忙著學習一行行的聖經姓名？」

「大概不會的，」我回答說：「他們是好孩子，無疑的，不該受你因為做了壞事所受的待遇。」

「不要假道學，奈萊，」他說：「瞎講！我們從山莊頂處跑到園裡，一氣未停——凱撒琳完全落後了，因為她是赤腳的。妳明天要到濕地裡去給她尋鞋哩。我們爬過一個破籬笆，摸索上路，立在客廳窗外的一個花壇上面。燈光從那裡射出來，他們還沒有關上百葉窗，窗簾只是半掩。立在牆根地上，手扒著窗臺，我們都可以望進去。我們看到——啊！美得很！——好精緻的一個地方，鋪著緋紅的地毯，桌椅也是緋紅的罩蓋、潔白的屋頂鑲著金邊，一大團的玻璃垂飾用銀鍊懸在中間，閃爍著柔軟的小蠟燭。老林頓和林頓夫人都不在那裡，哀德加和他的妹妹兩個在那裡。他們還不該快活嗎？我們會以為是登天堂哩！現在妳猜猜看，妳的好孩子們是在做什麼事？伊薩白拉——我相信她只有十一歲，比凱撒還小一歲——倒在屋裡一邊在大叫，銳聲的叫，好像巫婆用通紅的針在戳她。哀德加立在爐旁靜靜的哭，在桌子中間坐著一隻小狗，搖動牠的爪子，汪汪的叫。從雙方哭訴的樣子來看，我們明白他們一定是幾乎把這隻狗扯成了兩半。傻孩子！這就是他們的快樂！吵的是誰來抱這一堆熱烘烘的狗毛，兩個都哭了，因為爭鬥一番之後又都拒絕來抱。我們對於這些任性撒嬌的東西不禁笑出聲來，我們真看不起他們！妳什麼時候看見過我想要凱撒琳所要的東西？或是看見我們兩個在一起，狂叫、飲泣，地上打滾，兩人離得遠遠的，而以此為樂？我在此地的地位，若是和哀德加・林頓在鶇翔田莊的位置交換，我是無論如何不幹的——縱然給我權力把約瑟從最高的屋頂上摔下去，用興德來的血塗染房屋的前面，我還是不幹！」

「別說了，別說了！」我打斷他。「你還是沒有告訴我，希茲克利夫，凱撒琳是怎樣獨留在那裡的。」

「我告訴妳我們笑了，」他回答說：「林頓們聽到了，像箭似的一齊奔到門口，一陣寂靜，然後一陣大叫：『啊！媽媽，媽媽！啊，爸爸！啊，媽媽，到這裡來。啊，爸爸，啊！』他們真的像這樣的喊了一頓。我們做出可怕的聲音，使得他們更為驚嚇，隨後我們便從窗臺鬆手下來，因為有人在開門閂，我們覺得最好是跑走。我拉住凱撒的手，正要曳著她走，她忽然倒下了。

「『跑罷，希茲克利夫，跑罷！』她小聲說：『他們已放出了牛頭狗，牠咬住我了！』狗咬住她的腳踝了，奈萊，我聽到牠那可怕的鼾聲。她沒有大叫——不！她就是被戳在瘋牛的角尖上，她也絕不肯叫的。我叫了，可是！我迸出無數的咒罵，足以咒毀耶教國土中任何惡魔，我抓到一塊石頭塞進牠的嘴巴，用我所有的力量想把石頭塞進牠的喉嚨。一個畜生般的僕人終於提著燈籠來了，大聲叫著：『咬緊了，密行者，咬緊了！』但是他看到密行者咬到的是什麼獸，他改變了聲調。狗被拉開了，牠的大紫舌頭掛出口外有半尺多長，垂下的嘴脣流著血涎。那個人把凱撒抱起。她昏倒了，不是由於怕，是由於痛，我敢說一定。他抱了她進去，我跟了在後面，嘟囔著咒罵和報復的話。『捉到什麼了，羅伯特？』老林頓在門口喊叫。『密行者捉到了一個小女孩，先生。』他回答。『還有一個男孩子，』他附帶說，抓緊了我，『他倒像是一個內行哩！很像是，強盜準備把他們送進窗戶，然後等大家熟睡，開門放進盜夥，從容的把我們殺害。你閉上嘴，混帳的賊人，你！你要為這個上絞架哩。林頓先生，你先別收起槍。』『不，不，羅伯特，』那個老傻瓜說：『這群壞蛋曉得昨天是我收租的日子，他們想設計害我。進來，我要好好招待他們。約翰，把鍊子鎖起。給密行者一點水喝，占尼。冒犯到一位長官的府上，而且是個禮拜天！他們的荒唐還有底止嗎？啊，我親愛的瑪麗，過來看！不要怕，不過是個男孩子——但是他的臉上也夠兇厲的，他的本性在臉上已經流露，趁他未在行動上表現出來之前，立刻把他絞死，豈不是對社會有利？』他把我拉到花燈下面，林頓夫人把眼鏡架在鼻梁上，驚嚇得舉起雙手。怯懦的孩子們也爬近了一些，伊薩白拉囁嚅的說——『好可怕的東西！把他放進地窖去，爸爸。他正像是偷我的山雞的那個賣卜者的兒子。是不是像，哀德加？』

「他們在檢驗我的時候，凱撒醒過來了。她聽見了最後的一句，她笑了。哀德加•林頓，仔細凝視之後，想起認識她了。妳曉得，他們在教堂看見過我們，雖然我們很少時候在別處遇見過他們。

『那是恩蕭小姐呀！』他小聲向他的母親說：『你看密行者怎樣的咬了她——她的腳怎樣的流血啊！』

『恩蕭小姐？胡說！』夫人喊，『恩蕭小姐和這流浪人在鄉野亂跑！但是，我的乖，這孩子還是在穿孝呢——一定是的——她也許終身變成殘廢！』

『這是她哥哥之何等不可恕的疏忽啊！』林頓先生嘆道，從我轉到凱撒琳身上。『我從希爾德斯聽說（就是那牧師先生），他由著她在絕對的異教精神中長大。但這個是誰呢？她從什麼地方找到了這個伴侶？啊喝！我知道了，這必是我故去的鄰人上次到利物浦去帶回來的怪物——一個東印度的小水手，或是一個美洲人的，或是西班牙人的棄兒。』

『無論如何，是個壞孩子，』老太婆說：『十分不適於一個體面人家！你注意他說的話沒有，林頓？我的孩子們聽到了那些話，我真嚇壞了。』

「我又開始咒罵——妳別生氣，奈萊——於是羅伯特被命令把我帶走。我拒絕撇下凱撒獨自走開。他把我硬扯到花園裡，把燈籠塞到我的手裡，並且告訴我一定要把我的行為通知恩蕭先生，要我立刻就走，把大門關閉起來。窗簾還掛起一角，我又去窺探。因為，假如凱撒琳願意回來，我就要把那大玻璃敲成粉碎，除非他們讓她出來。她寧靜的坐在沙發上。林頓夫人把我們為出門走路而借來的榨乳女子的灰色罩袍取了下來，搖著頭，大概是勸諫她一番話。她是一個年輕小姐，所以他們對待她就與我大不相同。隨後僕婦打進一盆溫水，為她洗腳；林頓夫人配了一杯糖酒，伊薩白拉把一碟子餅乾都倒在她的懷裡，哀德加站在遠處張著大嘴看著。後來，他們把她美麗的頭髮弄乾了梳理，給她一雙很大的拖鞋，把她推送到爐火旁邊。我就撇下她在那裡，她十分快樂的樣子，她把她的食物分給那隻小狗和密行者，牠吃的時候她還捏牠的鼻子。她還在林頓一家人暗淡的藍眼睛裡燃起了活躍的火焰——那就是她自己嬌媚的臉所映照出來的淡淡影子。我看出他們都是充滿了騃蠢的豔羨，她是比他們不知要優越多少——比世上任何人都優越，是不是，奈萊？」

「這件事情將有比你所估計的更多的下文。」我回答說，給他蓋好被，滅了燈。「你真是不可救藥，希茲克利夫。興德來先生將要採取極端的辦法，你看他會不會。」

我說的話比我所願望的更加靈驗。這次不幸的出遊使得恩蕭狂怒。後來，林頓先生為了補救一切，第二天親自來拜訪我們一次，給年輕的主人演講一大番，警告他說他把他的家引上了什麼道路，他果然誠意的自加反省了。希茲克利夫並未挨打，但是他受了警告，以後他只要一開口向凱撒琳小姐說話，他就一定要被逐出去。恩蕭夫人擔任管教責任，等到小姑回來之後，相當的加以軟禁，用技巧，不用武力，用武力她會曉得是不可能的。

7

凱撒在鶇翔田莊住了五個星期，直到聖誕節。那時候，她的腳踝完全好了，她的態度也大為進步。在這期間，女主人也常去看她，試用華美的衣服和阿諛的言詞來提高她的自尊心，她居然很能接受，這便是她的改革計畫的發端。所以，現在不復是一個禿頭不戴帽的小野人，跳躍進房，慌張亂竄，擠得我們都喘不過氣來，現在是一副莊嚴的氣派，從一匹美麗的小黑馬上下來，棕色的鬈髮從皮帽下面披散著，穿著一件長布袍，不得不用雙手提著衣裾，以便姍姍而入。

興德來把她從馬上攙扶下來，快樂的驚叫：「怎麼，凱撒，妳真是一個美人兒！我幾乎不認識妳了。妳現在像是一個尊貴的女郎了。伊薩白拉‧林頓是不能和她比的，是不是，法蘭西斯？」

「伊薩白拉沒有她的天生嫵媚，」他的妻回答說：「但是她要注意不可回來再變野了。哀倫，幫著給凱撒琳小姐脫掉她的衣帽。別走動，親愛的，妳要弄亂了妳的鬈髮——讓我來給妳脫帽。」

我把她的大衣脫下，露出了方格大綢袍、白褲、光亮的鞋。狗跳著過來歡迎她，她的眼睛喜歡的發光，但是不敢摸牠們，怕的是狗要過來弄髒她的華麗衣服。她輕輕吻我一下，我正在做聖誕節餅，渾身是麵粉，擁抱是不可能的。隨後，她就四面尋視希茲克利夫。恩蕭先生和夫人焦急的注意他們會見的情形，因為他們看了就可以明瞭，要隔離這兩個好朋友究竟有多少成功的把握。

希茲克利夫起初不大容易被找到。假如在凱撒琳離家期間以前，他是不修邊幅的，並且沒有人照管的，那麼，在以後這樣的情形確是加上了十倍。除了我之外，就沒有人在一星期中偶然有一次肯喊他一聲髒孩子，叫他去洗洗的。而他那樣年紀的孩子們很少是天性近於肥皂和水的。所以，他的衣服不必提，在塵埃泥土中已滾過了三個月，密厚不梳的頭髮也不必提了，他的手和臉都罩上了一層烏黑。他看到這樣一位光彩姣媚的女郎進來，而不是如他所想像的和他一般粗野的樣子，他也正該躲到高背的椅子後面。

「希茲克利夫沒有在此地嗎？」她問，脫下手套，露出纖纖十指，因為這樣久沒有做事而且在戶內休養，顯得潔白驚人。

「希茲克利夫，你可以走過來，」興德來先生叫，看他的沮喪的樣子而感覺舒服，很滿足的看著他將被逼著以何種可憎的年輕流氓姿態而出現。「你可以來歡迎凱撒琳小姐回來，像別的僕人一樣。」

凱撒一眼看到朋友在他的躲藏的地方，便飛奔過去擁抱他，一秒鐘內在他的臉上吻了七八下，然後停住，退身向後，迸出了笑聲，驚叫道：「怎麼，你的樣子是多麼憂鬱煩惱呀！多麼——多麼可笑，而又冷酷的可怕呀！那也許是因為我看慣了哀德加和伊薩白拉．林頓。好，希茲克利夫，你忘記我了嗎？」

她是有點理由這樣發問的，因為羞恥和自尊心使得他的臉上加倍難看，呆立不動。

「握手罷，希茲克利夫，」恩蕭先生很屈尊的說：「偶然一次，是可以准許的。」

「我不，」這孩子回答，終於開口了，「我不能受人恥笑。我不能容忍！」

他要從人叢中逸去，但是凱撒琳小姐抓到他。

「我並無意恥笑你呀，」她說：「我是自己忍不住笑了。希茲克利夫，至少要握手！你為了什麼這樣憤怒？只是你的樣子有點怪罷了。你若是洗洗臉梳梳頭，就會好了。但是你可真髒！」

她很關心的凝視著她握在手裡的黑手指，又看看她自己的衣服，生怕她的衣服和他接觸之後必得不到什麼好處。

「妳不必觸著我！」他回答說，跟著她的眼光在看，抽出了他的手。「我高興怎樣髒，就怎樣髒，並且我願意髒，以後我就要髒。」

他說完之後就一溜煙跑出屋外，使得主人和女主人歡笑不已。而凱撒琳則很嚴重的不安起來，她不能明瞭她的幾句話何以竟產出這樣壞脾氣的發作。

伺候了這位新來的人一番，把糕餅放進烘爐，在客廳廚房中間生起大火，使合於聖誕前夕歡樂的樣子，然後我就準備獨自唱幾支聖誕歌曲以自娛，約瑟雖然說他以為我所選的歡樂調子其實不能成為歌，我也不理他。他已經回到他的房間做私人祈禱，恩蕭先生和夫人正在給小姐看那些各式各樣漂亮的玩物，那是買給林頓兩個孩子的，作為酬謝的意思。他們約請了小林頓們明天到咆哮山莊來，他們也答應了來，有一個條件：林頓夫人請求把她的小寶貝和那「頑皮、好罵人的孩子」謹慎的加以隔離。

在這情形之下，我很孤寂的獨留在屋裡。我聞到烘熱了的香料的濃郁氣味；我賞鑑那些發亮的廚具，裝滿了冬青葉的擦亮的鐘，以及預備在晚餐時盛「加料熱酒」而擺在盤裡的銀杯。而最特出的卻是我特意保持的那件純潔無瑕的東西——洗掃乾淨的地板。我對於每件東西都發自內心的讚美，隨後我就憶起從前老恩蕭於一切安排好的時候是怎樣走進來，喊我為假虔誠的婦人，把一先令投進我的手掌裡，像是個聖誕盒一般。由此我又想起了他對於希茲克利夫的疼愛，以及他死後又生怕他受冷待的恐懼，於是很自然的我又考慮起這孩子現在的處境。從歌唱我變到要啜泣了。可是不久我就想起，設法補救他所受的冤抑，比空灑同情之淚，要有意義些。我便起身來到院裡去尋他。他沒有在遠處，我發現他在馬廄裡給新買的小馬摩平牠光澤的毛，並且按照日常習慣飼餵其他的牲口。

「趕快，希茲克利夫！」我說：「廚房裡是很舒服的，約瑟是在樓上。趕快，讓我在凱撒琳小姐出來之前把你打扮齊整，你們就可以坐在一起，整個壁爐由你們享受，你們可以長談到睡覺的時候。」

他繼續做他的工作，從不轉過頭來對我。

「來喲，你來不來呀？」我繼續說。「你們每人有一塊糕餅，差不多夠了。你得要半小時的打扮哩。」

我等了五分鐘，但是沒得到回答，我就離開他了。凱撒琳和她的哥哥嫂嫂一同吃晚飯。約瑟和我合吃了一餐冷淡寡歡的飯，羼拌著一方面的譴責和另一方面的孤傲。希茲克利夫的糕餅和奶酪整夜的放在桌上留待鬼靈。他繼續工作到了九點鐘，然後他一聲不響的倔強地走進他的房裡。

凱撒很晚沒睡，有無數的事情要吩咐，為了招待她的新朋友們，她到廚房來了一次和她的老朋友說話，但是他已走了，她只問了一聲他是怎麼回事，隨後就回去了。他第二天早晨起身很早，因為是假期，他到原野裡去發洩他的怪脾氣，直到全家都去到禮拜堂，他纔回來。肚皮的餓和思索似乎是把他的精神弄好些。

他在我跟前盤旋一陣，然後鼓起勇氣突然的說：

「奈萊，給我收拾一下，我要好好的做人了。」

「正是時候，希茲克利夫，」我說：「你已經苦惱了凱撒琳，她很後悔回得家來，我敢說！好像是你嫉妒她，因為她比你要多受人注意些。」

所謂嫉妒凱撒琳這個觀念，對於他是不可理解的，但是苦惱了她這個觀念，他是很明白的。

「她可說過她苦惱了麼？」他追問，樣子很是莊嚴。

「當我告訴她你今早又出去了的時候，她哭了。」

「好，我是昨晚哭的，」他回答說：「比起她來我有更多的理由哭。」

「是的，你有理由帶著一顆驕傲的心和空癟的肚皮去上床睡覺，」我說：「驕傲的人給自己製造悲苦，但是，你若以你的性急為可恥，那麼要記得，她進來的時候你一定要向她道歉。你一定要上去請求吻她，並且說——你曉得說什麼最好。只是要做得親熱，不要因為她穿了華麗衣服，就好像是你以為她變成了陌生人。現在我雖然要去準備做飯，我可以偷出時間把你打扮得好好的，叫哀德加・林頓在你旁邊顯得像是個小布人，其實他也是真像。你年紀小些，但是，我敢說，你高一些，肩膀有兩倍寬，你能一下子就把他打倒，你不覺得你能麼？」

希茲克利夫的臉上光亮了一陣，隨後又陰沉了，他嘆口氣。「但是，奈萊，我就是把他打倒二十次，那也不能使他少漂亮些，或使我更漂亮些。我希望我有淡色的頭髮、白色的皮膚，衣飾舉止都和他一樣，並且有變得和他一樣富的希望！」

「並且隨時隨地的喊媽媽，」我加上去說：「一個鄉下孩子舉起拳頭對你的時候，你就發抖，只因下一場雨就在家整坐一天。啊，希茲克利夫，你是表現了很不好的精神！來照照鏡子，我讓你看看你應該希望的是些什麼。你可看見你的兩眼中間的兩條線紋？黑濃的兩道眉毛，不在中間拱起，反而是中間窪下去。還有那一對魔鬼，深深的埋藏著，從不大膽的打開窗戶，而從底下閃耀，像是惡魔的偵探？設法熨平那些執拗的臉紋，放膽的抬起你眼皮，把惡魔變作天真自信的天使，什麼都不疑忌，對於不一定是敵人的人一概看作朋友。不要有惡狗似的表情，好像明知牠所得到的腳踢是牠份所應得的，而為了牠自己吃了苦頭，卻來對那腳踢者以及全世界都一概嫉恨。」

「換言之，我必須願望能具有哀德加・林頓的大藍眼睛和平滑的額了，」他回答說：「我是願望——但並不能就使我得到。」

「一顆好心會幫助你有一張好看的臉，我的孩子，」我繼續說：「雖然你就是一個真正的壞蛋，一顆壞的心能把頂美麗的臉變成為比醜還難看的樣子。現在我們洗、梳、發悶氣，都算完了——你告訴我，你是不是以為你自己是有點漂亮？我告訴你罷，我是這樣覺得的。你配做一個化裝的王子。誰知道啊，也許你的父親是支那大皇帝，[1] 你的母親是一個印度王后，用一星期的收入就能買進咆哮山莊和鶇翔田莊呢？你也許是被險惡的水手給綁劫了，帶到英國來的。我若是處在你的地位，我要對於我的出身懷抱著高貴的想像，並且一想起我曾經是怎樣的人，便可給我勇氣與尊嚴來忍受一個小農人的壓迫！」

我這樣喋喋的講下去，希茲克利夫漸漸消失了他的眉皺，開始做快樂的神情，猛然間一陣車聲轔轔從路上過來，直進了庭院，遂把我們的談話打斷。他跑到窗口，我跑到門口，剛好看到兩位林頓從家用馬車上走下來，皮袍大襖的擁蓋著，兩位恩蕭從馬上下來；他們在冬天是常騎馬到教堂去的。凱撒琳一手拉著一個孩子，把他們帶進屋來安排在壁爐前面，他們的白臉立刻就給烤出顏色來了。

我催促我的伴侶趕快露出歡樂的樣子，他也高興的答應了。但是厄運偏偏弄人，他剛剛打開廚房這一邊的門，興德來正好打開那一邊的門。他們遇見了，主人看見他整潔歡樂的樣子便不禁動怒，也許是，急於要踐守他對於林頓夫人所許下的諾言，便猛然一推把他推回了廚房，怒氣沖沖的命令約瑟：「不准這傢伙進屋裡來——把他送到樓頂上去，等到午飯吃過。他會用手指亂抓那些果醬蛋糕，或偷吃水果；若是他獨自在這裡守著。」

「不會的，先生，」我忍不住要回答：「他不會摸任何東西的，他是不會的。並且我想

1. 編註：支那大皇帝（Emperor of China），指中國皇帝。古代佛教採用梵文音譯，對中國稱呼為「支那」。如唐玄宗《題梵書》一詩中說：「鶴立蛇形勢未休，五天文字鬼神愁。支那弟子無言語，穿耳胡僧笑點頭。」在江戶時代中期以後，日本的小中華思想盛行，「中國」一詞有「天下之中心」的天朝味道。故日本人流行使用較為中性的佛教術語「支那」一詞，對中國人稱呼為支那人。

他一定和我們一樣也有他的一份糕點。」

「他有一份我的巴掌，若是在天黑以前我在樓下捉到他，」興德來叫起來，「滾開，你這流氓！什麼！你想做個花花公子麼，可是？等我來抓你那把漂亮的頭髮——看看我能不能再給扯長一些。」

「已經夠長的了，」林頓少爺說，從門口偷著窺探，「我想會把他的頭弄疼的罷，遮在他的眼前像是馬鬃一般！」

他說這話並沒有侮辱的意思。但是希茲克利夫的強暴性格不預備忍受類似傲慢的言詞，尤其是對於這一個他已經當作情敵來痛恨的人。他抓起一盆熱蘋果醬（順手抓到的第一件東西）直攢到那發言者的臉上頸上。他立刻開始哭喊，嚇得伊薩白拉和凱撒琳急忙跑了過來。恩蕭先生立刻捉到這個罪犯，帶到自己的屋裡，無疑的，他採取了一種粗暴的方法使那一陣狂怒冷靜了下來，因為他是紅了臉而且喘不過氣的樣子。我拿起一塊擦碗的布，輕蔑的揩哀德加的鼻嘴，並且告訴他這是多管閒事的報應。他的妹妹哭著要回家，凱撒站在一旁不知所措，為了大家赧顏。

「你不該對他說話！」她勸諫林頓少爺。「他是正在脾氣不好，現在你把你的訪問給糟蹋了。並且他要挨打，我不願意他挨打！我吃不下飯去。你為什麼要對他說話呢，哀德加？」

「我沒有，」這孩子哭著說，掙脫我的手，用他的麻葛小手絹去完結那賸餘的傷心。「我答應媽媽不和他說一句話，我就沒有說。」

「好罷，不要哭了，」凱撒琳輕蔑的回答說：「你並沒有被人殺死。不要再淘氣。我的哥哥來了，不要出聲！嘶！伊薩白拉！有誰傷害妳了麼？」

「喂，喂，孩子們——到你們的座位上去！」興德來匆忙進來喊。「那個畜生孩子已經使得我手腳暖和了。下一次，哀德加少爺，直接用你的拳頭好了——那會使你開胃的！」

一見到香噴噴的筵席，這小小宴會又恢復了平靜。他們坐車之後感覺饑餓，並且容易安慰，因為並沒有受到真的傷害。恩蕭先生切下大盤的肉，主婦用活潑的言談使得他們快樂。我站在她的椅子後面時候，看見凱撒琳用一副不哭泣的眼睛和冷漠的神情開始切她面前的鵝翅膀，我心裡很苦痛。「好一個無情的孩子，」我心裡想：「她多麼輕易的就把舊時遊伴的苦惱給撇開了。我不能想像她會如此的自私。」她舉起一匙到脣旁，隨後她又放下來了，她的臉紅了，淚珠滾了下來。她把叉子落在地板上，急忙鑽到臺布下面隱藏她的情感。我說她無情並沒有好久，因為我看出她一整天都是在活受罪，苦想找一個機會獨自坐著或是去看看被主人禁閉了的希茲克利夫。據我所發現，她是想要偷偷的送給他一餐飯。

到晚上我們有一場跳舞。凱撒請求不參加，因為伊薩白拉·林頓沒有舞伴，她的請求是無效的，我被派來補這個缺。在這場運動的興奮中，我們撇開了一切的愁悶，而吉墨頓樂隊的到臨，足足有十五個人，益發增加樂趣。除了歌唱的以外，有一喇叭、一長喇、幾支豎笛、低音笛、法國號角，還有一低音琴。他們到體面人家去輪流演奏，每次聖誕收取捐款，我們認為能聽他們演奏便是第一等樂事了。普通的聖誕曲唱過之後，我們就叫他們唱小調以及和聲歌曲。恩蕭夫人愛音樂，所以他們演奏很久。

凱撒琳也愛音樂，但是她說要在樓梯頂端去聽纔格外動人。於是她在黑暗中走了上去，我跟隨了。他們在底下閉了大廳的門，從沒有注意我們的缺席，屋裡是那樣充滿了人。她在樓梯頂端並沒有停步，仍往上走，走到希茲克利夫被禁閉在內的樓頂，並且喊他。有一陣他頑強的拒絕回答，她仍然喊，最後勸服了他隔著木板和她交談。我讓這兩個可憐的東西談話，不去擾他們，直到我覺得歌唱快要停止，唱歌的人要進茶點了，然後，我爬上梯子去警告她。我在外面沒有看見她，反而聽到她的聲音在裡面。這小猴子是從樓頂的一個天窗爬進去，順著天花板從另一天窗爬出來，我費了極大的事纔勸動她出來。她出來的時候，希茲克利夫和她一道出來了，她堅持要我帶他到廚房去，因為我的那位夥伴約瑟已經走到鄰家去躲避他所謂的這場「魔鬼聖詩」。我明告他們我並無意鼓勵他們的狡計，但是這囚犯自從昨天午飯以後還沒有吃過東西，我也就默許他欺騙興德來先生這一回。他走下，我在爐前給他放了一個凳子，給他一大堆好東西，但是他病了，只能吃一點點，我本想款待他的企圖也只好放棄。他的臂肘支在膝上，手托著下巴，啞口沉思。

我問他想的是些什麼，他嚴重的回答說：「我是在想怎樣報復興德來。我不管要等多麼久，只要最後能做到。我希望他不死在我之前！」

「好不害羞，希茲克利夫！」我說：「該由上帝來懲罰惡者，我們要學著饒恕人。」

「不，上帝不能得我所要得的滿足，」他回答說：「我只願知道最好的方法！讓我獨自想想，我會計畫好的，我在想著這事的時候，不覺得苦痛了。」

但是，勞克伍德先生，我忘記這些故事是不能供您娛樂的。我會夢想到這樣絮談不已，我自己都怪難為情的。您的粥也冷了，您也打瞌睡了！我可以把希茲克利夫的歷史、您所需要聽的一切，用半打字講完。

女管家這樣打斷自己的話頭，便站起來了，要放下她的針線，但是我覺得我不能離開壁爐，並且離瞌睡還遠得很。「坐下，丁太太，」我叫道：「請坐下來，再講半點鐘！妳這樣講最好，閒暇的講說，這正是我所喜歡的方法，妳一定要用同樣作風講完它。我對於妳所提到的角色多少都感覺興趣。」

「鐘已經交十一點了，先生。」

「沒有關係——十二點以前我是不慣於睡覺的。我十點纔起床，一兩點去睡還算很早哩。」

「你不該睡到十點。早晨的主要一段在那時候以前都消失了。一個人在十點以前還沒有做完他一天工作的一半，這人頗有機會連那一半也不做了。」

「雖然如此，丁太太，還是請妳入座，因為明天我預備把夜晚延長到下午哩。我預料我有一場惡傷風，至少。」

「我希望不哩，先生。好，你一定要准我跳過三年的樣子，在那期間，恩蕭夫人——」

「不，不，我不准這樣的！妳可曾體驗過那種心情，假如妳獨自坐著，貓在妳面前地毯上舐牠的小貓，妳聚精會神的望著，而貓忽略忘記舐了一隻耳朵，那不要使妳大為不快嗎？」

「那真是極懶的一種心情，我要說。」

「正相反，那是極其積極的一種心情。那正是我的心情，在現在；所以，要仔細的講下去。在我看，這些地方的人比起城市裡的人，恰似地窖裡的蜘蛛比起茅屋裡的蜘蛛，其國境實在是有更多的價值。但是這濃厚的誘惑力又不全由於旁觀者的地位，他們確實是較誠懇的生活著，較為為自己而生活，對於表面、變化，以及瑣細的外界事物是比較少經心些。我能想像一段終身的戀愛在此地幾乎是可能的；而我向來是一個堅決不信愛情能延長一年的人。前一種情形，恰似在一個餓人面前放下孤單單的一盤菜，他會集中全部的食欲，絕不虧負這一盤菜。而另一種情形，則是給他一整桌法國廚師安排下的筵席，他或者能從整桌得到一樣多的享樂，但是每一色菜在他的關切與記憶中間僅僅是極微的分子。」

「啊！我們是和任何別處的人一樣的，當你和我們弄熟了的時候，」丁太太說，對於我說的話有些迷惑。

「請原諒我，」我應聲說：「妳，我的好朋友，就是一個顯著的例證，證實那句話的不對。除了幾處不關緊要的鄉下習氣之外，我所慣常認為妳的階級所固有的那種風度，妳是一點痕跡也沒有。我敢說，妳的思想比普通僕人們所想的要多多了。妳是被迫來培養妳的思考能力，因為妳缺乏機會浪費妳的生命於瑣細無聊的事物上面。」

丁太太大笑。

「我當然自認為是一個穩健講理的人，」丁太太說：「並不全是因為住在山嶺中間一年到頭只能見到一套臉相、一串的動作，而是因為我曾經過嚴格的紀律，這使我得到智慧了。還有，我讀過的書比你所猜想的要多些，勞克伍德先生。在這些藏書中間你找不到一本書是我所沒有讀過的並且沒有心得的，除非是屬於希臘文與拉丁文，和法文的。可是那些書我也能分辨得出。你所能期望於一個窮人的女兒，也只好這樣多了。但是，你若願意我用真正饒舌老太婆的方式講下我的故事，我最好就繼續講下去。我不要跳過三年了，只要准我跳到明年夏天我就很知足了——那就是，一七七八年的夏天了，差不多是二十三年前。」

8

一個晴和的六月天的早晨，我的第一個要哺養的小嬰孩，也是古老的恩蕭世系中最後的一個，誕生了。我們正在遠處田裡忙著刈草，平常給我們送早飯的女孩子提前一個鐘頭跑了來，穿過草地，跑上路徑，一面跑一面喊我。

「啊，這樣好的一個小嬰孩！」她喘著氣說：「世上最好的孩子！但是醫生說夫人一定不能保了，他說她在這些月來已經患了肺癆。我聽到他告訴興德來先生：現在她無以維持她自己了，在冬天來到以前她就要死了。妳一定要立刻回家，是要妳來做保母的，奈萊，用糖和牛奶餵他，並且日夜的看管著。我願意我是妳，因為等到沒有主婦的時候，一切都是妳的了！」

「她可是病得很重嗎？」我問，丟下我的耙子，繫上我的帽子。

「我猜想她是的，但是她的樣子還很好，」女孩子回答：「聽她說話的神氣，好像她打算活著看他長大成人哩。她是喜歡得糊塗了，孩子真美！我若是她，我是一定不會死的。我只消看看孩子也會漸漸好起來的，偏偏要氣坎奈茲一下，我幾乎對他發脾氣了。阿徹太太把孩子送給在大廳裡的主人看，他的臉上剛剛露出得意的神情，這不吉利的老傢伙走向前來，他說：『恩蕭，真是福氣，你的妻勉強活命給你留下這個兒子。她初來時，我就深信我們不能把她保得長久；現在，我必須告訴你，她是逃不過冬天了。不要傷心，不要為這事而太煩惱！這是無可挽救的事。況且，你本該更曉事些，不該娶這樣脆弱的一個姑娘！』」

「主人回答了什麼話呢？」我問。

「我記得他咒罵了一聲，但是我沒有介意他，我急於要看小孩子。」於是她又得意洋洋的描寫這孩子。「我，和她一樣的熱心，急忙跑回去，由我來鑑賞一番。雖然我為了興德來的緣故很是悲傷。他的心裡只有放兩個偶像的地方——他的妻和他自己。他兩個都愛，崇拜的只有一個，我不能了解他將怎樣忍受這個損失。

我們到了咆哮山莊的時候，他正在前門站著。我進去經過的時候便問：「孩子好麼？」

「已經差不多能跑來跑去的了，奈萊。」他回答說，露出歡樂的一笑。

「女主人呢？」我大膽的問：「醫生說她是——」

「醫生該死！」他插嘴說，脹紅了臉，「法蘭西斯是很好的，到了下星期這個時候她會完全好了的。妳是要上樓去麼？請妳告訴她我就來，假如她答應不說話。我離開了她，因為她不肯閉嘴，她必須要——告訴她坎奈茲先生說的，她必須靜養。」

我把這話傳給恩蕭夫人，她似乎是精神很活躍的樣子，歡樂的回答說：「我幾乎一句話都沒有說，哀倫，他倒哭著出去兩次了。好罷，妳就說我答應了絕不說話：但是這不能限制我不笑他！」

可憐的東西！直到她臨死的一星期內，那顆活潑的心從來沒有撇開過她，她的丈夫頑強的（不，盛氣的）認定說她的健康是在天天進步。坎奈茲警告他說，病到這般地步，他的藥是沒有用的了，他無須再給她診視，使他徒費金錢，但是他抗聲說：「我知道你無須——她是好了——她不需要你再診視！她從來沒有生肺癆。那是發熱，現在熱退了，現在她的脈搏和我的一樣慢，她的臉一樣的涼。」

他曾把同樣的一套話告訴他的妻，她也似乎是信他的話。但是有一晚，她靠在他的肩上，正想要說她明天可以起床了，一陣咳嗽——很輕微的一陣——他伸臂把她抱起，她用兩手摟著他的頸子，她的臉色變了，她死了。

正如那女孩子所預料，小孩子哈來頓完全落在我的手裡。恩蕭先生，只消看見他健康，聽不見他哭，在他一方面便很滿足了。至於他自己，他變得絕望了。他的悲哀是屬於欲哭無淚的那一種，他不哭，也不祈禱，他咒罵，他反抗，他痛恨上帝和人類，自己恣情放蕩。他的僕人不能再容忍他那狂暴失檢的行為，只有約瑟和我願意留下。我是不忍心拋棄我的職守，還有，你曉得我曾是他的共乳姊妹，比一個陌生人容易原諒他的行為。約瑟留下專為威嚇佃農和工人，因為他的職業就是專門到有許多敗德的事情可供譴責的地方去。

主人的不良習慣和不良的伴侶成為凱撒琳與希茲克利夫的一個好榜樣。他對於希茲克利夫的待遇足以使聖徒變成為惡魔。真是的，在這時期這孩子像是真有惡魔附體，他眼看著興德來墮落得不可救藥，便很快樂，蠻野的拗性和狂暴也日益顯著。我們住的是何等樣的地獄，我不能描寫出一半來。牧師不再來訪問，最後沒有一個體面人肯走近我們，除非哀德加・林頓來訪問凱撒琳小姐算是例外。到了十五歲，她便是鄉間皇后了，沒有人能和她比，她果然變成為一個驕傲頑強的東西！我承認我不喜歡她，自從她脫離嬰孩時代以後，我時常要她減少她的驕矜之氣，這使她頗不痛快，可是她從不嫌厭我。她對於故舊的友情有一種奇異的恆心，就是希茲克利夫也能抓住她的情愛而毫無變化；年輕的林頓，縱然有他的一切優越處，也很難發生同樣深刻的印象。他是我過去的主人，壁爐上面的便是他的畫像。本來是掛在一邊，他的妻的掛在另一邊，但是她的被移走了，否則您可以看看她從前的樣子。您看得見罷？

丁太太舉起蠟燭，我看出一個溫和的臉，十分像山莊上的那個年輕女人，但是在表情上更多思想、更和藹些。是很可愛的一幅畫像。淡色的長髮輕輕的鬈在額邊，眼睛大而莊嚴，身段幾乎是太溫雅了。我一點也不驚訝，為什麼凱撒琳・恩蕭能為了這樣一個人而忘記她的第一個朋友。我很驚訝，用一顆和他的儀表相稱的心，他怎麼能想像到我對於凱撒琳・恩蕭的想像。

「很好看的一幅像，」我對女管家說：「像不像呢？」

「像的，」她回答：「但是他在暢快的時候還要好看一些。這是他平日的相貌，平常他是缺一點精神。」

凱撒琳自從在林頓家住了五個星期之後，便和他們繼續往來。和他們在一起的時候，她沒有機會表現她粗劣的一面。而且大家都一貫的優禮有加，她若是鹵莽也覺得難為情。所以她以她巧妙的殷勤，哄騙了那一對老夫婦，很受伊薩白拉的愛慕，更得到她的哥哥的傾倒；這都是她起初很得意的收穫，因為她是野心頗大的，於是引她採取雙重性格，而並非有意要騙任何人。在一個她聽見希茲克利夫被稱為「下賤的小流氓」、「比畜生還壞」的地方，她當然要留心不要像他那樣動作。但是在家裡她就無意講求那只被人恥笑的禮貌了，也無意節制她那不羈的性格，因為就是節制了也不能使她得到讚美和名譽。

哀德加先生很少時候有勇氣來公開拜訪咆哮山莊。他很怕恩蕭的聲名，怕遇到他。但是他總受到我們所能辦到的最好的禮貌。主人自己都避免開罪他，知道他是為什麼來的，若是他實在不能有禮貌，便索性躲開。我覺得他若在那裡，是使得凱撒琳不大高興的。她並不是有計謀的，從來也不賣弄風情，很顯然的根本反對她的兩個朋友見面，因為，希茲克利夫當著林頓表示輕蔑的時候，她不能像是在背後時那樣表示一半同意；林頓對希茲克利夫表示厭惡的時候，她又不敢漠然聽之，好像辱罵她的遊伴對於她是無關重要的。我常譏笑她的窘態和隱痛，她想瞞著我但是又瞞不過。說起來好像是我太狠心，其實她是太驕傲，要憐憫她的苦痛真是不可能，除非她變得更謙遜些。最後她向我傾吐肺腑了，並且信任我，因為沒有另外一個人能成為她的顧問。

有一天下午興德來先生外出，因此希茲克利夫認為可以放假一天。那時候他已到了十六歲，相貌不壞，智力也不缺，他偏偏想要從內心或外表方面做出令人討厭的樣子，雖然現在不復保留任何痕跡。首先要說，到這時節他已失掉他早年所受教育的好處；不斷的苦工，早起晚歇，已撲滅了他所曾有過的對於知識方面之任何欲望，以及對於書籍或學問之任何愛好。他童年時的優越感，是由於老恩蕭的寵愛而注入給他的，現在消褪了。他掙扎很久，想要和凱撒琳在求學上能追到平等地位，但是於尖銳而沉默的遺憾中放棄了這種努力，他完全放棄了，勸他再走一步以求上進，那是不可能的。因為他覺得他一定要，必然的，降落到他以前的水準之下。外表的樣子也和他內心的墮落相感應了：走路的樣子無精打采，相貌也變成卑鄙。他本來的沉默天性擴大成為幾乎不近人情的過分的怪僻；他顯然得到一種冷酷的快感，在激起極少數的熟人不對他起敬意而起反感的時候。

在他做工休息的時候，凱撒琳和他還是常在一起玩。但是他不再在口頭上表示對她的喜愛，並且以憤怒、猜疑的心理躲避她那女孩子氣的愛撫，好像是感覺到這樣的情愛浪費在他身上是不能產生什麼結果的。有一次他走進大廳，聲明他不想再做什麼，我正在幫著凱撒琳小姐整理她的衣服。她沒有料到他想偷閒一天，她以為她可以獨自利用這地方，她便設法通知哀德加先生她哥哥不在家的消息，正預備接待他。

「凱撒，妳今天下午忙麼？」希茲克利夫問：「妳要到什麼地方去麼？」

「不，下著雨呢。」她回答。

「為什麼穿那件綢子袍，那麼？」他說。「沒有人來罷，我希望？」

「我不曉得有人來，」小姐嚅嚅的說：「但是你現在該上田裡去了，希茲克利夫。現在已經飯後一個鐘頭了，我以為你已經走了呢。」

「興德來並不常常放我們脫離他可恨的跟前，」這孩子說：「我今天是不再工作了：我要和妳在一起。」

「啊，但是約瑟會要告發的，」她說：「你最好還是去罷！」

「約瑟是在潘尼斯頓岩較遠的那一邊裝載石灰呢，他要忙到天黑纔得完，他永遠不會知道。」

他這樣說著，踱到爐邊，坐下來了。凱撒琳思索了一陣，皺起了眉頭——她覺得有預先準備第三者闖入的必要。「伊薩白拉和哀德加‧林頓曾說起今天下午來，」她在沉默一分鐘之後說：「但是下雨了，我想他們不會來了。不過他們也許來，若是來了，你倒有無故挨一頓罵的危險。」

「吩咐哀倫就說妳正在有事，凱撒，」他堅持著說：「不要為了妳的那些可憐、無聊的朋友們而把我趕出去！有時候，我幾乎要抱怨他們簡直是——但是我不說罷——」

「他們簡直是什麼？」凱撒琳叫，用一種不安的臉色望著他。「啊，奈萊！」她狂暴的叫，從我手裡掙脫她的頭，「妳把我的頭髮梳亂了！夠了，不要管我了。你幾乎要抱怨什麼，希茲克利夫？」

「沒什麼——只要看看牆上的日曆。」他指著窗邊懸掛著的一張配框的紙，繼續說——「打叉子的便是妳和林頓們一同消磨的夜晚，打點的便是和我在一起的時候。妳看見沒有？我每天都打一個記號的。」

「是的——很傻，好像我會注意似的！」凱撒琳用一種執拗的聲調回答。「這是什麼意思呢？」

「這表示我是注意了。」希茲克利夫說。

「我應該永遠陪你坐嗎？」她質問，越發激怒了。「我得到什麼好處了？你說的是什麼話？與其聽你對我談的話，或看你對我做的事，你還不如索性是個啞巴或是個嬰孩呢！」

「妳從未告訴我妳嫌我說話太少，或是妳不歡喜我和妳作伴，凱撒！」希茲克利夫嘆叫，很是激動。

「什麼事都不知道、什麼話都不說的人，根本談不到作伴。」她嘟囔說。

她的同伴站起來了，但是他沒有時間再發洩他的情感了，因為聽到石板路上的馬蹄聲，年輕的林頓輕輕敲門之後便走進來了，他的臉上有十分快樂的光彩，因為他接到這意外的召喚。無疑的，凱撒琳注意到她這兩個朋友的分別，一個走進，一個走出，這分別恰似你從一片荒涼的山陵的產煤地帶轉移到一個美麗肥沃的山谷。林頓的聲音與禮貌也正與希茲克利夫的相貌一般的恰恰相反。他有溫柔低下的聲調，字的發音和您一樣，不像我們這裡人說話那樣粗嗄，較溫柔些。

「我是來得太早了一些罷，是不是？」他說，看我一眼。我已開始揩抹盤子，整理櫥櫃盡頭的幾只抽屜。

「不，」凱撒琳回答：「妳在那裡做什麼呢，奈萊？」

「做我的工作，小姐。」我回答（與德來先生曾吩咐過我，但凡林頓要來私自拜訪，要我來做一個第三者。）

她走到我背後，惱怒的低聲說：「妳拿著毛帚走開去，有客在此的時候，僕人們不該當著客人開始打掃房間！」

「現在正是一個好機會，主人又不在家，」我大聲回答：「他不歡喜我當他的面收拾東西。我想哀德加先生一定會原諒我的。」

「我討厭妳當著我的面收拾。」小姐不等她的客人開口便氣橫橫的說。自從她和希茲克利夫小小爭吵之後尚未恢復她的寧靜。

「我很抱歉，凱撒琳小姐。」這便是我的回答，我很細膩的繼續我的工作。她，以為哀德加不會看見她，從我手裡把抹布搶去，在我臂上擰我一把，很長的狠力一擰。我已說過我不愛她，並且頗想時時打擊她的虛驕之氣，這回她又使我很痛，所以我就從跪著的姿態一躍而起，大叫：「啊，小姐，這是很惡劣的手段！妳沒有權利來擰我，我不能忍受了。」

「我並沒有摸到妳，妳這說謊的東西！」她喊叫，其實她的手指在發癢，想要再擰，她的耳朵氣得發紅。她從來沒有隱藏她情感的力量，總是滿臉通紅。

「那麼為什麼紅臉呢？」我反抗說，指著那緋紅的見證來反駁她。

她頓足，逡巡了一陣，隨後不可抵禦的被她內心的頑性所逼迫，打了我的耳光，熱辣辣的一擊，使兩眼充滿了淚水。

「凱撒琳，親愛的！凱撒琳！」林頓插進來勸解，很驚訝他所崇拜的偶像犯了欺騙與橫暴雙重的錯誤。

「離開這屋子，哀倫！」她重複說，渾身抖顫。

小哈來頓是到處跟著我的，當時在地板上靠近我坐著，見我流淚便自己也哭了，哭著罵「可惡的姑姑凱撒」，便把她的怒火惹到他的不幸的頭上。她抓住他的肩膀搖震他，直搖得那可憐的孩子面色發青，哀德加為了解救他便漫不經心的抓住她的雙手了。一瞬間，一隻手被掙脫了，這驚嚇的年輕人覺得這隻手到了自己的耳朵上了，而那樣子絕不能誤會為開玩笑。他向後退，驚惶失措。我把哈來頓抱了起來，走到廚房，但是把門開著，因為我很想看看他們怎樣解決他們的衝突。被辱的客人走到他放帽子的地方，面色蒼白，嘴唇發顫。

「這纔是對！」我自言自語，「接受這次警告，滾開去！讓你看看她真正的脾氣之一斑，這總算是對你好哩。」

「你到哪裡去？」凱撒琳問，走近門口。

他轉到一邊，想要走過去。

「你一定不能走！」她厲聲說。

「我偏要走！」他低聲回答。

「不行，」她堅持著，握緊了門柄，「還不能走，哀德加・林頓。坐下來，你不能在這樣的心情中離開我，我會要整夜的苦痛，我不願為了你而苦痛！」

「你打了我之後，我還能留在此地嗎？」林頓問。

凱撒琳默然。

「妳使得我怕妳，為妳羞，」他繼續說：「我是不再來了！」

她的眼睛開始發亮了，她的眼皮眨動。

「妳故意的扯謊！」他說。

「我沒有！」她叫，恢復了語言，「我什麼事都不是故意的。好，走罷，若是你願意——走出去！現在我要哭了——我要哭個半死！」

她在一把椅子前面跪了下去，認真的哭了起來。哀德加堅持他的決心一直走到庭院裡，到了那裡他就又停住了。我決定去鼓勵他。

「小姐是非常乖拗的，先生，」我大聲說：「像任何被溺愛壞了的孩子一般的糟。你最好騎馬回去，否則她會死去活來的只是使我們大家苦惱。」

這柔軟的東西斜眼望著窗裡，他沒有力量走開，恰似一隻貓沒有力量撇開一隻半死的老鼠，或一隻已吃過一半的鳥。啊，我想，是沒有法子救他了，他的命已註定，他奔向他的命運！事實也確是如此，他突然轉回，急忙走進屋裡，把門關了。過了一些時候，我走進去告訴他們恩蕭回家了，喝得酩酊大醉，預備把房子都要搗毀（他平常的心情就是這樣），這時候我發現這一場爭吵只產生了更密切的情誼——打破了青年人羞怯的壁壘，使得他們放棄了友誼的虛飾，而公然承認彼此是情人了。

興德來回家了的消息立刻把林頓趕上了馬，把凱撒琳趕回了她的房。我去把小哈來頓藏起，又去把主人鳥槍裡的子彈取出，因為他在瘋狂的時候歡喜拿槍玩，誰激怒他或是誰過於惹他注意就要有性命危險。我們想起取出子彈，為的是讓他少釀事端，萬一他要鬧到開槍的地步。

9

他進來了，喊著可怕的咒罵，正好撞見我把他的兒子往櫥櫃裡藏。哈來頓有一種健全的恐怖，他生怕接受他那野獸般的痛愛，或是瘋人般的狂怒，因為在被痛愛時，有被擠死吻死的危險，而遇到他發怒時，又有被丟到火爐裡或撞死在牆上的危險。不拘我把他藏在什麼地方，這可憐的東西不敢動一動。

「啊，我終於發現了！」興德來大叫，抓住我頸上的皮，像是一隻狗似的往後一拉。「該死該死，你們必是商定要謀殺這個孩子！現在我知道是怎麼一回事了，為什麼他總是不在我面前。但是，惡魔幫我，我要妳吞下那把切肉的刀，奈萊！妳不用笑，我剛剛把坎奈茲頭朝下悶死在黑馬沼裡，殺兩個和殺一個是一樣的——我要殺死你們幾個，我不殺我心裡不得安寧！」

「但是我不歡喜切肉刀，興德來先生，」我回答說：「那刀切過燻青魚了。我寧願槍斃，假如你高興。」

「妳寧願進地獄！」他說；「妳還是非進不可。英格蘭沒有法律能禁止人整理他的家庭，我的家是亂七八糟！張開口。」

他握著刀子，把刀尖戳進我的牙縫。但是，在我一方面，我從來不十分怕他的胡鬧。我吐一口唾沫，並且說味道很壞——我無論如何不肯吞下去。

「啊！」他說，放鬆了我，「我看出那個討厭的小流氓並非是哈來頓——我求妳饒恕我，奈萊。如其是他，他不跑出來歡迎我，並且放聲大叫，好像我是個鬼，為這個便該活剝皮。沒有情義的崽子，過來！我要教訓你，你怎樣欺騙一個好心腸被愚弄的爸爸。喂，妳覺得這孩子能把頭髮剪得更好看些嗎？一隻狗把毛剪短會顯得兇些，我愛兇的東西——給我一把剪刀——要兇而整齊！並且，那簡直是地獄裡的習氣——惡魔般的狂妄。偏偏珍貴這一雙耳朵——沒有這一雙耳朵我們也夠是驢了。嘶，孩子，嘶！好了，是我的乖孩子！別哭，弄乾眼睛——好乖，吻我。怎麼！不吻麼？吻我，哈來頓！你該死，吻我！上帝呀，好像我願意養育這樣的一個怪物！我決計要摔斷這孩子的頸子。」

可憐的哈來頓在他父親懷裡拚命的喊叫踢打，他抱他上樓並且把他舉到樓欄杆外的時候，他就加倍的叫。我也喊告他會把孩子嚇瘋的，我跑向前去解救他。我剛走到，興德來探身欄外在聽底下的聲響，幾乎忘記了手裡抱的是什麼東西。「是誰？」他問，他聽到有人走到樓梯腳。我也向前探身，為的是向希茲克利夫做手勢教他不要走過來，因為我聽出是他的腳步聲。我的眼睛剛剛離開哈來頓，這孩子猛然一縱，便從那不小心的把握中掙脫出來了，跌下樓去。

在我們發現這小東西安全無恙之前，幾乎沒有時間容我們體驗那恐怖的震撼。希茲克利夫正在緊要關頭來到樓下，由於自然衝動，他把他接住了，把他放在地上立著，仰頭看到底是誰釀出這樣的險事。一個守財奴為了五先令拋棄了一張幸運的彩票，第二天發現了他損失五千鎊，不能表現出比希茲克利夫的更為嗒然若喪的神情；當他看見樓上是恩蕭先生的時候，那副神情比言語更能表示得清楚一種極深刻的苦痛，為了自己親自阻止了自己的報復。若是在黑暗中，我敢說，他會在階梯上敲碎哈來頓的頭顱，來補救他的錯誤。但是我們親眼見他是被救了。我立刻下去把寶貝孩子抱緊在懷裡。興德來較安閒的下來，酒醒了，並且羞慚。

「這是妳的錯誤，哀倫，」他說：「妳該藏起他來別讓我看到，妳該把他從我手裡抱開！他有什麼地方受傷了麼？」

「受傷！」我怒叫，「他即使沒摔死，也會變成白癡！啊！我想他的母親會要從墳裡出來看你怎樣待遇他哩。你比一個異教徒還壞——這樣子對待你自己的血肉！」

他想要撫摩孩子。孩子在我懷裡便立刻把他所受的驚嚇哭出來了。但是，他的父親剛把第一個指頭觸到他，他叫得更為銳利，掙扎著好像要驚風的樣子。

「你不要管他！」我繼續說。「他恨你——他們全都恨你——這是實情！你有一個快樂家庭，你現在弄到這般地步！」

「我還要弄到更好的地步哩，奈萊，」這乖謬的人笑了起來，恢復了他的頑梗。「現在，妳且抱他去罷。你聽著，希茲克利夫！你也走開，離開我遠遠的。我今晚不要殺你，除非我或者放火燒房，但是那要看我高興。」

說著，他從櫥櫃裡取出一小瓶白蘭地，倒些在一個杯子裡。

「不，不可以！」我請求，「興德來先生，請接受我的警告。可憐這個不幸的孩子罷，假如你不愛惜你自己！」

「任何人都會比我待他好些。」他回答。

「可憐你自己的靈魂罷！」我說，想要從他手裡搶過杯子。

「我不！相反的，我要把靈魂永墮地獄來懲罰造物主而引以為樂。」這褻瀆神明者說：「舉杯祝靈魂痛痛快快的永劫不復！」

他喝下酒，焦急的令我們走，用一陣不可重述、不堪記憶的可怕咒詛來結束他的命令。

「可惜他不能醉死，」希茲克利夫說。於門關了之後，喃喃的發出一陣咒罵的回響，「他是在盡他最大的力量，但是他的體格抗拒他。坎奈茲先生說他願拿他的馬來打賭，在吉墨頓這一帶，他的壽比任何人都要長，以白頭浪子的姿態鑽進墳墓，除非他遭遇到常軌以外的什麼幸運。」

我走進廚房，坐下來引我的小羔羊入睡。希茲克利夫，據我想，是走過去到穀倉去了。

事後纔曉得他只是走過高背椅的那邊，倒在離壁爐遠處靠牆的一條木凳上面，一聲不響。

我正在把哈來頓放在膝上搖，哼著這樣開端的一支曲子：

夜已深，孩子都睡著了，墳堆下的母親聽到了——

凱撒琳小姐在她屋裡聽到那陣喧嘩，便來探頭低聲說：「是妳一個人在這裡麼，奈萊？」

「是的，小姐，」我回答。

她進來向火爐走近。我以為她要說什麼話，抬頭望著。她臉上的表情像是很憂愁焦急，她的嘴脣半張著，好像是要說話，她吸了一口氣，但是化為一聲嘆息而出，並不是一句話。我繼續歌唱，沒有忘記她最近的行徑。

「希茲克利夫在哪裡？」她打斷我說。

「在馬廄做他的工作。」我回答。

他並沒有糾正我，或者他是睡著了。又一大陣沉默，我看見有一兩滴淚從凱撒琳的腮上滾到石板地上。她是否為她的可羞的行為而抱憾呢？我問我自己。那倒是件新鮮事哩：她也許願意這樣做——我不必幫助她！不，她對任何事件都不大感覺苦惱，除非是與她自己有關的。

「啊，親愛的！」她終於喊叫。「我很不快樂！」

「可惜，」我說：「妳是難於取悅，這樣多朋友，這樣少煩惱，還不能知足！」

「奈萊，妳能為我保守一宗祕密嗎？」她說著跪在我旁邊，抬起嬌媚的眼睛看著我的臉，那種神情足以驅散怒氣，雖然在一個人極有理由發怒的時候。

「是否值得保守呢？」我問，慍怒得好一些了。

「是的，使我很不安，我一定要說出來！我願意知道我應該怎樣做。今天哀德加・林頓請求我嫁給他，我已經給他回答了。現在，在我明告妳那是接受或拒絕之前，妳告訴我那應該是怎樣的。」

「真的，凱撒琳小姐，我怎能知道呢？」我回答。「當然的，想到妳今天下午在他面前所表演的，我可以說聰明的辦法是拒絕他。他既然是在那事之後纔請求妳的，他必定是一個不可救藥的呆子，或是一個大膽的傻瓜。」

「妳如其這樣說話，我就不再多告訴妳了，」她氣憤的回答，立了起來。「我接受他了，奈萊。快說我是不是錯了！」

「妳接受他了！那麼討論有什麼好處呢？妳既已出了諾言，就不能收回了。」

「但是妳說我是否應該這樣做呢——說！」她用惱怒的聲調說；摩擦她的雙手，皺著眉頭。

「在正確回答那問題之前有許多事要考慮的，」我像說格言一般的說。「首先第一，妳是否愛哀德加先生？」

「誰能止得住不愛呢？當然我愛他。」她回答。

然後我對她做了下面的問答，對於一個二十二歲的女子，這不是不智的。

「妳為什麼愛他，凱撒琳小姐？」

「胡說，我愛——那就夠了。」

「絕不夠；你一定要說為什麼。」

「好罷，因為他長得漂亮，在一起使人很快樂。」

「糟！」這是我的評語。

「因為他年輕活潑。」

「還是糟！」

「因為他愛我。」

「毫不相干。」

「他將來會富的，我願做這鄉間最偉大的女人，我有這樣一個丈夫我會覺得驕傲的。」

「這最糟。現在，說妳是怎樣愛他？」

「像每人那樣愛一般——妳真是好笑，奈萊。」

「一點也不——回答。」

「我愛他腳底下的土地、他頭上的天空、他所摸過的一切、他說的每一句話。我愛他各種的臉相、一切的動作、整個的他，完全的他。就是這樣愛！」

「為什麼呢？」

「不，妳是和我開玩笑，這是十分惡意的！這對於我並不是玩笑的事！」這年輕女郎說，皺起眉頭，轉臉向火。

「我絕不是開玩笑，凱撒琳小姐，」我回答：「妳愛哀德加先生因為他漂亮、年輕、活潑、富，並且愛妳。最後這一點，等於沒有講，沒有這一項妳也許一樣愛他的；有這一項，妳倒不一定愛他，除非他具備前四項優點。」

「不，當然不。我會只是憐憫他——恨他；或者，若是他貌醜或是個村夫。」

「但是世界裡還有別的漂亮有錢的青年男子，也許比他更漂亮更有錢。什麼能阻礙妳去愛他們呢？」

「如其有的話，他們沒有被我遇到！我還沒見過像哀德加一樣的人。」

「妳可以看見幾個，而他也不會永久漂亮、年輕，也許不能永久的富。」

「他現在是的，我只顧目前。我希望妳說話要理性一些。」

「好，這就解決了。妳若是只顧目前，嫁給林頓先生。」

「我並不是要妳准允我嫁他——我是要嫁他的。但是妳沒有告訴我，我做的是否對。」

「十分的對；假如女人出嫁只為目前是對的。現在讓我們知道妳所不快樂的是什麼事。妳的哥哥會高興的，那一對老夫婦不會反對的；我想，妳可以脫離一個七零八落毫不舒暢的家庭，加入一個富足體面的人家。妳愛哀德加，哀德加也愛妳。一切都像是很順利如意，障礙在哪裡？」

「在這裡，和這裡！」凱撒琳回答，一手敲額，一手捶胸，「在靈魂居住的任何地方。在我的心靈裡，我深信我是錯了！」

「這可就怪了！我不懂。」

「這是我的祕密。妳若不譏笑我，我就解釋給妳聽。我不能解釋得很清楚，但是我可以教妳感覺我是怎樣感覺的。」

她又坐在我的旁邊，她的臉色變得更憂鬱更沉重，她握緊的手顫動了。

「奈萊，妳從沒有做過怪夢嗎？」她反省了幾分鐘後忽然說。

「有時候也做過，」我回答。

「我也是。我一生中曾做過幾個永久停留不散的夢，並且改換了我的思想，這些夢在我身體裡穿行又穿行，像酒攪在水裡，改變了我心靈的顏色。這是一個，我就告訴你——但是你聽到任何一部分請不要笑。」

「啊！不要，凱撒琳小姐！」我叫。「不要喚起妖魔鬼怪之類來纏我們，我們已經夠陰慘的了。來，來，快活起來，像妳本來的樣子！看小哈來頓！他是沒夢見什麼悲哀的事。他在睡中笑得多甜！」

「是的，他的父親在他寂靜時咒罵得多麼甜！我敢說妳一定還記得他和這小娃娃一般大小的時候，幾乎一樣的年紀小，一樣的天真爛漫。但是，奈萊，我要請妳聽我說，並不長，我今晚沒有力量快樂起來。」

「我不要聽，我不要聽！」我急忙重複說。

我那時候很迷信夢，現在也還是。凱撒琳臉上又有一種異常的黯淡之色，我生怕她的夢裡有點什麼預兆令人看出可怕的慘事。她很為難的樣子，但是沒有開始講。顯然是另揀一個題目，她不久又開始說話。

「假如我是在天堂，奈萊，我會十分苦痛。」

「那是因為妳不配到那地方去，」我回答：「所有的罪人在天堂裡都會要苦痛的。」

「但並不是為了這個。我有一次夢見到了那裡。」

「我告訴妳我不要聽妳的夢，凱撒琳小姐！我要睡去了，」我又打斷她說。

她笑了，把我按下，因為我要起身離開我的座位。

「這並沒有什麼，」她喊：「我只是要說天堂不像是我的家，我哭得傷心，想要回到塵世來。天使大怒，便把我丟到咆哮山莊的頂上荒原中間了，我就醒了，喜歡得直哭。這就很可以解釋我的祕密了，不必再提別的。我不要嫁給哀德加・林頓，就如同我不要進天堂一樣。假如那邊的那個壞人不把希茲克利夫貶抑得那樣下賤，我根本不會想到這宗事。現在嫁給希茲克利夫，那會降低我的身分，所以他永遠不會知道我是如何愛他。而我愛他，並不是因為他漂亮，奈萊，是因為他比我更像我自己。不管我們的靈魂是什麼東西做的，他的和我的是一樣的，而林頓的則迥然不同，如月光之異於閃電，或霜之於火。」

這段話還沒有說完，我發覺希茲克利夫是在屋裡。我注意到一個輕微的動作，我轉過頭去，看見他從木凳上立起來，無聲響的偷走出去。他在靜聽著，一直聽到凱撒琳說若嫁他便要降低她的身分，他就不再聽下去了。我的同伴坐在地上，正好被椅背遮住，看不見他在那裡，亦看不見他走去。但是我吃一驚，令她住聲！

「為什麼？」她問，膽怯的四周望。

「約瑟來了，」我回答，恰好聽到他的車輪在路上的聲音，「希茲克利夫會要同他到此地來的。我不敢說他現在是否即在門口哩。」

「啊，他不會在門口偷聽我的！」她說。「把哈來頓交給我，在妳去弄晚飯的時候，晚飯做好的時候喊我來和妳一同吃。我願欺騙我這不安的良心，並且深信希茲克利夫根本不了解這些事情。他不了解，是不是？他不曉得什麼叫作在戀愛中罷？」

「我卻看不出他為什麼會不能像妳一般的了解，」我回答：「如其妳是他所選中的，他將是世上最可憐的東西。妳一旦成為林頓夫人，他就失掉了朋友，失掉了愛，以及一切！妳可曾考慮妳將怎樣忍受這分離之苦，他將怎樣忍受孤苦零丁的被遺棄在這世上？因為，凱撒琳小姐——」

「他被遺棄！我們分離！」她用一種激怒的語調說：「請問誰來分離我們？他們會要遭遇米羅的命運！[1]只要我一息尚存，哀倫，沒有一個塵世的人能夠。世上每一個林頓都可以化為烏有，我也絕不能答應放棄希茲克利夫。啊，這不是我所願望的——這也不是我的意思！如其要付這樣的代價，我便不做林頓夫人了。他以後對於我要像以往他對於我一般的珍貴。哀德加必須要取消他對希茲克利夫的反感，至少要容忍他。他會的，當他知道我對他的真情。奈萊，我現在明白了，妳以為我是自私的人。但是妳可曾想到過，希茲克利夫若是和我結婚，我們全要做乞丐？而我若是嫁給林頓，我可以幫助他升發，把他放在我哥哥威力所不及的地方。」

1. 編註：米羅（Milo）是古希臘大力士，公元前六世紀的巨人，具有超凡的神力而屢次獲得奧林匹克冠軍，他的命運卻很不幸，在一次和獅子的搏鬥中，衣角被樹枝刮住而不能掙脫，最終被獅子吃掉了。

「用妳丈夫的錢嗎，凱撒琳小姐？」我問。「妳會發現他不是像妳所估計的那樣柔順。雖然我不便判定，這是妳要做年輕的林頓之妻的最壞的一個動機。」

「不是的，」她反駁說：「是最好的！其他的動機都是為滿足我自己的幻想，也是為了哀德加，滿足他的。這一動機乃是為了一個人，他以一身而能包括我對哀德加和對我自己的情感。我不能表示出我的意思，但是妳和任何人都能明白，超出你自己之外，還有一個你的存在，或是應該有。我生來何益，如其我是完全在這裡的一點點？在這世上我的最大苦痛便是希茲克利夫的苦痛，從一開始我便注意到並且感覺到每一種苦痛：我在生命中最大的顧念便是他。若是一切都毀滅了，而他獨存，我還可以繼續存在；若是其他一切都存在，而他被毀滅，這宇宙將變為十分陌生的地方，我不會像是其中之一部分。我對林頓的愛像是林中的葉子：時間要改變它的，我很曉得，恰似冬天要改變樹。我對希茲克利夫的愛像是下面的永恆的岩石：從那裡能得到很少的看得見的快樂，但是必需的。奈萊，我就是希茲克利夫！他永遠的，永遠的在我心上：並不像是一宗快樂，不見得能比我對我自己發生更大的快樂，而即是我自己的本身。所以不要再說我們會分離，那是不可能的；並且——」

她停止了，把她的臉藏在我的衣褶裡，但是我用力把她的臉給推開了。我不能忍耐她的荒唐行為！

「若是我能從妳這一片無意義的話中尋出一點意義來，小姐，」我說：「那只能令我相信妳完全不懂得妳在婚姻中所要擔負的義務。否則妳便是一個惡性、沒有教養的女孩子。不要再拿祕密來麻煩我：我不能答應為妳守祕密。」

「妳要保守這一個？」她焦急的問。

「不，我也不能答應。」我重說一遍。

她正要堅持，約瑟進來結束了我們的對話。凱撒琳移到角落邊坐著，我做晚飯，她照護哈來頓。飯做好之後，我的夥伴便和我爭吵誰去送一些飯給興德來先生。菜差不多都冷了，我們還沒有決定。隨後我們商定，等他來要，假如他要吃。因為他獨在房裡一些時候之後，我們都特別的怕去見他。

「到這時候，那沒出息的東西怎麼遠不從田裡回來？他做什麼去了？又偷閒看什麼去了！」老人問，尋找希茲克利夫。

「我去喊他，」我回答說：「他在穀倉裡，我想一定是。」

我去喊，但是沒有回答。回來的時候，我低聲告訴凱撒琳，他必已聽到她所說的一大部分，並且告訴她我怎樣看見他離開廚房的；正當她抱怨到她哥哥對他的待遇的時候。她嚇得跳了起來，把哈來頓丟到椅上，親自跑去找她的朋友；沒有時間考慮為什麼她自己這樣受激動，或她的一番話將怎樣影響到他。她去了很久，約瑟提議我們不必再等她了。他狡猾的猜想他們一定是滯留在外，為的是躲避聽他長篇的祈禱，「他們是壞到什麼壞事都做得出來，」他說。為了他們的緣故，他那晚於平常飯前一刻鐘的祈禱之外另加上一段祈禱，並且想要在祈禱之後再綴上一段，幸虧小姐忽然跑了進來，匆忙的命令他趕快跑到馬路上去，不管希茲克利夫漫遊到什麼地方，找到他並且要他立刻回來！

「我要和他說話，我必須要，在我上樓之前，」她說：「大門開著，他是在聽不到喊叫的什麼地方。因為他不回答；雖然我在農場的頂高處極力的喊叫。」

約瑟起初反對，但是她太誠懇了，不能受到反對。他終於戴上帽子，抱怨的走出去。同時，凱撒琳在地上來回的踱，說：「我不知道他是在哪裡——我很奇怪他能在哪裡呢？我說什麼了，奈萊？我忘了。他可是惱怒我下午的壞脾氣？親愛的！告訴我，我說了什麼使他悲痛的話了？我真願他回來。我真願他回來喲！」

「何等無益的吵鬧！」我叫，雖然我自己也有些不安。「一點小事就嚇倒妳！希茲克利夫在原野裡踏月閒遊，甚至因抑鬱不樂不願和我們談話而獨臥在稻草廄裡，都不值得大驚小怪。我敢打賭他一定是在哪裡藏著呢，看我把他搜出來！」

我出去再找，結果是失望，約瑟尋找的結果也是一樣。

「這孩子越來越壞了！」他回來時說。「他把大門敞開了，小姐的小馬踏倒了兩排小麥，直衝過去，走到草地上去了！好，主人明天一定要發作一場脾氣。他對於這樣不小心的東西真是太耐性了——他真是太耐性！但是他不能永久如此——你們看好了，你們大家！你們不能無緣無故的使他發一陣瘋！」

「你找到希茲克利夫沒有？你這蠢驢！」凱撒琳插嘴。「你是否按照我的吩咐去找他了？」

「我願去找馬，」他回答：「那倒是較有意義些。但是在這樣的夜晚裡，人馬都沒法去找——天黑得像煙囪一般！並且希茲克利夫也不是肯聽我一喊就來的人——或者妳喊他容易聽見些！」

在夏天，那確是很黑的一晚。陰雲像是要雷雨的樣子，我說我們最好都坐下來罷，即將來到的一場大雨一定會把他趕回家，不必再多費事。但是凱撒琳卻不能勸得平靜下來。她繼續來回的逡巡，從大門走到屋門，心裡激動得使她不得休憩，最後在靠近甬路的那面牆前找到一個固定位置。她不顧我的勸告，也不管隆隆的雷聲，以及四面濺來的大雨點，她鵠立在那裡，不時的喊叫，然後靜聽，然後又大叫。那一陣熱烈的痛哭，其激烈是哈來頓或任何孩子所不能及的。

大約在午夜時候，我們還都未睡，狂風暴雨正以迅急的盛勢來到山莊。一陣狂飆，雜著雷電，二者之間不知是哪一項把屋角一棵樹劈倒了。一根大幹正壓到屋頂，敲下了東邊煙囪的一部分，把一堆磚石和煙灰落到廚房的爐裡。我們以為雷火正擊中在我們之間；約瑟雙膝跪落，禱求上帝莫忘記諾亞與羅得，[2] 並且要像在古時一樣，雖然要打擊不虔敬的人，務必要饒赦那些正直的人。我覺得這也必是對於我們的一種裁判了。我心裡想，「不吉利的約拿」[3] 便是恩蕭先生，於是我搖撼他房門的柄，以便證實他是否尚在生存。他的答聲很可以清晰的聽出來，所答的話使得我的夥伴益發放聲大叫，以便令人辨認像他那樣的聖徒與像主人那樣的罪人之間的分別。但是二十分鐘後風暴過去了，我們全都無恙；除了凱撒是渾身濕透，因為她頑梗的拒絕躲避，不戴帽不披巾的立在那裡，由著她的頭髮和衣服盡量的淋水。她進來倒在椅上，水淋淋的，臉對著椅背，手放在前面。

「好，小姐！」我嘆聲說，摩著她的肩頭，「妳不是決心尋死罷，是不是？妳知道是幾點鐘了嗎？十二點半。來，來睡罷！用不著再等候那傻孩子了，他是到吉墨頓去了，現在他一定住在那裡了。他猜想這樣晚的時候我們一定不會等候他；至少，他猜想只有興德來先生還沒有睡；他會避免令主人來開門的。」

「不，不，他不會是在吉墨頓的，」約瑟說：「我從不懷疑他一定是掉在泥塘的底裡了。這回天降凶災不是無所為的，我願妳留心一下，小姐——下一回一定輪到妳。為一切而感謝上天罷！一切都配合起來於他們有利，像是從垃圾裡被揀選出來似的！你們知道聖經裡是怎樣說的。」他開始引幾段聖經經文，指明章節教我們去查看。

我，無效的請求了那頑強的女孩子起來去脫掉她的濕衣服，便由著他祈禱，由著她抖顫，我帶著小哈來頓睡覺去了，他睡得很熟，好像四周的人都熟睡了似的。我聽見約瑟還讀了好半天，隨後我聽見他遲緩的腳步上樓梯的聲音，我就睡著了。

我比平常下樓稍晚一些，藉著從百葉窗縫裡透進來的陽光，我看見凱撒琳小姐還在靠近壁爐處坐著。大廳的門還是敞開著，光線從那未關的窗戶裡進來。興德來已經出來了，立在廚灶上，顚頇而且懶洋洋的。

「什麼使妳難過，凱撒？」我進去時他正在說：「妳的樣子像一隻淹死的小狗一般慘淡。妳為什麼這樣濕而且蒼白，孩子？」

「我淋濕了，」她勉強回答：「我冷，如此而已。」

「喲，她太頑皮了！」我說，看著主人還相當的清醒，「她昨晚在大雨裡浸著，在那裡

---

2. 編註：《舊約聖經．創世記》第六至十章記載諾亞方舟的故事：「諾亞是個義人，在當時的世代是個完全人。諾亞與神同行。」在上帝降下洪水毀滅世界之前，指示諾亞：「你要用歌斐木造一隻方舟，分一間一間的造，裡外抹上松香。」；羅得（Lot）的故事則記載於《舊約聖經．創世紀》第十九章。羅得居住於所多瑪，在當時是一座淫亂的城市，上帝決定毀滅它，便派天使前往營救羅得一家，上帝從天上降硫磺及火，毀滅一切，虔誠的羅得受到天使拯救，幸免於難。

3. 編註：約拿（Jonah）出自《舊約聖經．約拿書》，裡面記載上帝對先知約拿說：「你起來往尼尼微大城去，向其中的居民呼喊，因為他們的惡達到我面前。」約拿卻抗命逃跑，乘船往他施，卻遇到大風浪，他請水手們把他拋進海裡，海浪便平息了。「耶和華安排一條大魚吞了約拿，他在魚腹中三日三夜。」

坐了一夜，我沒法子勸她動一下。」

恩蕭先生驚訝的望著我們。「坐了一夜，」他重複說：「什麼使她不睡？不是怕雷罷？好幾個鐘頭前雷聲就停了。」

我們都不願提起希茲克利夫的失蹤，能隱瞞多麼久便要盡力隱瞞，所以我就回答，我不曉得她何以不睡，她自己一聲不響。這清晨是很新鮮而冷冽，我打開窗戶，屋裡立刻充滿了花園裡的香氣，但是凱撒琳暴躁的說：「哀倫，關上窗戶。我餓死了！」她的牙在打顫，向那幾乎要滅的灰燼更縮近了一些。

「她是病了，」興德來握著她的腕子說：「我想這就是她不去睡的理由。該死！我不願意這裡再因生病而添麻煩。妳為什麼要到雨裡去？」

「和往常一樣，追逐男性罷了！」約瑟啞聲說，他在我們猶豫中抓到機會插進他的讒言。「我若是你，主人，我就乾乾脆脆的打他們的嘴巴子！每逢你不在家，那隻貓林頓就偷著到此地來了。奈萊小姐，她也是個好小姐！她坐在廚房裡望著您，您纔到了這一個門口，他便從那一個門走了。然後我們的大小姐便走到她旁邊去獻媚！夜裡十二點以後，和那該死的壞鬼希茲克利夫藏在田地裡，這也是好行為哩！她們以為我是瞎子，但是我不瞎，一點也不瞎！——我看見年輕的林頓來去，我也看到妳（指著我說），妳，沒出息的東西，襤褸的老巫婆！妳一聽到主人的馬蹄在路上響，便立刻跳起來竄到大廳裡去。」

「少說罷，你這竊聽者！」凱撒琳叫，「在我面前不得如此無禮！哀德加•林頓昨天是偶然來的，興德來，並且是我告訴他走開的，因為我知道你也確是不願遇見他。」

「妳是在說謊，凱撒，無疑的，」她的哥哥回答：「妳是一個糊塗的呆子！現在且不要管林頓。告訴我，妳昨晚是不是和希茲克利夫在一起？現在，說實話，妳不必怕傷害他，雖然我像從前一樣的恨他，不久以前他卻對我有過一樁好處，若再敲斷他的頸子會要使我心裡不安。為預防起見，就在今天早上我派他出去辦事，等他走後，我勸你們都要小心些：對你們我要有更大的脾氣哩。」

「我昨晚就沒有看見希茲克利夫，」凱撒琳說，開始痛哭，「你若是真把他趕出門外，我和他一道走。但是，或者，你永遠不會有這機會了，或者他已經走了。」講到這裡她忍不住放聲大慟，她所說的其餘的話就不可分辨了。

興德來把一大串的譏訕、咒罵加在她的頭上，並且命令她立刻回到她的房裡，否則她就不該無緣無故的哭！我求她服從。我此後永不能忘我們走到她房裡她表演了怎樣的情景，把我嚇壞了。我以為她要瘋，我求約瑟去請醫生。這正是昏迷的初步，坎奈茲先生纔一看到她，便說她病得沉重，她在發熱。他給她放血，他告訴我給她奶漿和稀粥吃，並且要小心不要教她滾下樓或跳出窗子，隨後他就去了。因為他在這教區裡是很忙的，從一茅舍到另一茅舍距離二、三哩是常有的事。

雖然我不能說我是一個溫柔的看護，約瑟和主人更不見得比我好。並且雖然我們的病人是極其麻煩頑梗，她度過了險境。老林頓夫人來訪問了好幾次，當然的，調整一切，把我們都罵過、命令過。在凱撒琳病後將養的時候，她堅持要把她送到鶇翔田莊。我們如釋重負，不勝感激。但是這可憐的老太太卻有理由懊悔她的這一番慈心，她和她的丈夫都傳染了熱病，幾天內相繼去世。

小姐回來了，更驕縱、更暴躁、更狂傲了。自從雷雨之夜以後，希茲克利夫便杳無消息。有一天她十分激怒我，我不幸就把他失蹤的責任加在她身上。實在責任是在她，她自己也知道。從那一天起，足有好幾個月，她不和我講話，除了對一個僅僅是僕人的關係以外。約瑟也受了禁制。他願意說出他的見解，還拿她當個小女孩似的對她講演，而她卻自以為是個少婦，並且是我們的女主人，並且以為她這一場大病使她有權利要求受人格外的體諒。醫生也說她不能再受多少打擊，她需要任著她的性。由她看來，若有人站起來反對她，那就和謀殺差不多一樣。對於恩蕭先生和他的伴侶，她是隔離開的；受了坎奈茲的指導，並且她的狂怒也常惹起嚴重的中風的威脅，所以她的哥哥聽憑她要求什麼無不應允，平常總是避免加重她烈火般的脾氣。他實在是過於放縱的順從她的怪僻；不是由於友愛，而是由於虛榮；他誠摯的願望她能嫁給林頓以增光門閥，並且只消不來打攪他，她就可以把我們像奴隸一般的蹂躪，他管不著！哀德加・林頓，像在他以前和以後的無數人一般，是受了迷戀。他的父親死了三年之後，他領她到吉墨頓禮拜堂去的那一天，他自信他是世上最幸福的人。

很違我的本願，我被勸離開了咆哮山莊，陪她到這裡來。小哈來頓差不多有五歲了，我剛開始教他認字。我們很悲慘的分別了，但是凱撒琳的眼淚比我們的更多。當我拒絕去，她的請求不能打動我的時候，她跑到她丈夫和她哥哥跟前去哭。前者答應給我豐富的工資；後者叫我捲起鋪蓋來走，他說，他的家裡既然沒有女主人，就不需要僕婦。至於哈來頓，不久即可由牧師來照管。所以我只有一條路走，按照我奉到的命令去做。我告訴主人他把好人都打發走，他只是要更快的趨於毀滅。我吻了哈來頓，說聲再會。從此以後他就是一個陌生人了，想來未免太怪，但是我不懷疑他是完全忘記了哀倫•丁，並且忘了他曾對於她是比全世界都更可愛，她對於他也曾是一樣的！

＊＊＊＊＊

女管家的故事講到這一點，她正好向煙囪上的鐘瞥了一眼，看到時針已指到一點半，大為吃驚。她再也不肯多坐一秒鐘。老實講，我自己也願意她把下半段故事留在以後再講。現在她逃到她自己屋裡去了，我又冥想了一兩個鐘頭，我也要鼓起勇氣走了，雖然我的腦袋四肢是又痛又懶。

10

對於一個隱士生活，這真是一個美妙的開端！四個星期的苦痛折磨，輾轉反側，和病！啊！這切膚的冷風，慘苦的北方天空、嶔崎的通路、遲緩的鄉下醫生！還有，啊，人臉的缺乏！而最糟心的是，坎奈茲的可怕通知，說我不到春天休想出門！

希茲克利夫先生剛來訪問過我。大約在七天以前，他送我一對山雞——這是這一季中最後的了。壞蛋！對我這一場病，他不是完全沒有錯的，我頗想這樣告訴他。但是，噯呀，我怎好開罪於這樣殷勤的人，他在我的床頭足足坐了一個鐘頭，除了藥片、藥水、藥膏、水蛭之外，還談了許多別的題目。現在正是我舒適的期間。我還太弱，不能讀書，但是我覺得我能享受一些有趣的東西了。為什麼不教丁太太上來講完她的故事呢？我能記得截至她所講到的主要事件。是的，我記得她的英雄失蹤了，三年沒有音訊，女英雄結婚了。我要搖鈴，她看我能夠歡樂的談話會覺得高興的。丁太太來了。

「先生，離吃藥還差二十分鐘呢。」她開始說。

「去，去它的！」我回答，「我想要——」

「醫生說你一定要停止服藥粉的。」

「我滿心願意！妳不要插話。來坐在這裡。不要觸動那一排苦藥瓶。從衣袋裡抽出妳的繩織品來——好了——現在繼續講希茲克利夫先生的故事，從妳停住的地方講起，講到現在。他可是在歐洲大陸上完成他的教育，成為一個紳士回家？還是在大學裡得到了免費生的位置？還是逃到了阿美利加，靠了從他的第二母國吸取膏血而得到名譽？[1]還是更直截了當的在英國大道上打劫而致富？」

「在這些職業裡他也許都做了一點，勞克伍德先生，但我不能確說是做了哪一種。我前已聲明我不曉得他的錢是怎樣弄到的，我也不明白他用了什麼方法，把他的已經沉入蒙昧的心靈提高起來。但是，你若允准，我將以我自己的方式繼續講下去；如果你覺得有趣而不感厭煩。你今早覺得好些嗎？」

「好多了。」

「好消息。」

1. 編註：阿美利加指現今之美國。這裡所說「從他的第二母國吸取膏血而得到名譽」指的是「美國獨立戰爭」（公元一七七五年至一七八三年）。這場戰爭主要是始於為了對抗英國的經濟政策，但後來卻因為法國、西班牙及荷蘭加入戰爭對抗英國，而使戰爭的範圍遠遠超過了英屬北美洲之外。

*****

我帶著凱撒琳小姐到了鶇翔田莊。我很欣慰的出乎意料，她的行為比我所敢想像的要好得多了。她似乎是幾乎過於愛林頓先生了，就是對於他的妹妹都表示很多的情愛。當然，他們兩個也都很注意她的安適。並不是荊棘傾倚忍冬，而是忍冬擁抱荊棘。並無雙方讓步的情事，一個站得挺直，別個全都曲從。既遇不著反對，又遇不著冷漠，誰還能性情褊急、脾氣暴躁呢？我看哀德加先生是生怕觸犯她的脾氣，他藏起這種恐懼不令她知道。但是她若有什麼橫暴的命令，也聽見我的答聲稍微強硬一些，或是看見別的僕人露出不豫之色，他便皺起眉頭表示不快；為了他自己的事他是從不這樣的。有許多次他很嚴重的對我說起我的唐突；並且說，一把刀子的戳刺還趕不上令他看著他的愛妻煩惱時，所能給他的創痛。我因為不願使一位慈祥的主人悲苦，所以也就學著減少火氣。約有半年光景，火藥像是細沙一般的寧貼無害，因為沒有火走來爆發它。凱撒琳偶爾有沉悶靜默的時候，她的丈夫便以同情的靜默來報答。認為這是由於她的險症所產生出的體質上的改變，因為以前她從來沒有過憂鬱的時候。她的臉上若是轉來一些陽光，他的臉上也就有陽光反映著表示歡迎。我深信我可以說他們確實有了深刻而且滋長的幸福了。

可是幸福有終止的時候。我們終歸是必須維護自己，所謂和平慷慨的人比起跋扈恣肆的人，僅僅是自私得較為公平一些罷了。等到環境逼得每人感覺到一個人的利益不能成為另一個人思想中之主要顧慮，幸福就終止了。九月中圓熟的一晚，我從果園採集一大籃蘋果歸來。是黃昏時候，月亮從庭院的高牆上面窺探，照出模糊的陰影在這房屋之無數突出部分的角落裡藏著。我把負擔放在廚房門前的階上，徘徊休憩，再吸取幾口輕柔甜美的空氣。我的眼睛望著月亮，我的背對著門，忽然聽得背後有一個聲音：「奈萊，是妳麼？」

是個沉重的聲音，腔調有些生，但是在喊叫我的名字時，發音中有一點點什麼，很是熟習。我轉身看是誰說話，怯生生的，因為門是關著的，並且我沒看見有人走近階來。門廊裡有什麼在閃動，走近一些之後，我看出一個高大的男子，穿著一身深色衣服，黑臉、黑頭髮。他斜倚著牆，手指扶在門柄上像是要自己開門的樣子。

「這能是誰呢？」我想。「恩蕭先生？啊，不是的！聲音不像是他的。」

「我在這裡等了一個鐘頭了，」他接著說，我繼續凝視著，「這整個時間，四周是像死一般的寂靜。我沒敢進去。妳不認識我了麼？看啊，我並不是生人！」

一縷光射在他的臉上，兩腮蒼白，一半被黑鬍鬚掩著，兩道眉毛蹙著，眼睛深陷而且奇異。我記得那一雙眼。

「什麼！」我大叫，不知他是人是鬼，驚訝的舉起手來。「什麼！你回來了？真是你嗎？是嗎？」

「是的，希茲克利夫，」他回答，抬眼望著窗子，窗上反映出無數閃爍著的月亮，但是裡面並無燈火。「他們在家嗎？她在哪裡？奈萊，妳是不快樂的樣子！你無須如此激動。她是在此地麼？說話呀！我要和她說一句話——你的女主人。去，就說有人從吉墨頓來要見她。」

「她將怎樣接受這消息呢？」我驚嘆。「她將怎麼辦呢？這一番驚訝使得我都迷惘了——會要使得她發狂！你確是希茲克利夫！但是改變了！不，簡直不可理解。你可是當兵去了麼？」

「去，傳達我的話，」他焦急的插口說。「妳未去之前，我簡直像是在地獄裡一般離受！」

他打開門，我進去了。但是我走到林頓先生夫人所在的客廳門前，我不能前進了。最後我決定藉口問要點燈不要，便打開了門。

他們正在窗前同坐，窗櫺深陷在牆裡，由窗裡看出去，於花園的樹木和野綠的果園以外，還可望到吉墨頓山谷，一長條白霧幾乎旋繞到山頂（因為你走過禮拜堂不久，你也許注意到過，從澤地吹出來的一股微風正好接上隨著山谷彎曲的一條小河）。咆哮山莊聳立在這銀色的霧氣之上，但是我們的舊房子卻看不見，那是差不多降沉在山的那一面的。這屋子和屋裡的人，以及他們所凝視的景致，顯著非常寧靜的樣子。我非本願的怕去傳達我的使命，問過點燈的話以後，真個就要走開不說，但是自慚荒唐的一點愧心迫使我走回去了，喃喃的說——「有一個人從吉墨頓來要見妳，夫人。」

「他要什麼？」林頓夫人說。

「我沒有問他。」我回答。

「好，拉上窗簾，奈萊，」她說：「送茶來。我就回來。」

她離開了這房間。哀德加隨便的問起是什麼人。

「夫人沒料到的一個人，」我回答：「就是那個希茲克利夫——你記得他罷，先生——他本是住在恩蕭先生家裡的。」

「什麼！那個流浪人——那個耕童？」他喊。「妳為什麼不這樣對凱撒琳說呢？」

「噓！你一定不要喊他這些名字，先生，」我說：「她若聽到會很傷心。他逃走的時候，她幾乎心都碎了。我想他這番回來對於她將是一個很大的快樂。」

林頓先生走到屋子那邊可以望到庭院的窗子前面，他打開窗子向外探身。我想他們一定是就在下面，因為他很快的驚叫——「別站在那裡，愛人！把那人帶進來，如其是什麼特別的人。」不久我就聽到門柄響，凱撒琳飛奔上樓，野得喘不過氣，刺激太大，不能表示快樂了，真是的，只看她的臉，你會疑心到有什麼大災難的。

「啊，哀德加，哀德加！」她喘息著，伸臂擁抱他的頸子。「啊，哀德加，親愛的！希茲克利夫回來了——他是回來了！」她把擁抱加緊而成為擠榨。

「好了，好了，」她的丈夫惱怒的說：「不要為了這個把我勒死！他從來沒有令我感覺到他是這樣一個稀奇的寶貝，用不著發狂！」

「我知道你不歡喜他，」她回答，稍壓下一點她的快樂的濃度。「但是，為了我，你們現在要是朋友了。我叫他上來好不好？」

「到這裡？」他說：「客廳裡？」

「此外還有什麼地方呢？」她問。

他露出為難的樣子，並提議廚房是比較對他更適宜的地方。林頓夫人用一副滑稽的表情看他一眼——半怒、半笑他的苛酷。

「不，」她過了一些時候說：「我不能在廚房裡坐。哀倫，在這裡擺兩張桌子。一張給妳的主人和伊薩白拉，他們是紳士；另外一張給希茲克利夫和我，我們屬於較低階級。這樣你可歡喜罷，親愛的？或是我必須在另外一個地方生個火？如其是必須，請發命令。我要跑下去接我的客人了。我生怕這場歡喜實在太大，怕不是真的！」

她正要再度飛奔出去，哀德加扯住了她。

「妳去令他上來，」他對我說：「還有，凱撒琳，儘管快樂而不要滑稽！用不著令全家人看著妳把一個私逃的僕人當作兄弟一般的歡迎。」

我下樓看見希茲克利夫在門廊下等待著，顯然是在等候著請他進來。他沒多費話就隨著我走進來。我引他去見主人主婦，他們的臉上還留著激辯的痕跡。但是主婦的臉上還閃耀著另外一種情感，當她的朋友在房門口出現的時候，她向前一跳，執著他的雙手，引他到林頓面前。隨後她又抓到林頓的勉強的手指，硬塞到他的手掌裡。現在有爐火燈燭充分的照耀著，我益發驚訝的看出希茲克利夫的改變，他長成為一個高大、強健、好體格的男人。我的主人站在他的身旁像是很細弱而年輕的樣子。他的挺直的舉止令人想到他必曾從軍，他的臉相在表情上和容貌的堅定上，都比林頓的為老得多；是個聰明的臉，並未留著以前墮落的痕跡。一種半開化的蠻性還在那充滿了黑火的深陷的眉眼裡藏著，但是已加以抑制。他的動作簡直是很莊嚴，沒有一點粗野，雖然是太嚴峻，不夠成為優美。我主人的驚訝和我的一樣，甚且過之，他有一分鐘之久竟不知怎樣稱呼這位他所謂的耕僕。希茲克利夫放鬆了他纖瘦的手，站在那裡冷淡的望著他，直等到他開口。

「坐下，先生，」他終於說了。「林頓夫人念及故舊，要我熱誠的招待你。自然，凡足以使她歡樂的任何事件發生，我是很滿意的。」

「我也是的，」希茲克利夫說：「尤其是假如我也參加了任何事件。我很願意停留一兩個鐘頭。」

他坐在凱撒琳對面的一個位子，她目不轉睛的凝視著他，好像怕她一轉眼他就會消逝似的。他不常抬眼看她，偶然瞥一眼就夠了。但那一瞥閃回了他從她的凝視中所吸取的無隱飾的愉快，而且一回比一回更大膽。他們完全沉醉在相互的愉快裡面，不感覺什麼窘迫了。哀德加先生則不然：他為了純粹的煩惱而變得蒼白了。等到他的夫人站起來，走過地氈，又抓住希茲克利夫的雙手，笑得像是發狂，這時節他的情感便達到頂點了。

「到明天我會要認為是一夢哩！」她叫道：「我不會相信我曾又看到你、又摸過你，並且和你說了話。但是，殘酷的希茲克利夫！你不配享受這場歡迎。一去三年，杳無消息，並且從沒有想到我！」

「比妳想到我的還多一點，」他喃喃的說：「我聽說妳的結婚，凱撒；不久以前，在底下庭院裡等候著的時候，我想到這樣的計畫：只消看一下妳的臉，驚訝的一望，或者佯作快樂的樣子，隨後就和興德來去算清帳，然後自殺以免法律制裁。妳的歡迎把我的這些念頭全驅散了，但是當心下次不要用另一副樣子見我！不，妳不會再趕我走的。妳很為了我而難過，是不是？好，緣故就在那裡。自從離別妳之後，我掙扎過了一個苦痛的生活，妳一定要原諒我，因為我只是為了妳而奮鬥！」

「凱撒琳，除非我們是要喝冷茶，請妳到桌上來罷，」林頓插嘴說，努力保持他平常的聲調和相當的禮貌。「希茲克利夫先生要走一程遠路，無論他今晚住在哪裡；並且我也渴了。」

她佔據了茶壺前面的座位，伊薩白拉小姐來了，是被鈴聲喊來的。隨後我把他們的椅子向前推送，我就離開屋了。這一頓茶經過不到十分鐘。凱撒琳的杯子就從沒有斟上：她不能吃，也不能喝。哀德加潑了不少茶在他的盤子裡，一口都沒有吃。他們的客人那一晚也沒有停留到一小時以上。他臨去時，我問他是否到吉墨頓去。

「不，到咆哮山莊去，」他回答說：「我今早去拜訪的時候，恩蕭先生請我去住的。」

恩蕭先生請他！他去拜訪恩蕭先生！在他走後我苦痛的思索著這句話。他可是變得有點假君子，偽裝回到鄉間來搗亂？我沉思，我在心的深處有一種預感，他最好還是沒有到此地來。

約在夜半，我的第一覺被林頓夫人驚醒，她溜進我的房間，在我的床邊坐下，扯我的頭髮驚醒我。

「我不能安睡，哀倫，」她說，表示抱歉。「我要有個活人在我的幸福裡陪伴著我！哀德加快快不樂，因為我歡喜一件並不令他感覺興趣的事。他閉口無言，除了發出暴躁荒謬的語言，並且說我是殘忍而自私，在他這樣不舒服並且想睡的時候，偏偏要對他談話。微微有一點不痛快的事，他總是做出病樣來！我說了幾句稱讚希茲克利夫的話，他就開始哭了，不是為了頭痛，就是為了嫉妒，我便起身離開他。」

「妳對他稱讚希茲克利夫有什麼用處呢？」我回答。「從小他們彼此就有惡感，希茲克利夫若是聽見妳稱讚他，他也要同樣恨——這就是人性。關於他的話，不必向林頓先生提起，除非妳願意他們兩個公開爭吵起來。」

「但那豈不是表現很大的弱點嗎？」她問。「我是不嫉妒的。我看了伊薩白拉的亮黃頭髮、白皙的皮膚、嫻雅的風度，以及全家對她表示的鍾愛，我從不覺得苦痛。就是妳，奈萊，若是我們有時候發生爭吵，妳也是立刻幫助伊薩白拉，我總是像個癡情的母親一般退讓。我喊她做親親，哄得她心平氣和。她的哥哥歡喜看著我們和氣，他的歡喜也使得我歡喜。但是他們兄妹很相像，都是嬌慣壞了的孩子，妄以為這世界是為了他們的舒適而創造的。雖然我是順從他們，但是我想一頓痛快的懲罰也同樣可以使他們進步。」

「妳錯了，林頓夫人，」我說：「他們順從妳哩。我曉得他們若是不順從妳時，將要是怎個樣子。只消他們是在對妳先意承志，妳當然也無妨稍微放縱他們的小脾氣。但是終歸你們會為了對於雙方有同樣重要的什麼事而爭執起來。到那時，妳所認為柔弱的能夠成為和妳一般的頑強。」

「到那時我們就要拚死相爭，是不是，奈萊？」她笑著說：「不！我告訴妳，我對於林頓的愛情有很深的信仰。我相信我就是殺他，他也不會要報復的。」

我就勸她為了他的愛情，當更敬重他一些。

「我是，」她回答說：「但是他無須為了一點小事就哭，這是太孩氣了。我纔說希茲克利夫現在值得令任何人看得起，鄉間第一名紳士也會以交結他為榮，他就哭成一團。其實他不但不該這樣，他該替我說這些話，而且從同情中得到快樂哩。他一定要和他慣熟，他還許會喜歡他哩。希茲克利夫是何等的有理由反對他，而我敢說他的態度是極好的！」

「他到咆哮山莊去，妳以為如何？」我問。「顯然的他在各方面都改造了，很是一個基督徒，向四圍的敵人伸出了他的友誼的右手！」

「他已經解釋過了。」她說：「我和妳一般的驚訝。他說他前去訪問，是想從妳得到關於我的消息；以為妳還是住在那裡。約瑟告訴了興德來，他出來問他這些年來他做的是什麼、怎樣生活的；最後，便叫他走進去。有幾個人在坐著玩紙牌，希茲克利夫加入了他們。我的哥哥輸給他一些錢，並且看他手裡錢很充足，便請他晚間再去，他答應了。興德來是太荒唐，不會審慎的選擇他的朋友，他不肯費心想想對於他曾惡辣傷害過的人，是該不加以信任的那一番道理。但是希茲克利夫說，他之所以和過去虐待他的人重新來往，主要的理由是為要找一個住的地方而離田莊只有可以徒步往來的距離，並且對於我們曾一同住過的房子也有一種愛戀；同時還有一種希望，他住在那裡比住在吉墨頓可以使我有更多的機會去看他。他要去自請付優厚的代價以便在山莊得一住處。無疑的，我哥哥的貪心會促使他接受條件的，他永遠是貪求；雖然他一手抓來，另一手又丟去。」

「那倒是個年輕人居住的好地方哩！」我說：「妳不擔心有什麼不好的結果嗎，林頓夫人？」

「對於我的朋友我不擔心，」她回答：「他強健的頭腦會使他避開危險。對於興德來卻有一點擔心，但是他在道德方面不會比他現在更壞。至於身體的傷害，有我從中阻擋著他。今天晚上的事件使得我對上帝和人類言歸於好了！我曾對上天憤怒的反叛。啊，我曾忍受極苦極苦的慘痛，奈萊！假如那個人曉得是怎樣苦，他就絕不會以無聊的憤怒遮掩他藏躲的地方。是對於他的一番善意，引得我獨自忍受：如其我把時常感受的苦痛表現出來，他會要像我一樣熱誠的希望苦痛輕減。但是，事已過去，我也不要報復他的過錯。以後我能忍受任何事情了！世上最卑賤的東西若是打我的嘴巴，我不但轉過另一面臉給他，而且還要請他饒恕我之惹他來打。為證明起見，我立刻就去和哀德加講和。再會！我是一個天使！」

她懷著滿腔自滿的信心而去。她的決心之勝利在第二天是很明顯的。林頓先生不但惡氣全消（雖然他的精神還像是被凱撒琳充沛的活潑氣概所壓抑），而且居然不反對她帶著伊薩白拉下午到咆哮山莊去。她用這樣大量的甜蜜情愛來報答他，以至於全家像是天堂一般足足有好幾天；主人僕人都從這永久的陽光得益不少。

希茲克利夫——以後我得要稱為希茲克利夫先生了——起初對於訪問鶇翔田莊的權利是很小心的使用：他似乎是在測驗主人對於他的闖入能忍耐到什麼限度。凱撒琳也認為在接待他的時候節制她愉快的表情是聰明的辦法。他漸漸的建立了被招待的權利。他童時就很顯著的緘默，還保留得很多；這緘默即可壓抑一切情感的突然表現。我的主人的不安暫時停息了，以後的情況使他的不安轉到另一條路上。

他的新煩惱的根源是從一件沒預料到的不幸而來：伊薩白拉對於這位勉強接待的客人突然發生不可抵禦的愛慕。那時候她是一個十八歲的嬌媚女郎，舉止還是孩氣的，雖然有敏銳的纔智、敏銳的情感，惱怒時還有敏銳的脾氣。她的哥哥是很愛她的，對於她離奇的選擇真是驚駭。和一個無名姓的人締婚是失身分的事，而且他若無男嗣，他的財產很可能的會落到這樣一個人的手裡。這且不說，他了解希茲克利夫的性格。他曉得，他的外表雖然變了，他的心是不能變的而且沒有變。他怕那個心使他作惡，他像有預感似的不敢想像把伊薩白拉交付給他。假如他曉得她的愛情是自動發生的，而且是鍾情於一個並不以同樣情感相報答的人，他將更要驚退了。因為他纔發現這一段情愛的存在，他立刻怪罪希茲克利夫的存心不善。

有一段時間，我們全看出林頓小姐對於什麼事有煩惱憂愁的樣子。她變得易怒而討厭，不斷的對凱撒琳怒叱窘惱，隨時有用竭她的有限耐性之危險。在相當範圍之內，我們原諒她，認為是由於健康不好的緣故：她確是在我們眼前消瘦顦顇。但是有一天，她特別的乖戾，拒絕早餐，並且抱怨僕人不依從她的吩咐，女主人由著她在家裡不受人敬重，哀德加也忽視她，屋門敞著使得她受了涼，並且我們故意使客廳的火爐熄滅來使她難堪，以及還有一百多樣無理的怨訴。林頓夫人便嚴峻的令她去睡，著實的罵了她一頓之後，威脅著要請醫生。一提到坎奈茲，立刻就使得她驚叫她是十分康健，只是凱撒琳的嚴厲使她不快罷了。

「妳怎能說我嚴厲呢，你這淘氣的小寶貝？」主婦叫起來，對這無理的話很是驚訝。「妳一定是失了理性了。我什麼時候嚴厲了，告訴我？」

「昨天，」伊薩白拉哭著說：「還有現在！」

「昨天！」她的嫂嫂說：「為什麼事？」

「在我們沿著澤地散步的時候，妳告訴我可以隨意去走走，而妳和希茲克利夫先生向前走去了！」

「妳認為這就是嚴厲嗎？」凱撒琳說著笑了。「這並非是暗示妳的陪伴是多餘的，我們並不介意妳是否和我們在一起；我只是想希茲克利夫的談話在妳聽來是沒有興味的。」

「啊不，」小姐哭著說：「妳是願我走開，因為妳知道我是願意在那裡的！」

「她還是清醒的麼？」林頓夫人對著我問：「我可以把我們談的話一字一字的背給妳聽，伊薩白拉，妳指出裡面對妳可有任何美妙的地方。」

「我不管談的是什麼話，」她回答：「我只要和——」

「好！」凱撒琳說，看出她猶豫說完那句話。

「和他在一起，我不願永遠的被打發開！」她繼續說，氣盛起來，「妳是馬槽裡的狗，凱撒，你不願別人被愛，除了妳自己！」

「妳簡直是一個無禮的小猴子！」林頓夫人驚訝的叫起來，「但是我不信這蠢事！妳能希求希茲克利夫的愛慕——妳居然以為他是一個如意的人，那是不可能的！我希望我是誤會妳了，伊薩白拉？」

「不，妳沒有誤會，」這迷戀的女孩子說：「我愛他比妳愛哀德加還多些。他可以愛我，假如妳准他！」

「那麼，無論有多大代價我也不願是妳！」凱撒琳強調的宣稱，她似乎是說得很誠懇。「奈萊，幫助我使她明白她是在發狂，告訴她希茲克利夫是什麼人：一個生性未馴的人，沒有教養，沒有開墾，是一塊充滿了金雀花和岩石的荒野。我寧願把那隻小金絲雀到冬天放到花園裡，介紹妳去對他傾心相愛！妳可惜太不知道他的性格了，孩子，所以妳心裡纔起了這個夢想。絕不是為了別的。請妳不要妄想他是在一副嚴酷的外表之下藏著深厚的情愛！他並不是一塊粗糙的鑽石——像含珠的蚌似的農人；他是一個兇惡無情、狼一般的人。我從不對他說：『放過這一個或那一個敵人罷，因為傷害他們是不慷慨的或太殘忍。』而我說：『放過他們罷，因為我不願意他們受冤屈。』他會把妳像一隻麻雀蛋似的擠碎，伊薩白拉，如其他覺得妳是一個太麻煩的負擔。我知道他不會愛一個林頓家的人，而他卻很能和妳的財產及繼承的希望結婚的！貪婪要成為他的易犯的罪惡。這就是我的描寫。我是他的朋友——唯因如此，如果他真有意捉到妳，或者我還應該不說這些話，讓妳陷入他的阱裡去哩。」

林頓小姐對她嫂嫂大為激怒。「可恥！可恥——」她惱怒的重複說：「妳比二十個仇人還要壞，妳這惡毒的朋友！」

「啊！那麼妳是不信我？」凱撒琳說：「妳以為我說這些話是由於險惡的私心麼？」

「我認為一定是的，」伊薩白拉抗聲說：「我為了妳而發抖！」

「好！」對方叫起來。「如其妳的態度是這樣的，妳自己去試罷。我說完了，對妳的無理取鬧不再爭辯。」

「我為她的私心就不得不受苦！」她哭泣著說，在林頓夫人離開這屋的時候。「一切，一切都在反對我；她毀滅了我的唯一的安慰。但她說的是假話，是不是呢？希茲克利夫先生不是一個惡魔：他有一個名譽的靈魂，並且是一個誠實的，否則他怎麼會還記念著她呢？」

「快把他從妳的思慮裡逐出去，小姐，」我說：「他是一個不祥之鳥，不是妳的配偶。林頓夫人說的話是很重的，但是我不能反駁她。她比我更熟識他的心，比任誰都清楚些。她不會把他描寫得比他實在情形更壞，誠實的人是不隱藏他們的行為的。他過去是怎樣生活的？他怎樣富起來的？為什麼他要住在咆哮山莊？那是他最痛恨的一個人的家。據說自從他來後，恩蕭先生越來越頹廢，他們不斷的整夜不睡，興德來已經押了田地去借款，什麼事都不做，只是酗酒賭博。我只是一星期前聽說的——是約瑟告訴我的——我在吉墨頓遇到他：

『奈萊，』他說：『我們家裡人足夠請驗屍官來驗屍的了。他們有一個幾乎把手指砍斷，為了攔阻另一個像懦夫般刺殺自己。那就是主人，妳知道的，他是想去受最高裁判。他不怕那些裁判官，什麼保羅、彼得、約翰、馬太，[2]他全都不怕！他像是要——並且很希望著，靦著臉去見他們！至於那個好孩子希茲克利夫，妳記得，他真是個寶貝！對於一個真正惡魔的撥弄，他能像任何人一樣的一笑置之。他到田莊去的時候，他從沒有提起他在我們這裡的荒唐生活麼？是這樣子的——太陽落時起床！骰子、白蘭地，然後閉上百葉窗，點蠟燭到第二天正午，隨後那傻瓜就砰砰嗙嗙的在他的寢室裡亂鬧，使得體面人都用手指塞起耳朵來。那壞蛋卻能厚顏無恥，吃、喝，跑到鄰居去和人家的妻子談天去。當然，他會告訴凱撒琳小姐她父親留下的金錢是怎樣的流到他的衣袋裡，她父親的兒子如何跑到大街上去流落，而他是如何的跑在前面為他打開大門？』林頓小姐，約瑟是個可惡的老傢伙，但不是說謊的人。如其他所述說的希茲克利夫的行為是真的，妳永遠不會想要這樣的一個丈夫，妳會嗎？」

「妳是和別人都合了夥，哀倫！」她回答：「我不聽妳這些毀謗。妳是多麼險惡，竟想令我信這世界裡沒有幸福！」

2. 編註：根據聖經記載，保羅起初堅持猶太教傳統，認為傳耶穌是違背傳統信仰的異端，因此極力迫害基督徒。但後來他在往大馬色迫害門徒的途中，得到耶穌奇妙的異象啟示，自此悔改歸入主的名下。彼得、約翰、馬太，則是耶穌的使徒。

若是由她獨自考慮，她是否能省悟過來，或竟永久執迷不悟，我不敢講。她很少有思索的時間。過了一天，鄰城有個審判會議，我的主人必須要參加。希茲克利夫先生知道他不在家，便比平常特別來得早些。凱撒琳與伊薩白拉在書齋小坐，彼此不睦，但是沉默。後者，對於自己最近不慎的行為，以及在偶然盛怒中洩漏了她的祕密情感，都很感驚惶；前者，經成熟的考慮之後，認為確實是她的同伴有開罪於她之處，假如她再要笑她的無禮，頗想不再令她感覺這只是笑話。希茲克利夫走過窗前，她真個笑了。我正在掃爐，我注意到她唇上有個惡意的微笑。伊薩白拉，專心在沉思，也許是專心在看書，直到門開了纔動彈。已經太晚，不及規避了，其實如果遠來得及，她是願意走開的。

「進來，對了！」主婦歡樂的喊，拉一把椅子到火爐邊。「這裡有兩個人正需要一個第三者來打開她們彼此間的僵局，你正是我們兩個都要選的那一個人。希茲克利夫，我很驕傲的終於能介紹給你一位比我更愛你的人，我希望你感覺寵幸。不，不是奈萊，不要望著她！我的可憐的小姑，她的心都要碎了，只要一想到你的肉體和道德的美。你要是願做哀德加的妹婿，那是完全在你的掌握裡的事了！不，不，伊薩白拉，妳不要跑開，」她繼續說，假做為鬧玩的樣子，一把拉住那憤怒得立起來、驚惶的女孩子。「我們兩個為了你吵得像兩隻貓，希茲克利夫。在說愛情的誓言方面，我是失敗了，並且她告訴我，只消我稍有禮貌，站在一旁；她自命是我的情敵，她能把愛情的箭射入你的心，永久的佔據你，使你永久忘記我！」

「凱撒琳！」伊薩白拉說，恢復了她的尊嚴，並且不屑於和那抓緊了她的力量去掙扎。「我多謝妳，說老實話罷，不要毀謗我，雖然是在說笑話！希茲克利夫先生，請你慷慨的命令你這位朋友放我走罷，她忘記了你和我並不是熟識的朋友，她引以為樂的正使我有說不出的苦痛。」

客人沒有說什麼，但是坐下了，至於她對於他抱著什麼樣的情感，他露出完全漠然的樣子，於是她轉過身來苦苦哀求放她走開。

「絕不能夠！」林頓夫人回答說：「我不願再被稱為馬槽裡的狗。妳一定要留在這裡。對了！希茲克利夫，你聽了我的快樂的消息為什麼不表示滿足？伊薩白拉賭咒說哀德加對我的愛情比起她對你的是不足道的。我記得她確實說了這樣的一句；她說了沒有，哀倫？並且自從前天散步之後她就不進飲食，為了悲哀和憤怒，因為我把她從你身邊打發走了，以為你是不會接受她的。」

「我想妳是冤枉她了，」希茲克利夫說，轉過椅子來面對著她們，「無論如何，現在她是願意離開我身邊的！」

然後他用力的注視這談話中的對象，像是一個人注視一個奇異可厭的小獸一般：譬如是印度的蜈蚣，好奇心引人去細看牠，雖然牠的樣子很討人嫌惡。這可憐的東西忍受不住了，她一陣蒼白，一陣緋紅，並且淚珠盈睫，用她的纖細的手指竭力想從凱撒琳的緊握中逃開。但是她看出她剛剛從她的臂上扳起一根手指，另一根又抓上來了，她不能一齊扳起來，她於是開始用她的指甲了，指甲的銳利立刻就在那扣留她的指上留下了新月形的紅印。

「簡直是一隻母老虎！」林頓夫人大叫，把她放了，痛得直搖動她的手。「滾開罷，為了上帝的緣故，藏起妳那潑婦的臉！多麼笨，竟對他露出了那些爪子。妳想不到他將因此得到什麼樣的結論嗎？看罷，希茲克利夫！這是能致命的兇物——你當心你的眼睛。」

「我會把那些指甲都給拔出來，假如是來侵犯到我，」他兇惡的回答，當她走出去關了門之後。「但是妳這樣的戲弄這東西，是何用意呢，凱撒？妳說的不是實話，是麼？」

「我說的是實話，」她回答：「她已經為了你害相思好幾個星期了。今早又為你發狂，並且破口大罵，因為我很坦白的說了些你的缺點，為的是消除一些她的狂戀。但是你也不必再注意，我本想懲罰她的無禮罷了。我是太歡喜她了，我親愛的希茲克利夫，我不肯令你把她抓去吞了。」

「我太不歡喜她了，所以不願嘗試，」他說：「除非是用食屍鬼的方式。假如我和那討厭的蠟臉的女人同居，妳會聽到一些奇怪的事情。最平凡的是隔一兩天就在她的白臉上塗起彩虹的顏色，把藍眼睛變成黑的。那一雙眼睛像林頓的像得討厭。」

「像得可愛！」凱撒琳說。「是溫柔的鴿子眼睛——天使的眼睛！」

「她是她哥哥的繼承人，是不是？」他靜默一刻之後問。

「我很抱歉，如果是的，」他的伴侶回答：「有半打姪兒子要來打消她的權利哩！暫且不要想這件事。你太好貪鄰人的財，要記住這個鄰人的財是我的。」

「如果是我的，那也是一個樣的，」希茲克利夫說：「但是伊薩白拉雖然傻，卻不瘋。簡言之，我聽妳話，且不談這事。」

他們在嘴上是不談了。凱撒琳心裡大概也不想了。另外一個，我覺得他在那一晚一定想了好多回。我看見他獨自微笑——可說是獰笑——只要林頓夫人一離開這房間，他便做出不祥的冥想之狀。

我決心觀察他的動作。我的心總是在主人這一面，而不是凱撒琳那一面。我自以為是有理由的，因為他是慈祥、信任、體面的；而她——雖然不能說是反面，但她似乎是過於放肆，所以我對於她的節操很少信仰，對於她的情感更少同情。我誠願有什麼事情發生，其效果足以使咆哮山莊和這田莊脫離了希茲克利夫先生，不動聲色的；讓我們像在他未來以前那樣過活。他的來訪對於我是不斷的夢魘，並且，我猜想，對於我的主人也是一樣。他寄宿在山莊，成為不可解釋的壓迫行為。我覺得上帝是遺棄了那裡的迷途羔羊，任牠去自由遊行，一隻惡獸來到羊欄和那羔羊之間，等著機會跳起來撲殺。

11

有時候，我在寂寞中默想著這些事情的時候，忽然恐怖的立了起來，戴上帽子，便去看看山莊那邊的一切情形。我良心上覺得那是我的義務，去警告他一般人是怎樣的在談論著他的行為。可是我想起了他堅決的惡習，改善他是無望的事，我便很畏縮重進那陰暗的人家，很懷疑我的話能見信於人。

有一次，我外出到吉墨頓，路過那古舊的大門。大概就是我的故事剛剛講到的那個時期：一個很明亮的嚴霜的下午，地上是光光的，路是硬而乾。我走到一塊大石頭的地方，大路在左手分出一條支路通到澤地；一塊粗糙的沙柱，在北面刻著W. H.字樣，東面刻著G.，西南面刻著T. G.字樣。[1] 這就是對於田莊、山莊和村鎮的指路牌了。太陽光照黃了它的灰頂，使我想起了夏天；我說不出是因為什麼，只覺猛然間一股孩童的感覺注入了我的心房。二十年前興德來和我認為這是個好地方。我長久的凝視著這塊風雨剝蝕了的岩石，蹲下來看見近底處有一洞，裡面還充滿了蝸牛殼和碎石子，這都是我們從前喜歡儲藏在那裡的，還有些別的較易消滅的東西，像是真實境界一般的鮮明。我好像是看見了我早年的玩耍伴侶坐在枯乾的草地上：他的黑的方頭向前垂著，他的小手用一塊石板向外掏土。

「可憐的興德來！」我不由自主的叫了出來。我大吃一驚，我的肉眼竟被騙得暫時以為那孩子抬起臉來直望著我！可是一瞬間就消滅了。但是我立刻感到一個不可抵禦的願望，想到山莊去。迷信迫使我依從這個衝動：以為他大概是死了！我想——也許是不久要死！——這總是死的朕兆！我越走近那房子，我越為激動。等到瞥見的時候，四肢都顫動了。那鬼靈已先我而至，他隔著大門望我。這就是我看到一個鬼頭髮黃眼睛的男孩把紅臉靠著門柵欄時所有的第一個念頭。再一想便知道這一定是哈來頓，我的哈來頓，自我離開他以後，他並沒有大改變，大約有十個月的光景。

「上帝保佑你，乖乖！」我叫，立刻忘記我的無稽的恐懼。「哈來頓，我是奈萊！奈萊，你的保母。」

他向後退一臂之遙，拾起一塊大石頭。

「我來看你的父親，哈來頓，」我說，從他的舉動中我可以猜想到，假如奈萊還活在他的記憶裡，他必是不能辨認我即是奈萊。

他舉起石頭要擲。我開始說一陣好話，但是不能停止他的手。那塊石頭擊中了我的帽

---

1. W.H.是咆哮山莊原文（Wuthering Heights）的縮寫；G.是吉墨頓原文（Gimmerton）的縮寫；T.G.是鶇翔山莊原文（Thrushcross Grange）的縮寫。

子，然後從這小人訥訥的口中湧出了一串的咒罵，不管他自已是否懂得，說來卻是有老練的腔調，並且把他的孩童的相貌歪扭成為驚人的惡相。你可以確知，這舉動使我苦痛甚於使我惱怒。我很想哭，但是我從袋裡取出一枚橘子給他，去慰解他。他猶豫一下，然後從我手裡搶了過去，好像以為我只是要引誘他使他失望的。我又拿出一枚，但是不令他摸到。

「是誰教你說那些好聽的話，我的孩子？」我問：「是牧師麼？」

「詛咒那牧師，和妳！給我那一個。」他回答。

「告訴我你在什麼地方讀書，你就可以拿去，」我說：「誰是你的先生？」

「那惡魔爸爸。」他回答。

「你從爸爸那裡學些什麼呢？」我繼續問。

他跳起來搶那水果，我舉得更高一些。「他教你些什麼？」我問。

「沒有什麼，」他說：「除了教我離開他的腳步遠遠的。爸爸不能容忍我，因為我咒罵他。」

「啊！是魔鬼教你咒罵爸爸？」我說。

「啊——不。」他懶聲說。

「那麼是誰？」

「希茲克利夫。」

我問他喜歡希茲克利夫先生不。

「是的！」他又回答。

我便問他所以歡喜他的理由，我只能得到這樣幾句——「我不知道——爸爸施於我的，他照樣的施於爸爸——他咒罵爸爸，因為爸爸咒罵了我。他說我一定要任我的性去做事。」

「那麼牧師也不教你寫字讀書麼？」我問。

「不，我聽說假如牧師若敢跨進門來，就要把他的——牙打落到他的——肚裡去，希茲克利夫是這樣說的！」

我把橘子放進他的手裡，令他去告訴他的父親有一個女人叫奈萊・丁在花園門口等著和你說話。他沿著小路走去，進到屋裡。但是，不是興德來，是希茲克利夫出現在門階上。我立刻轉身拚命的跑去，一路不停，一直跑到路標的地方，嚇得像是見了鬼一般。這和伊薩白拉小姐的事件沒有多少關係，除了一點，這件事促使我更下決心，嚴加防範，竭力的防止這惡劣的影響在田莊蔓延；雖然因為阻撓了林頓夫人的愉快，我不免要惹起家庭的風波。

下次希茲克利夫來，可巧我的年輕的小姐正在院裡餵鴿子。她有三天沒向她嫂嫂說一句話，但是她也同樣的沒有再發脾氣抱怨人，我們認為是大安慰。希茲克利夫本沒有對林頓小姐做不必須的殷勤的習慣，我是知道的。現在，他纔看見她，他的第一件準備便是在屋前迅速的打量一下。我正站在廚房窗內，但是我引退了，不令他看見。然後他踱過石路，走到她跟前，說了些什麼，她似乎是窘了，想走開的樣子；為防她走，他抓住她的胳臂。她扭轉她的臉，顯然是他提出了一些她無意回答的問題。他又向屋前瞥了一眼，以為沒有人看見，這流氓竟大膽的擁抱了她。

「猶大！背義的人！」我驚叫。「你也是一個假君子喲，你是不是？一個處心積慮的騙子！」

「誰是，奈萊？」凱撒琳的聲音在我肘邊說。我看外邊那一對看得太出神了，不曾注意她進來。

「妳的卑劣的朋友！」我忿忿的回答：「就是那一個鬼鬼祟祟的流氓。啊，他瞥見我們了——他要進來了！我很詫異，他一向告訴妳他是恨她的，他將有何面目去尋找好聽的恕詞去解釋他的向小姐求愛呢？」

林頓夫人看見伊薩白拉自己掙脫開了，跑到花園裡去。過了一分鐘，希茲克利夫開了門。我忍不住發洩了我的一點憤怒，但是凱撒琳生氣的堅持不要作聲，威嚇著要命令我離開廚房，假如我膽敢插嘴亂道。

「人家若是聽見妳，會以為妳是主婦哩！」她大叫：「你需要安你的本分！希茲克利夫，你做什麼呢，這樣搗亂？我已說過你一定不要招惹伊薩白拉！——我求你不要，除非你已厭倦在這裡受招待，並且願林頓饗你閉門羹！」

「上帝不准他試！」那險惡的壞蛋回答。就在那時候，我痛恨他。「願上帝使他柔順而忍耐！我一天比一天的熱烈的要送他上天堂！」

「不要說！」凱撒琳說，關上裡面的門。「不要招我惱。你為什麼不聽我的請求呢？她是有意的遇到你麼？」

「這於妳何干？」他慢聲說：「我有吻她的權利，假如她願意，妳沒有權利反對。我不是妳的丈夫，妳用不著嫉妒我！」

「我不是嫉妒你，」主婦回答：「我是為了你而嫉妒。把你的臉弄好了，你不要對我蹙眉！你若是喜歡伊薩白拉，你就要娶她。但是你是否喜歡她呢？說老實話，希茲克利夫！好，你不回答。我準知道你是不喜歡！」

「並且林頓先生准許他的妹妹嫁給那個人嗎？」我問。

「林頓先生會准許的，」夫人決然的回答。

「他可以不必費心，」希茲克利夫說：「我也可以不要他的准許。至於妳，凱撒琳，我們既然說到這裡，我倒有幾句話對妳說。我要妳明白，我是知道妳對待我很毒惡——很毒惡！妳聽見沒有？妳若是私相慶幸以為我不知道，妳是傻子；妳若是以為用甜言蜜語便可以安慰我，妳是個獃瓜；妳若是以為我會無報復的忍受，我就要令妳相信恰恰相反，在最短期間！同時，謝謝妳告訴我妳小姑的祕密，我賭咒我要盡量的去利用。妳要躲開些！」

「這是他性格中的什麼新花樣呀？」林頓夫人驚訝的叫了。「我對待你很毒惡——你要報復！你將怎樣報復呢，忘恩負義的畜生？我怎樣毒惡的對待你了？」

「我並不要報復你，」希茲克利夫減輕一些兇勢說：「計畫不是那樣的。暴主壓迫他的奴隸們，他們並不反抗他，他們壓迫他們底下的人。妳儘管為使妳開心而把我蹂躪至死，只求妳准許我也同樣的尋些開心，並且和妳一樣的極力避免受人侮辱。妳既打倒了我的宮室，不要再造起一架草棚，送給我做家，而自己滿意的誇耀妳自己的慈善。我若是以為妳真心願意我娶伊薩白拉，我寧願刎頸而死！」

「啊，壞的是我不嫉妒，對不對？」凱撒琳叫道：「好，我不願再度表示願做人妻，那就等於是把墮落的靈魂獻給撒旦一樣的壞。你的幸福，和他的一樣，就在於使人苦痛，你已證實了。哀德加在你初來時脾氣很是暴躁，現在剛剛恢復，我開始覺得安全寧靜了。你，生怕我們過得平靜，似乎是有意要來激起爭端。和哀德加爭吵去，如果你願意，並且欺騙他的妹妹，你會恰好找到報復我的最有效的方法。」

談話中止。林頓夫人坐於火旁，臉紅而沉悶。供她役使的鬼魂變得不聽使喚了，她既不能祓除，又不能制止。她交叉著臂立在爐臺上，思索著他的險惡思想。在這情形下，我便離開他們去找主人，他正在驚訝有什麼事把凱撒琳耽擱得這樣久。

「哀倫，」當我進去的時候，他說，「妳看見太太了麼？」

「是的，她是在廚房裡，先生，」我回答：「她被希茲克利夫先生的行為弄得很生氣，真是的，現在我以為是到了一個時候，該把他的來訪放在另外一種地位去看待了。太柔軟是有害的，現在弄到這個地步——」於是我把院裡的一幕述說了，並且在我膽量所及的範圍之內，把以後全部的爭執都說了。我覺得我的敘述並不見得是對林頓夫人很不利，除非她以後使得它如此，因為她採取了為她的客人辯護的地位。哀德加・林頓很覺困難的聽我講完。他最初的幾句話表示他並不認為他的妻沒有過錯。

「這太難堪了！」他叫。「這真失體面，她竟承認他是朋友，而且強迫我陪伴他！從屋裡給我喊兩個人來，哀倫。凱撒琳不可再遷延著和那下賤的惡棍吵嘴了——我已經順從她夠了。」

他走下樓，令僕人在過路處等著，走向廚房去，我在後面跟著。屋裡兩個人又已開始盛氣的爭論：林頓夫人，至少，是重振氣力的在罵；希茲克利夫已移到窗前，垂著頭，顯然是有些被她的痛罵所壓倒了。是他先看見了主人，急速作勢令她不要再說，她突然的服從了，在發現了他暗示的原由的時候。

「這是怎麼回事？」林頓對她說：「妳對於禮俗必有什麼奇特的見解罷，那惡棍說了那樣難聽的話，而妳還肯停留在這裡？我想，因為這就是他平常的談吐，所以妳以為不算什麼；妳是習慣於他的下賤，並且或者以為我也能習慣！」

「你是在門口偷聽來的嗎，哀德加？」主婦問，那聲調是特意要激怒她的丈夫，暗示著對於他的憤怒是漠然並且輕蔑的。希茲克利夫聽前者的話便抬起了眼睛，聽後者的話時便發出一聲冷笑；這笑聲像是故意的，引林頓先生注意到他。他果然成功了；但是哀德加並無意於對他發什麼大脾氣。

「我一直是忍耐著你，先生，」他平靜的說：「並不是我不知道你的頹廢墮落的性格，不過我覺得你只是負一部分責任，而且凱撒琳願意和你來往，我默認了——很傻的。你的來臨是一種道德上的毒素，把頂有德行的人都會玷汙。因此，並且為了防止更惡劣的後果，我以後不准你再到這家裡來，現在通知你我要你立刻走出去。三分鐘的延擱就要使你的離去成為強迫而且可恥的。」

希茲克利夫用一個充滿譏笑的眼睛去衡量這發言者的身體的高度和闊度。

「凱撒，妳的這隻羔羊威嚇人像一隻水牛！」他說：「他碰在我的拳頭上有撞破頭骨的危險。上帝喲！林頓先生，我十分抱歉，你實在不配一拳打倒！」

我的主人向過路處瞥了一眼，向我作勢喊人來——他並無意冒險去做單人的搏鬥。我服從了那暗示，但是林頓夫人有些疑心，跟了過來。我剛要叫他們，她把我扯回來，關上了門，上了鎖。

「好公平的方法！」她說，作為回答她丈夫的驚怒的面孔。「如其你沒有攻擊他的勇氣，就該道歉，或者準備挨打。這可以教訓你，不要裝出比你實有的更多的勇氣。不，我可以吞下這把鑰匙，也不能交給你！我對你們兩個的恩愛得到很好的報酬！於不斷縱容這一個的柔軟性格和那一個的惡劣性格之後，我所得的報酬便是兩個渾噩、忘恩負義的榜樣，愚蠢得荒謬！哀德加，我是在防護你和你所有的，我願希茲克利夫用棍子打得你半死，因為你膽敢以壞的念頭加在我身上！」

並不需要棍打的手段，就可以對主人產生那效果了。他試圖從凱撒琳手中奪過鑰匙，她為了安全計便丟到火爐中最熾熱的那一部分裡。哀德加先生發了一陣抖，臉色變得死白。拚了命他也不能隱藏他過度的情感；苦痛與恥辱整個的壓倒了他。他靠在椅背上，掩了臉。

「啊，天喲！在古時，這就可以使你贏得騎士的封號哩！」林頓夫人叫道：「我們是被打倒了！我們是被打倒了！希茲克利夫就要對你舉起一根手指，像是一個國王驅遣大軍去征服一群老鼠。起來喲！你不會受傷的！你的樣子不是一隻羔羊，是一隻吃奶的週歲野兔。」

「我願妳歡喜這膽小的懦夫，凱撒！」她的朋友說：「我恭維妳的眼力。那就是妳撇棄我而選中的流涎發抖的東西！我不用我的拳頭打他，但是我要用我的腳踢他，會得到很大的滿足哩。他是在哭嗎，還是嚇得要暈倒呢？」

這傢伙便走了過去，把林頓靠著的椅子推了一把。他最好還是站得遠一些，我的主人迅速的直立起來，對準他的喉頭狠命一擊，細弱一點的人就會被打倒。有一分鐘使他不得喘氣，正在他哽咽的時候，林頓先生從後門走到院裡，又從前面大門進去。

「好！你從此不得再來此地了，」凱撒琳說：「現在，走罷，他會回轉來帶著一對手槍、半打助手。如其他已偷聽到我們的話，當然他永遠不會饒恕你。你已使得他很難堪，希茲克利夫！但是去罷——趕快！我寧願看著哀德加受窘，而不願看你。」

「你以為我頸上這一擊熱辣辣的痛著，我就會走嗎？」他暴躁的說：「我指著地獄發誓，不！在我跨出門檻之前，我要擠碎他的肋骨，像是一顆腐爛的榛核！如果我現在不能打倒他，我總有殺死他的時候。所以，妳既看重他的生存，讓我來對付他罷！」

「他不來了，」我插入說，造一點謊。「車夫和兩個園丁就在那裡；你一定不是等著被他們打到路上去罷！每一個人拿著一根棍子。並且很可能的，主人從客廳窗裡望著，看看他們是否完成他的命令。」

園丁和車夫確是在那裡，但是林頓也和他們在一起。他們已經走進院裡。希茲克利夫再思之後，決定避免和這三個僕人爭鬥。他抓到了火鉗，把裡門的鎖敲落，等他們進來，他就逃去了。

林頓夫人受戟刺很大，令我陪她上樓。她不知道我對這場紛擾所貢獻的一份，我也很焦望的令她不曉得。

「我幾乎要發瘋了，奈萊！」她叫，投身到沙發上。「一千個鐵匠的錘子在我的腦袋裡敲！告訴伊薩白拉躲著我些，這一場風波是為她而起的。現在她或是任何人若來加重我的惱怒，我就會發狂。並且，奈萊，和哀德加說，若是妳今晚再見到他，就說我有得重症的危險。我希望是真的。他使得我震驚悲苦到戰慄的地步！我也要他驚嚇一下。況且，他也許進來又開始一大串的咒罵或抱怨。我準知道我要反控，上帝曉得我們將鬧到什麼地步為止！妳願這樣麼，我的好奈萊？妳是知道的，我對於此事一點也沒有過錯。是什麼鬼附在他身上，使他來偷聽？妳離開我們之後，希茲克利夫的話是太過分，但是我可以很快的把話岔開，令他不再談伊薩白拉，其餘的話就無關緊要了。現在一切全都弄糟了，只因這傻瓜妄想要聽別人對他的壞話，這妄想像鬼魔似的追逐著一些人！如果哀德加沒有聽到我們的談話，他也不會多吃一些虧。真的，我為了他而把希茲克利夫痛罵，直罵得我力竭聲嘶，他反倒用一副不愉快、無理的腔調來對付我，這時節我真不介意他們彼此要如何的處置對方。尤其是，我覺得，無論這一幕如何收場，我們全要被迫而分離，並且不知要分離多麼久！好，假如我不能保留希茲克利夫做朋友——如果哀德加是卑鄙而嫉妒，我就要把自己的心粉碎，以使他們的心亦成粉碎。這是結束一切最迅速的一個方法，若是我被迫去走極端！不過這一著還要為了幾希的希望而暫為保留，我不要使林頓因此猛吃一驚。截至這一回為止，他很小心的怕激怒我，妳一定要申說放棄這政策的危險，並且提醒他我的暴躁脾氣燃燒起來，是近於狂癲的。我願妳臉上取消那副冷淡的神情，露出對我較為焦慮的樣子。」

我接受這命令時的一副遲鈍的神情，無疑的，是很令人生氣；因為這命令確是說得很誠懇。但是我相信，一個在事前能計畫著善用她的爆發脾氣的人，如果使用她的意志力，就是在爆發的時候，也未嘗不可相當的節制她自己；並且我也不想「驚駭」她的丈夫，如她所說的那樣，為了利於她的自私而增加他的煩惱。所以，我遇見主人向客廳走來的時候，我沒說什麼，但是我卻擅自轉回去偷聽他們是否又繼續爭吵。

是他先開口。

「妳不要動，凱撒琳，」他說，他的聲音中沒有一點怒氣，但有很多悲苦的失望。「我不在這裡停留。我來不是為口角的，也不是為和解的。我只要曉得，今晚事件之後，妳是否有意繼續妳的親密的關係和那——」

「啊，慈悲點罷，」主婦插口說，頓著足，「慈悲點罷，我們現在不要再說他了！你的冷血是不能激得發熱的，你的血管裡是充滿了冰水，但是我的卻在滾沸，一看到這樣的冷酷就要使我的血脈跳盪起來。」

「要想擺脫我，就回答我的問題，」林頓先生繼續說：「妳一定要回答，那兇樣並不能嚇倒我。我已發覺妳能像任何人一般的鎮定。妳以後是放棄希茲克利夫，還是放棄我？妳若想做我的朋友，而同時也做他的，那是不可能的；我絕對需要知道妳選擇哪一個。」

「我需要別吵我！」凱撒琳狂怒的吼著：「我要求！你看不出我是幾乎不能忍受了麼？

哀德加，你——你離開我！」

她搖鈴，一陣急震聲而鈴破了。我閒暇的走了進來。這樣無聊、狡猾的暴怒，足夠使一個聖徒的性格有所忍耐不住哩！她躺在那裡用頭在撞沙發的扶手，切著齒，你會以為她是想要把扶手搗成碎片！林頓立著望著她，猛然間良心苦痛，並且恐懼，他告訴我去取一點水來。她氣喘得不能說話。我取來一滿杯，她不肯喝，我就灑在她臉上。幾秒鐘的工夫，她挺直了身體，翻起眼來，兩腮立刻變成蒼白而且帶青，像是死的樣子。林頓做驚惶狀。

「這世界上沒有事情是這麼麻煩的。」我低聲說。儘管我止不住自己內心的恐懼，但仍然不想讓他屈服。

「她嘴唇上有血！」他說，抖顫著。

「不要緊！」我尖刻的回答。我便告訴他，她是怎樣在他來之前便決定要表現一陣癲狂。我不小心的大聲申述，她聽見了；因為她突然起來——她的頭髮在她的肩上披散著，她的眼睛閃耀著，她頸上和臂上的筋肉異乎尋常的迸凸出來。我心裡準備了這一回至少要折斷幾根骨頭，但是她僅僅四周一望，然後急速的跑出屋去。主人指示要我跟了去，我就跟了去，跟到她的房門口：她不准我再跟，關緊了門。

第二天早晨，她既不表示要下樓吃早餐，我便去問是否要我送上樓去。「不！」她堅決的回答。午飯時茶點時我又去問同樣的話；再過一天早晨又去問，總是得到同樣的回答。

林頓先生那一方面，他只是在圖書室消磨時間，並不打聽他的妻是在做什麼。伊薩白拉和他有一小時的談話，他設法使她對於希茲克利夫的追求發生一些相當恐懼的情感：但是他從她閃爍的回答中毫無所得，只得於不滿意中結束這一場測驗；但是附帶著發出嚴重警告，如果她竟瘋狂得鼓勵那下賤的求婚人，那就要廢棄了她自己和他之間的一切關係。

12

林頓小姐在果園、花園裡面摸索著，總是沉默，幾乎總是垂淚。她的哥哥在書堆裡面關閉自己，而從不打開書本——我猜想他必是不斷的疲於想望著凱撒琳痛悔前非，會自動的來請求饒恕，請求和解——而她偏頑梗的絕食，大概是以為哀德加每餐看不見她時必定哽咽不能下嚥，僅是一點驕心阻止他投身到她的腳下。在這時節，我經營我的家中職務，自信這田莊中只有一顆清醒的靈魂，而那靈魂是住在我的肉體裡。我對於小姐並不枉費安慰，對於主婦也不枉費任何勸告，對於我的主人的嘆息也不大注意，他聽不到他夫人的聲音，便渴望能聽到她的名字。我決定他們是會言歸於好的；其過程雖然慢得討厭，我終於見到其進展了一線曙光而開始慶幸了：我最初是這樣想。

林頓夫人，在第三天晚上，開了門閂，她的水瓶、水罐中的水都用完了，要我添滿，並且要一盆粥，因為她相信她是要死了。我認定這一番話是說給哀德加聽的，我不信有這樣事，所以我不宣揚，送給她一些茶和乾烘麵包。她很熱心的吃了喝了，倒在枕頭上，抓緊兩手，呻吟起來。

「啊，我要死了！」她嘆道：「既然沒有人對於我有任何的憐惜。我願我沒有吃它。」

然後過了好大半天，我聽到她喃喃的說：「不，我不死——他會歡喜的——他一點也不愛我——他永不會覺得失了我！」

「妳要什麼嗎，夫人？」我問，仍然堅持著我外表的寧靜，雖然她的面色可怖，舉止奇異得過度。

「那個冷酷的東西是在做什麼？」她問，把她厚而紛亂的頭髮從顳顬的臉龐往後一推。「他是在昏睡呢，還是死了呢？」

「都不是，」我回答：「假如妳說的是林頓先生。他是相當的安好，我想，雖然他的書籍佔據了他過多的工夫。他是不斷的在他的書堆裡，因為他沒有別的伴侶。」

我不該這樣說，假如我知道她的真的情況，但是我總不能不想她的病況有一部分是她的做作。

「在他的書堆裡！」她叫，甚是惶惑。「而我在要死！我正在墳墓的邊緣！我的上帝呀！他知道我變成什麼樣了麼？」她繼續說，凝視著對面牆上掛著的鏡子裡的影子。「那就是凱撒琳・林頓嗎！他以為我在撒嬌——在玩。或者，妳不能告訴他這是十分真的嗎？奈萊，如果不是太晚，我只要曉得他是怎樣感覺的，我在這兩個裡選一個。或是立刻餓死——這不能算是懲罰，除非他有人心——或是恢復健康，離開這鄉間。妳所說的關於他的話，可是真的麼？妳要小心。他對於我的生命是真的這樣毫不關心麼？」

「噫，夫人，」我回答：「主人一點也不曉得妳的發狂，當然他不怕妳自己會餓死。」

「妳以為不麼？妳不能告訴他我會的麼？」她回答說：「去勸他！作為妳自己要說的，就說妳認為我一定會的！」

「不，妳忘記了，林頓夫人，」我說：「妳今晚吃了一些東西，胃口很好，明天妳就會看出好的效果。」

「如果我只要確知能致他於死，」她插口說：「我便立刻自殺！這可怕的三夜，我一直沒有閉上眼——啊，我受了苦刑！有鬼纏著我，奈萊！但是我開始疑心妳不歡喜我。多麼怪！我想，雖然每個人都互相嫉恨輕蔑，卻都不能不愛我。而幾小時的工夫，他們都變成敵人了。他們是變了，我確知；此地的人；在他們的冷面孔環繞之下去迎接死，那是多麼慘澹！伊薩白拉驚駭而且嫌惡，怕進這屋裡來，看著凱撒琳死是何等可怕的事。哀德加莊嚴的站在旁邊看著，然後對上帝祈禱致謝，謝上帝恢復了他家的平靜，回去看他的書！我正在要死，他可看書做什麼呢？」

我所告訴她的林頓先生的哲學的克己態度，她是不能忍受的。她翻來覆去，增加了她的熱狂以至於瘋癲，用牙齒扯她的枕頭，然後渾身滾燙的挺身起來，要我打開窗戶。我們正在仲冬，東北風正強，我就反對。她臉上突起的表情和她心境的突變，開始使我大為吃驚，使我想起她上次生病時，醫生囑咐她不可再受激怒。在一分鐘前，她是狂暴的；現在，支著一隻胳臂，並未注意我之拒絕服從她。她從剛剛扯碎的裂縫中拉出羽毛來，按照種類一根根放在被單上面，好像是得到孩童的樂趣。她的心已經飄遊到別的聯想上面去了。

「那是火雞的毛，」她喃喃自語：「這是野鴨的，這是鴿子的。啊，他們把鴿毛放進枕頭裡——怪不得我死不了！[1]我臥下去的時候可務必要把它丟到地板上去。這又是赤松鷄的了，這個——就是在一千種裡我也辨認得出——這是田鳧的。好鳥兒，在澤地中，就在我們頭上盤旋。牠要到牠的巢裡去，因為雲觸到了高崗，牠覺得雨要來了。這羽毛是從荒原上撿來的，鳥並沒有被打死。我們在冬天看見過牠的巢，裡面充滿了小的骨骼。希茲克利夫在上面安設了一個捕籠，老鳥兒不敢來了。我令他答應以後不許再射殺一個田鳧，他以後就沒有過。是的，這裡還有些個！他可曾射死我的田鳧，奈萊？是不是紅色的，其中有沒有紅的？讓我看看。」

「丟開那孩子玩藝兒罷！」我打攪說，把枕頭扯開，把破洞翻貼在墊褥上面，因為她一把一把的往外掏。「躺下去，閉上眼，妳是昏迷了。這一團糟！毛像雪似的亂飛。」

我到處撿毛。

「奈萊，我看出，」她矇矓的說：「妳有老太婆的模樣了，妳有灰色頭髮、彎曲的肩。這張床就是潘尼斯頓岩的妖精洞，妳是在採集鬼靈用的石鏃，預備傷害我們的小牝牛。在有我在近旁的時候，妳就裝作是在撿羊毛。妳五十年後就會落到這個樣子。我知道妳現在還不致如此。我沒有昏迷，妳錯了，否則我要相信妳確是那乾癟老妖精，我確是在潘尼斯頓岩下。我曉得現在是夜間，桌上有兩根蠟燭，照得那黑壁櫥像黑玉一般亮。」

「黑壁櫥？在哪裡？」我問。「妳是在說夢話！」

「就是靠在牆上的，總是在那裡的，」她回答：「確是有些奇怪——我看見裡面有個臉！」

「這屋裡沒有壁櫥，從來沒有，」我說，又坐到我的位子上，掀起了簾幕，以便看著她。

「妳沒看見那個臉嗎？」她問，專心的凝視著那鏡子。

我無論怎樣說，不能令她明白那就是她自己的臉。於是我立起用一塊圍巾遮住它。

「還是在那後面！」她焦急的說：「並且它在動。是誰？我希望妳去後它不要出來！啊，奈萊，這屋裡有鬼！我怕獨自在這裡！」

我握起她的手，教她鎮定，因為一陣抖顫使她渾身拘攣，她要目不旁瞬的凝視著鏡子。

「這裡面沒有人！」我堅持說：「是妳自己，林頓夫人，妳方纔還曉得的。」

1. 編註：英國的一種習俗。據說只要在人臨死之前，在其身邊放下一袋鴿子的羽毛，靈魂就不會離開身體。垂死之人會一直等到親人來到身邊見最後一面，之後，親人就會拿掉羽毛，讓其安然死去。

「我自己！」她喘息說：「鐘敲十二下！是真的，那麼！這太可怕了！」

她的手指緊抓住衣服，聚起來遮住眼睛。我正想偷走到門口，去喊她的丈夫，但是一聲刺耳的銳叫喊我回去——那塊圍巾從鏡框上落了下來。

「噫，是什麼事？」我叫。「現在誰是懦夫？醒起喲！那是鏡子——一面鏡子，林頓夫人；妳在鏡裡看到妳自己，還有我，在妳旁邊。」

她於抖顫、驚惶中抓緊了我，但是恐怖漸漸從她臉上消逝，蒼白讓位給羞慚。

「啊，親愛的！我以為我是在娘家呢，」她嘆息。「我以為我是臥在咆哮山莊我的寢室裡。因為我體弱，頭腦昏亂了，不自知的怪叫起來。妳不要說什麼，但是陪著我。我怕睡覺：我的夢使我害怕。」

「一覺熟睡是於妳有益的，夫人，」我回答：「我希望這場苦痛可以防止妳再做絕食的企圖。」

「啊，但願我是在舊房子中我的自己的床上！」她苦惱的說下去，絞著她的手，「還有風聲在窗外樅林裡吼。讓我來感受那風——是直從澤地吹來的——讓我吸一口氣罷！」

為了安慰她，我把窗戶推開了幾秒鐘。一股冷風襲了進來，我關上門，回到我的座位上。她現在安靜的臥著，以淚洗面。身體的疲乏已經完全的克服了她的精神，我們暴躁的凱撒琳簡直成了一個哭啼的孩子。

「我自從把自己關閉在這裡，有多少天了？」她問，忽然精神恢復了。

「那是星期一晚上，」我回答：「現在是星期四晚上了，此刻也可以說是星期五早晨。」

「什麼！在一個星期以內麼？」她驚叫。「只有那樣短的時間麼？」

「妳只是以冷水和壞脾氣為生，這時間也就算是夠長的了。」我說。

「好，似乎是過了無數的小時了，」她懷疑的喃喃說道：「一定是還要久一些。我記得在他們爭吵之後，我是在客廳裡，哀德加還忍心的挑怒我，我氣極便跑到這屋裡來。我剛門上門，一片漆黑壓倒了我，我倒在地板上。我不能向哀德加解釋我是多麼確實的感覺到，如果他堅持惹怒我，我是準要中風或者發狂的！我已不能管制我的舌頭，或是腦筋，而他或者是不曾猜想到我的苦痛，我連逃避他和逃避他聲音的力量都幾乎沒有了。在我充分恢復視聽的能力以前，天已快亮，奈萊，我告訴妳我想的是些什麼，並且什麼念頭在不斷的出現，以致使我擔心要發狂。我躺在那裡，頭靠著那個桌腿，眼睛模糊的辨認出窗子上的灰色方格，我想著我是關閉在我家中橡木壁板的床裡。我的心為了一些很大的悲苦而感覺得痛，但纔醒來又不記得是些什麼。我默想，苦心的想發現究竟是些什麼。最奇怪的是，我過去生活中整整七年變成了一張白紙！我不能想起那七年的生活是曾存在過。我是一個小孩了，我的父親剛剛入葬，興德來令我和希茲克利夫隔絕，我的苦痛由此而生。我獨自被放在一個地方，這是第一次，從一夜啜泣之後的昏睡醒來，我伸手想把床板壁推開，手觸到了桌面！我順著桌毯一摸，記憶力猛然衝進，我最近的苦痛被一陣突發的絕望所吞沒了。我不能說為什麼我覺得如此狼狽，一定是暫時的瘋狂，因為幾乎沒有原因。但是，假如在十二歲的時候，我就從山莊被劫而去，忘懷了一切早年的聯想，以及我的一切一切，就像希茲克利夫在那時候那樣，並且一下子就變成了林頓夫人，鶇翔田莊的主婦，一個陌生人的妻子：從此以後，就成為我原有世界中的放逐者、遺棄者。那麼，我匍匐其中的那個深淵，妳可以想像一斑了！妳儘管搖頭，奈萊，妳也幫同攪得我不安！妳應該對哀德加說，妳真的應該，並且強迫他不要來刺激我！啊，我燒起來了！我願我在戶外！我願我還是個小女孩，半野半頑，而且自由；對於心上的損傷只是一笑，而不發狂！為什麼我是這樣的改變了？為什麼只為了幾句話我的血就奔騰洶湧起來？我準知道，只要我到那山中的石南林裡，我便立刻清醒過來。再把窗戶打得開開的，敞著扣上！快，妳為什麼不動？」

「因為我不想教妳凍死。」我回答。

「妳的意思是不想給我活的機會，」她慍怒的說：「但是，我還不是毫無辦法，我自己開。」

我沒來得及阻止她，她已從床上溜下，很不穩的在屋中走過，把窗推開，探身出外，也不管那像刀似的刺在她肩上的冷風。我哀求她，最後便試著強迫她後退。但是我立刻發現她在昏迷中的力量比我的大得多（她確是昏迷，看她以後的行動與癲狂，我信她是）。沒有月亮，底下的一切都在迷濛黑暗之中，遠處近處任何房屋都沒有一線光亮閃爍——所有的光亮早就熄滅了。咆哮山莊的光亮從來就看不見——她還是硬說她看見了那裡的光亮。

「看！」她焦急的喊：「那就是我的房間，裡面有燭光，還有樹在前面搖擺……另外一個燭光是在約瑟的樓頂裡。約瑟睡得晚，是不是？他是在等我回家，好鎖大門。好，他還要再等一些時候哩。不是平坦的路，並且沒有興致去走！並且要走那一段路，我們一定要經過吉墨頓教堂！我們曾一同仗膽抗鬼，互相賭賽站在墳墓中間叫鬼來。但是，希茲克利夫，若是我現在和你賭，你還要去試麼？你若去，我陪你。我不要獨自躺在那裡。他們或許要把我埋葬到十二呎深處，把教堂壓在我身上，但是我不能安息，除非你和我在一起。我永遠不能安息！」

她停住，用奇異的微笑又復開始，「他是正在考慮——他要我去就他！那麼，找一條路！不能穿過那墳園呀！你太慢了！知足罷，你永遠是跟隨著我！」

和她的瘋狂來分辯是無益的，我便計畫著怎樣找點什麼東西給她披上，而同時仍抓住她，不鬆我的手（因為我不放心她獨自在敞開的窗子前面），這時候，我大為驚愕，我聽得門柄一陣搖動聲，林頓先生走進來了。他是纔從圖書室裡出來，他經過門前，聽到我們的談話，被好奇心或恐懼所吸引，所以進來看看我們深更半夜的談的是什麼事。

「啊，先生！」我叫，算是阻遏了他已湧到脣邊的驚叫，當他看到屋裡的景象以及荒涼的空氣。「我可憐的主婦是病了，她把我制伏了，我竟不能照護她了。請過來勸她回到床上去罷，忘記你的怒氣，因為她是很難以聽從別人的。」

「凱撒琳病了？」他說，急忙走過來。「關上窗戶，哀倫！凱撒琳！怎麼——」

他靜默了。林頓夫人的顦顇樣子打擊了他，使得他說不出話，他只能用驚惶恐怖的樣子看看她又看看我。

「她正在這裡煩躁，」我繼續說：「什麼都不吃，並且從不抱怨；她在今晚以前不准我們進來，所以我們無從報告你她的狀況，因為我們自己也不曉得；但是不要緊的。」

我覺得我解釋得很笨拙，主人皺了眉。「不要緊的，是麼，哀倫·丁？」他嚴肅的說：「妳要更清楚的解釋為什麼教我全不知曉！」他摟抱了他的妻，苦痛的望著她。

起初她沒有望他一眼表示認識。在她的呆望中，他是不可見的。但是這昏迷又不是固定的，她的眼睛審視外面的黑暗之後，漸漸的集中注意力在他身上，發現了摟著她的是誰。

「啊！你來了，你是來了麼，哀德加·林頓？」她說，怒氣沖沖。「你就是那一種人，最不需要你時，你總是來；需要你時，你永遠不來！我猜想我們現在將要有很多的哀慟——我看出我們要——但是他們不能防止我不進那邊我的狹隘的家，我的長眠之所。在春天過去之前，我就要到那裡去！就在那裡，不是跟林頓們的一起。記好，不是在那教堂的簷下，而是在露天，並有一塊墓碑。你願到他們那裡去，或是到我那裡來，隨你的便！」

「凱撒琳，妳做了什麼事？」主人說。「我對於妳不再是有什麼價值了麼？妳是否愛那壞蛋希茲——」

「別說！」林頓夫人喊道：「別說，暫且！你若是一提起那個名字，我立刻結束一切，從窗口一跳！你現在能觸到的，你可以據有；但是在你再抱住我之前，我的靈魂將要到了那個山頂。我不需要你，哀德加。我已過了需要你的時候。你回到你的書堆裡去罷。我很高興你還有這一個慰藉，因為你在我這裡所有的是都消滅了。」

「她是在胡思亂想，先生，」我插口說：「她一整晚在說胡話，讓她靜養，好好照護她，她就可以好了。此後我們一定要小心別激怒她了。」

「我不想從妳這裡再得什麼勸告，」林頓先生回答：「妳知道妳的主婦的性格，而妳鼓勵我招惹她。她這三天來的狀況，妳一點暗示都不給我！這真太無心肝了！幾個月的病也不能產生這樣的變化！」

我開始為自己辯護，覺得為另外一個人的放蕩行為而受過是太冤枉了。「我是曉得林頓夫人的性格頑強霸道，」我叫道：「但是我不曉得你願意觸發她的兇猛的脾氣！我不曉得，為了順從她，我應該假裝沒看見希茲克利夫先生。我向你告發，我是盡了一個忠實僕人的義務，現在得到了一個忠實僕人的報酬！好，這是教訓我下次當心一些。下次你自己探聽消息罷！」

「下次妳再向我告發一件事，妳就要被我開除，哀倫‧丁。」他回答。

「那麼，林頓先生，你是寧願一點不曉得這件事嗎？」我說：「希茲克利夫是已得到你的允許，來向小姐求婚，並且每次乘你不在家時，便前來有意的蠱惑主婦來對付你麼？」

凱撒琳雖然心境很亂，她的頭腦還是很靈敏的能聽取我們的談話。

「啊！奈萊當了奸細，」她激憤的說：「奈萊是我暗中的仇敵。妳這妖婆！你確是尋找石鏃傷害我們了！放開我，我要教她悔恨，我要使她吼叫著取消前言！」

瘋子的怒焰在她的眉下燃燒起來。她拚命掙扎，想從林頓先生的胳臂裡掙脫出來。我並不要等候這事件的結局，並且想要自行負責的去尋求醫生幫忙，我便離開了這屋子。

在經過花園到路上去的時候，就在一個韁鉤釘在牆上的那地方，我看見一個白色的什麼，不規則的動著，顯然不是風吹的，而是被另外的什麼在推動。我雖在匆忙中，也停下去細看一番，生怕以後在我想像中留下一個信仰以為這是鬼物。我大為驚訝惶惑，因為用手觸比用眼看更來得清楚，我發現了那是伊薩白拉小姐的狗范尼，被一塊手絹吊了起來，幾乎要喘最後一口氣了。我急忙把狗解放，放進花園裡去。我曾看見牠跟牠的女主人上樓睡覺去，很驚異牠怎樣到了這裡，哪一個壞人這樣的處置牠。在解繫鉤上的結子的時候，我好像不斷的聽得在遠處有馬蹄響，但是我心中有許多事情佔據著，不容再細想這事：雖然這是一個奇怪的聲響，在深夜兩點鐘的時候。

我正在街上走，可巧坎奈茲先生正從家裡出來要去看村裡一個病人。我把凱撒琳．林頓的病狀述說一番，使得他立刻就陪我回轉來了。他是一個直率的粗人，他不遲疑的表示懷疑她能否度過這第二次的發作；除非她是比上一次更能順從他的指導。

「奈萊．丁，」他說：「我忍不住要猜想，此事必另有原因。田莊上可出了什麼事情？我們聽到奇異的傳說。像凱撒琳這樣強壯的女人不會為了一件小事生病的。而且那樣的人也不該。要讓他們安然度過熱燒等等卻不是易事哩。是怎樣起的？」

「主人會告訴你的，」我回答：「但是你曉得恩蕭一家人的暴躁脾氣，林頓夫人更是其中之尤。我可以這樣說：病是由一場爭吵而起。她是在一場急憤中間忽然像是中風，至少這是她的解釋。因為她在爭吵到最高潮時跑了出來，自己鎖在屋裡。以後，她拒絕吃，現在她是一陣狂囈，一陣半昏睡，她認識在她周圍的人，但是她心裡充滿了各種奇異的思想與幻象。」

「林頓先生會很難過罷？」坎奈茲問著說。

「難過？若有萬一，他的心都會碎！」我回答：「不要不必需的驚嚇他。」

「哼，我告訴過他要當心，」我的同伴說：「他忽略我的警告，他就必須要忍受結果！他最近和希茲克利夫先生很親密嗎？」

「希茲克利夫常到田莊來，」我回答：「雖然多半是由於他在孩童時就和主婦熟識，並非是由於主人歡喜他。現下，他是無須再費心來訪了，由於他表示他對於林頓小姐發生了非分的妄想。我想他是不會再被接待的。」

「林頓小姐是否很對他冷淡呢？」醫生又問。

「我不知道她的心事，」我回答，不願再談下去。

「不，她是很狡猾的，」他說著搖頭。「她是要守祕密的！但是她是真正的小傻子。我是有很好的根據的，昨天夜裡（好一個夜裡！）她和希茲克利夫在你們房屋後面農場裡散步，在兩小時以上。他逼迫她不要再進去，只要跳上他的馬，和他一起逃走！據向我講的人說，她發誓說要準備一下，下次再見面時便可偕逃，這樣纔算是拒止了他。至於究竟哪一天再見，他沒有聽見，但是妳要勸林頓密切注意罷！」

這消息使我充滿了新的恐懼。我撇下坎奈茲跑向前去，我的路程大半是跑著回去的。小狗還在花園裡狂吠。我替牠開了園門，但是牠並不跑向屋門，牠往返的逡巡，在草上嗅，並且會要向路上跑去，若非是我抓住了牠，把牠帶了進去。我上樓到伊薩白拉的房間裡，我的疑慮證實了，屋裡是空的。我若是早來幾小時，林頓夫人的病也許能阻止她這鹵莽的步驟。但是現在還有什麼辦法呢？若是立刻去追，還許有追趕上的幾希的可能。但是我不能去追，我也不願驚動全家，使得全家騷然。更不願向主人申述此事，為了目前的悲苦他已經心神不安，不能再忍受第二種悲苦！我看除了緘默外別無他法，並且只好任其自然。坎奈茲已經來到，我板起一副很難看的臉去通報。凱撒琳正在昏睡，她的丈夫居然能撫平了她的過分的狂怒。現在他俯在她枕上，細看著她表現苦痛的臉上之每一個陰影、每一個變化。

醫生自己檢視之後，很有希望的對他說，此病頗可順利解決，如果我們只要能在她周圍絕對、長久的保持寂靜。對我，他說此症之險倒並不一定是死，而是永久失掉理智。

那一夜我沒闔眼，林頓先生也沒有，我們就沒有上床。僕人們都比平常晚睡很久，他們在做事時彼此遇到就交相私議。每個人都很活躍，除了伊薩白拉小姐。他們就開始說她睡得是多麼熟，她哥哥也問她起來沒有，似乎很焦急的要見她，並且像是傷了感情，因為她對嫂嫂竟如此漠視。我直抖顫，唯恐他派我去喊她。但是我幸而無須做宣告她逃亡的第一個人。

僕婦之一，一個無心腸的女孩子，她是被派到吉墨頓去辦事的，喘著跑上樓來，張著口，衝進屋來，喊著：「啊，不得了，不得了！不知還要鬧出什麼來？主人啊，主人啊，我們的小姐——」

「不要吵！」我急忙喊，對於她的叫喊的態度甚是生氣。

「低聲些說，瑪麗——是什麼事？」林頓先生說：「小姐怎樣了？」

「她跑了，她跑了！那個希茲克利夫和她一起跑了！」那女孩喘著說。

「那不會是真的！」林頓叫，激憤的站起身來。「這不能是真的。這思想怎樣進了妳的頭裡？哀倫・丁，妳去找她。這是不可信的。這不能是真的。」

他一面說著，一面把那僕女帶到門口，重複的問她根據什麼理由要那樣說。

「唉，我在路上遇到從這裡取牛奶的一個孩子，」她吃吃的說：「他問我們田莊上是否有什麼變故。我以為他是說主婦的病，所以我就回答說，是。他於是說：『有人追他們去了罷，我想？』我瞪目不知所對。他看我毫不知情，他便說一個男人和一個女郎如何在一家鐵鋪前面停下來釘馬掌；離吉墨頓二哩的地方，午夜過後不久！鐵匠的女兒如何的起來偷看是誰，她立刻就認得那兩個。她還看見那男人——是希茲克利夫，她覺得一定是，況且沒有人能錯認他——付了一個金鎊在她父親手裡。那女人有大衣遮著臉，但是她想要喝水，喝的時候大衣脫落，她很清楚的看見她。他們向前騎去，希茲克利夫握著兩個馬的轠繩，離開鄉村而去，並且以不平坦的路所能允許他們的速度急馳而去。那姑娘沒有對父親說什麼，但是今天早晨她傳遍了吉墨頓。」

為了做個樣子，我跑去向伊薩白拉的房間一望，我回來便證實了僕人的話。林頓先生又已坐到床邊。看我進來，便抬起眼睛，從我嗒然的神情中懂得了一切，便又垂下眼睛，沒發一個命令，也沒有說一句話。

「我們是否要設法去追她並且帶她回來呢？」我問：「我們怎樣辦呢？」

「她是自行走去的，」主人回答：「若是她願意，她有走的權利。不必再提起她。以後她只在名義上是我的妹妹，並不是我斷絕了她，是她斷絕了我。」

這就是他對於此事所說的一切。他沒有再多問一句，也沒有再提起她。除了指使我把她在家中所有一切東西給送到她的新家裡去；不管是在哪裡，等到我知道的時候。

13

逃亡者有兩個月沒有露面。在這兩個月裡，林頓夫人遭遇了並且克服了所謂腦膜炎最惡劣的打擊。沒有一個母親看護她唯一的孩子能比哀德加看護她更為忠實。他日夜的守著，耐心的忍受著一個神經激動而且理性喪失的人所能給的麻煩；雖然坎奈茲說，他費盡心力從墳裡所救出來的只能成為異日不斷的焦慮的根源——老實說，他犧牲了健康和精力只為保存一個毀滅了的人渣——但是他聽到凱撒琳的生命脫了險境的時候，他的感激和喜悅是沒有止境的。一點鐘一點鐘的，他坐在她的旁邊，查看她的體力漸漸復元，並且幻想著她的心理能恢復平衡，不久就完全恢復本來面目。這樣幻想以自慰其太熱烈的希望。

她第一次離開她的房間是在三月初。林頓先生在清晨放了一把金色番紅花在她的枕頭上。她的眼睛久已不見愉快的光輝，醒來看到，臉上露出歡喜的光彩，熱心的把花聚攏在一起。

「這是山莊上最早開的花朵，」她叫道：「這些花使我憶起了溫柔的暖風、暖熱的陽光，和差不多融解了的雪。哀德加，有沒有南風，雪是不是幾乎化了？」

「這裡的雪是差不多全化了，親愛的，」她的丈夫回答：「在一片澤地上我只看見一兩個白點：天是藍的，百靈鳥在唱，小溪小河都漲滿了水。凱撒琳，去年春天的這個時候，我渴望帶妳到我這屋裡來，現在，我願妳到那些山上一二哩處，空氣是那般的甜蜜，我覺得一定能療治妳。」

「我只能到那裡再去一次，」病人說：「隨後你就要離開我，我便永久在那裡了。下一個春天，你會又要渴望著我到這屋裡來，你就會回想，並且想到你今天是快樂的。」

林頓在她身上施用大量最溫柔的撫愛，並且用最親暱的語言去鼓起她的興致。但是，她呆望著花，她的淚珠聚攏在她的睫毛上，不經心的在她的腮上流了下來。我們曉得她是真好了一些，所以我們認定這種絕望的神情之很大部分是由於久拘留在一個地方，換個地方就會好一些。主人告訴我在棄置了好幾個星期的客廳裡燃起一個火來，並且在窗口陽光處放一把舒適椅，隨後他就帶她下來。她坐了很久，安享那和暖的熱氣，並且，果如我們所預料，四周的景物使她很是興奮；這些景物雖然熟悉，卻沒有充滿了她的病房裡那些悲涼的聯想。到晚上，她似是很疲倦，但是沒法子勸她回房裡去，在另外一間房準備好之前，我只得把客廳的沙發鋪作她的臥床。為了免除上下樓的疲勞，我們安排了這一間，就是您現在睡的這一間，和客廳在同一層。不久她就強健得能靠在哀德加臂上從這一間走到那一間去了。啊，我自己也以為像她那樣的受人調護，大概是可以復元的。並且有雙重的理由做這種希望，因為在她的生存上還關聯著另外一個性命。我們都希望在短期間，林頓先生的心會快活起來，他的田產可以安全的不被一個外人攫去，因了一個繼承人的誕生。

我應該提到伊薩白拉在她走後約六個星期，送了一個短信給她哥哥，宣布她和希茲克利夫的結婚。信似乎是很冷淡，但是在信紙的底端用鉛筆寫了隱約的道歉的話，並且說假如她的舉動得罪了他，懇求原諒和解；申說她在當時無法不這樣做，既做之後，她現在亦無力反悔。林頓沒有置覆。我想，又過兩個星期，我接到一封長信，這是從一位剛過完蜜月的新娘手下寫出的，我覺得很怪。我來讀一遍罷，因為我還保存著呢。死人的任何紀念物都是寶貴的，如果在生時是被重視的。信是這樣的——

親愛的哀倫：

我昨晚來到了咆哮山莊，第一次聽說到凱撒琳曾病得很厲害，而且至今還病著。我想我一定不可寫信給她，我的哥哥或是太生氣，或是太難受，所以未覆我前次的信。但是我總要給什麼人寫封信，唯一剩下的對象就是妳了。

告訴哀德加，我寧願犧牲一切，只要能見他一面——我出走後二十四小時，我的心就已回到鶇翔田莊了，到如今心還是在那裡，充滿了熱情對他和凱撒琳！可是我不能追蹤而去——（這幾個字是加密圈的）他們不要等候著我，他們要下什麼樣的結論都聽他們的便；不過請不要歸罪於我的意志薄弱和情感缺乏。

此信由這裡以後都是為妳一個人看的。我要問妳兩個問題：

第一個是——妳當初住在此地的時候，妳是用什麼方法保持了人性中的普通同情心？我不能辨認出任何種情緒是我周圍的人和我所共有的。

第二個問題是我很大感興趣的，便是——希茲克利夫先生是不是一個人？如果是，他是不是瘋了？如果不是，他是不是一個魔鬼？我不說我發此問的理由。但是，我求妳解釋，如其妳能，我嫁給了一個什麼東西。這當然是說，等妳來看我的時候，妳一定要來看我，哀倫，很快的。別寫信，但是來，從哀德加那裡帶點什麼來。

現在，妳要聽我講，我是怎樣的來到了我的新家，我猜想這山莊一定就是我的新家了。我若提到物質舒適的缺乏這一類題目，那只是說著好玩。這並不能佔據我的心，除了在我想念要舒適的時候。如果這缺乏便是我的苦痛的全部，其餘的全是一場噩夢，我就要喜歡得大笑大跳起來了！

我們轉向澤地走的時候，太陽已在田莊後面落下去了，我料想是六點鐘了。我的伴侶停了半小時，檢視果園、花園，也許就是這地方的本身，很仔細的檢視。所以我們在莊舍的鋪石的庭院裡下馬的時候，天都黑了，妳的同事——老僕人約瑟舉著一根蠟燭來迎接我們。他做得有禮貌，要算是他的好處。他的第一個舉動便是把燭火舉得和我的臉一般高，惡毒的斜睨一眼，凸他的下嘴唇，轉身走去。隨後他拉了兩匹馬，牽到馬廄裡去，又出來鎖外邊的大門，好像我們是住在一個古堡壘裡似的。

希茲克利夫留在外面和他談話，我進了廚房——一個骯髒凌亂的窟穴，我敢說妳會不認識了，比在妳管理的時候改變得多了。在爐火旁邊站著一個流氓氣的孩子，肢體強健，而衣裳襤褸，眼嘴都有些像是凱撒琳的神氣。

「這是哀德加的內姪了，」我想起——「也可以算是我的了。我必須和他握手，並且——對了——我必須吻他。在最初是應該建立好的關係的。」

我走過去，想要握他的肥胖的拳頭，我說：「你好麼，我的親愛的？」

他用我所不懂的話回答我。

「你和我可以做朋友麼，哈來頓？」這是我第二次攀談的嘗試。

一聲咒罵，和一聲威脅，如其我不躲開便要放勒縊者來咬我，這便是我因堅持而得的報答。

「嗐，勒縊者，夥計！」這小東西低聲叫，喚起一隻雜種牛頭狗從角上的窟居裡出來。

「現在，妳還不走？」他很權威的問。

對我的性命的愛迫使我服從了，我邁步出門，等候著別人進來。希茲克利夫先生到處也看不到了。約瑟呢，我跟他走到馬廄，我請他陪我進去，他望著我，喃喃自語，隨後就歪扭著鼻子，回答說：「瞇！瞇！瞇！基督徒可曾聽到過像這樣的話嗎？嘟嘟囔囔的！我怎能知道你說的是什麼話？」

「我是說，我願你陪我走進屋裡去！」我叫，以為他是耳聾，但是對於他的傲慢很不高興。

「我管不著！我有別的事做哩。」他回答，繼續做他的事，同時，他顫動著他的長顎，用十分輕蔑的態度打量我的服裝和臉貌（前者是太精緻，後者我敢說是他所能想像到的最悲慘的樣子）。

我走過庭院，穿過一個小門，到另外一個門前，我大膽敲了一下，希望有較和氣的僕人來開門。過了一會兒，來開門的是一個高大猙獰的男人，不帶頸巾，在別方面也很懶散的樣子；他的相貌被披在肩頭的亂髮給遮住了；他的眼睛也是像一位鬼魔的凱撒琳的眼睛，所有的美都毀滅無遺。

「妳到此地有什麼事？」他兇橫的問：「妳是誰？」

「我的姓名本來是伊薩白拉・林頓，」我回答：「您從前見過我的，先生。我最近嫁給希茲克利夫先生了，是他帶我到此地來的——我猜想是得到你的許可的。」

「那麼，他回來了麼？」這隱者問，像隻餓狼一般的睨視著。

「是的——我們剛剛回來，」我說：「但是他把我撇在廚房門口了。我正要進來，您的小孩在那裡守著，用一隻牛頭狗把我嚇跑了。」

「很好，那該死的東西居然能踐守他的諾言！」我未來的主人吼著，向我身後的黑暗處張望，希望能發現希茲克利夫。然後他放肆的獨自咒罵一頓，威嚇著說他將要如何如何對待；假如那「惡魔」欺騙了他。

我很後悔要從這第二個門進去，在他咒罵未完之前，幾乎想要溜走，但是在未能走開之前，他令我進去，關上了門，重新加鎖。有一個大火爐，這就是這大房間所有的光亮，地板已變成一律的灰色。曾經閃亮的盤子，在我還是小女孩時，曾引我注視，現在也同樣被塵污弄得暗澹無光。我問我可否喊女僕來引我到寢室去？恩蕭先生沒有回答。他來回的踱著，手插在口袋裡，顯然是完全忘了我在面前。他的沉思顯然是非常之深，他的整個樣子是非常的嫉視人類，所以我也就不再驚擾他了。

我坐在那冷漠無情的爐邊，比孤獨還難過，我特別感覺得毫無生趣，回想起四英里外便是我的快樂家庭，內有我所愛的世上僅有的人們。我此時心境，哀倫，妳也許不覺得可異罷；也許你我之間，不止是四英里，而是一片大西洋呢，我不能跨越過去！我問我自己——我必須向哪裡尋安慰？記住，不要告訴哀德加，或凱撒琳——在各種悲苦之間特別超眾的一種便是：絕望的找不到任誰能夠，或願意和我聯合起來抵禦希茲克利夫！我到咆哮山莊來住，幾乎是很快樂的，因為這樣我便可不必單獨的和他同居。但是他深知我們來此同住的是什麼人，他不怕他們干預。

在很悲慘的一段時間，我坐著。我想：鐘敲八下，九下，我的同伴仍然來回踱著，他的頭垂到胸，絕對的沉默，除了幾聲呻吟或是偶然迸出的幾聲悲苦的絕叫。我靜聽著，發現屋裡沒有一個女人的聲音，我心裡充滿了極端的悔恨和憂鬱的料想，最後竟忍不住哭嘆出聲音來了。我自己沒覺得我是如何的公然傷慟，直等到恩蕭於他整齊的步伐中間在我對面站住了，以新惹起的驚訝態度凝視著我。

我就利用他的注意的機會，嘆息說：「我走路疲倦了，我要去睡！女僕在哪裡？引我去找她罷，她既然不來見我！」

「我們沒有女僕，」他回答，「妳必須服侍妳自己！」

「我在什麼地方睡呢，那麼？」我哭泣著說，我也顧不得體面了，被疲勞和狼狽情形給壓服了。

「約瑟會領妳到希茲克利夫的房裡，」他說：「開那個門——他就在那裡。」

我剛要從命，但是他突然止住我，用最奇異的腔調說：「妳務必要鎖上門，並且上門——不可忘記！」

「好罷！」我說：「但是為什麼呢，恩蕭先生？」我從沒有起過念頭，故意的把我自己和希茲克利夫鎖在屋裡。

「要注意！」他回答，從他背心袋裡拔出一把構造奇特的手槍，附在槍筒上有一把雙刃的彈簧刀。「對於一個不怕死的人，這東西是一個很大的誘惑者，是不是？我情不自禁的每晚要帶這東西上樓，試試他的門。若有一次門是開的，他就算完了！我總是要這樣做的，雖然在一分鐘之前我曾想到一百種理由要我不去做：必是一些魔鬼逼迫我去殺他，因而阻撓我自己的計畫。由妳抵抗那惡魔，要多麼久都聽妳，等到時間到來，天上所有的天使也救不了他！」

我好奇的觀察了那個武器。一個可厭惡的觀念突然來襲：我若握有這樣的一個武器，我將是何等的威強！我從他手裡取過來，觸試刀刃。他對我臉上一瞬間的表情很表示驚訝，我的表情不是恐怖，是貪求。他很猜忌的把槍奪回，關上了刀，藏在原處。

「妳若是告訴他，我也不在乎，」他說：「讓他提防，替他防守。妳曉得我們的關係，我看得出：他的危險並不曾嚇壞妳。」

「希茲克利夫對你做了什麼事？」我問：「有什麼事他對不起你，惹起你這樣大的讎恨？教他離開這房屋，豈不更好些嗎？」

「不！」恩蕭怒吼，「他若是提議離開我，他便立刻成為一個死人。妳若是勸他嘗試，妳便是謀殺他！我是否失掉一切而沒有一個恢復的機會呢？哈來頓是否去做一個乞兒呢？啊，該死！我要拿回來，我還要他的金子，然後要他的血；地獄要他的靈魂！有那新客來到，地獄將變得比從前十倍的黑暗！」

哀倫，妳曾告訴過我妳的舊主人的習慣。很明顯的他是瀕於發狂的地步，至少他昨晚是這樣。我走近他，我便發抖，我覺得那僕人惡意的傲慢倒比較的可喜些。他現在又開始他的沉鬱的散步了，我拔起門閂，逃到廚房裡。約瑟探身向火，窺視火上懸著的一只大鍋，一木盆的麥片在高背椅的旁邊放著。鍋裡面的東西開始沸了，他轉身向盆裡伸手。我猜想這大概是準備我們的晚飯，我當時很餓，所以決計要弄得可口些，於是，我銳聲叫出：「我來煮粥！」我把那器皿挪開了他，便去脫下我的帽子和騎服。「恩蕭先生——」我接著說：「要我自己照料我自己，我就這樣辦。我並不要在你們之間裝一位太太，因為我怕餓死去。」

「天呀！」他坐下去喃喃的說，撫摩著從膝至踝的稜線襪。「又要有什麼新鮮的吩咐了——我剛剛習慣於兩個男主人，又要有一個女主人來壓在我頭上了，這就像是時間一般變動得快。我從沒想到有這樣一天，要我必須離開我的老位置——但是我不信這一天即將來到！」

這一陣哀嘆並未引我注意，我精神抖擻的去工作，想起從前一個時期一切都是很歡樂的，便不免嘆息，但是立刻被迫去趕開這些回憶。我一回想起過去的幸福，便感覺苦痛，越有勾起往事的危險，我便越攪動得快，一把一把的麥片便越快的落下水去。約瑟看到我的烹調術，越來越生氣。

「看！」他叫起來，「哈來頓，你今晚喝你的麥粥罷，會只有一塊一塊的，像我的拳頭一般大。看，又是！我若是你，我就連盆都丟下去。看，刮下一層皮來，你就算完事了。砰，砰！謝天謝地，鍋底沒有敲落！」

倒在碗裡的時候，我承認確是煮得一團糟，預備了四只碗，一加侖罐的新鮮牛奶從牛房裡取了來，哈來頓搶過去便開始用口連喝帶灑。我勸告他，要他用他的碗來喝，我告訴他這弄髒了的牛奶，我是無法嘗的。那老頭子對我這種考究大為生氣，他告訴我，「這孩子每一部分」都和我「一樣好」，「每一部分一樣乾淨」，覺得很奇怪為什麼我要這樣挑剔。同時，這小孩子繼續的吮吸，一面向罐裡流著口水，一面抗鬥的怒視著我。

「我要到另一屋裡去吃，」我說：「你們沒有一個地方叫作客廳嗎？」

「客廳！」他譏訕的應聲說：「客廳！不，我們沒有客廳！妳若是不願和我們在一起，去找主人去。妳若是不歡喜主人，到我們這裡來。」

「那麼我上樓去！」我回答：「領我到寢室去。」

我把我的碗放在一個托盤上，自己又去取牛奶。那個傢伙在一陣大抱怨聲中立起來，領我上樓去。我們走到樓頂，他不時的打開門看看我們所經過的房間。

「這裡有一間屋子，」他終於打開一塊有樞紐的有裂縫的木板子。「這是很夠好的了，可以在裡面喝幾碗粥。角落邊有一堆稻草，在那裡，很乾淨。妳若是怕髒了妳的闊氣的綢袍，可以在上面鋪一塊手巾。」

這屋子是個堆房，有很強烈的麥穀味道。許多袋的糧食堆在四周，中間留了一塊寬大的空地方。

「怎麼，你這個人！」我大聲說，怒向著他，「這不是一個能睡覺的地方。我要看看我的寢室。」

「寢室！」他用譏訕的腔調重複說：「妳可以看看所有的寢室——那就是我的。」

他指著第二個樓頂小屋，和第一個不同的地方是牆上更空些，並有一張又大又低而沒有帳的床，在一端放著一床深藍色的被褥。

「我要你的寢室做什麼？」我抗聲說：「我想希茲克利夫先生不在這樓頂上住罷，他是不是？」

「啊！妳要的是希茲克利夫先生的寢室呀！」他大叫，好像是新發現一般。「妳為什麼不早說呢？妳若早說，我便可不必費這些事，老早的會告訴妳，那恰是妳所不能看到的一間屋子——他總是把那屋子鎖起來的，除了他自己，沒人能進去。」

「你們有很好的一所房子，約瑟，」我忍不住說：「並且有很愉快的居住的人。我想我和這些人發生了終身關係的那一天，必是全世界的瘋狂的結晶鑽入了我的頭腦！但是，這話現在也不必提了——還有別的房間呢。看了上天的面子，趕快，讓我安頓在一個地方罷！」

他對於這個請求沒有回答，只是執拗的從木梯走了下去，停步在一個房間門前。從那停步以及屋內家具的優越看來，我猜想這必是最好的一間了。有一塊地毯，很好的一塊，但圖案已被塵土弄模糊了；壁爐上面裱糊著花紙，都已破碎不堪。一張漂亮的橡木床，掛著寬大的紫紅色的帳子，質料很貴重，而式樣很新，但是顯然的經過粗糙的使用；帷幔懸綴著綵花，但都脫了環，在一邊的鐵桿彎成了弧形，使得帳幕垂到了地板上。椅子也都有損傷，有許多很嚴重的受損，深的刻痕使得壁板也顯得很難看。我正想決計走進去佔據這屋子，我的愚蠢的嚮導人宣稱：「這一間是主人的。」我的晚飯到這時候已竟冷了，我的胃口也失了，我的耐性已用竭了。我堅持立刻要一個安身之處，和休息的設備。

「到哪裡去呢？」這虔誠的老者說：「上帝祝福我們！上帝饒恕我們！妳究竟想到什麼地方去喲？妳這麻煩的東西！除了哈來頓的一間小屋以外妳都看過了。在這所房裡，再沒有另外一個洞可鑽了！」

我十分煩惱，我便把盤子和盤上的東西向地上一丟，然後在樓梯的頂端坐下，掩面而哭。

「唉呀！唉呀！」約瑟嘆叫，「做得好，凱撒琳小姐！做得好，凱撒小姐！[1] 但是主人會在這破片上跌倒的。隨後我們要聽點什麼哩；我們要聽他說點什麼哩。不學好的小瘋子！妳應該從這時候到聖誕節一直的消瘦下去，只因妳在發脾氣的時候把上帝珍貴的禮物丟在地下！但是，妳若能長久這樣任性，那就是我看錯了。希茲克利夫能忍受這樣的好脾氣嗎，妳以為？我願他在這時候捉到妳。我願他捉到妳。」

他罵著走下去到他的屋裡，把蠟燭帶了走，我獨留在黑暗中。這愚蠢動作之後的一段回想時期，迫使我承認有壓抑我的驕傲和憤怒的必要，急忙打掃碎片。一個沒料到的臂助來了，那便是勒縊者，我現在認出牠即是我們的老密行者的兒子：牠小的時候是在田莊，是我的父親把牠給了興德來先生。我想牠是認識我，牠把鼻子擠緊了我的，算是敬禮，然後急忙去舐粥。我一步一步的摸索著，收拾破片，用我的手絹擦乾欄杆上濺的牛奶。我們的工作剛剛完，聽見恩蕭在走路處的腳步聲。我的助手夾緊了尾巴，靠緊了牆，我偷進最近的門口。這狗想躲避他的企圖是失敗了，因為樓下有一陣腳步聲，和一聲可憐的長嗥。我有較好的運氣！他走過去了，進了他的房間，關上了門。

我是在哈來頓的屋裡躲避了一下，那老頭子看見了我就說：「現在我想在大廳裡，妳和妳的驕氣可以找到容身之地了。大廳是空的，妳可以去獨佔，只是上帝永遠是個第三者，和妳這樣壞人在一起的時候！」

我很高興的採納這勸告。我剛剛倒在爐旁的一把椅子上，我就打起瞌睡，睡著了。我睡

1. 編註：此處原文作：Miss Cathy，是指伊薩白拉此時「把盤子和盤上的東西向地上一丟」的舉止，讓約瑟聯想到以往凱撒琳．恩蕭在咆哮山莊時，經常耍性子的脾氣，因此當著伊薩白拉的面前，指稱她為「凱撒小姐」。

得很沉很甜，雖然是太快了。希茲克利夫先生來推醒了我。他是剛進來，用他的可愛的態度質問我在此做的是什麼事？我告訴他，我所以這樣遲遲不能去睡的原因——他把我們的寢室的鑰匙放在他衣袋裡了。我們的這一形容詞使他大大生氣。他賭咒說那寢室從來不是，將來也永遠不是屬於我的，並且他要——但是我不願複述他的語言了，我也不要描寫他的慣常的行為。他是有不斷的新鮮方法使得我恐怖！我有時候對於他實在非常的詫異，以至於忘了恐怖。但是，我告訴妳，一隻虎、一條毒蛇，也不能像他那樣使得我驚嚇，他告訴我凱撒琳的病狀，說是我的哥哥給逼出來的，預言我將代表哀德加受報應，直到他能收拾他時為止。

我真恨他——我很狼狽——我受愚了！在田莊不要對任何人說起這件事。我將天天盼著妳來——不要使我失望！

伊薩白拉

14

我讀過這封信，立刻就去見主人，告訴他伊薩白拉已經到了山莊，並來信給我表示掛念林頓夫人的病狀，並且她熱烈希望能見他，願他越早越好派我傳達給她一點什麼寬恕的表示。

「寬恕！」林頓說：「我沒有什麼可寬恕她的，哀倫。妳若是願意，今天下午妳可以到咆哮山莊去，就說我失掉了她，並不生氣，只是傷心；尤其是因為我永遠不能想像她會幸福的。我去看她，那是決計不成的——我們是永遠隔離了。她若是真想來見我，先讓她勸告她所嫁給的那個壞蛋離開這地方。」

「你不要寫一封短信給她嗎，先生？」我懇求的問。

「不，」他回答：「那是不必的。我和希茲克利夫的家屬通信就要像他和我家通信一般的稀少。根本就不會有！」

哀德加先生的冷漠使我很難過。離開田莊，我一路走一路費盡心機去想：傳達他的回話的時候怎樣說得婉轉一些；怎樣把他拒絕寫幾行字去安慰伊薩白拉的這種態度說得溫和一些。我敢說自從早晨以後，她就在守候著我。我走上花園砌道的時候，我看見她在窗格裡向外望。我向她點頭，但是她退後了，好像是怕被人看見似的。我沒有敲門就進去了。這所從前歡樂的房屋從來沒有露出過這樣荒涼陰鬱的樣子！我一定要承認，假如我處在這年輕的太太位置，我至少要掃一掃壁爐，用毛帚拂拭桌子。但是她已沾染了瀰漫於她四周的那種懶散的精神。她的美麗的臉變得顛頹無光，她的頭髮沒有鬈曲，有幾綹頭髮細瘦的披散下來，又有幾綹胡亂的纏在她的頭上。大概自從昨晚以來，她還沒有梳過頭。興德來不在那裡。希茲克利夫在桌旁坐著，翻開皮夾中一些紙張。我出現的時候他站起來了，很友誼的問候我，並且請我坐。他是那裡唯一顯著體面、整潔的東西，我以為他從沒有這樣好看過。環境把他們的地位改變得如此之多，他的外表一定會使陌生人覺得他生來是一位紳士，而他的妻是一個徹頭徹尾、不修邊幅的小東西！她熱誠的走過來歡迎我，並且伸出一隻手來接她所盼望的信。我搖搖頭。她沒有懂這暗示，跟隨著我走到一個食物櫃旁，我是到那裡放帽子的，她低聲的求我立刻把帶來的東西給她。

希茲克利夫猜到了她的舉動的意義，便說：「妳若是有什麼給伊薩白拉的東西（妳一定是有的，奈萊），妳就給她罷。妳用不著作為一個祕密！我們之間沒有祕密。」

「啊，我沒有什麼，」我回答，以為最好是立刻說出真相。「我的主人令我告訴他的妹妹現在務必不要盼望他的信或是訪問。他令我致意，夫人，他願妳幸福，並且原諒妳所引起的悲苦。但是他以為此後他的家和這個家要停止往來，因為繼續往來是不會有什麼結果的。」

希茲克利夫夫人的嘴脣微微顫動，她回到窗前她的座位上。她的丈夫立在爐前，靠近我，開始詢問關於凱撒琳的話。關於她的病狀，我按我所認為適當的盡量告訴了他，而他反覆詰詢，逼我說出與病源有關的大部分事實。我責怪她，她也是該受責怪，因為她這樣自尋煩惱。最後我希望他也仿效林頓先生的榜樣，將來避免和他家發生關係，不管是為好為壞。

「林頓夫人是剛剛在恢復健康，」我說：「她永遠不能像從前那樣，但是她的性命是保全了；你若是真對她懷著好意，你要避免再去撞著她。不，整個撤開這地方。並且為了使你不追悔起見，我可以告訴你，凱撒琳•林頓現在和你老朋友凱撒琳•恩蕭已經判若兩人，猶之乎這位年輕夫人和我之迥不相同一般。她的外貌大大的改變了，她的性格改變得更多。為了必須而被迫做她的伴侶的人，以後只有靠了回憶她的過去、靠了人道精神、靠了義務的觀念，纔能支持他的情感！」

「那是十分可能的，」希茲克利夫說，強使自己鎮定，「十分可能的，妳的主人將只有靠恃人道精神和義務觀念。但是妳以為我將把凱撒琳交付給他的義務和人道嗎？妳能把我對凱撒琳的情感和他的相提並論嗎？在妳離開這房子之前，我一定先要妳答應，妳設法使我和她見一次：答應或是拒絕，我是一定要見她的！妳以為如何呢？」

「我以為，希茲克利夫先生，」我回答：「你一定不可以，你永遠不能，靠我來設法。

你若再和我的主人一接觸，一定要斷送了她。」

「有妳幫忙，這就可以避免了，」他繼續說：「並且如果有這樣的結局——如果因了他而使她的生活再加上一點苦惱——那麼，我以為我是十分有理可以採取極端的辦法了！我要妳誠懇的告訴我，若是失去了他，凱撒琳會不會感覺痛苦。就是怕她痛苦，所以我不敢下手。妳這就可以看出我們兩個情感的不同處了。他若是在我的地位，我在他的地位，縱然我恨他恨入骨髓，我也不會舉起一隻手來對付他。妳可以做出不信的樣子，假如妳願意！只要她要他作伴，我永遠不會把他從她身旁趕走。可是一旦她不歡喜他了，我就要撕裂他的心、吸飲他的血！但是，在那時候以前——妳若不信我，妳是不知道我——在那時候以前，我寧願寸磔而死，也不會損傷他一根頭髮！」

「但是呢，」我插嘴說：「你毫無顧慮的要去毀壞她完全恢復健康的全部希望，不惜在現在闖進她的記憶裡去，在這她幾乎忘了你的時候，並且把她拖進一場新的糾紛苦惱裡去。」

「妳以為她幾乎忘了我嗎？」他說：「啊，奈莱！妳知道她並沒有！妳知道，和我一樣的知道，她每想林頓一次，就要想我一千次哩！可是在我一生最苦痛的時候，我曾有過這樣的念頭。去年夏天我回到這裡附近時，心裡也起過這樣的念頭。但是只有她親口對我說，我纔能承認這可怕的念頭。到那時節，林頓不算什麼，興德來也算不得什麼，以及我夢想過的一切夢境均歸烏有了。兩個字可以概括我的將來——死與地獄，失去了她之後的生活，即是地獄了。但是若想她會把林頓的情愛看得比我的重，只消這樣想一下，我也就未免太傻了。他那瘦小的身軀，即使竭盡全力去愛上八十年，也抵不到我一天的愛。並且凱撒琳有一顆和我一樣深的心。她的全部情愛被他一人獨佔，那就像是把海裝在那個馬槽裡一般！噓！他不見得比她的狗、她的馬，更接近她一些。他不是像我似的本身有什麼被她愛。她如何能在他身裡去愛他所沒有的呢？」

「凱撒琳與哀德加像任何其他人一樣的互相愛，」伊薩白拉猛然大叫：「沒人有那樣講話的權利，我不能沉默的聽人詆毀我的哥哥！」

「妳的哥哥也非常的歡喜妳，是不是？」希茲克利夫譏嘲的說：「他以驚人的愉快態度由妳在世上漂流。」

「他不知道我受了什麼苦，」她回答：「我沒有告訴他這個。」

「那麼，妳告訴他什麼了，妳寫信了，是不是？」

「我是寫了，只說我是結婚了——你看見那條子了。」

「以後沒再寫嗎？」

「沒有。」

「這位年輕的太太自從改變環境之後，顯著顛頇多了，」我說：「顯然的，必是有什麼人對她的愛是不充分的。是誰的，我可以猜得到；但是，或者，我不該說。」

「我猜想是她自己的，」希茲克利夫說：「她墮落成為一個齷齪懶散的女人！她之倦於對我的喜歡是異常的早。妳會不相信的，就在我們結婚的第二天早晨，她就哭著要回家。不過，她的不考究卻正好適合於這所房子。我會注意不叫她走到外面去失我的體面。」

「是的，先生，」我回答說：「我希望你要曉得希茲克利夫夫人是慣受人照料、受人伺候的。她是像一個獨女似的長大的，人人都願意服侍她。你一定要雇用一個女僕給她整理東西，你一定要和善的對待她。不管你對哀德加先生觀感如何，你不能不承認她秉有熱烈情感，否則她不會放棄她從前家裡的高貴舒適和朋友們，而安心的和你來住在這荒涼的所在。」

「她是在一種錯覺之下放棄了的，」他回答：「她以為我是一個浪漫故事中的英雄，希望我以武士道的熱誠無限制的縱容她。我幾乎不能以理性的動物看待她，她頑強的堅持著對於我的性格做一種荒誕的認識，並且即以這謬誤的印象作為行動的根據。但是，最後，我想她開始認識我了：我最初並未注意到使我噁心的蠢笑和鬼臉，以及那種冥頑不靈。當我告訴她我對於她和她的情愛的觀感時，她竟不能明白我是誠懇的。那真是一種驚人的智慧，她居然發現了我並不愛她。曾有一個時候，我深信是無法教訓她明白的！但是居然勉強明白了，因為今天早晨她當做是一件驚人消息似的宣布，我確已使得她恨我了！這真是一件艱巨的工作哩！如果我確已做到，我應該深深致謝。可是我能信妳的話嗎，伊薩白拉？妳是確實恨我嗎？假如我令妳獨自過半天的工夫，妳不會再嘆息著來媚我嗎？我敢說她是願意我當著妳面前做出溫柔的樣子；把真相暴露出來，是要傷她的虛榮心的。但是我不在乎任誰曉得這情感是完全片面的，我從來沒有對她說過一點謊，她不能責備我曾表示過一點點虛偽的溫柔。我們從田莊出來，她看見我做的第一件事，便是吊起她的小狗。當她哀求的時候，我最初說的幾句話便是我願把屬於她一家的都一個個的吊死，除了一個；很可能的她以為那例外就是她自己。但是任何殘酷都惹不出她的厭惡，我想她內心還許喜愛哩，只消她的寶貴的自身不受傷害！現在，是否蠢笨到極點——真正的癡呆，這可憐、卑賤的母狗還夢想著我能愛她？告訴妳的主人，奈萊，我生平從未遇到過像她這樣的下賤的東西，她甚至是污辱了林頓的家聲。我有時候都動了憐憫的念頭，因為我試驗她的忍受的能力，她總是含羞、諂媚的爬了回來，而我實在想不出新的試驗方法。但是，也要告訴他，讓他且安他的兄長的心，我嚴格遵守法律的範圍。直到這時為止，我避免給她以最輕微的離異的藉口；不僅此也，她還不必感謝任何人來離間我們。她若是願走，她可以走。她在我面前之討人嫌惡遠過於我從虐待她時所得到的滿足！」

「希茲克利夫先生，」我說：「這是一個瘋人說的話。你的妻大概是認為你是瘋了，因此，她容忍你到今天。但是你現在說她可以走，她一定會接受你的允准。夫人，你不至於那樣糊塗罷，還自動的要和他同居下去？」

「當心，哀倫！」伊薩白拉回答說，她的眼睛閃著怒火。從這表情來看，她的丈夫之使她恨他，乃完全成功，無庸置疑。「不要信他說的一個字。他是說謊的惡魔！一個怪物！不是一個人！以前他也說過我可以離開他，我也曾試過，但是不敢再試了！只是，哀倫，妳答應我不要把這段可恥的談話對我的哥哥或凱撒琳吐露一個字。不管他瞎說些什麼，他只是想激怒哀德加到不顧一切。他說他之娶我，乃是有意的要挾持他。我偏不讓他這樣——我先死！我簡直希望，我禱求，他忘記他的惡魔般的謹慎而把我殺死！我所能想像到的唯一的樂事就是死，或是看見他死！」

「好了——現在夠了！」希茲克利夫說：「妳若是被傳到法庭，妳要記得她說的話，奈萊！妳仔細看看那張臉，她是已經很近於最合我意的地步了。不，妳是不適宜於做妳自己的保護人，伊薩白拉；現在，我呢，是妳的合法的保護人，一定要監視妳，不管這義務是如何的不愉快！上樓去，我要和哀倫．丁私下說一些話。不要向那面走，上樓去，我告訴妳！怎麼，這是上樓去的路，孩子！」

他抓到她，把她推出屋外，回轉來喃喃的說：「我沒有憐憫心！我沒有憐憫心！蟲子越是蠕動，我越想擠出牠的五臟！這就是教訓；越是增加苦痛，我越是用力的壓碎。」

「你懂得憐憫是什麼意思嗎？」我說，急忙去戴上帽子。「你一生中可曾感覺到憐憫的觸發嗎？」

「放下帽子！」他插口說，他看出了我要辭去的意向。「妳還不能走，妳過來，奈萊。我一定要勸服妳或逼迫妳幫助我達到我的目的去見凱撒琳，而且不要延遲。我賭咒我並不想傷害人，我並不想惹出糾紛，或是激怒侮辱林頓先生。我只要她親自告訴我她的近況，為什麼病？並且問她我有什麼可以效力之處。昨天晚上，我在田莊的園裡待了六小時，今晚我還要去。每晚我都要到那地方去，並且每個白天也去，直等到找得機會進去。若是哀德加‧林頓遇見我，我將不遲疑的打倒他，並且要打得夠重，以便我在那裡停留的時候他得安靜無事。若是他的僕人抗拒我，我就用這些手槍把他們嚇走。但是，我若能不接觸他們或他們的主人，那豈不是更好呢？妳可以很容易的做到。我來的時候我會通知妳，妳可以在她獨自的時候立刻放我進去而不被覺察，妳守望著，等到我離去。妳的良心是安的，因為妳是在防止事態惡化。」

我抗議不肯在我的雇主家裡做這樣背義的行為，並且，我特別指出，他為了自己的滿足而破壞了林頓夫人的安靜，那是殘酷而且自私。「頂平凡的事件能很苦痛的震驚她，」我說：「她是神經極衰弱，她禁不得這驚襲，我敢說一定。不要堅持，先生！否則我不能不把你的計畫報告給我的主人，他就會採取步驟保護他的家和家人來防禦這樣無理的闖入！」

「若是這樣，我就先採取步驟來保護妳，女人！」希茲克利夫叫道：「妳在明天早晨以前不得離開咆哮山莊。凱撒琳不能見我，那是胡說；至於說驚嚇了她，我本不想如此。妳先要為我準備——問她我可否來。妳說她從未提起過我的名字，也從沒有人在她面前提過我。如果在那家裡我是被禁止討論的一個題目，她將對誰提起我來呢？她以為你們全是她的丈夫的密探。啊，我毫不懷疑，她在你們手裡簡直是在地獄裡！從她的沉默裡，我猜想到她感覺的是什麼，比從任何事裡我猜到一樣的多。妳說她時常不安寧，露出焦躁的樣子，那就是安靜的證據嗎？妳說她的心不定，處在她那樣可怕的孤獨狀態裡，怎能不如此呢？還有那無味的卑鄙的東西，為了義務與人道而照料她！為了憐憫與慈善喲！他大可以把一棵橡樹種在一個花盆裡，而希望它長大；同樣的他可以希望在他的淺薄的看護中而把她的健康恢復！我們一言而決罷：妳是不是要留在此地，由我去打出一條路，排開林頓和他的僕人們，去見凱撒琳？或者，妳要不要做我的朋友，像以前妳一向是的那樣，按照我請求的去做？決定！因為我沒有再多延擱一分鐘的理由，假如妳堅持妳的頑強的劣性！」

「唉，勞克伍德先生，我抗辯，我怨訴，我坦白的拒絕了他五十次，但是結果他逼得我妥協了。我答應給他帶一封信給我的女主人。如果她應允，我便答應在林頓下次不在家的時候，報告消息給他，他便可以來，由他進去，我將不在那裡，我的同伴僕人們也一律避開。這是對呢，還是不對呢？我恐怕是不對的，雖然是個權宜之計。我覺得我這樣應允下來，實在是防止了另一場爆發，並且，我又覺得，這也許能在凱撒琳的心疾上產生出一個有利的轉機。隨後我又記起哀德加先生曾嚴厲的譴責我之告密。為了此事而生之一切不安，我亦設法剷除；即是不斷的自己聲明，這次背義的行為，如果應該受這樣重的罪名，實在是最後一次。雖然如此，我回家的路程比來時更為悲苦，在我決定把那封信交在林頓夫人手裡之前，我有無數的憂懼之念。

但是坎奈茲來了，我要下去，告訴他您已經好多少了。我的故事是很淒涼的，還夠再消磨一早晨的時光。」

＊＊＊＊

「真是淒涼，而且慘澹！」這好女人下樓去迎接醫生的時候，我就在這樣想。不是我願選來以自娛的那種故事。但是不要緊！我要從丁夫人的苦樂裡吸取有益的藥物。第一，我要小心那藏在凱撒琳・希茲克利夫一雙亮晶的眼裡的媚態。我將陷入奇異的煩惱；如果我竟傾心於那位年輕的婦人，那女兒正是她母親的再版啊！

15

又過了一星期——我益發接近了健康和春天！我現在已經聽過我的鄰人的歷史的全部了，因為這位管家婦人在她的較重要的工作中間總是抽出空閒來分段的講述。我將用她親口講的話來繼續講下去，只是稍微簡略些。大致講來，她是很好的一個說故事的人，我想我不能再改善她的作風。

＊＊＊＊＊

在晚上（她說），就是我到山莊去的那天晚上，我知道希茲克利夫先生又到這裡附近，好像我親眼看見了他一般。可是我不出去，因為他的信還在我的衣袋裡，我不願再受威脅與玩弄。我決定在我的主人未走開之前，我不交那封信，因為我不知道凱撒琳收到這信將做如何狀態。結果呢，這信過了三天纔到達她的手裡。第四天是禮拜天，全家人到禮拜堂去之後，我把信送到她屋裡。只有一個男僕留在家裡陪我守家。我們平常總是在做禮拜的那幾個鐘頭把門全都鎖起，但是這一回天氣非常溫暖而清朗，我把門都敞開了；並且為了完成我的任務，我要知道是誰將要走來，所以我告訴我的同伴說太太很想吃橘子，他需要跑到村裡去買幾個，明天再付錢。他離去了，我便走上樓去。

林頓夫人穿著一件寬大的白衣坐著，肩上披著一條輕薄的圍巾，像往常一般坐在一個敞著的窗子的凹處。她的豐盛的長髮在她初病時剪去了一部分，現在梳成自然的鬈曲披在腮上頸上。她的相貌改變了，這是我已告訴過希茲克利夫的，但當她寧靜的時候，在她的變相中像是有一種非凡的美。她的眼睛的閃亮現在已變成一種迷夢般愁苦的溫柔；兩眼不再令人感覺是在看著她四周的東西，而是永遠像在凝視著遠處，遙遙的遠處——你可以說是世外。她的臉色的蒼白——顛頓的神情是已消滅了，因為她已恢復了肌肉——以及由她的心境產生出來的特殊表情，雖然很慘痛的表示出那不幸的原由，卻格外加強了她的動人之處。並且，由我看來，或是由任何其他見過她的人看來，足以推翻更具體的健康恢復的明證，標明她是註定要毀滅的了。

一本書打開在她前面窗臺上，令人幾乎不感覺到的微風不時的攪翻著書頁。我相信是林頓放在那裡的，因為她自己從來不想讀書自遣，或做任何的事，而他卻花許多鐘頭設法引她注意到她從前認為娛樂的題目上去。她明白他的用心，在她心情較好的時候，也就消極的由他去做，只是不時的壓下一聲疲倦的嘆息，表示他是白費氣力，最後便用最悲慘的微笑與親吻來阻止他。在別的時候，她便突然轉身而去，掩著面，或竟怒著把他推開。然後他就由她獨自待著，因為他確知他是對她沒有什麼益處的了。

吉墨頓禮拜堂的鐘還在響著，谷間的小溪水漲，淙淙悅耳。夏天樹葉濃密的時候，樹葉簌簌作響，便掩蓋了田莊附近的這種音樂。現在還沒有樹葉，這音樂便是甜蜜的代替者了。在咆哮山莊，在沒有風雪的日子，雪融或久雨之後，總會聽見那水聲的。凱撒琳現在傾聽著，就是在想到咆哮山莊；假如她是在聽著想著，但是她兩眼無神的遙望著，像我方纔所說的，表示出她用眼或耳都沒有認識出任何物質的東西。

「有妳一封信，林頓夫人，」我說，輕輕把信塞進她放在膝上的一隻手裡。「妳一定要立刻讀，因為等著回信呢。我打開封漆罷？」

「好。」她回答，不改動她的眼睛的方向。

我打開了——信是很短的。「現在，」我繼續說：「妳讀罷。」

她撤回了她的手，信落下去了。我又放在她的懷裡，站著等她高興時低下頭看。但是這動作遲遲不來，我終於說了：「一定要我讀嗎，夫人？這是希茲克利夫先生來的信。」

她吃一驚，露出苦惱的回憶的樣子，掙扎著整理她的思想的神情。她舉起信，像是在讀。看到署名處，她嘆氣了。但是我發現她還沒有領悟信裡的內容，因為，我問她怎樣回答，她只是指著署名，以哀苦而疑問的熱情凝視著我。

「唉，他想要見妳，」我說，我猜想她是需要一個翻譯，「他這時候是在花園裡，很焦急的願意知道我帶什麼樣的回話給他。」

我說著的時候，看見底下草地陽光裡躺著的一條大狗豎起了耳朵將要吠叫，然後又把耳朵貼伏下去，搖著尾巴宣告牠所認為並非陌生的一個什麼人來了。林頓夫人向前探身，喘息的靜聽著。過了一分鐘，有腳步聲穿過廳堂。洞開著的房屋是太誘惑人了，使得希茲克利夫不能不走進去；大概他以為我必是意欲躲避諾言，所以他決定仰仗他自己的大膽。凱撒琳以興奮的焦灼凝視著她的房屋的門口。他並沒有立刻就找到這屋子，她向我作勢要我接他進來，但是我尚未走到門口，他已經找到了，邁了一兩步，他已走到她的旁邊，把她擁抱在懷裡了。

足有五分鐘之久，他既沒有說話，也沒有放鬆他的擁抱，在這時間，我敢說他吻她的次數比他一生中以前所吻過的次數要多些。但是是我的女主人先吻他的，並且我清楚的看見他苦痛得幾乎不能正視她的臉！他剛一看見她，他就和我一樣的確信，她是沒有終於恢復的希望了——她是註定了，一定要死。

「啊，凱撒！啊，我的性命！我怎麼受得了？」這是他說的第一句話，那聲調是不要隱藏他的悲痛。現在他全神貫注的凝視著她，我想那凝視的濃摯一定會使他的眼裡流出淚來，但是他的兩眼燃燒著苦痛，並不溶解。

「現在怎麼辦呢？」凱撒琳說，向後靠去，用一個猛然憂鬱的臉色回答他的凝視。她的氣質僅僅是她的時常變動的脾氣的風標。「你和哀德加打碎了我的心，希茲克利夫！你們都來向我傷悼，好像你們纔是該被憐憫的人！我不憐憫你，我不！你害死我了——你因此而得意，我想，你是多麼強啊！我死後你還想再活多少年？」

希茲克利夫是跪著一條腿擁抱著她。他想要起來，但是她抓住他的頭髮，把他扯下去。

「我願我能擁抱你，」她沉痛的說：「直到我們兩個都死了為止！你所受的苦痛，我不介意，我不管你的苦痛。你為什麼不該受苦呢？我是在受苦！你會忘記我嗎？我埋在土裡，你會快活嗎？二十年後你是否會說：『那是凱撒琳・恩蕭的墳。很久以前我愛過她，為了失掉她而感苦痛，但這是過去的事了。以後我又愛過了許多個，我的孩子們比她對於我要更可親愛些；我死的時候，我不會因為要去和她作伴而快樂，我將因為離開孩子們而懊惱哩！』你是否要這樣說，希茲克利夫？」

「不要這樣苦痛我，把我弄到和妳一般的瘋。」他喊叫，把他的頭掙扎開，咬牙切齒。

由一個冷靜的旁觀者來看，這兩個人實在是一幅奇異而可怖的圖畫。凱撒琳很可能認定天堂對於她是流徙的地域，除非是她把她的道德及品格隨同她的肉體一齊拋棄。她現在的臉貌上有一股狂野的復仇神情：白的腮、沒有血色的脣、閃耀的兩眼，處處都表現著。她的握緊的拳頭裡還保持著她抓著的那一把頭髮。至於她的伴呢，一隻手支著自己，一隻手握著她的胳臂。他所有的溫柔是全然的不適於她的情況的需要，他鬆手的時候，我看見清楚的四條紫黑的印痕留在她的沒有顏色的皮膚上。

「是不是有惡魔附在妳體上了，」他蠻野的說：「在妳要死的時候而這樣對我說話？妳可想到，妳的這幾句話語將要烙在我的記憶裡，並且在妳離棄我之後，將刻印得更深？妳說我害死了妳，妳知道妳是在說謊。並且，凱撒琳，妳知道，我忘記妳會和忘記我自己的生命一般的難！這還不夠滿足妳的惡毒的自私嗎，妳安眠的時候，我還是在地獄的苦痛中間打滾呢！」

「我是不得安息的，」凱撒琳呻吟著，想到她的肉體的孱弱，因為在過度激動之下，她的心猛烈、不規則的震盪起來了，跳動的情形可以看得見、聽得出。她沒再說下去。

直等這一陣發作過去，隨後她就較和藹的繼續說——「我並不願你受到比我所受的更大的苦痛，希茲克利夫。我只願我們永不分離，如果我的一句話使你以後苦痛，要知道我在地下也受到同樣的苦痛，為了我自己的緣故，饒恕我！過來，再跪下去！你一生從沒有傷害過我。不，如果你含蘊著怒，在回憶的時候將比我的峻厲的言語更為難堪！你可否再走過來呢？來！」

希茲克利夫走到她的椅背後，俯身向前，但是不令她看見他的臉，臉是因充滿感情而變得青紫。她轉身看他，他不准她看，突然轉過身去，他走向爐邊，沉默的立在那裡，背對著我們。林頓夫人的眼光猜疑的追隨著他，每一個動作在她心裡都激醒一種新的情緒。

停了一陣，又凝視良久之後，她又繼續說話了，以激怒而失望的腔調對我說——「啊，妳看，奈萊，他竟不肯憐憫一下，拯救我脫離墳墓。我就是這樣的被人愛喲！好，不要緊。那不是我的希茲克利夫。我還是愛我的那一個，我帶著他走，他是在我的靈魂裡。並且，」她沉思著說：「使得我最苦痛的東西便是這破爛的囚獄。我不耐煩再被監在這裡了。我想逃到那光榮的世界裡，永遠在那裡；並非是淚眼模糊的望見那世界，亦不是在苦痛的心境裡這樣妄想，而是真的體驗到那裡，而且在裡面。奈萊，妳以為妳比我好些，比我幸運些，妳是完全康健的。妳很為我難過——可是不久情形就不同了，我將要為妳難過了。我將要無可比擬的遠超過你們，在你們一切之上。我很懷疑他是不願意挨近我哩！」她繼續自言自語：「我想他是願意的。希茲克利夫，親愛的！你現在不該生氣。到我這邊來，希茲克利夫。」

她在熱狂中站了起來，靠在椅子的扶手上。見她這樣誠懇的哀求，他便轉過身來，臉上的神情是十分的狼狽。他的眼睛睜得大大的，而且是濕的，終於兇狠的閃視著她，他的胸部痙攣的起伏著。他們分開立了一霎時，然後他們是怎樣合攏起來的我並沒有看清，不過凱撒琳是向前一跳，他抱住了她，他們便緊緊的擁抱起來，我想我的女主人大概不會活著從那擁抱中被釋放出來了。實在的，據我看，她像是當場昏厥的樣子。希茲克利夫倒在最近的座位上，我急忙走向前去，看看她是不是昏迷，他便向我咬牙切齒，像瘋狗一般噴著沫子，以貪婪的妒嫉的樣子把她抱攏。我不覺得我的面前的伴侶是我同類的動物，好像是我縱然對他說話，他也不能懂。所以我就站開，不作聲，心裡很是惶惑。

凱撒琳一動彈，纔使我立刻放心。她舉起手抱著他的頸子，在擁抱中她把臉偎著他的臉。他便以瘋狂的愛撫加在她的身上，狂野的說——「妳現在是教我知道妳過去是如何殘忍——殘忍而且虛偽。為什麼妳從前看不起我呢？為什麼妳要欺騙妳自己的心呢，凱撒？我沒有一句溫慰的話可說，妳該受這個，妳殺死了妳自己。是的，妳可以吻我，再哭；引出了我的吻和淚。可是我的吻和淚將要祟害你——詛咒妳。妳曾愛我——那麼妳有什麼權利離開我呢？有什麼權利——妳回答我——妳會無聊的看中林頓？因為苦痛、恥辱、死亡，以及上帝或惡魔所能給的一切，都不能分開我們，而妳，妳由於妳自己的意志，卻這樣做了。我並沒有粉碎妳的心——妳粉碎了它。而在妳粉碎了它的時候，妳粉碎了我的。我是強壯的，但因此格外的苦。我要活著嗎？那將是怎樣的生活，當妳——啊，上帝喲！妳可願帶著妳的靈魂在墳墓裡過活嗎？」

「不要理我，不要理我，」凱撒琳哽咽著。「如其我做錯了事，我是為此而死。這就夠了！你也拋棄了我，但是我不責備你！我饒恕你，饒恕我罷！」

「看看那一雙眼，摸摸那一雙消損的手，要我饒恕妳，那是很難的，」他回答：「再吻我，不要令我看見妳的眼睛！妳對我所做的事，我可以饒恕。我愛那個害我的人——但是害妳的那個人呢！我如何能饒恕？」

他們靜默了——他們的臉互相掩蓋著，互相用淚在洗。至少，我想是雙方在哭泣，在這樣大的場合之下，希茲克利夫像是能哭的樣子。

同時，我覺得很不舒服。因為下午過去得很快，我派出去的人已經回來了，並且看西方太陽照在谷上的樣子，我知道一大群人已經聚集在吉墨頓禮拜堂門口了。

「禮拜已經完畢，」我宣告：「主人在半小時內即將來到此地。」

希茲克利夫呻吟出一句咒罵，把凱撒琳更摟緊些，她總是不動。

不久我看見一群僕人在路上走過，向廚房那邊走去。林頓先生就在後面不遠處。他自己開了大門，慢慢走上來，大概是在享受這氣息溫和、像夏天一般可愛的下午。

「現在他來了，」我叫道：「為了上天的緣故，趕快下去！你在前面樓梯上不會遇見任何人的。要趕快，藏在樹林裡等他走進來。」

「我一定要去了，凱撒，」希茲克利夫說，想要從他的同伴的臂抱裡掙脫出來。「但是如果我還活著，我在妳睡前再來看妳。我不會離開妳的窗口五碼之外。」

「你一定不要走！」她回答，盡她的全力抓緊了他。「你不准走，我告訴你。」

「我只走一小時。」他誠懇的請求。

「一分鐘也不准走。」她回答。

「我必須走——林頓立刻就會上來。」這受驚的闖入者堅持著說。

他想站起來，用力扒開她的手指——但是她緊摟著、喘息著，她的臉上露著瘋狂的決心。

「不！」她銳叫：「啊，不要，不要走。這是最後一次了！哀德加不會傷害我們的。希茲克利夫，我要死！我要死！」

「該死的東西！他來了，」希茲克利夫喊，倒在他的座位上。「不要響，我的親愛的！別響、別響，凱撒琳！我不走了。如果他就這樣槍殺我，我也會在嘴脣上帶著祝福而死去。」

於是他們又摟抱起來。我聽見主人上樓的聲音——我的額上冒著冷汗，我嚇壞了。

「你就聽從她的胡說亂道嗎？」我激憤的說：「她不知道她說的是什麼。因為她神志已亂，不能自主，你就願毀了她嗎？那真要成為你所做的最惡毒的事。我們是全被毀了——主人、主婦、僕人。」

我絞著手，大叫。林頓先生聽到聲音便加緊了腳步。我在驚恐之中，我衷心喜悅的看見凱撒琳的胳臂鬆了下來，她的頭也垂下來了。「她是昏迷了，或是死了，」我想，「這便更好。她死了最好，勝過留在人間成為一個負擔，給周圍的人招致苦惱。」

哀德加向這不速之客跳了過去，因驚訝與憤怒而臉色青白。他想要怎樣，我不知道；但是，對方把那沒有生命模樣的東西往他懷裡一送，便立刻止住了一切的爭吵。

「你看罷！」他說：「除非你是一個魔鬼，先救救她——然後你再對我講話！」

他踱到客廳，坐下了。林頓先生喊我過去，費了很大事，用了許多方法，我們把她救醒了。但是她全然迷惘，她嘆息、呻吟，不認識人。哀德加為了她而焦急，忘記了他嫉恨的朋友。我沒有忘，我利用最早的機會，走去叫他離開，我告訴他凱撒琳已經好些，他明天早晨聽我再報告她是怎樣度過這夜。

「我並不拒絕走出門外，」他回答：「但是我要待在園裡。並且，奈萊，妳明天要守信約。我將在那落葉松底下。記住！否則我還要來，不管林頓在屋裡不在。」

他急促向這屋的半開的門裡一瞥，證實我所說的顯然是真的，這不吉利的人纔算是走開這房子。

16

那一夜大約十二點的時候，你在咆哮山莊看見的那個凱撒琳生了：一個瘦小纔七個月的嬰孩。過了兩小時以後母親死了，神志根本就沒有充分清醒過來，所以她不知道希茲克利夫已經走開，也不認得哀德加。哀德加的悲痛，描寫起來實在是太慘；後來的影響足以表示他的哀痛有多麼深。有一樁格外的苦惱，據我看，便是他沒有繼承人。我一面凝視著那孱弱的孤女，一面悲嘆這件事，我內心裡咒罵老林頓，因為他（倒也只是由於天生的偏愛），保證把他的財產傳給他自己的女兒，而不給他的兒子的女兒。這真是一個不受歡迎的孩子，可憐的東西！在初生的幾小時內，她可以哭死，也沒有人稍稍介意。我們後來補償了這種疏忽，但是她初生時所遭遇的冷漠大概和她臨終時將是一樣的。

第二天早晨——外面是晴明而愉快——亮光偷偷的從窗幔間滲進了靜默的屋子，以柔和的光亮灑在那床鋪上和床上的人身上。哀德加．林頓把頭靠在枕上，眼睛閉著。他年輕而清秀的面貌幾乎是像在他身旁的死屍一般的死枯而凝滯。但是他的樣子是苦痛力竭的平靜，她的是真正的和平。她的額是平滑的，她的眼皮閉著，她的嘴脣帶著微笑的表情，天上的天使也沒有比她再美的。我也分享到她安睡著的永恆的寧靜。我的心從沒有經驗過比在凝視著這神聖的安息著的無憂慮的面貌時所體驗到的更神聖的境界。我本能的響應著她幾小時前所說的話：「無比擬的遠超過你們，在你們一切之上！」無論是還在世間，或是現在已到天堂，她的精神是和上帝在一處了！

我不知道是不是我的特性，不過我若是守在死人的房裡，若沒有狂亂的或哀痛的人陪伴著我，我是很少有不快活的時候的。我看出有一種安息，不是死或地獄所能毀碎的，並且我覺得有一種保證，保證有一個無窮盡、無陰影的將來——即是他們所進入的永恆——在那裡生命的延續是無界限的，愛的同情、喜悅的充滿，也是無界限的。在那時候，我注意到就是在林頓先生的那樣的愛情裡面還藏著多少自私的成分，當他這樣哀悼凱撒琳的幸福的超升的時候！真的，吾人大可懷疑，她過了放蕩急躁的一生之後，是否最後還配享受一個和平的歸宿。在冷靜回想之際，確是可以懷疑。但是對著她的屍身的時候，卻不。它有一種自身的靜穆，好像是保證它以前的人生也是一樣的寧靜。

「您相信這樣的人在另一世界中是快樂的嗎？先生，我頗想知道。」

我拒絕回答丁夫人的問話，我覺得這問話像是有些邪道。她繼續說——「重想凱撒琳·林頓的過去，我恐怕我們沒有權利想她是快樂的，但是我們把她交給她的上帝好了。」

主人像是睡著了。日出之後我就走出屋外，吸取外面的新鮮空氣。僕人們以為我是去甩脫因長期守夜而生的瞌睡。實在，我主要的動機是去看希茲克利夫先生。如果他整夜都在那一叢落葉松裡面，田莊裡的騷動他會一點都聽不到；除非是他或者聽見了到吉墨頓去的馬蹄聲。若是他曾走近些，那麼燈火往返的閃動，以及外面門的開閉，都會使他發覺這裡面必有事故發生。我願、我又怕去找到他。我覺得這可怕的消息是必須要講的，我盼望趕快講過，但是怎樣講，我不知道。他果然在那裡——至少是更深入園裡幾碼之遙，他靠著一棵老楊樹，光著頭，頭髮被聚在蓓蕾枝上的露水滴得濕淋淋的，水珠撲簌簌的落在他的四周。他用這姿勢站著大概是很久了，因為我看見有一對鶫在他前面不過三呎的地方走來走去，忙著造牠們的巢，把鄰近的他只當作是一塊木頭。我走近時牠們就飛走了。

他抬起眼睛說——「她是死了！」他說：「沒等妳來告訴我。把妳的手絹收起——不要在我面前哭。你們都該死！她並不需要你們的眼淚！」

我是為她哭，也同樣的為了他。我們是有時候憐憫那些對自己或對別人都沒有一點同情心的人。我最初看到他的臉，我就覺得他已經知道這次變故的消息了。猛然有一種呆想，以為他的心是平靜了，他大概是在祈禱，因為他的嘴唇在動，他的眼光望著地上。

「是的，她是死了！」我回答說，抑制住我的哭泣，擰乾我的臉。「上天堂了，我希望。我們，每個人，都可以去到那裡會她，假如我們及時接受警告，改邪歸正！」

「她可接受警告了麼？」希茲克利夫問，作為譏諷。「她是像聖徒般死去的麼？來，告訴我這次經過的真情。是怎樣——」

他想要說出那個名字，但是說不出；閉緊了嘴，他靜默的和他內心的苦痛鬥爭，同時以堅決而兇狠的眼光抵拒我的同情。

「她是怎樣死的？」他終於說——雖然他是很堅強，也頗想在後面有人支持他；因為，在內心鬥爭之後，他不由自主的抖顫了，指端都在顫。

「可憐的人！」我想：「你也有和別人一樣的心和神經！為什麼你要隱藏起來呢？你的驕傲不能蒙蔽上帝！你引上帝來絞扭你的心，直等到祂逼你喊出卑屈的叫聲。」

「像羔羊一般的寧靜！」我大聲回答：「她嘆一口氣，欠伸一下，像是一個孩子醒來一樣，又沉入睡中。五分鐘後，我只覺得她心頭微有跳動，沒有別的了！」

「還有——她沒有提起我嗎？」他猶疑的問，好像是他怕這個問題的回答會引出一些他所不能忍聽的情節。

「她的知覺從來沒有恢復。自你離開她以後，她不認識任何人，」我說：「她臉上帶著微笑躺在那裡，她最末後的念頭是返回到愉快的早年生活上去。她的生命是在一段溫柔的夢中結束了的——願她在另一世界裡同樣舒適的醒來！」

「願她醒來受苦！」他以可怕、憤激的腔調喊，跺著腳，在突然不可抑制的感情發作中呻吟起來。「哼，她直到死都是謊言者！她在哪裡？不在那裡——不在天堂——沒有毀滅——在哪裡呢？啊！妳說妳對於我的苦痛並不介懷！我現在只要做一個祈禱——我要反覆的說，直到舌敝脣焦——凱撒琳‧恩蕭啊，只要在我活著的時候，我願妳也不得安息！妳說我殺了妳——那麼，妳來祟我！被殺的人是要找他們的兇手去為祟的。我相信，我知道鬼靈曾在世上行走。永遠跟著我——用任何形狀而出現——逼我發狂！只是不要撇下我在這深淵裡而不能找到妳！啊，上帝呀！簡直是無法說！我不能離開我的生命而活下去！我不能離開我的靈魂而活下去！」

他在那多節的樹幹上撞頭，抬起眼睛，吼叫起來，不像是個人，而像是一隻野獸被刀槍戳得要死。我著見樹皮上有好幾片血跡，他的額角和手都染有血；大概我所看見的這一景在夜裡已經扮演過好幾次了。這並不勾起我的同情——這使我害怕。可是，我還很遲疑就這樣離開他。但是他剛剛恢復充分的理智，知道我是在望著他，他便咆哮著命令我走開，我聽從了，我沒有方法能使他寧靜下來，或是安慰他！

林頓夫人的殯喪定在她死後的那個禮拜五舉行。在那天以前，她的靈櫬不加蓋，撒著香花香葉，停放在大廳裡。林頓日夜在那裡，目不交睫的守著。還有——除我以外誰都不曉得的——希茲克利夫在外面度夜，至少也是不知睡眠為何物。我沒有和他交接，可是我覺得他是想進來的；如果他能夠。在禮拜二那天，天纔黑過不久，我的主人完全是為疲勞被迫去休憩一兩小時。我去打開一個窗子，我被他的堅忍所感動了，便給他一個機會，對他崇拜的偶像之褪消的面貌做最後之告別。他並沒有放過這機會，很小心的、很快的，十分的小心，所以他來得一點聲響也沒有。真是的，我不會發現他曾來過那裡的；除了死屍的面部上的遮蓋物稍有凌亂，我還看見地板上有一縷淡黃的頭髮，有一根銀繩捆著。細一看，我知道是從凱撒琳頸上掛著的小盒裡取出來的。希茲克利夫打開了那個小盒，取出了裡面的東西，放進他自己的一綹黑髮。我把兩綹頭髮編了起來，一起放了進去。

恩蕭先生當然是被請來送他的妹妹下葬，他沒有來，也未加解釋。所以，除了她的丈夫之外，送殯的只有佃戶和僕人。伊薩白拉沒有被邀請。

村人覺得很奇怪，凱撒琳的葬處既不是在禮拜堂裡面林頓們的雕刻石碑下面，也不是在外面的她的家人的墳墓旁邊，是掘在墳園角上的青草坡上。那裡的牆很矮，荊棘覆盆子之類都從澤地裡爬了進來；泥炭堆幾乎整個掩蓋了。她的丈夫現在也埋在那裡，他們各有一塊簡單的石碑立在頭頂上，一塊平凡的灰色石塊在腳底下，作為墓穴的標記。

17

那個禮拜五是我們一月來好天氣的最後一天。到晚上，天氣變了，風從南變到東北，先帶了雨來，隨後是冰雪。第二天早晨，令人難以想像是剛剛過了三個禮拜的夏天，櫻草和番紅花都被積雪淹沒了，百靈鳥也不叫了，早發的樹的嫩葉也被凌打而枯萎了。又淒涼、又寒冷、又沉鬱，那個早晨慢慢的過了！我的主人躲在屋裡，我佔據了冷漠的客廳，把它變成為育嬰室了。我就坐在那裡，嚶嚶叫的小娃娃就在我膝頭上放著，我搖來搖去，同時看著吹積在無窗幔的窗上的雪片。這時節門開了，有個人走進來，喘不過氣的笑著！當時我的怒氣大於我的驚訝。我以為必是女僕之一，於是我喊叫道——「別鬧！妳怎敢在這地方亂鬧？林頓先生若是聽到妳，他將要說什麼？」

「請原諒我！」一個熟悉聲音回答我：「但是我知道哀德加是在床上，我止不住我自己。」

說話的人說過這話便走向爐火，喘息不定，按著她的腰。

「我是從咆哮山莊一直跑了來的！」她停了一會又繼續說：「除了飛之外，我數不清跌倒了幾次。啊，我渾身痠痛！別吃驚！等我能的時候我立即解釋。現在請妳出去一下，命令車子送我到吉墨頓，並且吩咐一個僕人在我的衣箱裡找幾件衣裳。」

闖進來的是希茲克利夫夫人。她確乎不像是在一種笑的處境裡；她的頭髮披在肩上，淌著雪水，她穿的是她平時穿的女孩子服裝，對於她的年齡比對於她的身分要更適合些；露胸的衫，短袖，頭上頸上什麼都沒有。衫是薄綢的，濕黏在她身上，保護她的腳的只是薄薄的軟拖鞋。此外，一個耳下還有一條深的傷痕，只因天冷纔防止了大量流血；一個抓傷的白臉、一個因疲勞而幾乎不能自持的身軀。您可以想像，我有了空閒去細看她的時候，我最初的驚嚇並沒有消減很多。

「我的親愛的年輕夫人，」我說：「我絕不到任何地方去，絕不聽任何話，除非妳先把妳的衣服一件件的脫下，換上乾的。妳今晚一定不能到吉墨頓去，所以也無須吩咐車子。」

「我一定要去，」她說：「或是走，或是坐車，不過我並不反對把我自己打扮齊整。並且——啊，看從頸上流下多少血水！火把它烤得痛。」

她堅持要我先聽從她的吩咐，然後纔准我摸她。直到我命令了車夫準備，喊一個女僕裝收了必需的衣服之後，我纔得到她的允許給她裹傷、幫她換衣。

「現在，哀倫，」她說；這時節我的工作完畢，她坐在爐旁的一只安樂椅上，捧著一杯茶，「妳坐在我對面，把可憐的凱撒琳的嬰孩放開，我不願意看她！妳不要看我進來時候的嬉戲態度，便以為我對凱撒琳毫無哀悼的意思。我也曾哭過，痛哭過——真是的，比任何別人應該哭的還要久些。我們是決裂分離的，妳還記得，我不能饒恕我自己。但是，雖然如此，我不曾要同情他——那個畜生！啊，給我那火鉗！這是我帶在身邊的他的最後一樣東西。」她從中指上脫下一只金戒指，丟在地板上。「我要敲碎它！」她說著，用孩子氣的嫉惡錘敲著，「然後再燒燬它！」她拿起這損壞了的東西丟向煤炭裡。「好了，他若要我回去，他需要再買一個。他很可能來尋我，為的是刺激哀德加；我不敢停留，否則他會起這念頭的。況且，哀德加過去對他也不大好，是不是？我不願找他來幫我；也不願給他招出更多的麻煩。事實的需要逼迫我到此來藏身；如果我不知道他現在是在不妨事的地方，我便會停在廚房裡，洗臉，烤火，請妳把我要的東西拿來，然後我就走開，走到任何地方，只要離開我那該詛咒的轉世惡鬼的魔手！啊！他是那樣的狂怒！如果他抓到我！恩蕭的力氣可惜不是他的對手，如果興德來能夠的話，在我看著把他打毀之前，我是不會跑開的！」

「好，妳不要講得這樣快，小姐！」我插入說：「妳要把我在妳臉上包紮的手巾弄亂了，傷處又要流血。喝口茶，喘喘氣，不要笑。在這屋裡、在妳的情況裡，笑是不適宜的！」

「是不可否認的實情，」她回答：「聽那孩子！她不斷的哭——把她抱開，教我一小時不聽見她的哭聲。我不能再忍受了。」

我搖搖鈴，把孩子交給一個僕人照管，然後我就問她為了什麼緣故使得她這樣狼狽的逃開咆哮山莊。並且既不願停留在我們這裡，她預備到哪裡去。

「我應該，並且我願意，停留在這裡，」她回答：「為了兩件事：陪伴哀德加、照管小孩，並且這田莊是我真正的家。但是我告訴妳，他不會准許我！妳想他可能忍受，看著我發胖快活——聽著我們安靖度日，而不決計來破壞我們的舒適嗎？現在我有一種滿足，我確知他是憎惡我了，憎惡到一看見我一聽到我便覺難過的程度。我注意了，我一到他面前，他臉上的筋肉不自主的變成嫉恨的表情。一部分是由於他知道我是有充分理由嫉恨他，一部分是由於他本來討厭我。他嫉恨得很強烈，我確知他是不會追我走遍英格蘭的；如果我設計逃走。所以我一定要逃。最初我甘願被他殺死，現已沒有這願望，我寧願他自殺！他很有效的消滅了我的情愛，所以我很心安。我還記得我是如何愛過他，也能模糊的想像我還能愛他，如果——不，不！即使他曾經愛過我，魔鬼的惡性總是要暴露出來的。凱撒琳是深知他的，但是卻有那樣乖僻的嗜好，居然那樣愛他！怪物！但願他從人間消滅，從我的記憶裡消滅！」

「噺，噺！他究竟是一個人，」我說：「要慈心些，還有比他更壞的人呢！」

「他不是一個人，」她抗聲說：「他不配要我慈悲。我曾把心給他，他拿去給掐死，丟還給我。人是要用他們的心來發生同情的，哀倫。他既然毀了我的心，我沒有能力同情他了，並且我也不願，縱然他呻吟從今至死，為凱撒琳哭出血來！不，真的，真的，我不！」

伊薩白拉說到這裡就開始哭了，但是，從睫毛上灑下淚來之後，她立刻又開始說：「妳問我，為什麼終於被迫逃走？我是被迫走這條路，因為我把他的怒焰鼓動得比他的惡意還要高了一些，用燒紅的鉗子拔取神經比敲打腦袋需要更多的冷靜。現在他怒起來了，忘了他所自傲的那股惡魔般的謹慎，將開始使用殺人的暴力。我在能以激惱他的時候，從中得到快感；這快感又促醒了我的生存自衛的本能，所以我就公然逃走。如果我再落在他的手裡，只好由他任情報復了。」

「昨天，妳知道，恩蕭先生應該來送殯的。他特意沒有喝醉——相當的清醒，沒有六點鐘瘋狂的上床，十二點醉著起來。他終於起來了，精神沉悶得要自殺，其不適宜於到禮拜堂，就像不適宜於去跳舞一般。他並不到禮拜堂去，他坐在火邊一杯一杯的吞白蘭地和燒酒。

「希茲克利夫——我提起這名字就發抖！他從星期日到今天在家裡就像客人一樣。是天使餵他，還是地獄中他的同類餵他，我不知道；不過他有一星期沒有同我們吃飯了。他剛剛在天亮的時候回來，上樓到他的寢室裡，鎖上了門——好像生怕有人想要去陪著他！他就待在屋裡，像一個美以美教徒似的祈禱，他祈禱的只是那無知覺、已變灰塵的神明。至於上帝，在提到的時候，是很奇怪的和他的惡魔主宰混合在一起！做完這古怪的祈禱之後——平常總是延長到他的喉嚨暗啞，聲音窒塞在喉裡——他便又出去了，永遠是一直奔向田莊去！

我覺得奇怪，哀德加為什麼不喊一個巡捕，把他拘捕起來！至於我，雖然很為凱撒琳哀傷，但我現在脫離了那可恥的壓迫，我不能不認為是在享受一個假期哩。

「我恢復了充分的精神，足以聽約瑟的永無窮盡的講演而不啜泣，並且可以不再像從前那樣用受驚的賊一般的腳步在屋裡上下走動。妳想不到，約瑟隨便說些什麼都會使我哭的，但是他和哈來頓確是討厭的伴侶。我寧願和興德來在一起坐著，聽他說可怕的話，也不願和『這小主人』及其助手那討厭的老頭子在一起！希茲克利夫在家裡的時候，我時常不得不到廚房去尋求伴侶，否則便要在潮濕的無人住的房間裡活活餓死。他不在家的時候，這一星期他都不在家，我便在大廳的爐角處放置一桌一椅，從不過問恩蕭先生是在做什麼事，他也不干涉我的安排。現在他比平常安靜些了，若是沒人觸怒他，比往常更沉悶更憂鬱，但是暴躁得好一些。約瑟說他確是一個變了的人，上帝觸到了他的心，他是獲救了，『像受過火的鍛鍊一般』。我發現他的好轉的現象，甚以為異，不過這不干我的事。

「昨晚我坐在爐角讀些舊書，直到將近十二點鐘。外面風雪正狂，獨自上樓去實在太慘，我的心思不斷的在墳園和新墓之間打轉！我的眼睛幾乎不敢離開書本，一離開，那悲慘的情景便立刻呈現在眼前。興德來在我對面坐著，手托著頭，也許是想著同一個題目。他已停止喝酒，他已到了無知無識的地步，有兩三小時他既不動彈也不說話。屋裡沒有聲音，只有呻吟的風不時的震撼著窗戶，煤炭輕輕的爆烈聲，以及我不時的從蠟燭上剪燈芯時的燭剪聲。哈來頓和約瑟大概是在床上熟睡了。實在是很慘，很慘。我一面讀，一面嘆息，因為好像是所有的愉快都已從世上消逝，永不再來。

「這悲慘的寂靜終於被廚房的門閂聲打破了，希茲克利夫守夜歸來，比往常略早。我想，大概是由於這場突起的風雪。那個門是閂著的，我們聽見他走轉到另一門口。我立起，嘴上露著一種不可壓抑的表情，使得我那向門口呆望著的伴侶轉過身來望我。

「『我要教他在外面待五分鐘。』他說：『妳不反對罷？』

「『不，你可以替我把他整夜的關在外面，』我回答：『就這麼辦！把鑰匙插在鎖上，拉上門閂！』

「恩蕭在他的客人尚未走到門前的時候，便把門閂好。然後他拿一把椅子放在我的桌子對面，靠在椅上，他的眼睛裡燃著熾燒的嫉恨，想在我的眼睛裡尋求同情。可是他的樣子和他的情感都像是一個兇手似的，他尋不到我的同情，不過他也有充分的發現，鼓勵他說下去。

「『妳和我，』他說：『都有一筆大債要和外面那個人清算！如果我們都不是懦夫，我們可以合力來清償。妳和妳的哥哥一般的軟弱嗎？妳願意忍受到底，而不想試著償還一次嗎？』

「『我現在不耐煩再忍受了，』我回答：『我甚願能有一個不受後果的報復。但是陰謀與暴力是針對雙方的武器，能傷害敵人，但亦更能傷害使用這武器的人。』

「『陰謀與暴力對於陰謀與暴力是一個公平的報應！』興德來叫道：『希茲克利夫夫人，我不請求妳做什麼事，只要坐定，別開口。現在告訴我，妳能不能？妳看著我結果這個惡魔，妳一定能得到和我一樣多的愉快；他會害死妳，除非妳先下手；他也會毀了我的。該死的惡棍！他敲門呢，好像他已經是這房子的主人了！妳答應別出聲，鐘響之前——差三分鐘到一點——妳就是一個自由的女人了！』

「他從胸間掏出我在前次信裡描寫過的武器，想要熄燭。我把燭抓走了，並且掣住他的胳臂。

「『我不能不作聲！』我說：『你一定不要觸犯他。只是不要開門，不作聲好了！』

「『不！我已下了決心，上帝鑑臨，我一定要實行！』這情急的東西喊：『我要對妳做一樁好事，不管妳要不要，我要對哈來頓求一點公道！妳無須設法回護我，凱撒琳是已經死了。沒有一個活人會為我抱憾，或是含羞，縱然我此刻切斷我的喉嚨——現在也到時候該結束一下了！』

「我就像是和一隻熊爭鬥，和一個瘋子理論一般。我唯一的方法就是跑到窗口，警告對方當心那等著他的厄運。

「『你今晚最好到別的地方去投宿罷！』我用微有勝利的聲調喊叫：『恩蕭先生想要殺

你，如果你堅持要進來。』

「『妳最好是把門打開，妳這——』他回答，喊我一聲很文雅的稱呼，我不屑於複述。

「『我不願參加這件事，』我又回聲說：『進來送死罷，如果你願意！我已盡了我的責任。』

「說完了我就關上窗子，回到我爐邊的座位。供我用的虛偽，實在存得太少，我實在裝不出為了他的危險而有焦急的樣子。恩蕭盛怒的咒罵我，他說我還是愛那個混蛋，用各種難堪的名詞喊我，只為了我表現了卑鄙的精神。而我，在我的私心裡（良心從未譴責我），我卻在想，如果希茲克利夫結果他這痛苦的一生，對於他將是何等的幸福；如果他把希茲克利夫送到他該去的地方去，對於我那又是何等的幸福！我坐著思索的時候，我背後的一扇窗扉落到地板上了，這是由於希茲克利夫的一擊，他的兇惡的臉向裡面殘暴的望著。窗欄杆太密了，他的肩頭擠不進來，我微笑，自以為安全，很是得意。他的頭髮和衣服上滿是白雪，他的尖銳的、生番般的牙齒，因冷和怒的緣故，在黑暗中閃閃有光。

「『伊薩白拉，放我進來，否則我要令妳後悔！』他做約瑟所謂的『獰笑』狀。

「『我不能做殺人的勾當，』我回答：『興德來先生拿著一把刀和一把實彈手槍在那裡守著呢。』

「『由廚房門放我進來。』他說。

「『興德來會比你先趕到，』我回答：『你的愛情也未免太薄弱了，竟不能忍受一陣風雪！夏天的月亮照著的時候，你由著我們安然睡在床上，但是冬天的冷風一到，你就必須奔求宿處了！希茲克利夫，我若是你，我就要挺直在她的墳上，像一條忠誠的狗似的死去。現在這世界是不值得再住在裡面了，是不是？你很明顯的令我感覺到，凱撒琳是你一生喜悅的全部，我不能想像，她死了之後你怎麼還想活著。』

「『他在那裡，是不是？』我的伴侶喊叫，衝到窗前。『我若是能伸出胳臂，我就能打他！』

「我恐怕，哀倫，妳一定要認為我是真壞，但是妳不知道事情的全部，所以不要裁判。縱然是謀殺他的性命的企圖，我也無論如何不會幫助教唆的。願他死，那是一定的。所以當他把身一縱，把恩蕭手裡的武器奪去的時候，我便非常失望，並且驚嚇得成為一團，不知我那一番嘲弄的言詞將要招致什麼後果。

「槍彈爆發了，那把刀，彈回去的時候，正切在主人的腕上。希茲克利夫用蠻力一拉，把肉切得很深，把血淋淋的刀收在衣袋裡去了，然後他拾起一塊石頭，敲破窗框，跳進來了。他的敵人已倒在地上不省人事，因為痛苦過度，並且從一條動脈或大靜脈失血過多的緣故。那惡徒踢他、踏他，不斷的把他的頭在石板上衝，同時一手拉著我，防我喊叫約瑟。

「他鼓起一種超人的克己的力量，竟不完全結果恩蕭。最後，他氣喘不過，纔算罷手，把那顯然無知覺的身體拖到椅邊。他把恩蕭的衣袖扯碎，用粗暴的手段縛起傷口；在行手術的時候，就像在踢踏時一般的用力唾罵。我得自由，立刻抽身去喊那老僕。他從我的急促的述說當中漸漸的聽懂了這件事的大概，便立刻喘吁吁的兩步併做一步的下樓來。

「『現在還有什麼辦法呢？現在還有什麼辦法呢？』

「『還有辦法！』希茲克利夫吼叫：『你的主人瘋了，如果他還能再活一個月，我要送他到瘋人院去。你為什麼把我關在門外，你這沒牙的狗？不用在那裡站著嘟囔。來，我是不去看護他的。把那東西洗刷掉，當心你的燭火——那東西多半是白蘭地！』

「『啊，原來是你謀殺他？』約瑟大叫，驚嚇得舉起手來，翻著眼睛。『我從沒有見過這樣的情景！願上帝——』

「希茲克利夫推他一下，他正好跪在那攤血中間，又丟給他一塊毛巾，可是他並不進行揩抹，他交叉著手開始祈禱，他的奇怪的措辭使我笑了起來。我當時的心境，對任何事都不會驚駭。真是的，我當時不顧一切的精神，恰似有些像壞人在絞架底下所表現的一樣。

「『啊，我忘記妳了，』那兇暴的人說：『這事應該要妳來做，跪下去。妳和他聯合對付我，是不是，險詐的人？對了，那是該妳來做的工作！』

「他搖撼我，使得我牙齒格格的響，把我推倒在約瑟旁邊，約瑟鎮定的完畢他的祈禱，然後站立起來，聲稱他立刻就要到田莊去。林頓先生是一個裁判官，他即使死了五十個妻子，他也不能不追究這一個案件。他的決心是如此的頑強，所以希茲克利夫認為有迫令從我口裡重述這事經過的必要。他高高的站著，滿腔的惡意，聽我勉強的應答他的問話，敘述這事的經過。費了很大的事，纔令那老頭子滿意的承認希茲克利夫不是挑釁的人，尤其是從我口裡強擠出來的答話最難令他滿意。但是，恩蕭先生不久就證明了他還在活著。約瑟便急忙給他喝了一口酒，藉了酒力，他的主人立刻就動彈了，恢復了知覺。希茲克利夫知道他的對手並不曉得在失掉知覺時候所受的待遇，所以就說他是撒酒瘋，並且說不願再看他的荒唐行為，勸他上床去睡。我很高興，他做完這賢明的勸告之後，他離開我們了。興德來在爐邊上挺著。我走到自己屋裡去，很奇怪我竟這樣容易的逃脫了。

「今早，我下樓時，大約離正午還有半小時。恩蕭先生坐在爐旁，病得很厲害。他的惡伴，幾乎是一般的猙獰可怖，靠著煙囪立著。兩個人都不想吃東西，等到桌上的東西都冷了，我便獨自開始吃。沒有什麼可以阻礙我吃個痛快，我還體驗到一種滿足而優越的感覺，因為我不時的向我沉默的伴侶瞟一眼，覺得我內心平靜、我很舒適。我吃完後，我鼓起非常的大膽，走近火爐，繞過恩蕭的座位，跪在他旁邊的爐角裡。

「希茲克利夫沒有向我這方面望，我抬起頭看，放心大膽的端詳他的臉，幾乎好像他的臉已變成了石頭。我一向認為很有男人氣概，而現在認為很魔道的他的那個前額，現在遮上了一層雲翳；他的蜥蜴般的雙眼幾乎因為缺睡的緣故而消滅，也許是因為哭的緣故，因為眼毛上還是濕的；他的嘴唇也沒有兇猛、譏嘲的樣子，而封上了不可言說的悲苦表情。如果是別人，我看了這悲苦的樣子，我早就掩面了。是他的處境，我便很滿足了。侮辱一個已經被打倒的敵人固然是卑鄙的事，但是我不能放過乘隙戳他一擊的機會。他軟弱的時候是我唯一能嘗受以怨報怨的快樂時候。」

「呸，呸，小姐！」我插嘴說：「人家會以為妳一生從沒打開過聖經哩。如果上帝打擊你的敵人，你當然應該覺得很滿足了。於上帝的刑罰之外再加上你的刑罰，那是未免卑鄙而且僭越了？」

「在普通情形之下我承認是的，哀倫，」她繼續說：「但是什麼苦痛加在希茲克利夫身上能令我滿足呢，除非我親自加入一份？我寧願他少受一點苦痛，如果我是使他苦痛的原由，而且讓他知道我是原由。啊，我對他是有這樣多的仇恨。只有在一個情形之下我希望能饒恕他，那便是，以眼還眼，以牙還牙。每一次扭痛，就還回一次扭痛，把他拖到和我一樣的地步。是他先傷害我的，所以讓他先來求饒恕；然後——到那時節，哀倫，我可以做出一點慷慨的樣子給妳看。不過我若報復，那是絕不可能的，所以我不能饒恕他。興德來要喝水，我給了他一杯，我問他覺得好些不。

「『不像我所願的那樣沉重，』他回答：『胳臂且不必提，渾身每一吋都像是纔和一群小鬼鬥爭過似的痠痛！』

「『是的，那無足怪，』我這樣說：『凱撒琳慣常誇口說她回護你不使你受傷。她的意思是說，有人怕開罪她而不來傷害你。幸虧死人不會真的從墳裡出來，否則，昨晚她會看到一場很刺目的景象！你的胸部和肩膀沒有擦傷割傷嗎？』

「『我不知道，』他回答：『但是妳說的是什麼意思呢？我倒下之後他還敢打我嗎？』

「『他踐踏你、踢你，並且把你在地上撞，』我小聲說：『他口裡流涎，恨不得用牙咬碎你；因為他只有一半是人，還沒有一半，其餘都是魔鬼。』

「恩蕭先生像我似的抬頭望望我們的公同仇人的臉。他全神貫注的在體味苦痛，好像對於他周圍一切都無知覺：他越站得久，從他臉上露出來的思想的險惡越是明顯。

「『啊，如果上帝給我力量，在我最後苦痛的時候把他掐死，我便會快樂的下地獄去。』這焦急的人呻吟著，蠕動著想要起來，又頹然倒下，自知他無力從事鬥爭。

「『不，他殺死你們一個，那已經夠了，』我大聲說：『在田莊，人人曉得如果不是為了希茲克利夫先生，你的妹妹現在還會活著的。不過，被他愛究竟還是不如被他恨。當我回憶起我們從前是多麼快樂——在他來之前凱撒琳是多麼快樂——我真要詛咒這光陰。』

「希茲克利夫大概是比較的多注意於所說的話中的真理，而少注意於說這話的人的態度。我看得出，他的注意力是被引起了，因為他的眼淚順著睫毛淌下來了，在哽咽的嘆息中倒抽了一口氣。我全面的凝視著他，譏嘲的笑。陰翳的地獄之窗（他的雙眼）向我一閃，裡面的惡魔照例是出來探望的，如今卻被遮溺，於是我膽敢再來一聲訕笑。

「『起來，離開我的眼前！』那哀傷者說。

「我猜想他至少說了這話，雖然他的聲音是幾乎不可辨。

「『我請你原諒，』我回答：『但是我也愛凱撒琳，她的哥哥需要人照護，為了她的緣故，我要照料他。現在她是死了，我見了興德來就如同見她一樣。興德來的眼睛本來恰似她的，如果你不曾抉挖他的眼，使得他的眼變得又紅又黑；並且她的——』

「『起來，可惡的傻瓜，別等我踢死你！』他大叫，做了一個動作，使得我也做了一個動作。

「『但是當初，』我繼續說，準備逃脫，『如果可憐的凱撒琳竟信任你，而採用了可笑、可厭、可恥的希茲克利夫夫人的頭銜，她不久也會呈現出一般的狼狽的樣子！她不會安然忍受你的可怖的行為，她的嫌厭憎惡一定會要表示出來的。』

「椅子的高背和恩蕭的身體正隔阻了我和他，所以他不直接打我，他抓起一把餐刀，向我頭上砍來，正好戳在我的耳下，打斷了我正在說的一句話。但是我拔出了刀，我跑到門口，又說了一句。那一句話我希望比他那一把刀刺得更深些。我看見他的最後一瞥，是他狂暴的衝了過來，卻被他的主人攔腰抱住，兩個緊抱著滾在爐臺上。我逃跑穿過廚房的時候，叫約瑟快去看他的主人，我撞倒了哈來頓，他正在門口，在一個椅背上吊起一窠小貓；我像是從煉獄中逃脫的一個靈魂似的，我在陡路上竄、跳、飛奔。然後避開彎路，直跨過濕地，滾下岸坡，涉過澤沼，直向田莊的燈臺亮處投奔。我寧願永久被註定住在地獄裡，也不肯再在咆哮山莊住，縱然是一夜！」

伊薩白拉停住講話，喝一口茶。然後她站起，令我給她戴上帽子，披上我給她取來的一條大圍巾，絕不肯聽從我請求她再停留一小時的話，她爬上一把椅子，吻了哀德加和凱撒琳的像，也給我以同樣的敬禮，便去上了馬車；只有范尼陪伴著，牠又尋到了牠的女主人，喜歡得狂叫。她走了，永沒有再到這地方來過。但是情況比較安定之後，她和我的主人之間卻成立了正常通信。我相信她的新居是在南方，近倫敦。在那裡她生了一個兒子；在她逃走後幾個月的時候。他取名為林頓，據她報告，這孩子從初生起便是一個多災多病的弱小東西。

希茲克利夫有一天在鎮裡遇到我，問起她住在哪裡，我拒絕告訴他。他說這並沒有什麼關係，她只是要當心不要到她哥哥那裡去。如果他要收留她，她也不該住在他那裡。雖然我沒有洩漏，他從別的僕人處打聽得她的住處和那孩子的存在。他還不打攪她；為了這優容，我想她應該多謝他的怪癖。

他看見我的時候，常問起那孩子。聽說他取了名字，便慘笑一下說道：「他們願我也恨他，是不是？」

「我想他們並不願你知道關於孩子的事。」我回答。

「但是我要得到這孩子，」他說：「當我要他的時候。他們可以相信！」

幸而，那時候還沒有到，孩子的母親就死了，那是凱撒琳死後大約有十三年了，林頓纔十二歲，或是稍大一點點。

伊薩白拉突然來臨的後一天，我沒得機會和我的主人談話；他嫌惡談話，其心境不適於討論任何事情。我能使他聽話的時候，我看他聽說他的妹妹離開了她的丈夫，表示很高興的樣子。他對她的丈夫厭惡之深，對於他的柔和的天性幾乎是不能相容。他的仇恨是如此的深刻與敏銳，凡是可以看見或聽說到希茲克利夫的地方，他都避免去。悲痛使他整個的變成了一個隱士，他放棄了裁判官的位置，甚至禮拜堂都停止參加，在一切機會中都躲避到村鎮去，在他的園舍範圍之內過一種完全與世隔絕的生活。只是有時孤獨的在澤地散步，或是去看他妻子的墳墓；多半是在晚間，或清早還沒有行人的時候。但是他天性太好了，不會長久、徹底的苦痛，他並不祈禱凱撒琳的靈魂來找他。時間能給人一種聽天由命的心情：比普通快樂更甜蜜的一種憂鬱。他回憶起她來，總是用一種熱烈而溫柔的愛情，並且希冀她到更好的世界去。他毫不疑慮她必是到那世界去了。

他也還有塵世間的安慰與情愛。我已說過，在最初幾天，他好像毫不關心那死者的瘦小後嗣，可是這冷淡像四月的雪一般融化得快，這小東西還不能嘟囔一句話，還不能蹣跚學步的時候，便已經在他心裡揮動霸王的寶杖了。她取名為凱撒琳，但是他從不喚她的整個的名字，因為他從不用簡稱喚她的母親；那也許是因為希茲克利夫有喚她為凱撒的習慣。這小東西永遠是喚作凱撒，以別於母親，而又有聯繫的意味。他對孩子的情感，與其說是由於自己的骨肉的關係，遠不如說是由於她母親的關係。

我常拿他和興德來・恩蕭做一對比，我竟不能滿意解釋，為什麼在同樣情形之下而兩個人的行徑如此的相反。他們都曾是多情的丈夫，都喜愛孩子，我不懂為什麼不管好歹他們不走上一條路。但是我心裡想，興德來很明顯的是頭腦較強的，而他的表現偏偏較壞，成為較弱的一個人；他的船觸礁的時候，船長放棄了他的職守，水手們不但不救船，反倒騷動擾亂起來，使得他們失事的船毫無希望了。林頓，相反的，表示出一個忠實虔誠的靈魂之真正的勇敢，他信賴上帝，上帝安慰了他。一個是在希望，一個是在絕望。他們選擇他們自己的命運，然後各按其分去忍受命運。但是，勞克伍德先生，您不要聽我的教訓罷，這一切事情，您一定能像我一般的會裁判。至少，您會以為你能，那就行了。恩蕭的結局是可以想像到的；他緊跟著他的妹妹而去：相差不到六個月。我們，在田莊這一邊，從沒有得到他死前的情形之簡要的報告；我所知道的一切，都是前去幫助料理後事的時候纔曉得的。坎奈茲先生來向我的主人報告這消息。

「喂，奈萊，」有一天早晨他騎馬進園裡時說。來得太早，我不能不吃驚，心知必有不好的消息。「現在輪到妳和我去弔喪了。妳猜是誰不辭而去？」

「誰？」我慌張的問。

「唉，妳猜！」他說著下了馬，把韁繩掛在門邊的鉤上。「捏起妳的衣襟角，我知道妳一定需要。」

「一定不是希茲克利夫先生罷？」我叫。

「什麼，你為他流淚嗎？」醫生問。「不是，希茲克利夫是個粗壯的年輕人，他今天滿面春光。我剛看見他。自從他失掉了賢內助之後，他很快的恢復肌肉了。」

「那麼是誰呢，坎奈茲先生？」我不耐煩的再問。

「興德來・恩蕭！妳的老朋友興德來，」他回答：「也是我的墮落的老夥伴。雖然很久以來他是太狂放了，我不敢親近。妳看！我就說我們要流淚。但是打起精神罷，他死得很地道：爛醉如泥。可憐的孩子！我也很難過。失掉一個老夥伴，總不能不有所感。雖然他有人所能想像到的最壞的毛病，並且對我做過許多下流的事。他剛剛二十七歲，好像是；這也是你的年歲。誰想得到你們是同一年生的呢？」

我承認這打擊是比林頓夫人之死對於我更重大些。舊日的關聯在我的心頭流連蕩漾，我坐在門口，像哭一個家人似的哭了一場，請坎奈茲先生另找一位僕人引他去見主人。我不禁的想這一個問題——「他可曾得到公平待遇？」我無論在做什麼，這念頭總是糾纏我，這念頭頑強得可厭，所以我決計請假到咆哮山莊去，幫助對死者盡最後的義務。林頓先生很不高興答應，但是我為了死者死後蕭條的情形而娓娓的申辯；我並且說我的舊主人，我的乾兄弟，有權利要求我去效勞，就像他自己有權利要求一樣。此外，我又提醒他，哈來頓那孩子是他的妻子的姪兒，因為沒有更親近的家人，他應該做他的保護人；並且他應該，而且必須，追問遺產的情形，並且照料他的內兄的權益。他當時還不能管這些事，但是他令我去和他的律師商談，他終於准我去了。

他的律師也正是恩蕭的律師，我到村裡去訪問，請他陪我去。他搖搖頭，並且說最好是別惹動希茲克利夫；據他說，如果把真相說穿，哈來頓將和一個乞丐差不了多少。「他的父親留下債務而死，」他說：「全部財產都抵押去了，繼承人的唯一機會便是設法在債權人心上留一點好感，以期對他稍微寬待一些罷了。」

我到山莊的時候，我便解釋我是來看看一切是否就緒。以充分悲哀的樣子而出現的約瑟，對於我來很表滿意。希茲克利夫先生說他看不出我是需要的，但是我也不妨留在這裡，安排殯葬的事，如果我願意。

「確當的講，」他說：「這傻瓜的屍首該葬在十字路口，不用任何儀式。昨天下午我偶然離開他十分鐘，在那期間，他把這房子的兩個門都關上了，不准我進去，他用整晚的工夫喝酒，有意的爛醉至死！我們今早闖了進去，因為我們聽見他氣喘如馬。就在那裡，他倒在椅上，剝肉皮剝頭皮也弄不醒他。我派人去請坎奈茲，他來了，但是這畜生已變成死屍了，他已經死了、冷了、僵了；所以你得承認，再費手腳也是無用的了！」

老僕人證實了他的話，但是喃喃的說：「我倒願意他自己去請醫生哩！我照護主人一定比他要照護得好一些——我走的時候他並沒有死，一點也沒有死的模樣！」

我堅持葬儀要弄得體面些。希茲克利夫先生說我可以隨便處理；只是他要我記住這回事所用的錢完全是從他的口袋裡拿出來的。他保持一種堅強冷漠的態度，不表示喜悅，也不表示悲哀。如果有所表示，那只是表示在一件困難工作順利完成時的一種慘酷無情的滿足。真的，有一次我看出他臉上有些近似狂喜的樣子，那是正在抬棺材出屋的時候。他居然有那份虛偽，裝作送喪的樣子：在跟著哈來頓出去之前，他把那不幸的孩子舉起放在桌上，用一種特殊的風趣，喃喃的說：「現在，我的好孩子，你是我的了！我們且看，這一棵樹是否要像別棵樹一樣的長得彎曲，用同樣的風去吹！」

那無猜的小東西聽了這話很高興，他玩弄希茲克利夫的鬍子，摩他的臉。

但是我懂了他的意思，我尖刻的說：「這孩子一定要跟我回到鶇翔田莊去，先生。世界上沒有什麼東西比這孩子更不應當屬於你！」

「林頓是這樣說的嗎？」他問。

「當然——他命令我來取他。」我回答。

「好罷，」那壞人說：「現在我們不必爭辯這件事，不過我自己頗想養育一個小孩子。

所以告訴你的主人罷，如果他一定要取走這個孩子，我一定要我自己的孩子來代替。我不能說定毫不爭執的就放哈來頓走，但是我一定要取我的孩子回來，別忘記告訴他。」

這暗示就夠令我們束手了。我回去之後把這番意思說了，哀德加．林頓起初就不大感興趣，再也不提起干預的話。如果他願意，我也看不出他能做出什麼有意義的辦法。

客人變成了咆哮山莊的主人。他有堅強的所有權，他向律師證明——律師又向林頓先生證明——恩蕭曾把他所有的土地每一碼都抵押淨盡，押得現金供他賭博的狂欲；他，希茲克利夫，是承受抵押者。哈來頓現在本應該是本地第一個紳士，就這樣的陷入了他父親的死仇完全保護之下，在他自己家裡像是僕人一般的住著，還沒有受傭資的權利；完全無法翻身，因為沒有人幫他，並且他自己根本不知道是受了欺侮。

18

這悲慘時期以後的十二年——丁夫人繼續的說——是我一生中最快活的；這些年中，我的最大的煩惱便是我們小姐偶然生個小病，這是她和一切孩子必須同樣經驗的，無論貧與富。過了最初六個月後，她像是一棵落葉松似的暴長，在林頓夫人墓上荒草第二次開花之前，她能對付著走路說話了。她是帶了陽光到這冷寂的房裡的最媚人的小東西：臉是真正的美，有恩蕭家美麗的黑眼睛、林頓家的白皙皮膚、清秀的相貌、黃色的鬈髮。她的脾氣很大，但是不粗野，配上一顆心在感情上是過度的敏銳而活躍。那濃摯的感情使我想起她的母親，但是她不像她，因為她可以像斑鳩一般的柔軟和順，她有溫柔的聲音、沉思的表情。她的怒永遠不是狂的，她的愛永遠不是兇的，是深刻而溫柔。可是我們必須承認，她也有反襯她的優點的短處：刁頑的傾向便是其一，還有執拗的意志；這是被溺愛的孩子們一定有的，無論脾氣好壞。如果一個僕人偶然惹她煩惱，總是——「我告訴爸爸去！」如果他譴責她，縱然是用眼一瞥，你會以為那必是什麼傷心大事。我相信他從沒有向她厲聲說過一句話。他完全自己擔任她的教育，認為是件娛樂。幸而，好奇心和靈快的智力使她成為一個穎悟的學生。她很急速的很熱心的學習，對得起他的教導。

等她到了十三歲，她從沒有獨自走出田莊外面一次過。林頓先生在很稀有的機會也曾帶她走出一哩來路的樣子，但他絕不肯把她交給任何人。在她的耳裡，吉墨頓是個不具體的地位，禮拜堂是她走近進去過的唯一建築物；除了她自己的家。咆哮山莊和希茲克利夫先生對於她是不存在的，她是一個十足的隱士，很顯然的，她是十分的滿足。

有時候，真的，從她的嬰孩室的窗子向鄉間望的時候，她就會說：「哀倫，還有多麼久我纔能走到那些山頂上去？我不知道山那邊是些什麼——是海嗎？」

「不，凱撒琳小姐，」我就回答：「還是山，和這些一樣。」

「那些金色的石頭是什麼樣子，當妳站在底下的時候？」她有一次問。

潘尼斯頓岩的陡然下降處特別引起她的注意，尤其是在夕陽照在岩上和最高的頂處，此外的一片全景都在黑暗中的時候。我就解釋說那不過是一大堆光石頭而已，石隙中沒有多少泥土可以滋養一棵歪曲的樹。

「此處已是夜晚好久之後，何以那石頭還發亮呢？」她問。

「因為比我們這地方高得多的緣故，」我回答：「妳不能爬上去，太高太陡了。在冬天，霜未到這裡之前總是在那裡的，到了盛夏，在東北面的那個黑洞裡我還發現了雪呢！」

「啊，妳已經去過！」她歡樂的叫起來。「那麼我也能去了，等我長大成一個女人的時候。爸爸去過沒有，哀倫？」

「爸爸會告訴妳，小姐，」我急忙說：「那是不值得去看的。妳和他在一起散步的澤地，那地方好多了；鶇翔田莊是世上最好的地方。」

「但是這田莊我已知道了，而那些地方我還不知道，」她自言自語道：「我若立在那最高處四下一望，我會很喜歡的，我的小馬明妮哪一天會馱我去的。」

有一個女僕提起了仙人洞，十分打動她的心，使她想去完成這計畫。她為了這事曾糾纏林頓先生，他答應在她長大些了的時候她可以去。但是凱撒琳是按月計算她的年紀的。「現在我夠大了，可以去潘尼斯頓岩了罷？」是常在她口裡的問題。到那裡的路正好彎近咆哮山莊，哀德加沒有心腸經過那裡，所以她也就時常得到這樣的回答：「還沒有，乖，還沒有。」

我說過希茲克利夫夫人在離開她的丈夫之後大約還活了十二年。她的一家人都是體質脆弱：她和哀德加都缺乏你在這一帶所常見的那種紅臉色的健康。她最後患的是什麼病，我不大清楚。我猜想，他們是患同樣的病而死的，一種熱病；起初來得很慢，但是不可救治，在臨終時很快的消蝕了生命。她寫信告訴她哥哥，她一病四月，其結果當不出所料，如果可能，請他去到她那裡，因為她有許多事要清理，並且她願向他訣別，並且安全的把林頓交在他手裡。她的希望是，把林頓交給他，就像他從前和她在一起時一樣。他的父親，她相信，是不願擔任扶養和教育的義務的。我的主人毫不遲疑的答應了她的請求。他平時絕不願離開家，可是為這次請求，他飛馳而去。把凱撒琳特別交給我照料，反覆叮嚀，縱有我陪伴，也不可令她踱出莊外。至於她獨自出遊，那是他根本沒有料想過的。

他去了三星期。最初一兩天，我的小寶寶坐在書房角裡，太悲傷了，不能讀，也不能玩，在那安靜狀態之中，她沒有使我感覺麻煩。但是此後便有一陣焦急的煩膩，我是太忙，並且太老了，不能上上下下的跑著和她玩，我便想出一個方法，使她自己玩。我常打發她出去遊玩——有時步行，有時騎小馬。等她回來的時候，我由著她說她的一切的真的或想像的經歷，我總耐心的聽。

正是盛夏，她很歡喜獨自出遊，常常從早餐到吃茶時整個的在外面玩，然後到晚上她便敘說她的離奇的故事。我不怕她越出莊外，因為大門平常總是鎖著的，我想就是開著，她也不至於獨自出去的。不幸，我的信任是錯放了地方。有一天早晨八點鐘，凱撒琳來和我說，這一天她是阿拉伯商人，要帶著她的旅隊過沙漠，要我給她充分的食糧，為她和她的牲畜：一匹馬、三隻駱駝，用一匹大獵狗和一對小獵犬來代表。我聚起一大堆糖果，放在馬鞍一邊的籃子裡，她像仙女一般快活的出發，用一只寬緣的帽子和紗面幕遮擋著七月的驕陽，一聲歡笑，馳驟而去，對於我小心勸告避免急馳和早些歸來的話只是一味訕笑。這頑皮的東西到吃茶的時候還不見回來。其中一個旅客，那隻大獵狗，上了些年紀，又好舒服，先回來了；但是凱撒、小馬、那一對小獵犬，到處都不可見。我派人這邊尋、那邊找，最後我自己去尋找她。有一個工人在田莊邊境一塊田上修理籬笆。我問他看見我們的小姐沒有。

「我早晨看見她了，」他回答：「她要我給她割一根榛木棍，隨後她就駕著小馬從籬笆最低處跳了出去，跑得不見蹤影了。」

您可以猜想，我聽到這消息做何感想。我立刻想到，她一定是到潘尼斯頓岩去了。「她將有什麼樣的遭遇喲！」我喊叫，衝開那個人正在修補的裂隙，我照直向大路上奔去，我好像是為打賭似的而急行，一哩又一哩，直到轉彎處望見了山莊。但是我遠處近處都看不見凱撒琳。山岩是在希茲克利夫先生住處再過去一哩半的地方，所以我怕在到達之前天要黑下來。

「她在爬那岩石的時候，如果失足可如何是好呢？」我在想：「若是跌死呢，或是跌斷骨頭呢？」我的惴惴不安真是苦痛。我匆忙經過農舍的時候，看見最兇猛的那隻獵犬查利在窗下臥著，頭腫、耳朵流血，我起初是快樂的放下心來了。我打開柵門向屋門跑去，急促的敲門。我認識的從前住在吉墨頓的一個女人來開門；她是自從恩蕭先生死後就來這裡做女僕。

「啊，」她說：「妳是來找妳的小姐罷！不要慌。她是安全的，我很高興不是主人來。」

「那麼，他是不在家裡了，是不是？」我喘著說，因為急行和驚慌的緣故而喘不過氣來。

「不，不。」她回答：「他和約瑟都出去了，我想這一小時左右他們還不得回來。進來，休息一下罷。」

我進去了，看見我那迷途的羔羊正在爐邊坐著，在她的母親兒時用的一把小椅上搖著。她的帽子掛在牆上，她是十分的自在，對哈來頓一面笑一面談，精神是極其愉快，哈來頓現在已是一個強大的十八歲的孩子，用十分好奇而驚訝的樣子望著她，她口若懸河般不斷的說著問著，他能懂的是微乎其微。

「很好，小姐！」我嘆叫，用一張憤怒的臉遮隱了我心裡的喜悅。「這是妳最後一次騎行，等妳爸爸回來再說。我再也不信任妳在屋門外，妳這頑皮、頑皮的孩子！」

「啊哈，哀倫！」她高興的叫，跳起來跑到我身邊。「我今晚有一個好故事講哩，妳居然找到我了。妳這一生可曾到過這地方嗎？」

「戴上帽子，立刻回家去，」我說：「我為了妳非常的難過，凱撒琳小姐。妳做了很大的錯事，用不著噘嘴流淚，那不能補償我所受的苦痛，為了妳跑遍了這鄉間。想想林頓先生是怎樣吩咐我把妳守在屋裡，而妳這樣的偷跑出來！這表示妳是一個狡獪的小狐狸，沒有人再敢相信妳了。」

「我做了什麼事？」她哭了，但立刻忍住。「爸爸沒有囑咐我什麼：他不會罵我的，哀倫——他從不像妳這樣生氣！」

「好了，好了！」我說：「我來給妳繫上帽帶。現在，我們不要發脾氣。啊，好不害羞！妳十三歲了，還這樣孩子似的！」

我說這話是因為她把帽子推開，退到煙囪旁邊，令我摸不到她。

「不，」那女僕說：「不要對這好小姐兇罷，丁太太。是我們叫她停下來的，她本想騎向前去的，生怕妳不放心。哈來頓說要陪她去，我也覺得他應該，山那邊的路是很荒涼的。」

在這談話中間，哈來頓手插在袋裡站著，窘得不能說話，雖然他的樣子像是很不喜歡我闖進來似的。

「我還要等多久？」我繼續說，不顧那女僕的干預。「十分鐘內天就要黑。小馬在哪裡呢，凱撒琳小姐？芬尼克斯在哪裡呢？我要離開妳了；除非妳趕快，隨妳的便。」

「小馬在院裡呢，」她回答：「芬尼克斯在那裡關著呢。牠被咬了——查利也被咬了。我就要告訴妳經過的情形，但是妳的脾氣太壞了，妳不配聽。」

我拾起她的帽子，前去再給她戴上。但是她看出屋裡的人都站在她那一面，她開始在屋裡打轉。我一追她，她像一隻老鼠似的在家具的上面下面後面亂竄，使得我的追逐成為很滑稽的樣子。哈來頓和那女僕笑了，她也跟著笑，越發無禮了，我很惱怒，便大叫道：「好罷，凱撒琳小姐，如果妳知道這是誰的屋子，妳會很願意的走出去。」

「是你的父親的屋子罷，是不是？」她向哈來頓說。

「不是。」他回答，低下頭去，羞得臉通紅。

他不能忍受她的兩眼的凝視，雖然那兩眼和他自己的正相像。

「是誰的呢？——你的主人的？」她問。

他更臉紅了，表示另一種不同的感情，低聲咒罵一句，轉身去了。

「他的主人是誰？」這討厭的女孩繼續向我問：「他說起『我們的家』、『我們家的人』，我以為他是主人的兒子哩。而他從不稱我一聲小姐，他應該這樣稱呼的，是不是呢，如果他是一個僕人？」

哈來頓聽了這一段孩氣話，臉上像一朵彤雲似的黑。我暗暗的推了她一下，終於準備好叫她離去了。

「現在，拉我的馬來，」她對她的不相識的親戚說，好像她在田莊時對一個馬僮說話似的。「你可以和我一道來。我要看看澤地裡『捉妖者』出現的地方，還要聽聽你所謂的『小精靈』。但是要趕快！到底是怎麼回事？去拉我的馬來，我說。」

「在我做妳的僕人之前，我要先看妳下地獄！」那孩子吼叫。

「你要看我什麼？」凱撒琳吃驚的問。

「下地獄——妳這無禮的女妖精！」他回答。

「妳看，凱撒琳小姐！妳看妳已經混到好伴侶中間去了，」我插進去說：「真是對一位小姐說的很好聽的話！請妳不要和他爭辯。來，我們自己去找明妮罷，走罷。」

「但是，哀倫，」她喊，瞪著眼，充滿了驚訝。「他怎敢這樣對我說話呢？他不一定要按我所吩咐的做嗎？你這壞東西，我要告訴爸爸你所說的話——你看著罷！」

哈來頓像是不感覺這威嚇似的，於是她氣得眼裡出淚。

「你去拉馬來，」她說，轉向那個女僕，「立刻把我的狗放出來！」

「且慢，小姐，」那女僕說：「妳客氣些，並不損失什麼。雖然那一位哈來頓先生不是主人的兒子，他卻是妳的表哥，並且我也從來不是雇來伺候妳的。」

「他是我的表哥！」凱撒大叫，譏訕的一笑。

「是的，真是的。」責罵她的人回答說。

「啊，哀倫！不要叫他們說這樣的話，」她說，很是煩惱。「爸爸到倫敦去接我的表弟去了，我的表弟是一個紳士的兒子。那個會是我的——」她停住了口，公然的哭起來了。想到和這個村夫有親戚關係，便不禁作嘔。

「不要出聲，不要出聲！」我低聲說：「人可以有許多表兄弟，各種的表親，凱撒琳小姐，不至於因此就有什麼壞影響。只是無須和他們作伴便是，如果他們是不可親，是壞。」

「他不是——他不是我的表哥，哀倫！」她說下去，思索之後又加了新的悲哀，投到我的懷裡，躲避那種念頭。

我對於她和那女僕之間互相洩漏的消息，很感煩惱。因為她所宣布的林頓即將來到的消息，一定會傳到希茲克利夫先生耳裡；而同樣的，無庸置疑的，凱撒琳等父親回來之後，最初的念頭必是要求他解釋那女僕所說的那個村野的親戚的關係。哈來頓被誤認為僕人，旋即釋然，並且似是很為她的煩惱而受感動。他把小馬牽到門前，為了慰解她，把一隻很好的彎腿的小獵狗從窠裡取出來，放在她的手裡，向她說再見，因為他本無惡意。她停住哭，用一種驚懼的眼光打量他一下，又開始哭了。

她對這可憐的孩子的反感，真使我忍不住要笑。他是體格很好的一個強健青年，面貌很好看，粗壯而健康，但是他的服裝完全是整天在田裡做工的打扮，並且在澤地裡捉捕兔子和野味。可是從他的相貌裡我還能發現一顆心，其品質要比他父親的好得多。好東西雜在亂草裡，其生長當然是要被荒蕪所掩。但是，本來一塊肥沃的土地，若在另一種較好的情形之下，還是可以產生豐盛的收穫。希茲克利夫先生，我相信，在身體方面並不曾虐待他；他幸而有一種無畏的性格，所以不曾引人施以那樣的待遇。他毫無怯懦的感情，引不起別人的虐待的欲望；在希茲克利夫看來。他似乎是把他的毒恨向另一方面發揮，他把他做成為一個粗野的人：從不教他讀書寫字，凡不激怒主人的各種壞習慣，皆不加以糾正；從不領導他向美德走一步，從不給一句防止罪惡的教誨。據我所聽到的，對於他的這種墮落，約瑟貢獻了不少，一種狹隘的偏愛使他在他小時候就逢迎他溺愛他，只因他是這古老家庭的主人。

他一向有一種習慣，總是怪罪凱撒琳・恩蕭和希茲克利夫兩個人在幼小時候吵得老主人不得安寧；他所謂的他們的「可怕的行為」逼得老主人以酒澆愁。現在呢，他把哈來頓的錯誤的責任完全放在奪取他的家產的人的肩上。如果這孩子咒罵，他不糾正他；無論他的行為是怎樣的不對，他也不管。約瑟顯然有一種滿足，看著他走到最壞的地步。他承認這孩子是被毀了，他的靈魂只好遭永劫了。但是，他想希茲克利夫一定要負這責任。哈來頓的血債要他來償還。這樣一想，便有無窮的安慰。約瑟給他注射進了一種姓氏門閥的驕傲，如果他敢，他一定就挑撥他和現在山莊主人之間的惡感了。但是他對這新主人的怕，幾乎成為迷信；所以關於他，他只是以低聲暗諷私下恫嚇為限。

在那時期，咆哮山莊的日常生活方式如何，我並不說我知道得清楚，我所說的也只是道聽塗說；我自己所見甚少。可是村人都說希茲克利夫先生很嗇刻，對於他的佃戶是一個殘酷無情的地主。但是他的房屋內部，卻在女性的調排之下恢復了以往的舒適氣象，興德來時代常有的騷亂的情景，現在是不再在屋裡扮演了。主人過去是太憂鬱，不能和任何人來往；好人或壞人，現在他還是如此。

但是這樣不是往下講故事了。凱撒琳小姐拒絕了那小獵狗的求和的表現，她要她自己的狗：查利與芬尼克斯。兩條狗跛著腳垂著頭來了，我們出發回家，每個都垂頭喪氣。從小姐口裡我不能套問出她是怎樣過的這一天。據我想，她出巡的目標是潘尼斯頓岩。她一路無話的到達田舍的門口，可巧哈來頓走出，帶著幾隻狗，於是向她的隊伍進攻。必是一場惡戰之後，雙方主人纔得把牠們分開；這便是見面禮。凱撒琳告訴哈來頓她是誰，她要到哪裡去，請他指引路，最後誘惑他陪她去。他把仙人洞的祕密，以及二十處其他的古怪地方，都給打開了，但是我失了小姐的歡心，她所看見的有趣的東西，她不肯描述給我聽了。但是，我能揣測出，她的嚮導是頗得她的歡喜的，直到她喚他作僕人傷了他的感情的時候。希茲克利夫的管家婆喚他作她的表哥，也傷了她的感情。然後他對她用的言語刺痛她的心，在田莊，對於每個人，她一向是「親愛的」、「小乖乖」、「皇后」、「天使」。如今受一個陌生人如此駭人的侮辱！她不能懂。我費了很大事，纔得到她的應允，不向她父親申訴這件事。我向她解釋，他是如何的反對那山莊的一家，他若知道她去過那裡，他將如何難過。但我最致力的是這一點，如果她宣布了我玩忽了他的叮囑，他或者要大怒，我不得不離開這裡了。凱撒不能忍受這樣的後果，她為了我的緣故，允諾了，並且守了她的諾言。究竟，她是一個很甜的小姑娘。

19

鑲黑邊的一個封信宣布了我的主人的歸期。伊薩白拉死了，他寫信來要我給他的女兒預備喪服，並且收拾出一間屋子及其他準備，給他的年輕的外甥。凱撒琳想到歡迎父親歸來，便大喜若狂，很熱烈的任意懸想她的「真正的」表弟之無數優點。預定到達的那一晚來了。從清早起，她就忙著吩咐她自己的小事，現在穿起了她的新黑袍——可憐的東西！她的姑姑的死並沒有使她感到什麼確實的悲哀——她不時的來麻煩我，要我陪她走出去迎接他們。

「林頓只比我小六個月，」我們在樹蔭下凸凹不平的草泥上閒步的時候她說：「有他來做我的玩耍的伴侶，那是多麼快活呀！伊薩白拉姑姑曾把他的美麗的頭髮剪了一綹給爸爸，比我的顏色淡些——較黃一些，一般的細。我小心的保存在一個玻璃匣裡。我常想，看看這頭髮的主人是何等的愉快。啊！我快活——爸爸，親愛的，親愛的爸爸！來，哀倫，我們跑！來，跑！」

她跑，回來又跑，我莊重的腳步到達大門時，她已跑了好幾次，隨後她就坐在路旁草地上，努力忍耐的等待著，但那是不可能，她不能一分鐘安定。

「他們來得多麼慢喲！」她嘆叫。「啊，我看見路上有塵土揚起來——是他們來了麼？

不是！他們什麼時候纔能到這裡？我們可否向前走一些路——半哩，哀倫，只要半哩？妳說可以，只要到轉彎處那一叢赤楊那裡！」

我堅決拒絕。最後她的焦灼終止了，長途馬車出現了。凱撒琳小姐剛看見她父親的臉從車窗向外望，便狂叫一聲，伸開兩臂。他下車來，幾乎和她一樣的匆忙。過了很久的時候他們纔有空餘的心情顧到他們自己以外的人。他們互相撫愛的時候，我偷看了林頓一下。他在一個角落上睡著了，用一件溫暖的皮外套裹著，好像這是冬天似的。一個蒼白的、細弱的、嬌柔的男孩子，大可認為是我的主人的小弟弟，兩個人是如此的相像。但是他的相貌中有一種病態的乖戾神情，那是哀德加・林頓從來沒有的。哀德加看見我在張望，握過手之後，他就教我把門關上，不要驚動他，因為這路程使他疲倦了。凱撒也頗想看一眼，但是她的父親喊她去，他們便一道走進田莊，我急忙走在前面去招呼僕人。

「現在，我的乖，」他們停在門前階下的時候，林頓先生對他的女兒說：「妳的表弟不像妳似的那樣強健、那樣快活，他剛剛死了母親不久，所以，不要希望他立刻就能和妳一道玩、一道跑。也不要談話過於使他煩惱，至少今天一晚讓他得到安靜，妳可以不？」

「可以，可以，爸爸，」凱撒琳回答：「但是我真想看他一下，他還沒有向外望一下呢。」

馬車停了，把睡者喚醒，由他舅父把他抱下地來。

「這是你的表姊凱撒，林頓，」他說著把他們的小手放在一起。「她已經很歡喜你了，你要記住今晚不要哭得使她難過。現在要想法做出歡喜的樣子，旅途已經終止，你現在沒有別的事，只是隨你的意去休息消遣。」

「那麼，讓我上床睡去罷。」這孩子回答，把手從凱撒琳的手裡縮了回去，抬起手指去揩去剛湧出來的淚水。

「不要這樣，不要這樣，這纔是好孩子，」我小聲說，領他進去。「你也要招得她哭了——你看她是多麼為你難過！」

我不曉得是否為了他難過，不過他的表姊確是和他一樣的板起一個悲苦的臉，她回到父親那邊去了。三個人全都進去了，上樓到書房，茶已擺好。我開始摘去林頓的帽子外套，把他放在桌旁一把椅上，但是他纔坐好便又哭起來了。我的主人問是什麼事。

「我不能坐在一把椅子上。」這孩子哭。

「那麼，到沙發上去，哀倫給你送茶過來。」他的舅父耐心的說。

他帶了這樣一個易怒多病的孩子走路，我相信必定很吃了一些苦頭。林頓慢慢的把自己拖了過去，睡下了。凱撒搬了一個小凳和她的茶杯到他旁邊去。起初她沉默的坐著，但是不能久，她已決計要把她的小表弟做成為一個嬌愛的寵物，她願他是一個。她開始撫摩他的鬈髮，吻他的臉，把茶倒在她的茶盤子裡餵他，像是一個小嬰孩似的。這使他很高興，因為他本不比小嬰孩好得了多少。他擦乾了眼睛，閃出微微的一笑。

「啊，他會過得很好的，」主人注視他們一會兒之後對我說：「很好的，如果我們留養他，哀倫。有和他同年齡的孩子和他作伴，不久就會給他培養出新的精神，只要他想要力量，他就會得到力量了。」

「是的，假如我們能留得住他！」我暗自忖度，我心裡起了苦痛的疑懼，這事大概很少希望。但是我又想，這弱小的東西將在咆哮山莊怎樣過活呢？在他的父親和哈來頓之間，他們是何等的伴侶，何等的教師！我們的疑團立刻就決定了——比我所想的還要早。茶後我剛把孩子帶上樓去，看著林頓睡著了——在睡著之前他不准我走開——我便下樓，站在大廳的桌旁，給哀德加先生點起寢室的蠟燭。這時候一個女僕從廚房走出，告訴我希茲克利夫先生的傭人約瑟在門口，要和主人說話。

「我先問問他有什麼事，」我說，十分的驚慌。「這是很不適宜的時間來打攪人，他們剛剛從長途歸來。我想主人不能會他。」

我說這話的時候，約瑟已穿過廚房，現在進入了大廳。他穿起了他的禮拜天的一身衣服，板著他那張頂偽善、頂陰沉的臉，一手拿帽，一手持杖，開始在席子上擦他的皮鞋。

「晚上好，約瑟，」我冷淡的說：「你今晚到這裡來有什麼事？」

「我是要和林頓先生說話。」他回答，輕蔑的把我揮開。

「林頓先生要睡了，除非你有什麼特別的話說，我敢說他現在一定不會見你的。」我繼續說。「你最好在那邊坐下，把你要說的話對我講。」

「哪一個是他的寢室？」這傢伙問，打量著那一排閉著的門。

我看出他是有意拒絕我的調解，所以我就很勉強的走上書房去，給這不合時的來客通報，並且建議不要會他，等明天再說。林頓先生沒得工夫令我這樣安排，因為約瑟緊隨著我上來了，擠進了這屋子，立在桌子的遠處，兩個拳頭放在杖頭上，高聲講話，好像是準備要遭抵抗似的——「希茲克利夫派我來取他的孩子，我一定要帶他走。」

哀德加・林頓沉默了一刻，一種極端苦痛的表情罩上了他的臉。他本身也會可憐這孩子的，但是，想起伊薩白拉的希望與恐懼，為她的兒子的焦慮、交付給他時的囑託，現在要把他交出去，他覺得十分的慘痛。他思索避免的方法，沒有辦法，任何留他的願望的表示，適足以使對方要求更為迫切。沒有別的辦法，只有放棄他。但是，他不打算把他從睡中喚醒。

「告訴希茲克利夫先生，」他鎮定的回答：「他的兒子明天到咆哮山莊去。現在他已睡了，並且也太疲倦，不能上路。你還可以告訴他，林頓的母親希望他在我的保護之下，現在他的健康是很可慮的。」

「不行！」約瑟說，用杖在地板上一戳，採取一種威嚴的神氣。「不行！這不成話。希茲克利夫根本不理會那個母親，也不理會你。但是他要他的孩子，我一定要帶了走——現在你明白了罷！」

「你今晚不能帶走！」林頓堅定的回答：「立刻下樓去，把我說的話告訴你的主人。哀倫，引他下去。去——」

把這怒氣沖沖的老頭子攙了一把，他就把他推出了屋外，關上了門。

「很好！」約瑟大叫，慢慢的走了出去。「明天，他自己來，把他推出去；假如你敢！」

20

為避免這威嚇實現的危險起見，林頓先生命我早早的送這孩子回家去，騎著凱撒琳的小馬；他說：「我們既然不能支配他的命運，無論是好是壞，妳一定不要對我的女兒說他是到什麼地方去了。她以後不能再和他來往，最好不要她知道他住在鄰近，否則她會不寧，急著要到山莊去。只消告訴她他的父親忽然要接他去，他不得不離開我們。」

早晨五點鐘的時候，林頓很不樂意的從他的床被喚起來，聽說還要準備再上路，很是驚訝。但是我把情形和緩了下來，就說他是去和他父親希茲克利夫先生去住些時；他急想看看他，等不及候他從旅途疲勞中休息過來。

「我的父親！」他叫，陷入奇怪的迷惘。「媽媽從沒有告訴過我有一個父親。他在哪裡住？我倒願意和舅父住。」

「他住在離田莊不遠的地方，」我回答：「就在山那邊，不算遠，你以後長結實了可以走到這裡來。你應該快樂的去回家，去看看他。你一定要愛他，像愛你的母親一樣，他也就會愛你了。」

「但是為什麼我以前沒有聽說過他呢？」林頓問：「為什麼媽媽和他不住在一起呢？像

別人似的？」

「他有事停留在北方，」我回答：「你母親的健康需要她住在南方。」

「為什麼媽媽不和我說起他來呢？」這孩子堅持著問：「她常說起舅父，我早就知道愛他。我怎樣愛爸爸呢？我不知道他。」

「啊，所有的孩子都愛他們的父母，」我說：「也許你的母親以為她若常提起他來，你或者要和他在一起。我們趕快罷，在這樣美麗的早晨騎馬出去比多睡一小時覺要好多了。」

「她和我們一同去嗎？」他問：「我昨天看見的那個小女孩子？」

「現在不。」我回答。

「舅父呢？」他問我。

「不，我將在那裡陪你。」我說。

林頓倒回到他的枕頭上，沉思起來。

「沒有舅父，我是不去的。」他終於叫起來：「我不知道妳打算帶我到什麼地方去。」我便試著說，表示不願去見父親實在是太頑皮的舉動，但是他仍然頑強的拒絕任何穿衣服的進行，我只得去喊主人來幫助催他起來。這可憐的東西終於出發了，他得到的是幾個渺茫的保證，不久即可歸來：哀德加先生和凱撒會去看他，還有別的同樣毫無根據的諾言，這都是我撰出來的，在路上還不斷的重複說。純潔的芬芳的空氣、燦爛的陽光、明妮輕柔的款步，不久就和緩了他的沮喪。他開始盤問他的新家、家中的人，用更大的興致與精神。

「咆哮山莊是和鶇翔田莊一般愉快的地方嗎？」他問，回轉頭來向谷中做最後一瞥，那裡正有一股薄霧昇起，在一片藍色的邊緣上成為一塊羊毛般的雲。

「不像這樣隱藏在樹林裡，」我回答：「也沒有這樣大，但是你可以四面望到美麗的風景，並且對於你那空氣也比較的合於健康些——較為新鮮乾燥。你起初也許以為那建築古老而黑暗，雖然是個很體面的房屋，在這一帶算是數第二了。你會在這澤地裡有很好的散步。哈來頓·恩蕭——那是凱撒琳小姐另一表哥，所以也可以算是你的表哥——會引導你去看所有的風景。天氣好的時候你可以帶一本書，把綠茵的山谷作為你的書房。你的舅父還可偶然的和你散步在一起，他經常到山間散步的。」

「我的父親是什麼樣子？」他問：「他是和舅父一般的年輕美貌嗎？」

「他是一般年輕，」我說：「不過頭髮眼睛是黑的，樣子嚴肅些，並且他也高些大些。最初你也許覺得不是那樣的溫柔和藹，因為那不是他的風度。要記住，對他還是要直爽而誠懇，自然的他就會比任何舅父都要更愛你，因為你是他自己的。」

「黑頭髮，黑眼睛！」林頓暗想，「我不能想像他是什麼樣。那麼我是不像他，是不是？」

「不很像，」我回答。「一點也不像，」我心裡想，很抱憾的看著我的伴侶那白皙的臉、細瘦的體格，和他的大而無神的眼睛——是他母親的眼睛，只是沒有一點點她的閃爍的神氣蹤跡，除非是一種病態的暴躁偶然的把他的眼睛點亮一下。

「多麼奇怪，他從沒來看過媽媽和我！」他嘟囔著說：「他看見過我嗎？如果見過，我必是還在嬰孩時候。關於他我一點都不記得！」

「唉，林頓少爺，」我說：「三百哩是很長的距離，十年的光陰對於一個成年人和對於你是很不同的。也許希茲克利夫先生年年夏天都要去，而總是不得適當的機會；現在又太晚了。關於這一件事，不要問他，使他不快，那會使他不安的，而且一點益處也沒有。」

這孩子一路在想他自己的心事，直到我們停在田舍的園門。我觀察他的臉上所表現出的印象。他莊嚴的細細查看了房屋的雕刻的前景，和低額的格子窗，蔓延的醋栗叢和彎曲的樅樹，然後他搖了搖頭，他的私心完全不歡喜他的新居的外表。但是他並不忙著抱怨，內部也許可以補償。他下馬之前，我去開門。是六點半鐘，剛用過早餐，僕人正在收拾揩抹桌子。約瑟站在主人的椅邊講些關於一匹跛馬的事，哈來頓正準備到草秣地裡去。

「喂，奈萊！」希茲克利夫看到我便說：「我以為我要自己去取我的東西呢。妳帶來了，是不是？讓我們看看能把他做成什麼。」

他起身走到門口，哈來頓和約瑟張著嘴好奇的跟著。可憐的林頓用一隻驚恐的眼把他們三個的臉瞟了一下。

「必定是，」約瑟嚴重的檢查之後說：「他和你交換了，主人，這是他的姑娘！」

希茲克利夫把他的兒子看得直打冷顫，發出一聲冷笑。

「上帝呀！何等的美！何等可愛而媚人的東西！」他嘆叫：「他們不是用蝸牛和酸牛奶把他餵大的罷，奈萊？啊，詛咒我的靈魂！這比我所想像的還要壞——惡魔曉得我當初也是沒有血色的！」

我叫那抖顫、惶惑的孩子下來，走進來。他沒有完全懂得他父親所說的話的意思，也不曉得說的是不是他。真的，他還不確切知道那可怖、訕笑的生人即是他的父親。但是他越來越抖顫的抓著我。希茲克利夫坐下喊他「過來」，他把臉藏在我的肩後哭了。

「呸，呸！」希茲克利夫說，伸出一隻手把他粗橫的扯到他的兩膝中間，然後托著他的下巴把他的頭抬起來。「不許這樣無聊！我們並不要傷害你，林頓——這是不是你的名字？你真是你母親的孩子，完全是！在你身體裡我的成分在哪裡呢，愛哭的小雞？」

他脫下了孩子的帽子，把他的厚多的淡黃鬈髮向後一推，撫摩他的細瘦胳臂和他的小手指頭。在這檢視之間，林頓止住了哭，抬起他的大藍眼睛檢視他的檢視者。

「你認識我麼？」希茲克利夫說，他已經檢查出四肢是一般的脆弱。

「不。」林頓說，眼裡帶了茫然的恐懼。

「你總聽說過我罷，我敢說？」

「沒有。」他又回答。

「沒有！你的母親的恥辱，竟不鼓起你對我的孝心！你是我的兒子，我告訴你罷，你的母親是一個壞的賤人，竟不讓你知道你有怎樣的一個父親。現在，不要退縮，不要臉紅！雖然那是很不容易的看見你沒有白血。做一個好孩子，我也盡我的力。奈萊，妳如果倦了，可以坐下。如果不，就回家去。我猜想妳，會把所見所聞的報告給田莊的那個廢物。妳在這裡流連，這東西是不得安寧的。」

「好，」我回答：「我希望你對這孩子慈愛些，希茲克利夫先生，否則你不能把他留得久，他是你全世界中所有的親人，你終究會知道的——記住。」

「我會對他很慈愛的，妳不用怕，」他說，笑著。「只是不要任何別人對他慈愛，我是很嫉妒的要獨佔他的感情。現在開始我的慈愛，約瑟，給這孩子拿一點早餐來。哈來頓，你這地獄中的呆子，做你的工作去。是的，奈萊，」當他們走了之後他說：「我的兒子是你們家未來的主人，在我有把握繼承他之前，我不願他死。並且，他是我的，我要勝利的看著我的後人安然的做他們的產業的主人。我的孩子用傭資雇用他們的孩子們，去耕他們父親的田。這是唯一的顧慮，使我耐心的扶養這個小崽子。至於他本身，我看不起他，並且為了他所引起的回憶，我恨他！但是那顧慮是很夠了。他和我在一起，其安全就和妳的主人對他自己的孩子一樣，並且照護得也一樣細心。我樓上有一間屋子，為他陳設得很是美麗，我還從二十哩外給他請了一位教師，一星期來三次，來教他所願學習的。我命令了哈來頓要服從他。老實講，我已安排下一切，其用意是保持他的優越的紳士派頭，要他超出他所接觸的人們之上。但是我很抱憾，他實在不值得這樣費事。如果我希望在這世上得福，那便是看著他成為一件值得令我驕傲的東西，這白臉啼哭的東西令我十分失望！」

他正說的時候，約瑟帶一盆牛奶粥回來了，放在林頓面前。他用厭惡的眼光攪著這盆普通的便餐，他說他不能吃。我看出這個老僕也隨著主人很看不起那個孩子，雖然他被迫把那種情緒藏在心裡，因為希茲克利夫很明顯的要他的底下人尊敬他。

「不能吃？」他說，窺視著林頓的臉，把聲音放低，怕被人聽見。「但是哈來頓少爺從不吃別的東西，當他小的時候。我認為，對於他夠好的東西也是對於你夠好的！」

「我不吃！」林頓厲聲說：「拿走！」

約瑟怒沖沖的把食物奪去，送給我們。

「可有什麼把這食物弄壞了罷？」他問，把盤子向希茲克利夫的鼻下一衝。

「有什麼會給弄壞呢？」他說。

「對啦！」約瑟回答：「那個標致孩子說他不能吃，但是我想是對的！他的母親就是這樣——我們種糧食給她做麵包，她都幾乎嫌我們太髒！」

「不要對我提起他的母親，」主人發怒說：「給他一些他能吃的便是。他平常吃什麼，奈萊？」

我提議煮牛奶或茶，管家的即奉命去準備。噫，我想，他父親的自私反倒可以給他舒適哩。他看到他的嬌弱的體質，和寬待他的必要。我要告訴哀德加先生，希茲克利夫的怪脾氣轉到什麼方向，這將使他得到安慰。我沒有理由再流連，便溜了出去，這時候林頓正在怯懦的抗拒一隻牧羊犬友誼的表示。但是他太警醒了，不易被騙。我剛關上門，就聽到一聲叫，狂亂的重複著說：「別離開我！我不要在這裡！我不要在這裡！」

然後我聽見門閂舉起又落下的聲音，他們不准他出來。我騎上了明妮，催她快跑，於是我的短期保護人的責任告終了。

21

那一天我們對付小凱撒可是真慘。她與高采烈的起來，熱心去陪她的表弟，聽到他離去的消息之後，便熱淚橫流放聲大哭，林頓先生自己不得不來安慰她，就說他不久便回來。但是他加上這樣一句：「如果我能得到他。」那其實是沒有希望的事。這諾言並不能把她安慰得好，但是時間是更有力的。雖然有時候她還問她的父親林頓什麼時候回來，在她再見他之前，他的相貌在她的心裡已變得很模糊，她不認識他了。

我有事到吉墨頓偶然遇到咆哮山莊的管家婦，我總是打聽小少爺的事情。因為他過的生活幾乎和凱撒琳一樣的孤獨，從不令人看見。我聽她說，知道他還是很虛弱，並且是一個很麻煩的人。她說希茲克利夫先生似乎是越來越不歡喜他，雖然他很費力的把感情隱藏起來。他一聽他的聲音就覺得厭惡，和他在一間屋裡坐上幾分鐘便覺得受不了。兩人之間很難得交談，林頓在一間所謂客廳的小屋裡上課，消磨他的晚間，否則整天躺在床上；因為他是時常的咳嗽、受冷、疼痛，以及各種各樣的難過。

「我從未見過這樣缺乏元氣的人，」那女人又說：「也沒見過這樣保養自己的人。他一定要鬧；如果晚上我關窗子稍微晚了一些。啊！那簡直是害人！吸一口夜晚的空氣！就是在盛暑他也得要火爐。約瑟的煙斗簡直是毒藥，他必須不斷的有糖果、不斷的有牛奶，永遠是牛奶——他也不管我們別人在冬天是怎樣受凍。他總是坐在那裡，裹著他的皮袍坐在他火爐邊的椅上，在爐邊上放些烤麵包、水，或是別的飲料，不時的咂吸。如果哈來頓為了憐憫的緣故來和他玩——哈來頓不是天性壞的，雖然粗野——結果總是一個咒罵一個哭而散。如果他不是他自己的兒子，我相信主人會願意恩蕭把他打成為一個木乃伊。並且我敢確定，他會把他趕出門去，如果他知道他看護自己情形的一半。但是，他不陷入這種引誘的危險，他從來不進客廳去，如果林頓和他在屋裡遇到，他立刻打發他上樓。」

從這一段敘述，我猜想：同情之絕對的缺乏，一定把年輕的希茲克利夫變成為自私而且不討人歡喜；如果他本來不是這樣。我對於他的興趣當然也就退減了，雖然我對於他的命運依然感覺悲苦，並且願意他和我們同居。哀德加先生鼓勵我打聽消息，他很想念他，我揣測，並且願意冒險去看看他。有一次他告訴我去問那管家婦他可有時候到村裡去不？她說他只去過兩次，騎在馬上，陪著他的父親，可是兩次他都在以後三四天裝出十分疲憊的樣子。如果我的記憶不錯，這管家婦在他來後兩年便辭去了。另一個我不認識的人接替了她，她現在還在那裡。

在田莊光陰還是像從前一般快樂的過著，直到凱撒琳小姐到了十六歲。在她的生日時，我們從來不做任何快樂的樣子，因為那也正是我的故去主婦的死期。她的父親在那一天總是獨自在書房裡，到黃昏時候，他散步到吉墨頓墳地，常常徘徊到午夜以後纔回來，所以凱撒琳只得自行玩耍。這一個三月二十日是個美麗的春日，她的父親去睡了，我們的小姐打扮齊整，預備外出，據說她要和我去到澤地邊緣上散步。林頓先生允許她了，如果我們只走一點點路，在一小時以內回來。

「趕快，哀倫！」她叫道：「我知道我要到哪裡去，就是一群野鳥住下的地方，我要看看牠們搭好巢沒有。」

「那一定要走很遠的呢，」我回答：「牠們並不在澤地邊緣上生蛋。」

「不，不是，」她說：「我和爸爸曾走得很近。」

我戴上帽子走出去，不再想這事。她跑在我前面，又跑回到我身邊，然後又跑開，像一隻小獵犬一般。起初，我覺得很有趣味，聽著百靈鳥在遠處近處唱，享受著甜蜜和暖的陽光；並且看著我所心愛的她，披散著她的金黃色鬈髮，臉上是光彩的，就像一朵盛開的野薔薇一般的溫柔而純潔，她的眼睛射出毫無雲翳的快樂。她是個幸福的東西，一個天使；在這個時候。可惜她當時還不知道滿足。

「好，」我說：「妳的野鳥呢，凱撒琳小姐？我們應該能看到了，現在離開田莊的籬笆已經很遠了。」

「啊，再遠一點——只要再遠一點，哀倫，」這是她的不斷的回答：「爬上那個山，走過那個坡，妳到了那一邊的時候，我就可以變出鳥來了。」

但是有那樣多山和坡要爬，我終於開始覺得疲倦，便告訴她我們必須停步向回走。她已經走在我前面很遠，所以我大聲喊她；她或是沒聽到，或是不理，因為她還是前進，我只得跟隨。最後，她鑽進了一個山谷，在我再看見她之前，她已經離咆哮山莊比離自己的家要近二哩路的樣子，並且我看見有兩個人阻止了她，其中之一我覺得一定就是希茲克利夫。

凱撒正在掠奪，至少是在搜尋松雞的巢，她突然被捕了。山頂是希茲克利夫的地，所以他譴責這個盜獵者。

「我也沒有拿什麼，也沒有找到什麼。」她說，張開她的兩手來證實她的話，這時節我便向他們走去。「我並無意獵取，不過爸爸告訴我這裡有很多，我只要看看蛋。」

希茲克利夫惡意的微笑著看了我一眼，表示他認識對方，並且表示他起了壞心，他就問「爸爸」是誰。

「鶇翔田莊的林頓先生，」她回答：「我想你一定不認識我，否則你不會那樣對我講話。」

「那麼妳以為爸爸很受人重視和尊敬嗎？」他譏諷的說。

「你是什麼人？」凱撒琳問，很奇異的望著那個說話的人。「那個人我是見過的。他是你的兒子嗎？」

她指著另外一人，那即是哈來頓，他在年紀上增加了兩歲，只是長大了一些、強了一些，和從前一般的笨拙粗魯。

「凱撒琳小姐，」我插嘴說：「我們出來不只一小時了，就快有三小時了。我們真是必須回去了。」

「不，那人不是我的兒子，」希茲克利夫回答，把我推開。「但是我有一個，妳以前也見過；雖然妳的保母忙著要走，我想妳和她最好休息一下。妳願否只要轉過那長滿石南的山頭，到我的家裡去？妳休息一下，更可以早些到家，並且妳會得到款待。」

我小聲向凱撒琳說必不可去，無論如何不可答應這個建議，這是絕對不可以考慮的。

「為什麼？」她大聲的問：「我跑累了，地也很潮濕，我不能坐在這裡。我們去罷，哀倫。況且，他說我見過他的兒子。我想他是錯了，但是我猜到他是住在哪裡了：必是我從潘尼斯頓岩來時去過的那個田舍。是不是？」

「是的。來，奈萊，妳別多說話——她進來看看我們，這對於她是件快活事哩。哈來頓，你陪這位姑娘走在前面。妳和我一道走，奈萊。」

「不，她不能到任何這樣的地方去，」我叫道，想掙脫他所抓緊了的我的胳臂。但是她已經幾乎到了門前的石階了，用最高的速度跳著轉過房簷。派定陪她的伴侶並沒有陪伴她！他羞答答的走向路旁，不見了。

「希茲克利夫先生，這是很不對的，」我說：「你知道你是不懷好意，她在那裡將要會見林頓，我們回到家，一切都會立刻被人知道，我將要受責難。」

「我要她看見林頓，」他回答：「他這幾天樣子好看些了，他是不常適宜於令人見的。我們可以勸她對這次來訪保持祕密，這有什麼害處呢？」

「害處是，她的父親會要恨我，如果他曉得我由著她進你的家。我相信你鼓勵她這樣做，你是有壞的計畫的。」我回答。

「我的計畫是極其誠實的，我可以全部告訴妳，」他說：「我要這兩表姊弟或者可以由戀愛而結婚。我這樣做是對於妳的主人很慷慨的，他年輕的女兒沒有繼承的希望，如果她能符合我的願望，她便和林頓成了聯合繼承人，立刻有了依靠。」

「如果林頓死了，」我回答：「他的生命是很不可靠的，凱撒琳會成為繼承人。」

「不，她不能，」他說：「在遺囑中並無此項保證的條文，他的財產會歸我的；但是，為避免爭執，我願意他們結婚，我已決心去促成。」

「我也決心她永不再和我到你家來。」我回答。我們走到大門，凱撒琳小姐正在等著我們。

希茲克利夫令我不要說話，他走在我們前面，急忙去開門。小姐看了他好幾眼，好像是她打不定主意怎樣對待他。但是現在他和她的眼光交觸的時候，他笑了，並且柔聲的對她講話。我居然糊塗的想像著，對於她母親的回憶或者可以使他打消傷害她的意念。林頓立在爐臺邊，他是剛到田間去散步，因為他的帽子還戴著，他正在喊約瑟給他拿一雙乾的鞋子。按他的年紀，他已經長得很高，還差幾個月滿十六歲。他的臉還很美，他的眼和他的皮膚都比我記憶中的要光彩一些，雖然那只是從健康的空氣和溫煦的陽光借來的暫時光輝。

「那是誰？」希茲克利夫轉過身來向凱撒問：「妳能說得出嗎？」

「你的兒子？」她說，先懷疑的把他們兩個一個個的打量了一番。

「是的，是的，」他回答：「但這是妳第一次見他嗎？想想！妳的記性太壞。林頓，你不記得你的表姊了，你不是常向我們吵著要見的嗎？」

「什麼，林頓！」凱撒喊，聽了這個名字便燃起了愉快的驚訝。「這就是小林頓麼？他比我還高些了！你是林頓嗎？」

這年輕人走向前去，承認他是，她熱烈的吻他，他們互相凝視，很驚訝於時間在他們彼此臉上所造出來的變化。凱撒琳已經長足了她的身量，她的身段是飽滿而苗條，像鋼一般的柔韌，她的整個外表閃爍著健康和精神。林頓的樣子和動作是很無精打采的，他的體格是很脆弱的，但是他的態度裡有一種文雅的意味，把那些缺點減輕了一些，使得他還不令人討厭。和他交換了無數親愛的表示之後，他的表姊走向希茲克利夫先生去。他正滯留在門口，一半注意屋裡的事情，一半注意屋外的事情；那即是說，假裝看著屋外，實際上僅是看著屋裡。

「那麼，您是我的姑父了！」她叫，走上去向他敬禮。「我本想我是歡喜你的，雖然你最初脾氣不大好。你為什麼不和林頓到田莊來呢？這些年來住得這樣近鄰，從不來看我們，真太怪了，您為什麼這樣呢？」

「在妳出生之前，我去得太多了一兩次哩，」他回答：「唉——該死！妳若有多餘的吻，給林頓好了，給了我實在是糟蹋了。」

「頑皮的哀倫！」凱撒琳嘆叫，用她濫施的撫愛親吻飛過來向我進攻。「陰壞的哀倫！竟要阻止我進來。但是以後我要每天早晨來走一趟，我可以嗎，姑父？並且有時候我帶爸爸來。你不歡喜見我們嗎？」

「當然！」姑父回答，露出勉強壓抑住的獰笑，這是由於他對這兩個要來的客人之深刻的厭惡。「但是且慢，」他繼續說，對著那年輕的女郎，「我想過了，還是告訴妳好些，林頓先生對我有些成見。我們吵過一次，吵得很兇。妳如果對他說起到過這裡，他會禁止妳永不得再到這裡來。所以妳一定不要提起，除非妳以後並不想要見妳的表弟。妳可以來，如果妳願意，但是妳絕不可說起。」

「您們為什麼吵的？」凱撒琳問，很是不快。

「他以為我是太窮了，不配娶他的妹妹，」希茲克利夫回答：「我終於娶到她了，所以他很難過，我傷了他的體面，他永不能饒恕我。」

「那是不對的！」年輕的女郎說：「等什麼時候，我就這樣告訴他。但是林頓和我並沒有參加你們的爭吵。那麼，我不來便是，他到田莊來好了。」

「我嫌路太遠，」她的表弟喃喃的說：「走四哩地會要累殺我。不，凱撒琳小姐，還是妳隨時到這裡來罷；不要每天早晨，一星期來一兩次。」

父親對他的兒子十分輕蔑的看了一眼。

「奈萊，我恐怕是白費力了，」他小聲對我說：「凱撒琳小姐，這傻子是這樣稱呼她的，她將發現他的價值，再也不會理他。如果是哈來頓——妳知道麼，哈來頓雖然墮落，可是我每天要嫉妒他二十次？如果那孩子是另一個人，我會愛他的。不過我想他是安全的，不至於得到她的愛。我要他和那卑陋的東西做情敵，除非他趕快振作起來。我們計算他活不到十八歲。啊，那該死、無味的東西！他專心在揩乾他的腳，從不看她一下——林頓！」

「啊，父親。」孩子答應。

「附近沒有什麼你要引你表姊去看的嗎？連一隻兔子或一個鼬鼠窠都不去看嗎？你在換鞋之前，先帶她到園裡去玩，到馬廄去看看你的馬。」

「妳是否願意還是在這裡坐呢？」林頓問凱撒琳，那聲調是表示不願再動。

「我不知道。」她回答，向門口熱烈的望了一眼，顯然是願意去活動一下。

他坐著不動，向爐火更縮近一些。希茲克利夫站了起來，走向廚房，然後走到院裡，喊叫哈來頓。哈來頓答應了，兩個人立刻又進來。這年輕人是剛在洗滌他自己，從他臉上的光輝和濕的頭髮就可以看得出來。

「啊，我要問您，」凱撒琳小姐喊，想起了那管家婦所說的話，「那不是我的表哥，他是嗎？」

「是的，」他說：「妳的母親的姪子。妳不歡喜他嗎？」

凱撒琳做怪相。

「他不是一個漂亮的孩子嗎？」他說。

這不客氣的小東西立在腳尖上，俯著希茲克利夫的耳朵小聲說了一句話。他笑了，哈來頓變臉色了。我看出他對於猜疑中的輕蔑是很敏感的，很明顯的他隱隱然自知他的地位之低。但是他的主人或保護人用這樣一句話把他的憂色驅散了。

「你將是我們所最歡喜的，哈來頓！她說你是一個——什麼來的？好罷，是個很誇獎的話。現在，你和她到田裡去走一遭。舉止要像個紳士一般，記住！不要用不好的字眼；這年輕女郎不看你的時候，你別呆呆的望著她，她看你的時候，你要準備躲開你的臉。你說話的時候，要慢慢講，不要把手插在袋裡。去罷，盡你的力好好的招待她。」

他看著這一對走過窗前。恩蕭的臉完全躲避了他的伴侶。他好像是用一個陌生人的眼和一個畫家的興趣在研究那熟識的風景。凱撒琳偷偷的看了他一眼，表示小小的羨慕之意。她隨後就轉變注意到自尋愉快的事物上面，很歡樂的走向前去，唱著一個調子，代替談話的缺乏。

「我把他的舌頭拴住了，」希茲克利夫說：「這半天，他不敢說一個字！奈萊，妳記得我在他的年紀的時候罷——不，還年輕幾歲。我可曾有這樣的傻相？這樣的『無神』，如約瑟所說？」

「你更壞，」我回答：「因為你更憂鬱些。」

「我在他身上得到快樂，」他高聲說出他的心事，「他滿足了我的希望。如果他生來便是傻子，我享受不了這樣一半多。但他不是傻子，我能同情他的所有的感情，因為我自己也感覺過。例如，他現在所受的苦痛是什麼，我確知道，這不過是他所要受的苦痛的開端。他永遠不能從粗野愚蠢的苦境中掙脫出來。我把他抓得緊緊的，比起他的混帳父親管我還要更緊些，並且壓得更低些；因為他很得意於他的粗蠻。我曾教導他，凡是獸性以外的都是愚蠢軟弱，都該加以藐視。妳想興德來若是能看見他的兒子，不會覺得很得意嗎？不會幾乎像我對我自己的兒子一樣的得意嗎？但是有這個分別：一個是金子當作了鋪地的石頭用，一個是擦亮的錫來仿製成銀的用具。我的兒子沒有什麼價值，但是我將有一種成績，使這賤東西升到最高可能的階段。他的兒子有頭等的本質，可是糟蹋了，變成為比無用還要更壞。我沒有什麼遺憾，他有比我所知道的任何人為多。而最妙的是，哈來頓是非常的歡喜我！妳承認罷，在這一點我賽過了興德來。如果死者能從墳裡出來責罵我對於他的兒子的虐待，我便會很開心的看著那兒子憤怒的把他打回去，認為他是在責罵他世上唯一的朋友哩！」

希茲克利夫想到這裡，做惡魔般的格格的笑。我沒有回答，因為我看出他不希望回答。同時，我們年輕的同伴，他坐得離我們很遠，聽不到我們談的話，開始表示不安的現象，大概是很後悔不該為了怕一點疲勞而拒絕了和凱撒琳出去同遊。他的父親注意到他的不安寧的眼光向著窗邊望，他的手遲疑不決的向著他的帽子那邊伸。

「起來，你這懶孩子！」他叫道，做出假的熱心的樣子。「去追他們去！他們正在那角上，蜜蜂窠那邊。」

林頓抖擻精神，離開了爐臺。窗子在開著，他走出去的時候，我聽見凱撒問她那個不善應酬的伴侶，門上邊刻的是什麼。哈來頓抬頭看，像一個真正傻瓜一般抓了抓頭。

「是些個該死的字，」他回答：「我不認識。」

「你不認識？」凱撒琳叫道：「我認識，是英文。不過我想知道為什麼要刻在這裡。」

林頓笑了，這是他表示歡樂的第一次。

「他連字母都不認識，」他對他的表姊說：「妳能相信世上有這樣的大傻瓜嗎！」

「他是應該這樣的麼？」凱撒琳小姐嚴肅的問：「或是，他是個癡子，頭腦不清？我問過他兩次了，每次他都做出傻樣，我想他是不懂我。我幾乎不能懂他，我確知道！」

林頓又笑了一回，嘲弄的望了哈來頓一眼。他在這時候一定是還沒有十分了解。

「沒有別的毛病，只是懶，對不對，恩蕭？」他說：「我的表姊以為你是一個白癡呢。你平常看不起你所謂『書本知識』，現在你嘗受這結果了。妳沒有注意麼，凱撒琳，他的可怕的約克郡的口音？」

「哼，那有什麼鬼用處？」哈來頓低吼，對於他的日常伴侶回答得較為便利。他正要再說下去，但是那兩個年輕人放出一陣轟然歡笑聲，我的輕佻的小姐很高興的發現了她可以把他說的怪話變成為取笑的材料。

「這句話裡加一個鬼字有什麼用處？」林頓嗤笑。「爸爸告訴你不要說任何壞字，而你不能開口不說。做出紳士的樣子，試試看！」

「如果你不是男人氣少，女人氣多，我立刻就把你打倒，可憐的瘦東西！」這盛怒的村夫反罵著退去了，憤怒和羞辱使得他的臉緋紅。因為他覺得被侮辱了，而又不知如何抵抗。

希茲克利夫先生和我都聽見了這場對話，他看見他退去，他便笑了，但是立刻用奇異、厭惡的眼光望了那輕薄的一對。他們仍在門口聚談，那男孩子有了充分精神來討論哈來頓的錯誤和短處，並且敘說他的軼事；那女孩子也頗歡喜聽他俏皮刻薄的話，也不想想那些話所表現的惡意。我開始覺得對於林頓的厭惡，勝過了對他的同情，並且還相當的原諒了他的父親之對他的賤視。

我們盤桓到下午，早一點我也不能把凱撒琳小姐扯走。但是幸而我的主人沒有離開他的房間，完全不知道我們久留在外。我們走回去的時候，我極想教我的小姐知道我們所離開的這些人的性格。但是她先有了成見，總以為我對他們偏見太深。

「啊哈！」她叫道：「妳是站在爸爸這一面，哀倫。妳有偏心，我曉得，否則妳不會騙我這許多年，總說林頓住在離這裡很遠的地方。我真是十分生氣，只是我太高興了，不能表示出生氣！但是妳不許再說關於我姑父的話，他是我的姑父，要記住；我要罵爸爸當初和他吵架。」

她這樣講下去，直到我放棄了令她承認錯誤的企圖。那一晚她沒有提起訪問的事，因為她沒見著林頓先生。第二天和盤托出了，我懊惱之至。但是我並不完全是悲苦，我想以後指導警戒的責任，他可以比我更有效的負擔起來。但是他太怯懦，不能舉出滿意的理由來說明為什麼他願她以後不和山莊這一家人往來，而凱撒琳對於每一樁和她的驕縱意志衝突的禁令都要有好的理由。

「爸爸！」她在早晨敬禮之後叫道：「你猜我昨天在澤地上走看見誰了？啊哈，爸爸，你吃驚了！現在你承認你做得不對，是不是？我看見了——但是你聽我說，你就知道我怎樣的窺破了你，還有哀倫，她和你連成一氣，還做出可憐我的樣子，在我對於林頓的歸來不斷的希望著而又永久失望的時候！」

她把她的出遊及其後果都誠實的敘說了一遍，我的主人，雖然以譴責的眼光看我不只一次，在她講完以前卻一言未發。然後他把她拉過去，問她知道為什麼他要把林頓住在鄰近的事瞞過她？她能想這是為了令她不得享受一種無害的娛樂嗎？

「那是因為你不歡喜希茲克利夫先生。」她回答。

「那麼妳相信我是重視我自己的情感，勝過妳的嗎，凱撒？」他說。「不，不是因為我不歡喜希茲克利夫先生，而是因為希茲克利夫先生不歡喜我。並且他是一個極兇惡的人，專喜歡欺侮毀滅他所恨的人們，如果他們給他一個極輕微的機會。我曉得妳若和妳的表弟繼續往來，便不能不和他接觸；我也曉得他必定為了我而看不起妳。所以為了妳自己的好，不為別的，我小心提防妳不要再見到林頓。我本想等妳年紀大些再對妳解釋，我很抱歉我的延遲。」

「但是希茲克利夫先生是很殷勤的，爸爸，」凱撒琳說，一點也不信服。「他並不反對我們相見，他說我高興的時候可以到他的家裡去，只是我必不可告訴你，因為你和他吵過，你不能饒恕他娶了伊薩白拉姑姑。你是不饒恕，你是該受責備的一個。他至少是願意我們做朋友的；林頓和我，而你不。」

我的主人，看出了她不相信他所說的關於她姑父的惡毒性格，急促的描述了他對於伊薩白拉的行為，以及咆哮山莊變成了他的產業的經過。他忍不住把這題目說得很長，因為雖然他不大說這件事，可是他對於他的舊仇人的恐懼與厭惡仍然深深感覺，這是自從林頓夫人死後，一直盤據在他心裡的。「她可以還是活著的，如果不是為了他！」這是他常起的苦痛的念頭。在他的眼裡，希茲克利夫似乎就是一個殺人犯。凱撒琳小姐——她根本不懂什麼是壞的行為，除了她自己因暴烈脾氣或一時疏忽而做出來的不服從、不公道，以及發脾氣等等輕微的行為，當天犯了當天就悔過——現在看到人心狠毒，居然能暗中懷著報復的心至若干年，處心積慮的執行復仇的計畫，而從不稍起悔恨之念，她實在惶惑不解了。對於這種新的人性的看法，她似是感覺深刻的印象，並且驚駭不置——這一向是在她的學習與思考範圍以外的——所以哀德加先生認為是無須再討論下去。他只是加上這樣一句：「妳以後就會知道，親愛的，為什麼我願妳避免他的家和他的家人。現在妳去做妳往常的事和娛樂，不必再想起他們。」

凱撒琳吻了她的父親，安靜的坐下讀她的功課；照往常一樣，有一兩小時。隨後她陪他到外面去，這一天像平常一樣的過去。

但是到晚上，她回到她的房間去，我去幫她脫衣服，我看見她哭了，跪在她的床邊。

「啊，傻孩子，不要這樣！」我嘆道：「如果妳有任何真心的悲哀，妳就曉得為這小小衝突而落淚實在是可羞的了。凱撒琳小姐，妳從沒有具體悲哀的影子。試想，假如主人和我都死了，妳獨自在世上，妳那時做何感覺？以今天的事情和那種苦痛比較一下，妳有現在有的這些友人就該知足，別再希冀更多的了。」

「我不是為我自己哭，哀倫，」她回答：「是為了他。他盼望明天看見我，他會要失望，他會等我，而我不來！」

「瞎說，」我說：「妳以為他想妳是像妳想他一樣的多麼？他沒有哈來頓作伴嗎？一百人當中也沒有一個會為了失掉一個纔見過兩次（兩個下午）的親戚而落淚的。林頓可以猜想到是怎樣一回事，絕不會再為妳而煩惱。」

「但是我可以寫個短信告訴他我為什麼不能來嗎？」她站起來問：「並且把我答應借給他的書送過去？他的書沒有我的好，我告訴他我的書是如何的有趣，他十分想要。我不可以嗎，哀倫？」

「不，不可以！不，不可以！」我堅決的說：「他會又要寫信給妳，永沒有完了。不，凱撒琳小姐，必須完全斷絕往來。爸爸如此希望，我一定要這樣辦。」

「但是短短一封信怎能——」她又開始說，做出一個懇求的臉。

「別說話了！」我插嘴說：「我們不要再談妳的短信了。上床去。」

她對我做出一個很淘氣的樣子，太淘氣了，我最初打算今晚不去吻她。我在很不高興的心情下給她蓋好被，給她關上門。但是走到半路我後悔了，我輕輕的回去，看！小姐站在桌邊，桌上是一張白紙，手裡拿著一枝鉛筆，她看我進來，偷偷的把鉛筆藏了起來。

「沒有人給妳送去，凱撒琳，」我說：「如果妳寫，現在我要給妳熄燭了。」

我剛把滅燭的夾剪放在燭火上，我的手上挨了一巴掌，還聽見一聲暴怒的「彆扭的東西！」我於是又離開她，她在最乖張、最暴躁的發作中把門上了閂。那封信還是寫完了，由從村裡來取牛奶的人給送去了。但這是以後很久我纔曉得的。幾個星期過去了，凱撒的脾氣也平靜了。雖然她變得非常歡喜獨自偷偷躲在角落裡，時常的，如果在她讀書時我突然走近，她便一驚，俯身在書上，顯然是想遮蓋住。我窺見有散張的紙邊在書頁中間伸露出來。她還添了一個毛病，大清早就下樓，在廚房裡逗留，好像她是等什麼東西來似的。她在書房櫃子裡有一只抽屜，她常翻動數小時之久，她走開的時候總小心的把鑰匙帶走。

有一天，她在檢視這抽屜，我看見最近盛在抽屜裡的玩具和零碎東西都變成為一張張摺好的紙了。我立刻起了好奇心和猜疑，於是，在夜晚，她和主人剛剛安然上樓，我在一大串家用的鑰匙裡找到適用那個鎖的一把。我打開抽屜，把所有的東西都倒在我的圍裙裡，帶到自己屋裡慢慢檢視。雖然我早疑心到，可是還不能不吃驚的發現那一大堆的信——幾乎是每天一封，那一定是——由林頓•希茲克利夫送來的，都是她寫去的信的回信。日期較前的幾封是很窘而簡短，但是漸漸變成為豐盛的情書，內容癡騃可笑，就寫者的年紀而論原是很自然的，但是裡面偶然有些點綴，據我想是從較有經驗的來源借來的。有些封使我感覺得很奇怪，是熱情與平淡的混合，以強烈的情感開始，而末尾是些濫調，學生或者用以寫給他的想像中情人的那種作風。是否使得凱撒滿足，我不知道，在我看是些毫無價值的東西。我看過我認為適宜的若干之後，我就用手絹給包起來，放在一邊，把空抽屜再行鎖上。

小姐按照向例，很早的下樓到廚房裡來。我看見一個小孩子來到，她便走向門口，擠奶的女工往他的罐裡灌牛奶的時候，她把什麼東西塞進了他的背心口袋裡，並且抽出了什麼東西。我從花園走出，等截那個使者。他勇敢的防護他的祕密，把牛奶也擠翻了，但是我終於得到了那封信，我嚇他說如不急速回去將有嚴重後果。我就在牆下看了凱撒琳小姐的情愛作品，是比她表弟的簡單而流暢多了，寫得很美、很癡。我搖頭，沉思著走進屋內。這一天很潮濕，她不能到園裡散步消遣，早晨讀過書後，她又到抽屜裡去尋安慰。她的父親坐在桌旁讀書，我故意的縫補窗幔上破裂的邊緣，我的眼睛不斷的看著她的動靜。任何鳥飛回到充滿啾啾小雛的巢，發現巢已被掠一空，所發出的悲鳴抖顫；若是比起她那一聲簡單的「啊！」以及她的快活的臉的突變，實在不能表示更充分的愁苦。

林頓先生抬頭看。「怎麼了，愛？妳傷了自己了麼？」他說。

他的聲調和臉色都使她明白他並不是發現私藏的人。

「不是，爸爸！」她喘息。「哀倫！哀倫！上樓來——我病了！」

我應她的召喚，陪她出去。

「啊，哀倫！是妳拿去了，」我們纔走到屋裡她立刻就說，跪在地上。「啊，還給我，我以後再也不寫了！不要告訴爸爸。妳沒有告訴爸爸罷，哀倫？妳說沒有。我是十分淘氣，但我不再這樣做了！」

我以十分嚴肅的態度令她站起來。

「是了，」我嘆息，「凱撒琳小姐，看這樣子，妳已經走得很深了，妳該覺得這是很可羞的！妳在閒暇的時候原來是讀這樣一堆好東西，哼，大可以出版哩！我把這些放在主人面前，妳以為他將做何感想？我還沒有給他看，倒是妳不要以為我會保守妳這可笑的祕密。可羞啊！一定是妳領導寫這些愚蠢的東西，他不會想到開始的，我準知道。」

「我沒有！我沒有！」凱撒哽咽著，很傷心。「我從沒有一次想到愛他，直到——」

「愛！」我大叫，盡力用譏訕的腔調來說這個字。「愛！任何人聽到過這樣的事麼！我也大可以說我愛那一年一次來買穀的那個磨坊主哩！美麗的愛，真是的！妳這一生共看見林頓兩回，不到四個小時！這真是小孩子的把戲。我要帶了它到書房去，我們看看妳爸爸對於這樣的愛有何可說。」

她跳起來搶她的寶貝的信，但是我高舉在頭上。然後她又噴射出更狂急的請求把這些信燒掉——隨便怎樣處置，只是不要令人看。我真是又想笑又想罵——因為我認為這完全是女孩子們的體面的思想——我最後有些心軟了，問：「我如果答應燒掉，妳是否也忠實的答應不再送出或收入一封信，或是書（因為我看見妳送過書給他），或是一縷頭髮，或是戒指，或是玩具？」

「我們不送玩具！」凱撒琳叫道，她的自尊心戰勝了她的羞恥心。

「什麼都不送，那麼，」我說：「除非妳答應，我馬上走。」

「我答應，哀倫！」她叫，扯住我的衣裳。「啊，丟在火裡去罷，丟、丟！」

但是我用火鉗去扒一個坑的時候，這犧牲是太痛苦，不能忍受。她誠懇的求我給她留下一兩封。

「只留一兩封，哀倫，為了紀念林頓留下！」

我打開手絹包，從一個角開始向外倒，火焰捲上了煙囪。

「我要一封，妳這殘忍的東西！」她大叫，伸手到火裡，抓出一些半燒過的信，她的手指不免吃點虧。

「很好——我也要幾張留給爸爸看！」我回答，把其餘的又聚攏在一起，又向門口走去。

她把燒焦了的碎塊又投向火裡去，向我做手勢來完成這個犧牲。完成了，我攪動灰燼，埋在一鏟煤底下。她一聲不響，覺得深深受了傷害，退到她自己的房裡。我下樓告訴主人小姐突發的病差不多好了，但是我覺得最好讓她去睡一下。她不吃午飯，但是在吃茶的時候她出現了，蒼白，紅了雙眼，外表是非常的顱頓。

第二天早晨，我寫了一個紙條作為回信，上面寫的是：「請希茲克利夫少爺勿再寫信給林頓小姐，她是不接受的了。」此後，那小孩子來的時候，衣袋是空的。

22

夏季到了末尾，是早秋天氣。秋節已過，但是這一年收成晚，我們的田還有幾塊沒有清除。林頓先生和他的女兒時常走出去，走到刈者們中間；搬運最後幾綑的時候，他們直等到黃昏，這晚正趕上天氣濕冷，我的主人受涼甚重，頑強的凝結在他的肺裡，使得他一冬不得出門，幾乎是無間斷的。

可憐的凱撒，她的這段小小情史使她受驚不小，自從放棄之後，她變得很是憂鬱而沉默。她的父親堅持要她少讀些書，多運動些。她不再有他的陪伴，我覺得我應該有盡量補充這種缺乏的義務。雖然我不是很有效的代替，因為我只能從每天無數工作中間抽出兩三小時的空暇去追隨她，很明顯的，我陪伴著當然是不如他。

十月的一個下午，或十一月初——一個鮮明的下午，泥土和小徑上簌簌的響著潮濕的枯葉，冷峭的藍天被雲遮了一半——是深灰色狹長的雲，急速的從西方起來，大雨的朕兆——我請求小姐取消散步，因為我準知道有大雨要來。她拒絕，我勉強的披上外套，帶著我的傘，陪她走到園底。這是她平常在不高興時喜歡走的一段路程——在哀德加先生病勢比平常加重的時候，她總是不高興的，他從不供述自己的病勢加重，但是她和我看他越發沉默，臉上越發憂鬱，便猜測得出來。她悲愁的向前走，現在沒有跑跳了，雖然冷風很可以引誘她跑步。我從眼角裡常看見她抬起手來從臉上揩去什麼。我四下裡望，想找個方法岔開她的思想。路的一邊是高粗的坡，榛樹和虯曲的橡樹半露著根子在上面不堅牢的扒著。對於橡樹，這土質是太鬆了，強烈的風把有些棵樹吹得幾乎成為平橫的了。在夏天，凱撒琳小姐喜歡爬上這些樹幹，坐在枝頭，在離地二十呎高的地方搖擺。我很歡喜她的矯健的體格和活潑的童心，但是每次看見她在這樣的高處，我還是要罵她一頓，可是又讓她知道並無須下來。從午飯到吃茶的時候，她總是臥在這微風擺盪的搖籃裡，什麼事也不做，除了自唱一些老歌──我的催眠歌曲──或是觀察那些和她同住在枝頭的鳥，哺餵小雛，引誘小雛試飛；或是閉著眼睛蜷伏著，半思索、半做夢，樂不可言。

「看啊，小姐！」我驚叫，指著一棵彎曲樹根下的一個洞。「冬天還沒有來到這裡。有一朵小花在那裡，七月裡瀰漫在那草階上的一片淡紫色藍鐘花，剩下了最後一朵在這裡。妳願否爬上去採給爸爸？」

凱撒把那躲在土窟裡的孤獨花兒看了半晌，最後回答說：「不，我不去觸它。它的樣子很憂鬱，是不是，哀倫？」

「是的，」我說：「差不多和妳一般的瘦弱，妳的臉上沒有血色，我們拉起手來跑一遭罷。妳是這樣的無精打采，我敢說我也將要和妳一樣了。」

「不，」她又說，繼續的閒遊著，不時的停住，對著一片青苔、一叢蒼白的衰草，或是在焦黃的葉子中間布著明亮橘色的菌，呆呆的冥想；她的手不住的抬到她的扭轉的臉上。

「凱撒琳，妳為什麼哭，乖？」我問，走向前去，伸臂摟著她的肩膀。「妳一定不要哭，因為爸爸著了冷；幸喜不是什麼重的病。」

她現在不再忍抑她的眼淚，哭得哽咽起來。

「啊，是要變成重症，」她說：「爸爸和妳拋下我獨自一個的時候，我將怎麼辦呢？我忘不了妳說的那句話，總是在我的耳裡。爸爸和妳都死了之後，生活將怎樣的改變、世界將怎樣的荒涼。」

「沒人能說妳是否在我們之前死，」我回答：「預期凶事，是不對的。我們希望在我們任何人死去之前，還有許多許多年。主人還年輕，我也很強健，還不到四十五歲。我的母親活到八十，一直到死是個活潑的女人。假如林頓先生能活到六十，那就還有比妳已經活過的更多的年數哩，小姐。把一個災難提前二十年來哀悼，那豈不很蠢？」

「但是伊薩白拉姑姑比爸爸還年輕呢。」她說，抬眼望著，怯懦的希望還有更進一步的慰解。

「伊薩白拉姑姑沒有妳我看護她呀，」我回答：「她不是像主人那樣快樂，她不像他似的那樣有所為而生活。妳需要做的是，好好照護妳的父親，妳自己快活，好鼓舞他也快活起來。無論為任何事，避免使他著急。記住，凱撒！我不蒙蔽妳，妳是可以殺死他的，如果妳胡作非為，竟對一個願他早死的人的兒子懷著癡騃、幻想的愛情，並且讓他發現妳是為了他所認為適宜的隔絕而煩惱。」

「除了爸爸的病，我對世上任何事都不煩惱，」我的伴侶回答：「和爸爸比起來，什麼事都不足使我介意。我永不——永不——啊，只要我一息尚存，永不做一件事或說一句話使他難過。我愛他勝過於愛我自己，哀倫。我從這樁事知道的，每晚我禱告我願後死，因為我寧願我自己苦痛，不願他苦痛；那就是證明我愛他勝過於愛我自己。」

「話是好話，」我回答：「但是也要行為來證實；在他病好之後，不要忘了在恐懼的時候所下的決心。」

我們談著，走近開向大路的一個園門。小姐忽然滿面照耀著陽光，爬到牆頭坐著，想摘取遮著公路邊的野薔薇樹頂上結的紫色的果。較低處的果是早已不見了，只有鳥能採取高處的；除了凱撒現在的位置以外。她探身去摘的時候，桿子掉了。門是鎖著的，她想爬下去拾。我令她小心，怕她跌下去，她很靈巧的溜下去不見了。但是再回來卻不這樣容易。石頭很光滑，並且糊了整潔的水泥，野薔薇樹和黑莓的蔓枝也禁不起攀緣。我，像是傻子一般，並沒有想到這一點，直等到聽見她笑著喊：

「哀倫，妳要回去取鑰匙，否則我就要跑著繞到守門的小屋去。我從這一邊爬不上牆去！」

「妳在那裡等著，」我回答：「我袋裡有一束鑰匙，或者我能打開。打不開時我再去。」

我把大串鑰匙一個個的試，凱撒琳就在門前跳來跳去的玩。我試了最後一把，還是不成。於是，我再表示要她等在那裡，我正要趕快跑回家去，猛然聽到一種聲音過來。是馬蹄聲，凱撒的跳盪也停止了。

「是誰？」我小聲說。

「哀倫，我願妳能打開門。」我的同伴焦急的小聲說。

「喂，林頓小姐！」一個沉重的聲音（騎者的聲音）喊道：「我很高興遇見妳。不要忙著走進去，因為我正想向妳要一個解釋。」

「我不能和你說話，希茲克利夫先生，」凱撒琳回答：「爸爸說你是一個壞人，你恨他和我；哀倫也是這樣說。」

「這毫無關係，」希茲克利夫（確是他）說：「我想我不恨我的兒子，是為了他，我請妳和我談一下。是的，妳當然要臉紅。兩三個月前，妳不是常寫信給林頓嗎？做戀愛玩，啊？你們兩個都該挨一頓打！尤其是妳，妳大一些，而結果是妳比較的薄情些。我得到了妳的信，如果妳對我有任何無禮，我就把信給妳爸爸看。我猜想妳是寫得疲倦，所以停止寫了，是不是？好，妳使得林頓墮入了『絕望之淵』。他是認真的，真的在戀愛。我一點不說謊，他要為妳而情死了，他為了妳的薄倖而肝腸寸斷。不是譬喻，是真的。雖然哈來頓六星期來隨時對他譏嘲，我並且用更嚴重的手段，想把他的癡騃嚇走，但是他日益加劇。夏天以前他就要入土，除非妳去救他！」

「對這可憐的孩子你怎能這樣公然說謊？」我從裡面喊道：「請你上馬走罷！你怎能故意的造這一片瞎話？凱撒琳小姐，我要用石頭把鎖敲落，妳不要信那下流的讕話。妳自己可以覺得，一個人為愛一個陌生人而死，那是不可能的。」

「我不知道有人在偷聽，」那被發覺的壞人喃喃的說：「好丁夫人，我歡喜妳，但是我不歡喜妳的奸詐，」他高聲說：「妳怎能這樣公然說謊，說我恨『這可憐的孩子』？並且創出嚇人的故事嚇得她不敢上我的門？凱撒琳．林頓（這名姓就使我覺得暖和），我的好姑娘，我這一星期都不在家，妳去自己看看我說的是不是真話。妳去，這纔是好孩子！只要想想妳的父親若是處在我的位置上，林頓處在妳的：試想，妳對於妳的薄情的愛人做何感想？如果妳的父親怎樣勸求他，他也不肯走動一步去安慰妳，不要只因一時愚蠢，踏入同樣的錯誤。我賭咒他確是要進墳墓了，除了妳，沒人能救他！」

鎖落了，我走出去。

「我賭咒林頓是要死，」希茲克利夫重複說，瞪我一眼。「悲哀與失望催促他死。奈萊，如果妳不放她去，妳可以自己去。但是我在下星期的這個時候以前是不會回來的，我想妳的主人也未必反對她去看她的表弟！」

「進來！」我說，拉著凱撒的胳臂，半強拉她進來，因為她還在逗留，以煩惱的眼光望著那個說話人的臉，那樣子是太嚴肅了，不露一點內心的欺詐！

他把馬趕近些，彎身說：「凱撒琳小姐，我對妳承認，我對於林頓是不很耐煩，哈來頓和約瑟是更不耐煩。我承認和他相處的都是一些嚴酷的人。他渴望著溫柔以及愛情。妳的一句溫柔話便是他的最好的藥。不要管丁夫人的殘酷的警戒，慷慨些，去設法看他罷。他日夜的夢想著妳，不能相信妳是不恨他；因為妳既不寫信，又不去看他。」

我關上了門，用一塊石頭滾過去頂上門，來幫助那鬆開了的鎖。我撐開傘，把小姐拉在下面，因為雨已開始打穿那呻吟的樹枝，警告我們不可再延遲。

我們往回家走，因為匆忙，所以沒有工夫評論這次遇見希茲克利夫的事。但是我本能的猜想到，凱撒琳的心必是起了雙重的黑暗。她的臉是如此的悲苦，都不像是她的臉了，顯然是對於她所聽到的句句都認為是真的。

主人在我們回來之前已經休息去了。凱撒偷偷到他屋裡去看他，他睡著了。她回來，要我陪她在書房坐。我們一同吃茶，隨後她就躺在毛氈上，教我不要說話，因為她疲倦了。我取一本書，假裝是在讀。她剛剛以為我是專心在看書，便又開始暗泣。現在，這好像是她最歡喜的消遣。我由她享受了一會兒，然後我就勸說，對於希茲克利夫先生所說關於他兒子的話一概加以譏笑，好像我準知道她必定同意似的。唉呀！我沒有本事，不能抵消他那一番話所產生的效果，這效果正是他所要得到的。

「妳也許是對的，哀倫，」她回答：「但是在我確知真相以前，我是不能心安。我一定要告訴林頓，我不寫信是怪不得我，並且要他知道我絕不變心。」

發怒和抗議對於她的愚蠢的輕信可有什麼效用呢？那一晚我們不歡而散。但是第二天，我在向咆哮山莊去的路上，在我的執拗的年輕小姐的小馬旁邊走著。我不能忍耐看著她苦痛，看著她蒼白、頹喪的臉，和憂愁的眼。我讓步了，微弱的希望是林頓自己或者在他對我們的招待上，證實那故事是如何的不可靠。

23

雨夜帶來了霧朝——半霜半雨——臨時的小溪橫貫著我們的路徑——從高坡上汩汩而下。我的腳是濕透了，我很氣憤而煩悶，這心情恰合於做這些最不愉快的事。我們從廚房那邊走進田舍，先探明希茲克利夫先生是否真不在家，因為我不大相信他親口說的話。

約瑟好像是獨自在一種天堂裡坐著，在一個熊熊的火旁。近旁的桌上有一大杯麥酒，裡面豎著大塊的烤麥餅。口裡銜著黑色的短煙斗。凱撒琳跑到爐邊取暖。我就問主人在家沒有？我的問話很久沒有得到回答，我以為那老頭子變聾了，於是更大聲的說一遍。

「沒——有！」他吼起來，或者可以說是從鼻子裡喊。「沒——有！妳從哪裡來的還回到哪裡去。」

「約瑟！」一個暴躁的聲音和我同時的從裡屋喊。「要我喊你幾次呀？現在只剩幾塊紅燼了。約瑟！立刻來。」

他使勁的噴煙，和對爐柵的凝視！表示他並不聽他那一套。管家婦和哈來頓都不在屋裡，大約一個是有事外出，一個是去做他的工去了。我們聽出是林頓的聲音，便走進去。

「啊，我希望你死在樓頂！餓死！」這孩子說，誤以為我們為那玩忽的僕人。他發現錯誤，便停住了，他的表姊飛向他去。

「是妳麼，林頓小姐？」他說，從他依靠著的大椅扶手上抬起頭來。「不——別吻我，使得我喘不過氣。我的天呀！爸爸說過你會來的，」他繼續說，這時候他從凱撒琳的擁抱中稍微恢復過來了。她立在旁邊，很悔恨的樣子。「請妳關上門，好不好？妳沒有關門，那些——那些可惡的東西不送煤來。好冷！」

我攪動餘燼，自己去取了一斗煙。病人抱怨說爐灰落了他一身。但是他咳嗽不已，並且有發熱生病的樣子，所以我也沒有斥責他的脾氣。

「喂，林頓，」凱撒琳喃喃的說。他的皺著的眉頭已經打開了。「你歡喜見我嗎？我能對你有什麼好處嗎？」

「你為什麼不早來？」他問。「你應該來，不用寫信。寫那些長信，使我疲倦極了。我寧願和妳談，現在，我不能談話或做任何事。我不知齊拉到哪裡去了！妳（他看著我）到廚房裡去看一看，好罷？」

我方纔所做的事並沒有得到好感，並且我也不願聽他隨便指使，我就回答：「除了約瑟，沒有人在那邊。」

「我要喝水，」他憤怒的喊著轉過身去。「齊拉常常遊蕩到吉墨頓；自從爸爸去後，真是討厭！我不得不下來到這裡——我在樓上，他們永遠故意的聽不到我喊叫。」

「你的父親可照護你麼？」我問，我看凱撒琳的友誼的表示是遭了挫阻。

「照護？他使他們至少稍微多照護一些就好了，」他叫道：「那些壞東西！妳知道麼，林頓小姐，哈來頓那畜生還笑我！我恨他！真的，我恨他們一切！他們是可惡的東西。」

凱撒開始尋找水，她在櫃上遇見一個水罐，注滿一杯，拿了過來。他令她從桌上一個瓶裡加一匙酒，喝下一小部分之後，顯著平靜了一些，並且說她是很慈心的。

「你是看見我便很歡喜麼？」她問，重複的申說著這一句問話，很高興的發現了一個微笑的隱約曙光。

「是的，我是很歡喜。能聽到像妳這樣的聲音，是一件很新鮮的事！」他回答：「但是我過去很是苦惱，因為妳不來。爸爸賭咒說那是由於我的緣故，他喚我作為可憐、拙劣、沒價值的東西；並且說妳看不起我，又說如果他是在我的地位，他現在會比妳的父親成為更有力的田莊的主人。但是妳並不看不起我，是不是，小姐——」

「我願你喊我作凱撒琳，或凱撒，」我的小姐插嘴說：「看不起你？不！除了爸爸和哀倫之外，我愛你勝過於任何活的東西。但是，我並不愛希茲克利夫先生，他回來的時候，我可不敢來，他要去很多天嗎？」

「沒有多少天，」林頓回答：「但是自從獵季開始，他常到澤地去。他不在的時候，妳可以來陪我消磨一兩小時。妳說妳來，我想我不會對妳發脾氣的，妳不會招惹我生氣，妳總是準備幫助我的，是不是？」

「是的，」凱撒琳說，撫摩著他的長的軟的頭髮；「如果我能得到爸爸的允許，我願意用一半的時間陪著你。美麗的林頓！我願你是我的弟弟。」

「那妳就會歡喜我像歡喜妳父親一樣了麼？」他更愉快的說：「但是爸爸說，如果妳是我的妻，妳將愛我勝過於愛他以及全世界，所以我願妳是我的那個。」

「不，我不能愛任何人勝過於爸爸，」她嚴重的回答：「並且一般人都厭恨他們的妻子，有時候；但從不厭恨姊妹兄弟。如果你是弟弟，你就可以和我們一同住，爸爸會歡喜你像歡喜我一樣。」

林頓否認一般人恨他們的妻，但是凱撒堅持說是恨的，並且，一時聰明，舉了他的父親對於她姑姑的反目為例。我想止住她的亂說，但是我止不住她，她把她所知道的全說出來了。希茲克利夫少爺很是激憤，便說她的敘述全是假的。

「是爸爸告訴我的，爸爸不說假話。」她孟浪的回答。

「我的爸爸看不起妳的爸爸！」林頓叫道：「他喊他作卑鄙的傻瓜！」

「你的爸爸是個壞人，」凱撒琳回答：「你怎敢重述他所說的話！他使伊薩白拉姑姑離開了他，他一定是很壞的。」

「她並不是離開他，」那孩子說：「妳不必反駁我的話。」

「她是。」小姐叫道。

「好罷，我也告訴妳一點罷！」林頓說：「妳的媽媽恨妳的爸爸，看妳怎樣。」

「啊！」凱撒琳大叫，太氣憤了，不能再講下去。

「並且她愛我的爸爸。」他加上一句。

「你這小說謊的！我現在恨你了！」她喘息，怒得臉通紅。

「她是愛！她是愛！」林頓唱著，縮到他的椅子裡，仰靠著他的頭，享受那站在後面的對手的憤怒樣子。

「別說了，希茲克利夫少爺！」我說：「我猜想，那也是你父親編出來的故事。」

「不是的。妳少說話！」他回答：「她是愛了，她是愛了，凱撒琳！她是，她是！」

凱撒氣得發狂，猛然把椅子一推，使得他倒在一隻扶手上。他立刻來了一陣窒噎的咳嗽，很快的結束了他的一場勝利。咳嗽得太久了，連我都有些吃驚。至於他的表姊，她拚命的哭了，對著她自己做的荒唐事而恐懼了，雖然她沒有說什麼。我摟扶著他，直等那場咳嗽完畢。隨後他就把我推開，沉默的垂下了頭。凱撒琳也止住了她的哭，坐在對面，莊嚴的望著爐火。

「你現在覺得怎樣了，希茲克利夫少爺？」我等了十分鐘之後問。

「我願她嘗受我現在所感覺的，」他回答：「可惡又殘忍的東西！哈來頓從來沒有觸過我，他一生也沒有打過我。我今天剛好一些，這一來——」他的聲音消滅在哭裡了。

「我沒有打你！」凱撒喃喃的說，咬著嘴唇，防止再動感情。

他像是一個受很大苦痛的人似的嘆息呻吟，繼續有一刻鐘，顯然是故意如此，好使得他的表姊難過，因為他每次聽到他的表姊一聲咽泣，他便在他的聲調中間另加上一番苦痛悲哀。

「我很抱歉我傷了你，林頓，」她終於說，苦痛得再也熬不過了。「但是那樣輕輕一推，我是不會受傷的，沒想到你會。你傷得不厲害罷，是不是，林頓？別令我回家去一心盤算著我傷害了你。說話呀！對我說。」

「我不能對妳說話，」他喃喃的說：「妳傷得我好苦，我要整夜咳嗽得喘不過氣。如果妳試試，妳就知道是怎樣的了。但是妳會在安然中睡覺，那時候我將受苦，沒有人在我身邊。我頗想知道妳將怎樣度那可怕的長夜！」他為了憐憫自己，開始大聲號哭了。

「你既然有度那可怕長夜的習慣，」我說：「那麼便不是小姐擾亂你的安寧了，她永遠不來，你也是如此的。但是，她不會再來擾亂你了，我們離開你的時候，或者你會安靜些。」

「一定要我走嗎？」凱撒琳悲慘的俯著身子問他：「你要我走嗎，林頓？」

「妳不能改變妳已經做成的事，」他怒沖沖的回答，躲著她，「除非是把事情弄得更糟，招得我發一陣熱狂。」

「好，那麼，我是一定要走了？」她再說。

「至少，別攪我，」他說：「我不耐煩聽妳說話。」

她還流連著，拒絕我的勸告離去，足有好半晌。但是他既不抬頭看，又不說話，她終於走向門口，我也跟了去。我們被一聲銳叫給調回來了。林頓從他的座位滑到爐臺上，扭曲的倒在那裡，完全是一個孩子在撒潑放刁，有意的要盡量做出悲苦纏人的樣子。我從他的行為上看透了他的心理，我立刻看出若要安慰他，那纔是糊塗。我的伴侶不如此想，她恐駭的跑回去，跪下來，哭、勸、求，直等到他沒有氣力而安靜下來，絕不是因為看她著急而良心不安。

「我把他抱上椅子去，」我說：「隨他去滾好了，我們不能停下來看守著他。我希望妳是明白了，凱撒琳小姐，妳並不是能使他得到好處的人，並且他的健康狀態也不是由於愛妳。現在，好了，由他在那裡！走罷，只要他曉得近旁沒有人理會他的胡說亂道，他立刻就會安靜的躺著了。」

她在他的頭下放一個靠墊，給他一些水。他拒絕了水，在靠墊上翻滾不安，好像那是一塊石頭或木頭似的。她設法放置得更舒服些。

「這個我受不了，」他說：「不夠高。」

凱撒琳又拿了一個放在上面。

「那又太高了！」這氣人的東西喃喃的說。

「我可怎樣弄呢，那麼？」她絕望的問。

他攀摟著她，因為她是半跪在椅旁的，他就靠在她的肩頭上。

「不，那可不成，」我說：「你靠在墊上就知足罷，希茲克利夫少爺。小姐已經在你身上糟蹋太多的時間了，我們不能再多停留五分鐘。」

「是，是，我們能！」凱撒回答：「他現在好了，不鬧了。他是開始在想，我今晚將要有比他更大的苦痛，如果我相信我這次來使得他更難過，那麼我就不敢再來了。你說老實話，林頓，因為我一定不可再來，如果我是傷了你。」

「妳一定要來，來治療我，」他回答：「妳應該來，因為妳傷了我。妳知道妳傷得很厲害！妳進來的時候，我並沒有病得像現在這樣——是嗎？」

「但是你哭鬧一陣，使得你自己難過的。我並沒有傷你，」他的表姊說：「但是，我們現在是朋友了。你需要我，你有時願意看到我，真的麼？」

「我告訴過妳了，我願見妳，」他不耐煩的回答：「坐在椅子上，讓我躺在妳的膝頭上。媽媽常是這樣的，整個下午的。要坐得很靜，別說話。但是妳可以唱個歌，如果妳能唱；或是妳可以朗誦一首長的有趣的歌謠——妳答應教我的一個，或是一段故事。我倒是歡喜一首歌謠，開始罷。」

凱撒琳背誦了她所能記得的最長的一首。雙方都十分歡喜。林頓還要再來一個，完了還要再來，不顧我的堅強反對。於是他們繼續下去直到鐘敲十二下，我們聽到哈來頓在院裡，回來吃飯來了。

「明天，凱撒琳，妳明天到這裡來麼？」年輕的希茲克利夫問，在她勉強站起來的時候，扯著她的衣裳。

「不，」我回答：「後天也不能來。」

但是她顯然的給了一個不同的回答，因為她低身俯在他耳邊小聲說話之後，他眉開眼笑了。

「妳明天不能來，記住，小姐！」我們一出門，我便說：「妳不是在夢想著來罷，是嗎？」

她微笑。

「啊，我要加緊小心了，」我說：「我要把那鎖修好，妳從別處逃不了。」

「我能跳牆，」她笑著說：「田莊不是監牢，哀倫，妳也不是我獄卒。並且，我幾乎十七歲了，我是一個婦人。我準知道林頓會很快的恢復，如果他有我去照護他。我比他大些，妳曉得，並且聰明些，孩氣少些，我可是？稍加勸說，他就可以聽從我的指導。他好的時候，他是一個很好的小乖乖。我要把他作為我的寵物，如果他是我的。我們彼此慣熟之後，永遠不會吵架，是不是？妳不歡喜他嗎，哀倫？」

「歡喜他！」我驚嘆。「他是勉強活到十幾歲的一個脾氣最醜的病廢的孩子！說不定，像希茲克利夫先生所想像，他就到不了二十。真的，我很懷疑他能看見春天。無論他什麼時候去世，對於他的家是個小損失。我們總算好運氣，他的父親把他接了過來；越待他好，他越麻煩、越自私。我很高興妳沒有機會要他做個丈夫！凱撒琳小姐。」

我的伴侶聽了這句話變得很嚴肅。這樣隨便的談到他的死，很傷她的感情。

「他比我年輕些，」她思索了半晌之後回答：「他應該活得長久些，他會的——他一定活到和我一樣長。他現在很強壯，就像初來到北方的時候一樣，我確實知道。他只是受了一點寒，和爸爸一樣。妳說爸爸會好的，他為什麼不呢？」

「好罷，好罷，」我叫道：「我們無須操心。因為，妳聽我說，小姐——妳記住，我說得到做得到——如果妳再到咆哮山莊去，有我或是沒有我陪著，我是要告訴林頓先生的。除非是他允許，妳和妳表弟的關係是不能恢復的。」

「已經恢復了。」凱撒不猶豫的說。

「一定不能再繼續，那麼。」我說。

「我們看罷。」這是她的回答，她縱馬馳去，把我拋在後面走著。

我們都在午飯以前到了家，我的主人以為我們是在園裡玩，所以他不要我們解釋不在家的緣故。我纔走進去，趕快去換濕了的鞋襪。但是在山莊坐這樣久，我可吃了虧。第二天早晨，我臥床不起，三星期之久我不能執行我的職務，這是以前所從未經驗過的災難。並且多謝上帝，以後也從沒再經驗過。

我的小女主人像天使一般來照料我，在我寂寞時鼓勵我。幽居使得我很頹喪。對於一個潑辣活動的人，那是很膩煩的，但是很少的人能比我有更輕微的抱怨的理由。凱撒琳一離開林頓先生的屋裡，她就出現在我床邊。她一天的工夫被我們兩個分了，沒有娛樂奪去過一分鐘；她忽略了吃飯、讀書和遊戲。她是從來沒有過的好看護。她一定是有一顆溫熱的心，她在如此愛她父親的時候，還肯這樣待我。

我方纔說她把一天的時候分給我們兩個，但是她的父親睡得早，我普通在六點以後也不需要什麼，所以晚間還是她自己的。可憐的東西！我從沒有想過在吃茶時間以後她做什麼事。有時候她進來向我說聲晚安，雖然我時常發現她的臉上有一層鮮豔的色彩，纖細的指頭上也有一層紅色。但是我沒想到這是冒寒騎馬穿過澤地而借來的顏色，我認為是書房裡的火烤出來的。

24

三個星期的末尾，我已能出屋，在房裡轉動了。我第一次在床上坐起來的時候，我請凱撒琳讀書給我聽，因為我的眼睛還很弱。我們是在書房裡，主人已上床去睡了。她答應了，有點不大樂意，據我想，我以為是我的這種書不合她的口味，我便令她選擇她自己看過的書。她選了一本她最歡喜的，慢慢讀了約有一個鐘頭，然後就不斷的發問。

「哀倫，妳沒有疲倦嗎？妳現在睡下不好些嗎？這樣晚還不去睡，妳要病的，哀倫。」

「不，不，親愛的，我不疲倦。」我不斷的回答。

她看我不為之所動，她便換另一方法來表示她之不喜歡她的任務。現在變成打呵欠、伸懶腰，和：「哀倫，我倦了。」

「那麼別讀了，談話罷。」我回答。

那更不行，她一陣暴躁、一陣嘆氣，不住的看她的錶，直到八點鐘，她終於到她的房裡去了。完全的瞌睡過度了；因為她的臉上露著煩躁而愁苦的樣子，並且時常揉揩她的眼睛。第二晚她似乎是更不耐煩了；第三晚她為了躲避我而聲稱頭痛，離我而去。我覺得她的行為奇特。我獨自停留了很久之後，決定前去看看她是否好些，並且請她來，躺在沙發上，免得在樓上的黑暗裡摸索。樓上找不到凱撒琳，樓下也沒有。僕人們都說沒有看見她。我在哀德加先生的門口聽了聽，一片寂靜。我回到她的屋裡，吹熄了蠟燭，坐在窗前。

月亮照得很亮，一層雪灑蓋著地面，我想她也許想起了在花園裡散步，換取新鮮空氣。我卻是發現了一個人影沿著花園內部的籬笆行動，但那不是我的小女主人。那人影走進光亮處，我認出是一個馬夫。他站了很久，由園地上望過去，望著那條馬路，然後急步而去，好像是發現了什麼似的，立刻又出現了，牽著小姐的馬。她正在那裡，剛剛下馬，在馬的一邊走著。馬夫偷偷摸摸的牽著馬走過草地，向馬廄而去。凱撒從客廳窗戶爬了進來，輕輕的溜到我等候著她的地方。她輕輕關門，脫下她的黏雪的鞋子，解開她的帽子，絲毫沒有發覺我的窺伺。正要脫去她的外套，我猛然站起而出現了。這突驚使得她麻木了一陣，她驚叫了一聲，呆立在那裡。

「我親愛的凱撒琳小姐，」我開始說，她最近對我的仁愛給我太深的印象，我不能破口罵她，「在這時候妳可騎馬到什麼地方去了？妳為什麼要撒謊來欺騙我呢？妳到哪裡去了？說呀。」

「到園子的遠處去了，」她嘟囔著說：「我沒有撒謊。」

「沒到別處去嗎？」我問。

「沒有。」她喃喃的回答。

「啊，凱撒琳！」我沉痛的叫道：「妳曉得妳做錯事了，否則妳不會被迫對我說假話。這使我很難過。我寧願病倒三個月，也不願聽妳編製一篇謊語。」

她向前一跳，迸出了眼淚，摟抱著我的頸子。

「唉，哀倫，我是怕妳生氣，」她說：「妳答應我不生氣，我就把實情告訴妳；我不願意瞞妳。」

我們坐在窗座上，我告訴她，無論她的祕密是怎樣的，我絕不罵她，當然我也可以猜想得出。於是她開始說道：「我是到咆哮山莊去了，哀倫，自從妳病倒之後，我從沒有一天不去，除了妳離屋之前有三回沒去，之後有兩回沒去。我送書和畫給邁克爾，喊他每晚給我準備好明妮，然後再牽牠回馬廄。妳一定也別罵他，記住。我六點半鐘到達山莊，普通是停留到八點半，然後馳馬回家。我之所以去，並非是為自娛；我常常是全時間的悲苦。有時候我也偶然歡樂，或者一星期有一次罷。最初，我料想勸妳允許我對林頓守信，必有一段麻煩。因為我們離開他的時候，我原約定第二天再去看他，但是第二天你就在樓上睡倒了，我逃了那一段麻煩。邁克爾下午鎖園門的時候，我取得了鑰匙，我告訴他我表弟如何的希望我去看他，因為他病了，不能到田莊來，並且爸爸又如何的反對我去。隨後我就和他商量那匹馬的事。他歡喜讀書，他想不久就要離去成婚，所以他就提議，如果我從書房裡取出書來借給他，他便唯命是從。但是我願把我自己的書給他，他也更覺得滿意。

「我第二次去，林頓似乎是精神很活潑。齊拉（這是他們的管家）給我們收拾出乾淨的屋子和一爐好火，並且告訴我們可以任意在一起玩，因為約瑟出去到祈禱會去了，哈來頓・恩蕭也帶著狗出去了——後來我聽說他是到我們林中去掠取雉雞。她給我送來一些暖酒和薑餅，樣子十分和善。林頓坐在靠椅上，我坐在爐臺邊的小搖椅上，我們歡樂的談笑，居然有那麼多話說，我們計畫到夏天裡我們到什麼地方去、做什麼事。我無須重述，因為妳認為那是蠢的。

「但是有一次，我們幾乎吵起來。他說消磨一個悶熱的七月天最愉快的方法，是在澤地中間一片荒草上從早到晚的躺著，蜜蜂在周圍花叢裡嗡嗡的哼著，百靈鳥在頭上高處飛，藍的天和亮的太陽毫無翳障的不住的曬著；這便是他對於天堂之樂的全部想法。我的想法是，在一株簌簌響的樹枝上搖盪著，西風吹拂著，光亮的白雲在頭上迅速的掠過，不僅是百靈鳥，還有畫眉雀、山鳥、紅雀、杜鵑，從各方面傾注音樂，遙望澤地變成無數濕冷的幽谷；近處豐盛的野草被微風吹出低昂的波浪；森林、響的水，以及全世界都醒起來了，樂得發狂。他要一切都睡在和平的迷惘中間，我要一切都在光輝的歡暢中間閃耀舞動。我說他的天堂只是半死不活，他說我的是痲醉。我說我在他的天堂裡會打瞌睡，他說他在我的懷裡會喘不過氣。他開始變得很執拗。最後，我們同意等適宜的天氣到來的時候，立刻把兩個計畫都嘗試一下。隨後我們互相親吻，又成了朋友。

「坐定一小時之後，我望著這地板光滑且不鋪毯的大屋子，我想若把桌子搬開，該是何等好玩。我要林頓喊齊拉來幫我們，我們玩捉迷藏，要她捉我們。妳常這樣和我們玩，妳知道的，哀倫。他不肯，他說沒有趣味，他答應和我玩球。櫥裡有一大堆舊玩具、陀螺、鐵環、打球板、毽子，在裡面我們尋到了兩顆球。有一個寫著C，另一個寫著H。[1]我要帶C字的，因為那代表凱撒琳，H也可以代表希茲克利夫，他的姓。但是H球裡的糠漏出來了，林頓不歡喜它。我時常勝他，他又怒了，又咳嗽了，回到他的椅上。但是那一晚，他恢復了他的好脾氣，他聽了兩三首美麗的歌，他聽得出神了——是妳的歌，哀倫。後來我不能不走了，他求我第二天晚上再去，我答應了。明妮和我飛奔回家，輕似空氣。我夢到咆哮山莊，夢著我的甜蜜、親愛的表弟，直到天明。

「到早晨我悲苦了，一部分是因為妳還沒有好，一部分是我願意我的父親知道，而且允准我的出行。但是晚飯後月光明亮，我又騎馬前去，悲苦全消。我自己想，我又要有一個快樂的晚上，使我更快活的是，我的好林頓又將快樂一晚。我馳上他們的花園，正要轉到後面去，恩蕭那個傢伙遇見我了，抓住轠繩，要我從前門走。他拍著明妮的頸子，他說牠是一口好畜生，那樣子好像是要我和他說話。我只告訴他不要動我的馬，否則會踢到他。他用他那粗俗的口音回答：『就是踢也不會有多大傷害。』看著牠的腿，微微一笑。我真想踢踢看，但是他走去開門去了，他拔起門閂，仰頭看著上面的刻字，用一種笨蠢與得意混合的傻樣子說：『凱撒琳小姐！我能讀那個了，現在。』

「『了不得，』我說：『讀給我們聽聽——你是變聰明了！』

「他讀著，懶洋洋的按著一個個字音讀著，那個名字——『哈來頓・恩蕭』。

「『還有數目字呢？』我鼓勵的叫道，看出他停住不讀了。

「『我還不認識那個哩。』他回答。

「『啊，你這蠢人！』我說，大笑他的失敗。

這傻瓜瞪著眼，脣邊掛著獰笑，眼上皺起眉頭，好像是打不定主意，不知是否該加入我的大笑：不知我的笑是愉快的親密，還是——其實是輕蔑。我解決了他的疑惑，我猛然回復了莊嚴，喊他走開，因為我是來看林頓，不是來看他的。他紅了臉——我在月亮下看得出——手從門閂上落下，卑怯的走去，大失體面的樣子。他以為他自己是和林頓一般的高尚，我猜想；因為他能讀他自己的名姓，而我並不如此想，所以非常不快。」

「停一下，凱撒琳小姐，親愛的！」我打斷她。「我不罵妳，但是我不歡喜妳這行為。如果妳記得哈來頓和希茲克利夫少爺同樣的是妳的表兄弟，妳就會覺得那樣的行為是如何的不對。至少，他想和林頓一般的高尚，這總是可稱讚的野心；並且他之所以學習大概也不僅

1. 編註：凱撒琳（Catherine）的第一個字母為C，希茲克利夫（Heathcliff）的第一個字母為H。

是為了要賣弄。妳以前曾使得他為了愚昧而感覺羞恥，我敢說；他想補救，討妳歡喜。譏笑他未成功的嘗試，這是很不良的態度。如果妳是在他的環境中長大的，妳會比較不粗俗些嗎？他本來是和妳從前一般的機伶聰明的孩子，現在因為那卑鄙的希茲克利夫如此的待遇不公，致使他受人輕蔑，我心裡很不平。」

「唉，哀倫，妳不會為這事哭罷？」她嘆叫，很驚訝我的真摯。「妳等一下，妳就會知道他背誦他的ABC是否為討我歡喜，對這粗人客氣是否值得。我走進去，林頓正在靠椅上躺著，半起身來歡迎我。

「『我今晚病了，凱撒琳，愛，』他說：『妳要一個人講話，讓我聽。來，坐在我身旁。我就曉得妳不會失信的，在妳走前，我還要妳的諾言。』

「現在我曉得我必不可逗他，因為他病了。我輕聲的說，我不發問，避免任何激刺他的話。我帶來了我最好的幾本書給他，他要我拿一本讀一些。

「我剛要順從他，恩蕭衝開了門，他是在思索之後聚起了怒火。他照直走過來，抓到了林頓的胳臂，把他扯出了椅子。

「『到你自己房裡去！』他說，氣得聲音都幾乎令人聽不清楚，他的臉紅脹而狂怒。『帶她到那裡去，如果她是來看你的，你不能把我擯出這屋外。你們兩個都滾開！』

「他咒罵我們，令林頓沒有時間回答，幾乎把他擲到廚房裡去，我跟了過去，他握緊拳頭像是也要打倒我。我當時有一點怕，我落了一本書，他把書踢出來，把我們關在門外。我聽見爐邊有一聲惡意、格格的笑，轉過身來，看見那可惡的約瑟站在那裡，搓著他那瘦骨嶙嶙的手，直發抖。

「『我早知道他要報復你！他是好小子！他是發揮他的真精神了！他知道——唉，他知道，他像我一般的知道，誰應該是那地方的主人——唉，唉，唉！他摔得你好！唉，唉，唉！』

「『我們到哪裡去呢？』我問我的表弟，不理會那老東西的譏誚。

林頓蒼白了臉，在抖顫。那時候他不好看，哀倫。啊不！他的樣子可怕，他的瘦臉、一雙大眼，做出瘋狂的神情，無力的盛怒的樣子。他握住門柄，用力搖，裡面閂上了。

「『你若是不放我進去，我殺死你——你若是不放我進去，我殺死你！』他是狂叫，不是說話。『惡魔！惡魔！——我要殺你——我要殺你！』

「約瑟又格格的笑。『對了，這像他父親！』他喊道：『這像他父親！我們總是雙方都大有可觀。不要理他，哈來頓，孩子——別怕——他不能打到你！』

「我抓住林頓的手，想拉開他，但是他叫得可怕，我不敢拉。後來一陣咳嗽噎住了他的喊叫；口裡湧出血，他倒在地上。我嚇壞了，跑到院裡，用盡我的力量喊叫齊拉。她很快的聽到我叫，她是在倉後棚子裡擠牛奶，匆忙跑來，問我有什麼事？我喘不過氣來解釋，我把她扯進去，我再找林頓。恩蕭已經出來查看他所做下的缺德事，他正把那可憐的東西抱上樓去。齊拉和我跟了上去；但是他在樓梯頂上攔阻了我，說我不該進去，我必須回家。我便說他害了林頓，我一定要進去。約瑟鎖了門，說我不該如此，又問我是否『和他一樣生來就要瘋的』。我站在那裡哭，直等到那管家婆又出來。她說他過一會兒就會好些，但是這樣吵鬧是不會使他好的。她拉著我，幾乎是抱起我到大廳上。

「哀倫，我那時準備把我的頭髮從頭上扯下來！我哭哽著，眼睛幾乎瞎了，妳所同情的那個惡漢站在對面，不時的喊我不要作聲，並且否認是他的錯。最後，我說我要告訴爸爸，把他捉進牢獄，把他絞殺。這一來他怕了，他自己也哭了，急忙跑出去隱藏他的怯懦的情緒。但是我還沒有就能擺脫他。

「後來他們逼我離去，我走出數百碼的時候，他突然從路旁陰影裡走出，攔阻住明妮，拉住我。『凱撒琳小姐，我很難過，』他說：『那實在是太不好了——』我用馬鞭抽他一下，我以為他要謀害我。他放鬆手，吼出一句可怕的咒罵，我急馳而歸，不僅是嚇昏了一半。

「那一晚我沒有向妳道晚安，第二晚我也沒有到咆哮山莊去。我十分想去，但是我受了奇異的刺激，有時候怕聽說林頓死了，又有時候想起要遇見哈來頓又不寒而慄。第三晚我鼓起勇氣，至少我不能再忍受更長的懸心，於是再偷去一次。我是五點鐘去的，徒步去的，我心想也許可以爬進屋裡，偷偷到林頓的房間，不被人發現。但是，狗宣布了我的前來。齊拉迎進我，說『這孩子大見好轉』，引我走進一間小小的、整潔的鋪地毯的房間。我登時有不可言說的喜悅，我看見林頓靠在一個小沙發上，讀著我的一本書。但是他不向我講話，也不望我；整整過了一小時，哀倫，他有這樣不快樂的脾氣。使我十分難堪的是，等他開口的時候，他竟說是我招起了那場紛擾，不怪哈來頓！我不能回答，除非是動火，我立起來走出房間。他從後面送來一聲輕微的『凱撒琳！』他沒料到得我這樣的回答，我不回去。第二天，便是我又停在家裡的第二天，幾乎決定不再去看他。但是上床、起床，一點關於他的消息都得不到，那實在是太苦痛，我的決心在尚未完全形成之時，早已煙消雲散了。當初的去，確曾顯著是不應該；現在不去，又似乎是不對了。邁克爾來問我要不要給明妮套上鞍子，我說：『要。』馬馱我上山的時候，我覺得是在盡一種義務。我不能不經過前面的窗子，好到庭院裡去，要隱藏是無益的。

「『小主人是在大廳裡呢。』齊拉說，她看見我向著客廳走。我走進去，恩蕭也在那裡，但是他立刻離去。林頓坐在大靠椅上半睡著了。我走到爐前，我用嚴重的聲調，半做認真的樣子說：『你既不歡喜我，林頓，你既以為我是故意來傷害你的，而且認為我每次來都是如此的，那麼這一次是我們最後一次會面了。我們說一聲再會罷，告訴希茲克利夫先生你不想再見我，讓他不必再編造關於這事的謊話。』

「『坐下來，摘下妳的帽子，凱撒琳，』他回答：『妳比我幸福得多，妳應該比我好些。爸爸說起我的缺點真說得夠多，表示輕蔑也表示得夠多，所以很自然的，我對我自己也懷疑起來。我時常懷疑，我也許真是像他所說那樣的沒出息。於是我就覺得沉悶悲苦，我恨一切的人！我是沒出息、脾氣壞，精神壞，幾乎永遠是。如果妳願意，妳可以說再會，妳從此少一宗麻煩。只是，凱撒琳，有一點妳要對我公道：妳要相信，我設若能像妳那樣的甜蜜、和藹、良善，我一定也願意那樣做的。並且我這心願，比希望和妳一般幸福健康的心願還要強些。並且妳要知道，妳的仁愛使得我愛妳格外深刻；假如我配受妳的愛，那倒不會如此深刻了。雖然我沒有能，並且實在不能，對妳不暴露我的本性，我很抱歉而且後悔，我將抱歉後悔以至於死！』

「我覺得他說的是實話，我覺得我一定要寬恕他，雖然他等一會兒又要吵，我一定要再寬恕他。我們和好如初，但是我們哭了，兩人都哭了，哭完我停留的整整時間；不完全是為悲哀。但我確是很難過，林頓竟有那樣乖謬的性格。他從不教他的朋友感覺輕鬆，他自己也從不輕鬆！自那一晚之後，我總是到他的小客廳去，因為他的父親次日回來了。

「大概有三回罷，我想，我們是很歡暢而樂觀，像第一晚那樣。此外，我每次去都是淒涼而多事，不是因為他的自私與怨恨，便是因為他生災病。但是我已學習著用最小的反感來應付前者，像應付後者一樣。希茲克利夫先生故意的躲避我，我幾乎見不到他。上星期日，我去得比平常早些，我聽見他在罵可憐的林頓，罵得苦，為了他前一晚的行為。我不曉得他是怎樣知道的，除非他是偷聽的。林頓的行為當然是鹵莽，但那不關別人的事，只是於我有關而已。所以我就闖進去打斷了希茲克利夫先生的訓話，直告訴他。他笑起來，他走開了，說他很高興我對此事採取這樣的看法。自那次以後，我就告訴林頓以後他訴說他的苦痛必須要把聲音放低。現在，哀倫，我已告訴妳一切了。我不能不到咆哮山莊去，除非是使兩個人苦痛。妳只要不告訴爸爸，我之前去並不擾亂任何人的寧靜。妳不告訴罷，啊？妳若是告訴，妳實在是太狠心了。」

「關於這一點，我要到明天纔能打定主意，凱撒琳小姐，」我回答：「這需要研究，所以我讓妳去休息，我要去考慮一下。」

我在我的主人面前，高聲的考慮起來；我從她的房間照直得走到他的房間去，全盤托出；除了她對她表弟的談話，並且避免提及哈來頓。林頓先生所感受的驚訝和憂慮，比他所願對我承認的要嚴重些。在清晨，凱撒琳曉得了我洩漏了她的祕密，她也知道她的祕密出行必須中止。她對這禁令哭啼扭轉，但是也無效，她又懇求她父親憐憫林頓，她所得到的安慰只是一句允諾，他要寫信給林頓；如果他願意，他可以到田莊來。但是聲明他不要再希望在咆哮山莊看見凱撒琳。如果他了然於他外甥的脾氣與體力，他或者也可以看出這一點點安慰也大可靳而不予。

25

「這些事發生在去年冬天，先生，」丁太太說：「也不過一年以前。去年冬天，我萬沒想到，過了十二個月之後，我居然講述這些事給這家的一位客人聽！但是，誰曉得您作客能作多久？您太年輕，您不會長久安心住下去，孤零零的。我常想，沒有人看見凱撒琳·林頓而不愛她。您笑了，但是我講到她，您為什麼那樣興奮而感興趣呢？您為什麼要我把她的畫像掛在你的壁爐上面呢？您為什麼——」

「止住，我的好朋友！」我叫道：「也許很可能的，我應該愛她，但是她會愛我嗎？我很懷疑，我絕不敢投入誘惑自尋煩惱。並且我的家不在這裡，我是繁華世界的人，我一定要回到它的懷抱裡去。妳講下去，凱撒琳可服從她父親的命令麼？」

「她服從的，」這管家婆繼續說：「她對他的愛還是她心中主要的情緒。他說話時也並無怒氣，他說話時是用深摯的柔情，好像是一個人要放他的寶貝到危險與仇敵中間去。他的指點的話如果能被記住，便是他所能給她的唯一的幫助。

「他過幾天對我說：『我願我的外甥寫信來，哀倫，或是來拜訪。妳告訴我，誠懇的，妳以為他如何？他可是變好了些，或是等他長成人他可有進步的前途？』

「『他還是很脆弱，先生，』我回答：『很難得能長到成人，但是這一點我可以講，他不像他的父親。如果凱撒琳小姐不幸嫁給他，他不會不服她的指揮，除非她是極端糊塗的放縱他。但是，主人，您有很多時間可以和他熟識，看看他是否配她，他到達成年還要再過四年多呢。』」

哀德加嘆氣，走到窗前，向吉墨頓禮拜堂望去。是一個霧漫的下午，二月的太陽模糊的照著，我們剛好可以看出墓園裡的兩棵樅樹，和疏落的墓碑。

「我常祈禱，」他一半是自言自語，「祈禱將要到來的事情就來到。現在我開始畏縮了，我怕了。我想，回憶起我做新郎時走下那山谷的光景，實在還沒有遙想我於數月或數星期之後被抬進那荒涼的壙穴，來得舒服呢！哀倫，我和我的小凱撒在一起時，我曾很快樂，度過許多冬夜和夏晝，她是我身邊的一個活指望。但是我在那古老的禮拜堂下，在那些墓石之間獨自沉思，我也同樣的快活。在漫長的六月之夜，我躺在她母親綠茵的墳上，我渴望著我也能躺在下面的時候。我能怎樣幫助凱撒呢？我如何必須放棄她呢？林頓是希茲克利夫的兒子，我並不介意，他把她從我身邊取走，我也不介意，如果他能安慰她。希茲克利夫達到他的目的，奪去了我的最後的幸福，我都不介意！但是如果林頓沒有出息——只是他父親的一個柔弱的工具——我卻不能放棄了她給他！雖然我不忍打擊她的活潑的精神，但是我一定要在我生時堅持著使她悲苦，在我死後使她孤獨。親愛的！我寧願把她交給上帝，在我之先把她埋在土裡。」

「照現在這樣把她交給上帝好了，先生，」我回答：「如果我們失掉你——願上帝不准——在上帝保佑之下，我終身做她的朋友和忠告者。凱撒琳小姐是個好女孩兒，我不擔心她會有意的做錯事。能盡義務的人最後總有好報。」

春天在前進，但是我的主人沒有恢復實力，雖然他又和他的女兒開始在田間散步。對於她的沒經驗的眼光，這便是健康恢復的現象。並且他的腮常常是紅的，他的眼睛常常是亮的，她覺得他一定是復元了。

她十七歲生日那一天，他沒有到墳園去，那天在下雨，我就說：「你今晚一定不出去了罷，先生？」他回答說：「不，我今年要更遲延久一些。」

他再寫信給林頓，表示他極願看見他。那個病人如果能見人，我相信他的父親一定會准他來的。他事實上是不能來，可是他奉命寫了回信，揑造說希茲克利夫先生不准他到田莊來，又說舅父的關愛使他很高興，他希望有時候在散步之間能遇見他，以便當面請求不要教他和表姊長此隔離。

他的信的這一部分寫得很簡單，大概是他自己的了。希茲克利夫那時候曉得他能夠為了要求凱撒琳的陪伴而娓娓申訴。他寫道：

我並不請求令她來此地，但是，我就永不見她了麼，只因我父親不准我到她家，您又不准她來我家？請您，偶爾和她騎馬到山莊來，讓我們對談幾句，當著您的面！我們沒做什麼事該受這樣的隔離。您並沒有對我怨恨，您沒有理由不歡喜我，您自己也承認。親愛的舅父！明天給我一封慈愛的回信，准許我在任何地點去會見您，除了鶇翔田莊。我相信我們交談一次便可令您相信我絕沒有我父親的性格，他曾說我是您的外甥，其成分多過於是他的兒子。雖然我有許多短處，配不上凱撒琳，她已經原諒了；為了她的緣故，您也該原諒。您問我的健康——那是好些了，但是，我長久的與希望絕緣，註定的忍受孤寂，或是專和那些從不歡喜我而永遠也不會歡喜我的人在一起，我怎麼能歡樂而康健呢？

哀德加雖然憐憫那孩子，卻不能答應他的請求，因為他不能陪伴凱撒琳去。他說，到夏天，或者，他們可以會面。目前他願他不時的繼續寫信，答應在通信中盡力給他勸告和安慰，他很曉得他在家中所處的艱難地位。林頓遵從了，如果他不被節制，他大概會在信裡寫滿了怨訴悲鳴，使大家不快。但是他的父親監視很嚴，我的主人去的信當然是每行都要交出，所以，他心中最關切的事情，例如他自己特殊的苦痛煩惱，他不能寫，他只寫些他與朋友情人分離之苦，並且輕輕提起，林頓先生必須早日准他見面，否則他要疑心他是空言騙他。

凱撒是家裡有力的內應，他們內外合作，終於說動了我的主人准許他們大約每星期在一起騎馬或散步一次；在我的監護之下，在田莊最近的澤地上。因為到了六月，他還日就衰弱。雖然他每年撥出一部分收入作為小姐的資產，他自然也願望她能保持——至少短期內回到——她的祖遺的房舍。而他看出唯一的方法便是令她和他的繼承人結婚。他一點也不曉得他的繼承人是和他自己一般快的趨於死亡。任何人都不曉得，我想；沒有醫生到過山莊，沒人見過希茲克利夫少爺來到我們這裡報告他的狀況。我開始猜想我的預測大概是錯誤了，當他提到在澤地上騎馬散步的事，而且像是很認真的要達到他的目的，他大概是真的復元了。我不能描畫一個父親對待他的垂死的兒子像我後來聽說希茲克利夫待他兒子那樣的殘暴兇惡，他逼他做出熱情的表示，他要加緊促成他的險惡冷酷的計畫，但是他的努力是在遭受死的威脅而要失敗。

26

盛夏已過，哀德加強勉的答應了他們的請求，凱撒琳和我首次騎馬出發去會見她的表弟。那是悶熱的一天，沒有陽光，但是天上煙霧瀰漫，不會有雨。我們聚會的地點指定在交叉路口的指路石那裡。

但是我們到了那裡，一個被派作差人的小牧童告訴我們：「林頓少爺就在山莊那一邊，他要很感謝你們，如果你們再走過去一點。」

「那麼林頓少爺是已經忘了他舅父的第一條禁令了，」我說：「他叫我們只准在田莊的地上，現在我們就要越出界了。」

「好罷，我們到達他那裡，便撥轉馬頭，」我的伴侶說：「然後我們往家裡走。」

我們到達他那裡的時候，離他家門已不過一哩的四分之一，他根本沒有馬。我們只得下馬，放我們的馬去吃草。他在草地上躺著，等著我們過去，我們走到幾碼之內，他纔站起來。然後他軟弱的走動，臉色又如此蒼白，我立刻喊叫起來，「怎麼，希茲克利夫少爺，你今天還不宜於出來散步呢！你的樣子是很有病的！」

凱撒琳心中哀痛驚奇的打量他一番，她把脣邊上的一聲喜悅的銳叫改變成驚訝的喊聲。

久別重逢的寒暄語變成為焦急的問詢：他是否比平常更為沉重。

「不——好一些——好一些！」他喘息說，抖顫著，抓著她的手不放，好像需要扶持似的。這時節，他的大藍眼睛怯懦的周身看她，兩眼下陷，把原有的嬌弱表情變成為顛頇的狂野。

「你是病得更重了，」他的表姊堅持說：「比我上次見你沉重多了，你瘦了，並且——」

「我是疲倦了，」他急忙插話。「今天走路太熱，我們在這裡休息罷。在早晨，我常覺得不舒服——爸爸說我長得很快哩。」

凱撒很不痛快的坐下，他在她身旁躺下。

「這有一點像是你的天堂，」她說，想要鼓起歡情。「你可記得，我們商定的，按照各人認為最愉快的地點與方法去消磨兩天的工夫麼？這當然是你的理想一天了，只是有雲，但是雲很輕柔而且鬆軟，比晴天還好些。下星期，你若是能，我們騎馬到田莊的園裡，試試我的那一天。」

林頓似乎不記得她所談論的事，繼續著談論任何事，他都顯著很吃力。他對她所提起的話頭缺乏興趣，又同樣的不能貢獻什麼使她娛樂，她便也不能掩飾她的失望了。似乎有點什麼變化來到了他整個身體和態度上。暴躁脾氣本來是可以撫慰成為嬌癡的，現在流為冷淡無情。他已經少有那種小孩子為求憐愛而故意做出的嬌潑脾氣，他有更多的那種長期病夫所特有的自我的沉鬱，拒絕安慰，把別人善意的歡樂認為是侮辱。凱撒琳看出了，和我一樣的看出了，他認為我們的陪伴是一種懲罰，而不是滿足。她毫不遲疑的提議立刻就辭去。出乎意料之外的，這提議把林頓從昏迷中驚起了，使得他入於激動的奇異狀態。他很可怖的望了山莊一下，求她至少再留半小時。

「但是我想，」凱撒說：「你在家裡要比在這裡舒服得多，我知道我今天用我的故事、歌唱和閒談，都不能使你快活。你在這六個月中間已變得比我聰明了，你對於我的娛樂已不感興趣。否則，如果我能使你快活，我就願意停留。」

「妳留下自己休息一下，」他回答：「凱撒琳，妳不要以為、也不要說我是很病重，是沉悶鬱熱的天氣使得我不快。妳沒來之前，我走了一陣，那是很難為我了。告訴舅父我的身體還算健康，好不好？」

「我要告訴他你是這樣說，林頓。我不能證實你是。」我的小姐說，對於他這樣堅持說顯然不真的話，很覺得奇異。

「下星期四你再到此地來，」他繼續說，不理會她的驚疑的凝視。「替我謝謝他准許妳來——深深致謝，凱撒琳。並且——並且，如果妳遇得我父親，他問起妳關於我的話，不要令他以為我今天是十分的沉默而呆蠢，妳不要露出悲哀而頹喪的樣子，像妳現在這樣——他會要發怒的。」

「我纔不怕他發怒呢。」凱撒叫，以為怒是對她發的。

「但是我怕，」她的表弟說，抖顫著。「不要招他對我發怒，凱撒琳，因為他是很殘刻的。」

「他對你很嚴嗎，希茲克利夫少爺？」我問：「他可是倦於放縱了，從消極變到積極的憎恨？」

林頓望著我，但是不答。凱撒又在他身旁坐了十分鐘，他懶洋洋的把頭垂到胸，他不說什麼，只是發出疲勞與痛苦的忍抑的呻吟聲。於是凱撒便以尋求覆盆子自遣，把她所尋到的分給我一些。她沒要分送給他，因為她看出再招惹他只是使他煩惱。

「現在有半小時了罷，哀倫？」她最後附我耳上細聲說：「我不曉得我們為什麼要停留。他睡著了，爸爸也要我們回去了。」

「好，但是我們不能丟他睡在這裡，」我回答：「等著他醒，耐心些。妳本來很急著要來，但是妳想看可憐的林頓的熱心很快的就消失了！」

「為什麼他願意見我呢？」凱撒琳回答：「像他現在這樣奇怪的態度，我不喜歡，比較起來，我寧可歡喜他從前最乖謬的脾氣。現在好像他是被迫做一件工作似的——這次會晤——怕的是他的父親要罵他。但是我來絕不是為了使希茲克利夫先生快樂，我不問他有什麼理由要派林頓來履行這個罰役。並且，雖然我很高興他的健康稍微好些，但是我很難過他是比較的很不愉快，對我也很不親熱了。」

「那麼妳以為他是健康好些了嗎？」我說。

「是的，」她回答：「因為妳曉得，他有點苦痛總是一點都不能隱忍的。他不是很好，像他要我告訴爸爸的那樣；但是較好一些，很可能的。」

「我的意見就和妳不同了，凱撒琳小姐，」我說：「我以為他的狀況是大大的不如前了。」

林頓從睡中驚醒，惶駭得不得了，問我們是否有人喊他的名字。

「沒有，」凱撒琳說：「除非是在夢裡。我不能了解你在戶外怎麼也能睡著，大清早上的。」

「我覺得聽見我父親了，」他喘息說，望了我們上面的皺著眉頭的山頂一眼。「妳們的確知道沒有人說話？」

「十分的確，」他的表姊回答：「只是哀倫和我在辯論你的健康狀況。你是真比我們冬天分別時強健些了嗎，林頓？如果你真是強健了些，有一點我確知並未加強——你對我的感情。說——你是不是？」

林頓回答說：「是的，是的，我是強健了些！」說著眼淚湧了出來。他還是幻覺著有人說話的聲音，他上上下下的看，尋找說話的人。

凱撒站了起來。「今天我們該分離了，」她說：「我也不願隱瞞，我對這次會晤是十分的失望，雖然我除了你以外不對任何人說。可是並非是因為我怕希茲克利夫先生。」

「小聲些，」林頓低聲說：「為了上帝的緣故，小聲些！他來了。」他抱住凱撒琳的胳臂，想留住她。但是聽了這話，她急忙掙脫開，向明妮呼嘯一聲，牠像條狗似的應聲而來。

「我下星期四到此地來，」她叫著跳上了鞍。「再會了。快，哀倫！」

於是我們離開了他，他還不甚清楚感覺我們的離去，因為他全神傾注在等候他父親的來臨。

我們未到家之前，凱撒琳的不快之感已經融為憐憫與抱憾的迷惘之感，其中大部分是對林頓的身體與處境之實在情形的疑慮不安。我也有同感，雖然勸她不要說得過火，因為我們第二次去或者可以更確切的判斷。我的主人要我們詳細報告經過的情形，外甥的感激當然是轉達了，其餘的事，凱撒琳小姐都輕輕的帶過。我也沒有多加說明，因為我不曉得隱瞞什麼、宣布什麼。

27

七天過去了，每過一天，哀德加・林頓的狀況之急遽的變化便留下一點痕跡。以前數月造成的恐慌，現在變成為一小時一小時的加緊惡化。凱撒琳，我們還想能瞞過她，但是她自己的敏銳的精神不能騙她自己。她暗中揣測，懸想著那漸成為事實的可怕的可能情形。她沒有心腸再提起出去騎馬的事，當星期四來到的時候；我替她提起了，並且得到允許令她到戶外散逛去。因為圖書室和他的寢室已經成為她的全部世界（他父親每天到圖書室裡耽擱片刻，他只能坐起那麼短短的片刻），她不願有一刻她不是彎身在他的枕上或是坐在他身旁。她的面色顦顇了，因為熬夜和悲苦，我的主人很高興的令她走開，他自以為那是很好的改變環境和伴侶；而且他死後，她也有不致完全孤獨的希望，引此亦堪自慰。

他有一個固定的信念，我從他屢次談話中猜想到的；那便是，他的外甥既然外表像他，他的心一定也像。因為林頓的信很少表示，或者說從不表示他有什麼缺陷。我呢，由於可恕的弱點，不糾正他的錯誤。我曾自問，他已到垂危的時候，我又何苦把他的無復元之望的消息來擾他的心緒呢。

我們把出遊延到下午。是個八月的最好的下午，山陵間每一股空氣都充滿了生命——任何垂死的人吸進去似乎都可以復活。凱撒琳的臉恰似那風景——陽光與陰影迅速的繼續的掠過，但是陰影留止的時候多些，陽光比較的短暫；她的那顆可憐的小小心靈還偶然為了忘記憂愁而怨責自己哩。

我們看見林頓還在上次選擇的地方等候著，我的小女主人下了馬，她告訴我她決定只停留很短的時候，所以最好不要下馬，給她牽著小馬便是。但是我不同意，我是有監護的使命的，我不願撇開她一分鐘，於是我們一同爬上草坡。這一回希茲克利夫少爺迎接我們是比較興致高一些，也還不是真正的興高采烈，其中還沒有歡情；比較的更像是由於恐懼。

「妳來得很晚！」他說，短促而吃力。「不是妳父親病得很重罷？我以為妳不來了呢。」

「為什麼你不坦白？」凱撒琳叫，把她的寒暄話吞了下去。「為什麼你不說你不需要我？真是奇怪，林頓，你這是第二次叫我來到此地，顯然是故意的使彼此受苦，而且毫無理由！」

林頓抖顫了，望她一眼，半是哀求，半是羞愧。但是他的表姊耐性不足，不能忍受這謎樣的行為。

「我的父親是病得很重，」她說：「為什麼喊我離開他的床邊呢？你既然願意我不守諾言，為什麼不派人送信告訴我解除諾言呢？來呀！我要求解釋。我心裡一點也沒有玩耍戲弄的意思，我現在不能再伺候你的怪脾氣了！」

「我的怪脾氣！」他喃喃的說：「什麼是我的怪脾氣？為了上天，凱撒琳，不要做這樣怒的樣子！隨便妳怎樣輕蔑我，我是一個沒出息怯懦的東西。我受多少輕侮都是應該的，但是我太下賤，不配令妳生氣。恨我的父親，對我輕蔑好了。」

「胡說！」凱撒琳激憤的大叫道：「糊塗的蠢的孩子！看，他抖顫了，好像我真個要去打他！你無須請求人家輕蔑你，林頓，任何人都會自動的來輕蔑你。滾開！我要回家去了，這真是無聊得很，把你拉開火爐邊，裝作——我們裝什麼呢？放鬆我的衣裳！如果我看你哭，看你露出這樣十分惶恐的樣子，便憐憫你，你應該拒絕這樣的憐憫。哀倫，告訴他這種行為是多麼不體面！站起來，不要自趨下賤到一個爬蟲的地步，不要！」

林頓流著淚，心中慘痛的樣子，把他的麻痺的身軀摔倒在地上，他似乎是因了一種微妙的恐怖而拘攣了。

「啊，」他哭泣著，「我不能忍受！凱撒琳，凱撒琳，我也是一個背信的人，我不敢告訴妳！但是妳若離開我，我要死的！親愛的凱撒琳，我的命在妳手裡。妳曾說妳愛我，如果妳是真愛，那對妳不會有害。妳不要走罷，溫柔良善的凱撒琳！或者妳願意答應——他會准我和妳一道死！」

我的小姐，看他苦痛很深，便俯身去曳他。過去的任性的溫柔之感壓倒了她的煩惱，她十分的受感動而且吃驚了。

「答應什麼？」她問。「答應停留下來？把這怪話的意義告訴我，我便不走。你自相矛盾，你使我著急！要鎮定而坦白，把你心裡的一切重載都傾吐出來。你不要傷害我罷，林頓，是不是？你也不會要一個敵人傷害我，假如你能防止？我可以相信你自己是一個懦夫，但不會怯懦的出賣你的最好的朋友。」

「但是我的父親威嚇我，」那孩子喘著說，握緊了他的瘦弱的手指，「我怕他——我怕他！我不敢說！」

「啊，好罷！」凱撒琳說，帶著諷嘲的同情，「保守你的祕密，我不是懦夫。保存你自己罷，我是不怕的！」

她的寬宏大度使他流淚，他大哭，吻她的攙扶著的手，但仍不能鼓起勇氣來說。我在猜度這神祕究竟是什麼，我決定凱撒琳絕不可為了使他或任何其他的人受益，而她自己吃虧。這時節我聽得樹林裡一陣聲響，我抬頭看見希茲克利夫先生走下山來，幾乎要到我們跟前了。他對我的同伴一眼都不看，雖然他們是很近；林頓的哭泣聲一定是可以聽得出的，但是他招呼我的聲調，幾乎是很誠摯的，向來對別人沒用過的，其誠懇我不能不疑，他說：「看妳們離我家這樣近，真是不易哩，奈萊。妳們在田莊可好？告訴我們聽聽。據傳說，」他放低了聲音說：「哀德加·林頓已經垂危了，也許他們把他的病狀說得過火些了！」

「不，我的主人是要死了，」我回答：「的確是的。對於我們都是一件悲慘事，但對於他是幸福！」

「他能延長多久，據妳看？」他問。

「我不知道。」我說。

「因為，」他接著說，望著那兩個年輕人，他們在他的目光之下呆滯不動——林頓好像是不敢動彈，不敢抬頭，凱撒琳為了他的緣故不能動——「因為那個孩子似乎是決心要打敗我，我很感謝他的舅父，如果在他之前死去。喂！那小畜生還是那樣的裝模作樣嗎？關於他的鼻涕眼淚的樣子，我已經給了他一些教訓。他和林頓小姐在一起，大致還很活潑罷？」

「活潑？不——他表示了極大的苦楚，」我回答說：「看他那樣子，我要說，他不該陪愛人在山上漫遊，他應該躺在床上請醫生照料。」

「一兩天內，他會要上床的，」希茲克利夫喃喃的說：「但是先要——起來，林頓！起來！」他大叫：「不要在地上爬著，起來，立刻！」

林頓又發作了一陣驚懼失措，又匍匐在地上，我想大概是只因他父親望著他的緣故，並無別的原由可以產生這樣的惶悚。他好幾次努力想要服從，但是他的小小氣力暫時是完全毀滅了，呻吟一聲倒下去了。希茲克利夫先生走過來，把他舉起靠在一個隆起的草堆上。

「現在，」他說，壓制了他的兇悍，「我可要發怒了，如果你不振作你那破敝的精神——該死的東西！立刻起來！」

「我願意起來，父親，」他喘氣。「只是，別理我，否則我要暈厥。我已經按照您的願望做了，我敢說。凱撒琳會告訴您，我——我——是很歡樂的。啊！別離開我，凱撒琳，把妳的手給我。」

「拉我的手，」他的父親說：「站立起來。好了——她會把她的胳臂給你，對了，望著她。妳會以為我就是惡魔罷，林頓小姐，我招惹出這樣的恐怖。請陪他回家去罷，妳可否陪去？我若一摸他，他就要發抖。」

「林頓，親愛的！」凱撒琳小聲說：「我不能到咆哮山莊去，爸爸禁止我去。他不會傷害你的，你為什麼這樣怕？」

「我永遠不能再進那屋子，」他回答：「若沒有妳，我不能再進去！」

「止住！」他的父親叫道：「我們要尊重凱撒琳的一番孝心的顧慮。奈萊，妳送他進去，我要遵從妳所提出的關於延醫的勸告，毫不耽擱。」

「妳這樣做是很好的，」我回答：「但是我必須陪伴我的小姐，照料你的兒子，那不是我分內的事。」

「妳是很頑梗，」希茲克利夫說：「我曉得，但是妳逼迫我掐嬰孩，使他哭叫，他纔能打動妳的慈心。那麼，來罷，我的英雄，你願意回去嗎，由我陪伴？」

他又向前走來，好像是要抓那脆弱的東西。但是林頓向後退縮，抓緊他的表姊，哀求她陪他去，急迫的懇求，勢難再拒。但是我無論如何不贊成，我不能阻止她。真是的，她自己又怎能拒絕他呢？他怕的是什麼，我們無法知道，但是他在他掌握中，毫無抗拒的力量，如果再施一點威嚇，會把他嚇成為白癡。

我們走到了門口，凱撒琳走進去了，我站著等候她把病人安置在椅上，希望她立刻就出來。這時候希茲克利夫先生把我向前一推，說：「我的家並沒有遭瘟疫，奈萊。我今天頗想款待來賓，坐下，容我去關門。」

他關上門，並且下了鎖。我吃一驚。

「妳們回家之前要用一些茶點，」他說：「我是獨自一人。哈來頓帶了一些牛到里斯河邊去了，齊拉和約瑟出去玩去了。雖然我是慣於孤獨，我也願意有有趣的伴侶；如果我能得到。林頓小姐，妳挨著他坐下。我把我所有的給了妳，這份禮物實在是不值得收受，不過我沒有別的東西可給。那便是林頓，我的意思是說。她瞪眼了呢！真奇怪，我對於任何像是怕我的東西都有一種橫暴的感覺！如果我生身在一個法律比較不嚴而口味又比較不高的地方，我要把這兩個慢慢的解剖，供我一晚的娛樂。」

他倒吸一口氣，拍一聲桌子，自咒一聲道：「我指著地獄發誓，我恨他們。」

「我不怕你！」凱撒琳叫，她不能聽他說的話的後一半。她走向前去，她的黑眼睛閃耀著憤怒與決心。「給我那鑰匙，我要！」她說：「我不在這裡吃喝，如果餓死也不要緊。」

希茲克利夫把放在桌上的鑰匙拿在手裡。他抬頭看，對於她的大膽好像是吃一驚；或者，也許是，她的聲音眼光使他想起了另外一人，她的那聲音眼光正是從那一人遺傳而來的。她搶那鑰匙，幾乎從他的鬆的手指裡奪出來，但是她的動作使他回到了現實，他很快的鎮定下來。

「現在，凱撒琳・林頓，」他說：「站開些，否則我要打倒妳，那會要使丁太太發瘋哩。」

不顧他的警告，她又抓住他的拳頭和裡面握著的東西。「我們一定要走！」她重複說，用她最大的力量想打開那鐵一般的筋肉。她的指甲不能留下痕跡，她便用牙狠命的咬。希茲克利夫望我一眼，使我不得干預。凱撒琳太注意他的手指了，沒注意他的臉。他突然張開手，交出了那爭奪的物件。但是，她還沒有拿到，他便用那被放鬆的手捉住了她，拉在他的膝上，用另外一隻手在她頭上一陣亂打，每一擊都足夠實現他所威嚇的話，如果她能跌倒下來。

我看他這樣兇暴，便憤怒而上。

「你這壞蛋！」我開始叫：「你這壞蛋！」當胸一觸使我住了聲。我很胖，不久就喘不過氣。一部分為了這緣故和憤怒，我昏暈的蹣跚後退，覺得要窒息，或是血管要破裂。這一幕兩分鐘便完了。凱撒琳被放開了，兩手掩著鬢骨，那樣子好像是她不準知道她的耳朵是否還在。她抖顫得像一根蘆葦，可憐的東西，靠在桌邊，茫然失措。

「妳看，我曉得怎樣責罰孩子們，」這流氓兇狠的說，彎下身去拾那落在地板上的鑰匙，「現在到林頓那裡去，按我所吩咐的；妳可以放心的去哭！我將是妳的父親，明天起——幾天之內妳就要有一個整個的父親——以後還要有很多機會和他接觸。妳可以忍受很多，妳不是弱者。妳可以每天嘗一頓，如果我下次在妳眼睛裡再發現這樣的壞脾氣！」

凱撒跑到我身邊，沒跑到林頓那裡去，跪下來，把她的火熱的臉放在我的腿上，高聲的哭了。她的表弟已經縮到椅上的一角，像隻老鼠一般的靜。我敢說他一定是私下慶幸這場責罰降到別人頭上。希茲克利夫先生看我們都嚇昏了，便站起來，很敏捷的自己去預備茶點。盤子、碗都放好了。他倒了茶，遞給我一杯。

「冲洗妳的脾氣，」他說：「給妳自己的淘氣的小東西和我的，倒杯茶罷。沒有毒，雖然是我預備的。我要出去找妳們的馬。」

他出去之後，我們第一個念頭便是在什麼地方打出一個出路。我們試試廚房門，那是從外面閂起的。我們望望窗子——太狹，凱撒的小身體都嫌太狹。

「林頓少爺，」我叫，我發現我們是正式被拘留了，「你曉得你的壞父親要做的是什麼事，你告訴我們，否則我要打你的耳光，就像你的父親打你的表姊那樣。」

「是的，林頓，你一定要說，」凱撒琳說：「是為了你，我來的；如果你拒絕，你實在太忘恩負義了。」

「給我一點茶，我喝，隨後我就告訴妳們，」他回答：「丁太太，妳走開。我不願意妳站在這裡。凱撒琳，妳把眼淚滴到我的杯裡了。我不喝了。再倒一杯給我。」

凱撒琳又給他一杯，揩她的臉。我很討厭這小東西之態度安詳，只因他自己不復有什麼恐怖。他一走進咆哮山莊，他在草地上所表演的痛苦便完全消滅。所以我猜想，他一定是預感他將受一場暴怒的懲罰，如果他不能引誘我們前來；這事既已成功，他就沒有什麼迫切的恐懼了。

「爸爸要我們結婚，」他喝了一口茶之後說：「他知道妳的爸爸不會准我們現在結婚，如果我們等候，他又怕我死，所以我們明天早晨就要結婚，妳們今天要在這裡過一夜。如果妳們按照他的意思做，妳們過一天可以回去，帶我一同去。」

「帶你和她一同去，這可憐的孤兒？」我叫道：「你結婚？唉，這人一定是瘋了！否則他是以為我們是傻子，每個都是。你以為這美麗的年輕小姐，健康熱烈的女郎，會把她自己束縛在一個像你這樣的快死的小猴子身上嗎？撇開凱撒琳·林頓小姐不談，你可是妄想任何人會要你做丈夫嗎？你用你那下賤的啼哭引誘我們到這裡來，你該挨鞭子抽。並且——現在不用做出那傻樣！我頗想痛打你一頓，只為你那可鄙的狡詐、低能的妄想！」

我真的輕輕搖撼他一下，但是引起了他的咳嗽，他又做出呻吟啜泣那個老套，凱撒琳便責備我。

「過一整夜？不！」她說，慢慢的四下裡望。「哀倫，我要燒掉那個門，我一定要出去。」

她立刻就要開始實行她的威嚇，但是林頓又為了他自身而大驚了。

他用他的孱弱的兩臂抱住了她，哭著說：「妳不願意要我嗎、救我嗎？不要我到田莊去嗎？啊！親愛的凱撒琳！妳一定不要走。妳一定要服從我的父親——妳一定要！」

「我一定要服從我自己的父親，」她回答：「並且讓他不要受這殘酷的懸念之苦。一整夜！他將怎樣想呢？他已經著急了。我要從這屋裡打開或是燒開一條出路。不要作聲！你並沒有危險，但是如果你阻礙我——林頓，我愛爸爸勝過於愛你！」

他的對於希茲克利夫先生的狂怒之致命的恐怖，使得他又恢復了懦夫常有的辯纔。凱撒琳幾乎是心緒紛亂了，但是她仍堅持要回家去，這次輪到她來懇求了，勸他抑制他的自私的苦惱。

他們正這樣糾纏的時候，我們的監守者又進來了。

「妳們的牲口都已經走了，」他說：「並且——怎麼，林頓！又哭了？她對你做了什麼事？來，來——算了罷，上床去。過一兩個月，我的孩子，你就能用強硬的手段報復她現在的橫暴。你是為了純粹愛情而顛頇，是不是？不為別的，她會要你的！所以，睡去罷！齊拉今晚不來，你一定要自己脫衣服。噺！別作聲！一進你自己的屋子，我就不會挨近你了，你無須怕。你今天湊巧還處理得不錯。其餘的事我來負責。」

他說了這些話，開著門讓他的兒子走過去，他的兒子出去的樣子恰似一隻獵狗，猜疑那開著門的人是有意的要乘機擠他一下。門又下了鎖。希茲克利夫走近壁爐，我的女主人和我默立在那裡。凱撒琳抬頭看，本能的舉起手掩著臉。他一走近便又引起苦痛的感覺。任何別人都不會嚴厲的對付這孩氣的舉動，但是他皺起眉頭，喃喃的對她說：「啊！妳不怕我？妳的勇敢有很好的偽裝，妳好像是很怕呢！」

「我現在是怕了，」她回答：「因為，如果我留在此地，爸爸會難過，我怎能忍受令他難過呢？尤其是當他——當他——希茲克利夫先生，准我回家去罷！我答應嫁給林頓，爸爸會願意我嫁的；我愛他。為什麼你要強迫我做我自己願意做的事呢？」

「他敢強迫你！」我喊道：「國家有法律，感謝上帝，雖然我們是在一個偏僻的地方。縱使他是我的兒子，我也要告發。這是僧侶無赦的重罪！」

「住聲！」那惡漢說：「妳吵什麼！我不要妳說話。林頓小姐，我想著妳父親要難過，我是十分舒服的，我會要滿意得睡不著覺。妳所告訴我的妳在我家住二十四小時所要引起的影響，正是最好的理由使妳非住在此地不可；妳找不出更好的理由。至於妳答應嫁給林頓的話，我會注意要妳守信，因為在完成婚禮之前你不得離開此地。」

「那麼，派哀倫去通知爸爸說我平安！」凱撒琳喊，痛哭著。「或是讓我現在就結婚。可憐的爸爸！哀倫，他會以為我們是走失了。我們怎麼辦呢？」

「他不會的！他會以為妳們是倦於服侍他了，跑開去玩一下，」希茲克利夫回答：「妳不能否認妳是自動的進這屋裡來的，違反了他的禁令。在妳這樣的年歲，貪求娛樂也是很自然的事，看護一個病人久了妳自然也會倦，而且那人又僅是妳的父親。凱撒琳，他的最幸福的日子是過去了，當妳的生命開始的時候。我敢說，他詛咒妳，只為妳到這世上來（至少，我詛咒了）；他脫離這世上的時候，他若詛咒妳，那也是很對的，我願和他一同詛咒。我不愛妳！我怎能呢？妳哭去罷。據我所能看得到的，這將成為你以後主要的消遣，除非林頓補償了別方面的損失。妳的聰明的父親似乎是以為他能。他的勸告安慰的信使我得到很大的娛樂。在他最後的信裡，他勸告我的寶貝對他的寶貝要小心，並且娶到她之後要對她恩愛。小心恩愛——這是很慈的話。但是林頓對他自己也需要他的全部的小心恩愛呢。林頓很會做一個小老爺子，他願殘害任何數目的貓，如果貓的牙是拔掉了，貓的爪是剪掉了。妳回家之後，妳可以編造許多他的恩愛的故事告訴他的舅父。

「你說得是！」我說，「解釋你兒子的性格。表示出他和你的相似處。然後，我希望，凱撒琳小姐在要這毒蛇之前便要三思了！」

「我現在不想說他的和藹的品性，」他回答：「因為她必須接受他，或是被囚在此，連妳也一同被囚，等到妳的主人死。我可以拘留妳們兩個，很嚴密的，在此地。如果你懷疑，鼓勵她撤回她的話，妳就可以有一個判斷的機會了！」

「我不撤回我的話，」凱撒琳說：「我要在這小時內就和他結婚，如果結婚後我就可以回到鶇翔田莊。希茲克利夫先生，你是一個殘酷的人，但你不是一個魔鬼。你不會僅僅由於兇險的心性而就破壞我所有的幸福，以致不可補救。如果爸爸以為我是故意拋棄他，如果在我回去之前他就死了，我以後怎樣活呢？我不再哭了，但是我要跪在這裡，跪在你膝下，我不起來，我的眼不離開你的臉，直等到你回看我一眼！不，別轉過臉去！看我呀！你不會看見什麼招惹你生氣的東西。你一生從來沒有愛過任何人嗎，姑父？從來沒有？啊！你一定要看我一眼。我是如此狼狽，你不能不為我難過，你不能不憐憫我。」

「拿開妳的蜥蜴般的手指，走開，否則我要踢妳！」希茲克利夫喊，殘暴的推開了她。「我寧願被一條蛇來擁抱。妳怎麼敢妄想來諂媚我？我看不起妳！」

他聳肩，真個的顫動了一下，好像是他的肌肉因為憎惡而起了戰慄，他把椅子向後推。我起立張口要開始一場痛罵。但是我的第一句話剛說到中間便啞口無言了，因為他威嚇如果我再說一個字便要把我單獨禁閉在另一室中。天漸漸黑了——我們聽到園門有說話聲。主人立刻匆忙出去，他還有清楚的神志，我們沒有了。有兩三分鐘的談話，他獨自回來。

「我以為是你的表哥哈來頓呢，」我對凱撒琳說：「我願意他來！誰知道他也許站在我們一面呢？」

「是田莊派來找妳們的三個僕人，」希茲克利夫說，他聽到了我的話。「妳應該打開窗子喊叫，但是我敢賭咒那個小丫頭一定很高興妳沒有喊。她很高興的被迫留在此地，我敢說。」

我們知道失掉了一個機會，便放肆的齊聲痛哭。他由著我們哭到九點鐘，然後他令我們上樓，穿過廚房，到齊拉的房裡。我低聲叫我的伴侶服從，或者我們可以設法在那裡跳窗子出去，或是到一間頂樓由天窗出去。但是窗子很狹，像底下的一樣，天窗也很嚴密，無從逃脫。我們是像以前一樣的被鎖閉在裡面。我們都沒有躺下來，凱撒琳就在窗前站著，焦急的望著天明。我不斷的請求她躺下來休息，但是一聲呻吟便是她的唯一的回答。我坐在一把椅上，來回的搖，嚴厲的裁判我自己之許多不盡職處，那時候我覺得，我的主人們之一切不幸均是由此而來。我現在曉得，實際上全然不是這樣一回事，但是在那黑暗的一晚，在我的想像中是如此，我覺得希茲克利夫比我還罪輕些。

七點鐘的時候他來了，問林頓小姐起來沒有。她立刻跑到門口，回答說：「起來了。」

「這裡來，那麼，」他說，打開門，把她拉出去了。

我起來跟過去，但是他又鎖了門。我要求放我出去。

「耐心些，」他回答：「我立刻就把你的早點送上來。」

我捶打牆板，惱怒的搖撼門閂。凱撒琳問為什麼還監禁我？他回答說，我還要再忍耐一小時，他們就走了。我忍耐了兩、三小時，最後，我聽見腳步聲；不是希茲克利夫的。

「我送東西給妳吃，」一個聲音說：「開門！」

我熱心的從命，我看見哈來頓，帶著夠我一天吃的食物。

「拿去。」他說，把盤子丟到我的手裡。

「再停一分鐘。」我說。

「不。」他叫，他去了，不聽我乞求他停留的任何祈禱。

我整天被關在那裡，第二晚的整晚，又一天，又一晚。我一共過了五夜四天，除了每天早晨看見哈來頓一次外，不看見任何人。而他又是一個模範的監守者：暴躁、沉默，對於一切打動他的正義感或同情心的嘗試全然聾啞。

28

第五個早晨，可以說是下午，一個不同的腳步聲來了——輕些並且促些。這一回，這人走進屋，是齊拉，披著她的紫紅色圍巾，頭上戴著黑絲帽子，臂上掛著柳條籃子。

「唉，親愛的！丁太太！」她驚嘆。「唉！在吉墨頓有人談論關於妳的話呢。我一向以為妳是和小姐一同陷沒在黑馬沼，直到主人告訴我妳已經被尋獲了，他把妳安置在此地！怎麼！妳一定是爬上了一個島？妳陷在穴裡有多久？是主人救了妳嗎，丁太太？但是妳並不瘦——妳並沒有怎樣吃苦，是不是？」

「妳的主人是一個真正的流氓！」我回答：「但是他要負責任。他無須編那個故事，會完全暴露出來的！」

「妳說的是什麼話？」齊拉問：「這不是他造的故事，村裡人都這樣說——說妳在澤沼地裡走失了。我回來的時候，我喊恩蕭——『喂，哈來頓先生，自我去後有怪事發生哩。那漂亮的年輕姑娘和那多嘴的奈萊・丁，真是怪可惜的。』他瞪眼了，我以為他沒聽到這消息，我於是把傳說的話告訴了他。主人在旁聽著，他自己微笑一下說：『如果她們是在澤沼裡，她們現在出來了，齊拉。奈萊・丁現在是住在妳的房裡呢，妳上去的時候妳可以令她走，鑰匙在這裡。髒水灌進了她的頭，她神經錯亂的就要跑回家去。但是我留住了她，等她神志清醒了。妳可以令她立刻回到田莊去，如果她能走，並且給我帶個信去，就說她的小姐隨後就到，可以趕上參加老爺的出殯。』」

「哀德加先生沒有死罷？」我喘氣說：「啊！齊拉，齊拉！」

「沒有，沒有，妳坐下，我的好太太，」她回答：「妳還是很不康健呢。他沒有死，坎奈茲大夫認為他還可以再延續一天，我路上遇見他問過的。」

我不坐下，我抓起了我的衣帽，急忙下樓，因為路是開放著的。走進大廳，我四下望，想找個人告訴我關於凱撒琳的消息。屋裡充滿了陽光，門大敞著，但是附近沒有人。我正猶豫，不知立刻走好，還是回去尋找我的女主人，一聲輕嗽引我注意到壁爐。林頓倒在靠椅上，獨自一個，吮一根糖棍，用冷淡的眼光看著我的動作。「凱撒琳小姐在哪裡？」我嚴重的質問，以為我可以嚇他吐露消息，因為我抓到他獨自在那裡。他像是毫不知情似的繼續吮糖。

「她走了麼？」我說。

「沒有，」他回答：「她在樓上，她不走了，我們不准她走。」

「你不准她，小癡子！」我叫道：「立刻領我到她屋裡，否則我要使你亂叫喚。」

「如果妳想到那裡去，爸爸會使妳亂叫喚哩，」他回答：「他說我不要對凱撒琳柔和，她是我的妻，她想離開我，那是可恥的事。他說，她恨我，她願意我死，她好有我的錢財，但是她不能有，她不能回家去！她永遠不能——她可以哭，愛怎樣病都隨她的便！」

他又繼續他的工作，閉上了眼，好像是要瞌睡。

「希茲克利夫少爺，」我又說：「你忘記了凱撒琳去年冬天對你的一切恩愛了麼，你那時候你確說你愛她，她帶書給你，唱歌給你聽，多少次冒著風雪來看你？有一晚她不能來，她直哭，生怕你失望。你那時覺得她若配給你，是一百倍的太好，如今你卻相信你父親的謊語，雖然你曉得他看不起你們兩個，而你幫助他來迫害她，這真是感恩報德，是不是？」

林頓的嘴角落下了，他把糖棍從嘴裡抽出來了。

「她到咆哮山莊來，是因為她恨你嗎？」我接著說：「你自己想想！至於你的錢，她根本不知道你會有什麼錢。你說她是病了，而你撇得她一人在那裡，在那陌生的樓上！你自己也嘗受過這樣被人遺棄是什麼味道呀！你能憐憫你自己的苦痛，她也憐憫，但是你不憐憫她的！你看，我淌淚了，希茲克利夫少爺——我是一個年長的婦人，並且僅是一名僕人——而你，於假裝那種溫情之後，而且幾乎崇拜了她之後，卻把眼淚儲藏著為自己用，很安然的靠在那裡。啊！你是毫無心肝的自私的男孩子！」

「我不能和她在一起，」他乖戾的回答：「我又不願獨居。她哭，我受不了。她不停止哭，雖然我說我要喊我的父親來。有一次我真喊他來了，他威嚇著要扼死她，如果她不住聲。但是他一離開屋子她又哭了，整夜呻吟苦惱，雖然我因為不能睡而急得大叫。」

「希茲克利夫先生出去了麼？」我問，我看出這可憐的東西對於他的表姊的心靈慘痛是沒有同情的力量的。

「他是在院裡呢，」他回答：「和坎奈茲大夫談話呢，他說舅父終於是真要死了。我很高興，因為我將繼他而為田莊的主人。凱撒琳總是說起那是她的家。那不是了！那是我的了。爸爸說她所有的一切都是我的。她所有的那些好看的書是我的。她曾提議把那些書、她的鳥，以及她的小馬明妮，都送給我；如果我把我們的房間鑰匙弄到放她出來。但是我告訴她，她已經沒有東西可給，一切東西都已經是我的了。於是她大哭，從她的頸上取下一個相片，說我可以拿了去。是兩張相片在一個金盒裡，一邊是她的母親，一邊是舅父，年輕時候的。這是昨天的事——我說這也是我的，我想要拿過來。這可惡的東西竟不准我拿，她推開我，傷了我。我大叫——這使她害怕了——她聽見爸爸走來，她打裂了樞紐，把盒子劈開，把她母親的相片遞給我，那另一個相片她想要藏起來。但是爸爸問是為什麼事，我解釋了。他把我拿到的相片取去，命令她把她的給我。她拒絕了，他就——他就把她打倒，從頸鍊上扯了下來，放在腳下踏碎。」

「你看見她被打可高興嗎？」我問，我有了計畫，要鼓勵他說話。

「我閉上了眼，」他回答：「我父親打狗打馬，我都閉上眼，他打得好狠。但是起初我是高興——她推了我是該挨打的。爸爸走後，她要我走到窗前，給我看她的腮的裡部，被牙齒劃裂了，滿口都是血。隨後她把碎破的相片又聚攏起來，向壁坐下，以後就沒有對我說話。我有時想，她是痛得不能說話。我不願這樣想，但是她不斷的哭實在是討厭。她的臉色蒼白而蠻野，我怕她。」

「你能得到鑰匙，如果你願意？」我說。

「是的，當我在樓上的時候，」他回答：「但是我現在不能走上樓。」

「是哪一間屋子呢？」我問。

「啊，」他叫道：「我不能告訴妳在哪裡呀！那是我們的祕密。沒有人能知道，哈來頓、齊拉都不知道。好了！妳使得我疲倦了——走開，走開！」他把臉伏在臂上，又閉上了眼。

我想最好是就走，不去看希茲克利夫先生，回到田莊給我的小姐求救。回到家，夥伴們看見我，驚訝與喜悅是同樣的濃厚。他們一聽說小女主人是安全的，有兩三個立刻就要跑到哀德加先生門前喊報這個消息。但是我要自己去宣布。就在這幾天之間，他改變多少呦！他只是悲苦絕望的等死的樣子。他的樣子很年輕，雖然他的實在年齡是三十九，人家會認為他是年輕十歲，至少。他想念著凱撒琳，因為他嘴裡喃喃的叫著她的名字。我摸他的手，說：「凱撒琳就要來了，親愛的主人！」我低聲說：「她是活著，並且好好的，今晚我希望就能來到此地。」

我看這消息所引起的最初的反響，我戰慄了。他半起身，焦灼的在屋裡四下望，然後暈倒下去。他甦醒之後，我便講述我們被迫訪問山莊以及被拘留的情形。我說希茲克利夫強迫我走進去的，這當然是不十分確實。對於林頓的壞話，我盡可能的少說，我也沒有完全描述他父親的殘酷行為——我的用意是不在他的已經充溢的惡感之中再增加仇恨；如果我能夠做到。

他猜想，他的敵人的用意之一便是奪取她個人的財產以及房產田產給他的兒子：或者更可以說給他自己。但為什麼不等他死後再說，我的主人認為是個謎。因為他不知道在多麼近的時候，他和他的外甥就要一同離開這世界。但是他覺得他的遺囑最好是改一下：本來是把凱撒琳的財產交她自己去支配，現在他決定交給保管人供她生時使用，如果有孩子，她死後給孩子用。用這方法，如果林頓死，也不致落在希茲克利夫先生手裡了。

我接受他的吩咐之後，我派一個人去請律師，又派了四個人，帶著相當的武器，去到那監禁人的地方索取我的小姐。兩批人都耽擱得很晚。單人是先回來的。他說他到律師格林先生家的時候，他不在家，等了他兩小時纔回來。格林先生告訴他說他在村裡有點小事必須要辦，早晨以前必可趕到鶇翔田莊。那四個人也空手回來。他們帶信來說凱撒琳病了，病得不能出屋，希茲克利夫不准他們去見她。我罵這班蠢人不該聽他那一套。這一套話我不能傳給主人聽，我決定到白晝帶領大隊人去到山莊，真個的攻打進去；除非是靜靜的把人交還我們。她的父親一定要見到她，我發了誓，我再度發了誓，如果那惡魔因阻止而被格殺在他自己門前，亦所不顧！

可巧，我無須走這一遭惹這一場麻煩了。我三點鐘時下樓取水，提著一罐水經過大廳，前門有人猛敲，嚇我一跳。「啊！這是格林，」我說，我鎮定下來——「只是格林。」我照舊走著，想喊別人去開門。但是敲門聲又作，不甚響，但是很急。我把水罐放在欄杆上，忙去開門。秋月把外面照得很亮。不是律師，我的小女主人跳過來摟著我的頸子哭：「哀倫！哀倫！爸爸是還活著罷？」

「是的，」我叫：「是的，我的天使，他是活著呢。感謝上帝，妳安全回來了！」

她已經喘不過氣，她要跑到林頓先生的屋裡去。但是我強迫她坐在椅上，使她喝點水，洗她的蒼白的臉，用我的圍裙把她的臉擦出一點紅暈。然後我說我先去，宣布她的歸來，我求她說她和年輕的希茲克利夫在一起是很快樂的。她驚愕了，但是立刻了解我為什麼勸她說這樣的謊話，她答應我她不說怨恨的話。

我不能看他們的團聚。我在門外站了一刻鐘，幾乎不敢走到床邊去。但是，一切都很鎮定，凱撒琳的悲哀和她父親的喜悅是一般的沉默。她做出鎮定的樣子扶著他，他用他的像是因狂喜而擴大的突出的兩眼呆呆的望著她的臉。

他幸福的死了，勞克伍德先生，他是這樣死的。他吻著她的臉，低聲說：「我要到她那裡去了，妳，親愛的孩子，將來也會來到我們那裡！」便再也不動，再也不說什麼了，但仍繼續那狂喜光亮的凝視，直到他的脈搏逐漸停止，他的靈魂脫離。沒有人能覺察他死的那一分鐘——完全沒有一點掙扎。

不知凱撒琳是把眼淚早已用盡，抑是悲哀過於沉重以至眼淚不能流露，她乾著眼睛坐著，直到太陽出來。她坐到中午，她還要對著那屍床冥想，但是我堅持要她走開休息一下。幸而我把她勸走了，因為到了午飯時候律師來了，他已經到過咆哮山莊聽取指示來怎樣處理。他已經把自己出賣給希茲克利夫先生了，他延遲服從我的主人的召喚就是為這緣故。幸運得很，自從他的女兒回來之後，塵世事務的念頭沒有到過他的心上來擾他。

格林先生自認有權吩咐一切事情、號令一切的人。除了我之外，他通告一切僕人離去。他甚至要執行委託權，堅持哀德加・林頓不葬在他的妻的身旁，而葬在禮拜堂裡，和他的族人在一起。但是有遺囑在，不准這樣辦，並且我高聲抗議違抗遺囑的規定。喪禮很快的過去。凱撒琳，現在是林頓・希茲克利夫夫人了，被准停留在田莊，直到她父親的屍體離去時為止。

她告訴我，她的苦痛終於刺戟林頓冒險釋放了她。她聽見了我派去的人在門口爭辯，她聽出了希茲克利夫問話的大意。這使得她發狂。林頓自從我走後就被抬到樓上小客廳裡，他嚇得急忙乘父親沒回來時就取到了鑰匙。他很乖巧的打開鎖，然後再上鎖，可是沒把門鎖住。他到了該睡的時候，請求和哈來頓同睡，他的請求這一回得到了允許。凱撒琳在天明之前偷走出去。她不敢走大門，怕狗叫起來，她走進空的房間，檢驗窗戶，可巧她走到她母親的房間，她很容易的從窗間出去，利用靠近的一棵樅樹，降落在地上。她的同謀者為了這脫逃而嘗受了他那一份的懲罰；雖然他曾細心的布置。

29

出殯後的一晚，我和小姐坐在書房，時而哀傷的思索著我們的損失——兩人中有一個是絕望的思索著——時而懸想著黑暗的將來。

我們剛好同意凱撒琳最好的命運便是被准許繼續在田莊住；至少，在林頓活的時候，他被准到她這裡來，我仍然做管家婦。這實在是太好的安排，不敢希望，但是我卻這樣希望，並且想到可以保持我的家、我的位置，尤其是我的可愛的年輕的女主人，我便開始高興起來。這時候，一個僕人——一個被遣散而尚未離去的僕人——匆忙衝了進來，說「那惡魔希茲克利夫」已經穿過庭院走來了，他是否要迎頭閂上門？

如果我們真瘋狂得吩咐這樣做，我們也沒有工夫。他並不客氣的敲門通報，他是主人，他利用主人的權利，照直走進來，不說一句話。報信人的聲音引他到了書房。他進來，揮他出去，關上了門。

這間屋子即是十八年前他作為一個客人被引進去過的那間屋子；照舊是那個月亮照進窗來，依然是一幅秋景在外面。我們還沒有點起蠟燭，但是全屋裡明亮，牆上的肖像都看得清楚：林頓夫人的美麗的臉，以及她的體面的丈夫。希茲克利夫走到爐邊。時間也沒有把他的外貌改變多少。仍然是那個人，黑臉稍微蒼白一些，更沉著一些，身軀稍微重一兩磅，或者，沒有其他的分別了。凱撒琳一看見他，便立了起來，有闖出去的一種衝動。

「站住！」他說，抓住了她的胳臂。「以後不准再跑！妳要到哪裡去？我是來接妳回家去。我希望妳是一個孝順的兒媳婦，並且不鼓勵我的兒子再做不服從的事。當我發現他參加了上回的事情之後，我很為難不知怎樣懲罰他纔好。他是這樣不中用的東西，一捏就要毀滅了他。但是妳看他的樣子，妳就會曉得他已經得到他分所應得的了。有一天我把他弄下樓來，就是前天，只把他放在椅子上，以後我就從沒有摸到他。我把哈來頓打發出去，屋裡只有我們兩個。過了兩小時，我喊約瑟把他抱上樓去。自從那以後，他一見我就像見鬼一般神經上受壓迫。我猜想我不在他身邊時，他一定也常看見我。哈來頓說他在夜間醒來常常整鐘頭的大叫，喊妳來保護他，免得受我欺侮。不管妳是否歡喜妳的寶貝伴侶，妳必須來。他現在歸妳管了，我對他的一切興趣全移交給妳了。」

「為什麼不叫凱撒琳繼續在這裡呢？」我請求，「送林頓少爺到她這裡來呢？你既然厭惡他們兩個，你也不會想念他們的。他們只能使你的硬心腸天天不快罷了。」

「我要給田莊找一個房客哩，」他回答：「並且我當然要我的孩子們在我身邊。況且，那個女子吃我的麵包，也要給我做事。在林頓死後，我也不打算讓她養尊處優的閒著。現在，趕快去準備，不要逼我來強迫妳。」

「我就去，」凱撒琳說：「林頓是我在這世上所能愛的一切。雖然你已盡力把他弄得讓我看起來討厭，把我也弄得讓他看起來討厭，但是你不能使得我們互相厭恨。我在旁邊的時候我不怕你傷害他，我不怕你恐嚇我！」

「妳是一個誇口的英雄，」希茲克利夫說：「但是我並不歡喜妳，所以我不要傷害他。那苦痛我要妳慢慢的嘗個夠，能延得多麼久就延多麼久。並非是我把他弄得令妳看起來可厭——那是他自己的好脾氣。他對於妳的遺棄及其後果，恨入骨髓。妳莫想妳的忠誠能得到感激。我聽他對齊拉說過，如果他像我一般強健，他將如何如何的報復。他已經起了這條心，他的孱弱正可以使他的頭腦格外敏銳的去尋求代替強健的方法。」

「我知道他有壞的性格，」凱撒琳說：「他是你的兒子。但是我很高興我有較好的性格，我饒恕他，並且我知道他愛我，為這個緣故我也愛他。希茲克利夫先生，你沒有一個人愛你。而且無論你怎樣使我們苦痛，我們總有一點報復，我們認定你的殘忍乃是由更大的苦痛裡產生出來的。你是苦痛，是不是？寂寞，像惡魔一般，並且嫉妒也像惡魔？沒有人愛你——沒有人在你死的時候會哭你！我不願意是你！」

凱撒琳用一種傷心的勝利的態度說。她好像是已下決心採取她的未來家庭的精神，從敵人的悲苦中取得愉快。

「妳立刻就要因為是妳自己而感遺憾了，」她的公公說：「如果妳再站在那裡一分鐘。

滾開，女妖，收拾妳的東西去罷！」

她輕蔑的退去。她去後，我請求要齊拉在山莊的那個位置，我提議把我的讓給她，但是他決意不准。他令我不必再多說。然後，他開始第一次看看這房間，並且看畫像。細看了林頓夫人的畫像之後，他說：「我要把這帶回家去。不是因為我需要它，但是——」他突然轉向著壁爐，臉上露出一種我無法形容的神情，我只好說是微笑罷。他說：「我告訴妳我昨天做了什麼事罷！我找到正在給林頓掘墳的那個人，我令他把她的棺蓋上的土挖開，我打開了她的棺材。我當時一度想我將來也要葬在這裡：我一見到她的臉——還是她的樣兒！——他簡直沒法子推動我。但是他說如果空氣吹上去，屍首就要變樣，於是我把棺材的一邊敲鬆，又用土掩蓋起來，不是林頓的那一邊，我恨死他！我願把他用鉛鐵銲住。我賄買了那掘墳人，等我葬在那裡的時候把它抽出來，把我的也抽出來。我要特意做成那個樣的，然後等到林頓到我們那裡的時候，他分辨不出哪一個是哪一個了！」

「你是很壞，希茲克利夫先生！」我說：「你擾及死者，你不覺得可恥嗎？」

「我沒有擾任何人，奈萊，」他回答：「我給我自己一些安寧罷了。我現在舒服得多了；即使我死後，我也可較為寧靜的睡在土下了。擾了她麼？不！她擾了我，日日夜夜，整整十八年——不間斷的——不饒人的——直到昨天夜裡，昨天夜裡我寧靜了。我夢見我陪著那個長眠者睡我的最後一覺，我的心不跳，我的臉冰冷的偎貼著她的臉。」

「如果她已化成為泥土，或者是情形更壞，你將夢見什麼呢？」我說。

「和她一同化為泥土，更加快樂！」他回答：「妳以為我怕那樣的任何變化嗎？我掀開棺蓋的時候，我本以為已有這樣變化了。但是我很高興，屍首尚未變，等我去一同變呢。並且，除非是我從她的冰冷無情的臉得到一清晰的印象，那種奇異的感情是不會消滅的。其開始甚怪。妳曉得，自從她死後，我就發狂。我一天一天的祈禱她的魂靈歸來！我深信鬼，我信鬼能而且確是生存在我們人間！她下葬那天，降雪。到晚上，我到墳園裡去了。冷風凄凄，像是冬天——四圍是一片沉寂。我不怕她的那個混帳丈夫在這樣晚的時候會來，別人更不會有事到這裡來。我獨自一個，而且曉得兩碼鬆土便是我們之間唯一的障礙，我便向自己說：『我要再把她抱在懷裡！如果她是冰冷的，我就想這是北風凍得我冰冷；如果她不動彈，那是睡覺呢。』我從家具室取得一把鏟子，用我的全力去掘——刮到棺材了，我用手去掀，棺木的螺釘吱吱的響，我幾幾乎要得到我的目的物了。這時節好像是我聽到上面有個人嘆氣，就在墳穴上面近處，而且在向下探身。『如果我能掀開這個，』我喃喃自語：『我願他們用土把我們兩個都埋上！』於是我更拚命的用力掀。又一聲嘆氣，在我耳邊。我好像是覺得那嘆聲的暖氣代替了那挾著冰雪的風。我曉得近邊並無任何血肉之軀的生物；但是，妳一定感覺過，在黑暗中有什麼具體的東西走過來，雖然並看不清確有什麼東西，同樣的我也是感覺到凱撒在那裡：不在我下面，而在地上。一種突然的安慰感從心裡流到四肢，我放棄了我的苦痛的工作，立刻得到了安慰；說不出的安慰。她陪著我，我填平墳穴的時候她就在那裡，並且引我回家去。

「妳要笑，儘管笑，但是我確知我是看見她在那裡了。我確知她是陪著我，不能不對她談話。

「到了山莊，我急忙奔到門口，門是閂著的，我記得，那可惡的恩蕭和我的妻拒絕我進去。我記得，我停身把他踢得沒有氣，然後匆忙上樓，到我的房間和她的房間。我急躁的四下望——我覺得她在我身旁——我能幾乎看見她，但是我不能！我那時候的戀慕之苦真應該使我淌血——我熱狂的企求只消看見她一瞥！我一瞥也沒有。她像在生時一般，像魔鬼一般條現條滅的戲弄我！自這次以後，時而重時而輕的，我便受這不可容忍的慘痛的蹂躪！簡直是地獄！使我永遠神經緊張，如果我的神經不像羊腸線，早就會弛鬆到林頓的那樣柔弱了。

「我和哈來頓同坐在屋裡的時候，好像是我出去就會遇見她；我在澤地散步的時候，又好像我進來就會遇見她。我離開家，便急忙回來：她一定是在山莊什麼地方，我準知道！我在她的房間裡睡的時候——我非出來不可。我在那裡躺不住，因為我剛闔上眼，她便或是在窗外，或是溜進牆壁板，或是走進房裡，甚而或是她像在童時那樣把她的可愛的頭靠在枕上；我不能不睜開眼看。於是我一夜要睜眼閉眼上一百次——永遠是失望！這使我慘痛！我常大聲呻吟，那個老混蛋約瑟無疑的以為是我的良心在我身裡作怪。現在，我既然看見她了，我心安了——稍微。這是害殺人的奇法！不是一寸寸的割，是一分一毫的割，用一個鬼靈般的希望引誘我，經過十八年！」

希茲克利夫先生停住了，擦擦他的額，他的頭髮黏在額上，汗濕了。他的眼凝視著火爐的紅燼，眉頭並沒皺，是豎起到挨近鬢角處，減少了些他臉上的陰沉氣，但是有一種奇怪的煩惱的神情，是內心緊張的凝想某一件事時的苦痛樣子。他只是半對著我說話，我不作聲。我不歡喜聽他說話！過了一個短時間，他又思索那張畫像，取下來，放在沙發上，看個細。他正在看，凱撒琳進來了，說她已準備好了，就等她的小馬加鞍。

「明天再送來好了，」希茲克利夫對我說，然後轉來對她說：「妳無需馬，是很好的一晚，妳無須在咆哮山莊用馬。不論妳走什麼路，妳要用妳的腳。來罷。」

「再會了，哀倫！」我的親愛的小女主人小聲的對我說。她吻我時，她的嘴脣像冰似的。「來看我，哀倫，不要忘記。」

「妳當心不要做這樣的事，丁太太！」她的新父親說：「我想和妳說話的時候，我到此地來。我不要妳到我家裡去窺探！」

他作勢令她前行，她回頭望我一眼，令我心痛。她服從了。我在窗前望著他們走進園裡。希茲克利夫把凱撒琳的胳臂夾在自己的腋下，雖然很明顯的，她起初是反對這舉動，他跨開大步匆匆的把她領進一條路裡，兩旁的大樹遮住了他們。

30

我到咆哮山莊探視了一次，但是自她離去後，我沒有見過她。我前去訪視她的時候，約瑟把門拉在手上不准我進去。他說林頓夫人還「活著」呢，主人是不在家。齊拉已經告訴過一些他們的狀況，否則我會不知道誰是死了誰是活著。她以為凱撒琳驕傲，不歡喜她，我從她的話裡可以猜想到。我的小姐初來時曾要她幫一點忙，但是希茲克利夫先生告訴她不要多管閒事，讓他的兒媳婦自己照顧自己。齊拉本是一個心狹自私的女人，很高興的聽從了。凱撒琳對於這個不理會表示了孩氣的惱怒，以輕蔑為報復，於是把我的這位通風報信的人也列入仇敵之內了，並且牢牢實實的；好像齊拉做了什麼太對不起她的事。大約六星期前我曾和齊拉長談，就在你來之前不久，有一天我們在澤地裡偶然遇到，這就是她告訴我的。

「林頓夫人做的第一件事，」她說：「自從她到了山莊，便是跑上樓去，甚至沒有對我和約瑟說聲晚安，她把自己關在林頓屋裡，直到早晨。然後，主人和恩蕭正在早餐，她走進大廳，抖顫的問能否請一個醫生來？她的表弟病得很重。

「『我們曉得！』希茲克利夫回答：『但是他的性命不值一文錢，我不願在他身上再花一文錢。』

「『但是我不曉得怎麼辦了，』她說：『如果沒人幫我，他要死了！』

「『走出那房間，』主人大叫：『永遠別再讓我聽見關於他的話！這裡沒有人關心他的狀況。如果妳關心，妳去做看護。如果妳不，鎖起他的門，離開他便是。』

「於是她開始來麻煩我，我就說我對於這煩人的東西已經受夠了磨纏。我們各有職務，她的職務是照料林頓，希茲克利夫先生令我把這工作交給她。

「他們兩個是怎樣過的，我不能說。我猜想，他必常發脾氣，日夜的呻吟，她難得有一點休息；看她的蒼白的臉和矇矓的眼就可以想像到。她時常到廚房來，很狼狽，那樣子好像是很想要請人幫忙，但是我不願不服從主人，丁太太，並且，雖然我覺得不請坎奈茲是不對的，但是我無須勸告或抱怨，我一向不多管閒事。有一次或兩次，我們睡了之後，我可巧又開了我的門，便看見她坐在樓梯頂上哭，我急速把門關起，怕的是因受感動而去參與。我確知，那時候我是很憐憫她，但是我究竟不願失掉我的位置；妳明白。

「最後，有一晚，她大膽的走進我的房間，幾乎把我嚇傻了，她說：『告訴希茲克利夫先生，他的兒子要死了——這一回我準知道是。起來，立刻，告訴他。』說完這一句話，她又走了。我又躺了一刻鐘，靜聽著、抖顫著。沒有動靜——屋裡很安靜的。

「『是她錯了，』我向我自己說：『他又甦醒過來了，我無須驚動他們。』我開始睡。但是我的睡眠被一陣急尖的鈴聲給第二次打斷了——這是我們唯一的鈴，故意給林頓裝置的。主人喊我起來看是什麼事，並且要我告訴他們他不准再發出這聲音。

「我把凱撒琳的話傳達了，他自行咒罵一聲，幾分鐘後點燃蠟燭出來了，向他們的房間走去。我跟了去。希茲克利夫夫人坐在床邊，手抱著膝。她的公公走上去，舉燭照林頓的臉，看他、摸他，然後他轉過來對她。

「『現在──凱撒琳，』他說：『妳心裡覺得怎樣？』

「她啞口無言。

「『妳覺得怎樣？』他再問。

「『他是安全了，我是自由了，』她回答：『我應該覺得好過──但是，』她繼續說，有一種她不能隱藏的毒恨，『你撇下我獨自和死掙扎這樣久，我感覺的和看見的只是死！我覺得我就是死神！』

「她也確像是！我給了她一點酒。哈來頓和約瑟被那鈴聲和腳步聲給驚醒了，又從外面聽見我們說話，現在走了進來。我相信，約瑟是高興去掉了這個孩子，哈來頓似乎有一點不快。雖然他用心凝視凱撒琳的時候比較想念林頓的時候為多。但是主人令他去再睡，我們不要他幫忙。他隨後就令約瑟把死屍搬到他的房裡，令我回我的房，希茲克利夫夫人是獨自一個在那裡。

「在清早，他派我告訴她務必下來吃早餐，她已脫了衣服，像是要睡，她說她病了，我認為一點也不奇怪。我告訴希茲克利夫先生，他回答：『好，先不理她，等出殯後再說。妳過些時候就上去一次，給她送去她所要的東西，她好些的時候，立刻來告訴我。』」

據齊拉講，凱撒病倒在樓上有兩星期，她每天去看她兩次，本想對她再稍微溫和一些，但是她增加溫情的企圖是被傲慢而迅速的拒絕了。

希茲克利夫上去過一次，把林頓的遺囑給她看。他把他所有的以及從前是她的動產全部遺贈給他父親。這可憐的東西是被威逼，或被誘騙，而寫了這樣的遺囑；當他的舅父去世，她離開了一星期的時候。至於田地，則因為他未成年，他不得過問。但是，希茲克利夫先生也根據他的妻的權利和他的權利而承繼了。我想是合法的，無論如何，凱撒琳沒有錢和朋友，是不能搖撼他的產權的。

「沒有人，」齊拉說：「於我之外曾走向過她的房門，除了那一回之外；也沒有人問過任何關於她的話。她第一次下樓到大廳裡來，是在一個星期日下午。我給她送飯上樓的時候，她喊叫她不能忍受再在冷的地方住了。我告訴她主人要到鶇翔田莊去了，恩蕭和我是不必阻止她下樓的。於是，她一聽到希茲克利夫的馬馳去的聲音，她便披著黑衣出現了，她的黃鬈髮披梳在耳後，醜得像一個『教友派』的教徒，她不能梳直。約瑟和我平常在星期日都到禮拜堂去——」

您知道現在的教堂沒有牧師——丁夫人解釋說，他們喚吉墨頓的那個美以美會的或浸禮會的地方（我不知道是哪一個了）為禮拜堂。

「約瑟已經走了，」她繼續說：「但是我覺得我還是留在家裡對。有年長的人監視著，年輕人要好得多。哈來頓，雖然他是羞怯的，不是好品行的榜樣。我讓他知道他的表妹大概可以和我們一同起居了，她是慣於遵守『安息日』的，所以當她在的時候，他最好是放下他的槍和屋裡做的零碎事。他聽到這消息就紅了臉，眼望著他的手和衣服。鯨油和槍彈藥立刻就收拾起來了。我看出他是有意要陪伴她，看他的作法，他是要把自己弄得體面些。於是我便笑著說（主人在時我是不敢笑的），我可以幫助他，如果他願意，我並且嘲笑他的慌張。他變怒了，開始咒罵。」

「現在，丁太太，」齊拉接著說，看出我是不歡喜她的態度了，「妳也許以為你們家小姐是太好，不配哈來頓先生。也許妳是對的，但是我很想把她的驕傲拉低一點點。現在她的學問、她的細緻可對她有什麼好處呢？她和妳我是一般的窮，我敢說更窮。妳是在積蓄呢，我也是在那條路上盡我的小小努力。」

哈來頓允許齊拉來幫他，她奉承他，把他的脾氣也弄好了。於是，凱撒琳進來時，他一半忘了她的以前的侮辱，努力把自己弄得和藹可親；據那管家婦說。

「夫人走進來了，」她說：「像冰柱一般的冷，像公主一般的高傲。我立起來把扶手椅讓她坐。不，她聳起鼻子不理會我的好意。恩蕭也立起來了，請她坐到靠椅邊在爐邊坐，他準知道她是餓得很。『我餓了一個多月了，』她回答說，盡力輕蔑的著重那個餓字。她自己拉過一把椅子，放在離我們兩個都很遠的地方。坐到她暖和了，她開始四下望，發現了櫃子上的一些書，她立刻又站起來，伸手去拿；但是太高。她的表哥，看她動作一會兒，終於鼓起勇氣去幫助她；她兜起衣服，他順手取下書來裝滿她一兜。

「這在這男孩是很大前進一步了。她也沒有謝他，但是他覺得很滿足，因為她接受他的幫助了。她翻閱的時候，他大膽的立在後面，甚而至於彎下身去指點幾張舊畫中他所感覺有趣的地方。她不顧他的指頭就猛翻書頁，那傲慢的態度也不使他沮喪。他只是向後退一些，看她，不看書。她繼續讀，或是找點什麼讀。他的注意力一點點的漸漸集中在研究她的厚亮的鬈髮，她的臉他看不見，她也不能看見他。或者，他自己也不曉得他做的是什麼事，但是他被吸引了，像是小孩被燭火所吸引一般，也終於從凝視變成為觸摸。他伸手撫摩一個髮鬈，很輕的，好像那是個小鳥。好像是他在她頸上插進一把刀，她急忙閃開，吃一大驚。

「『走開，立刻！你怎敢摸我？你為什麼停在那裡？』她用一種厭惡的聲調大叫：『我不能忍受你！如果你走近我，我要再上樓去了。』

「哈來頓先生向後退，做出他的極度的蠢相，他很安靜的坐在靠椅上，她繼續翻閱她的書，又是半個鐘頭。最後，恩蕭走過來向我低聲說：『妳請她讀給我們聽罷，齊拉？我已經閒夠了。我真喜歡——我真能喜歡聽她讀哩！別說是我要，作為妳自己的請求。』

「『哈來頓先生願意妳讀給我們聽，夫人，』我立刻說：『他會很高興——他會很感激的。』

「她皺眉了，抬起頭來，回答說：『哈來頓先生，連你們一起，請明白我拒絕一切你們做作出來的假仁假義的虛詐行為！我看不起你，對你們任何人都沒有話可說！當我願捨了命來聽一句溫和的話，甚而至於看看你們的一個臉，你們全都躲開了。但是我不對你們埋怨！我是被冷氣所迫而到這裡來的，不是來陪你們玩的，也不是來享受你們的陪伴。』

「『我做錯什麼事了？』恩蕭說：『怎能怪我呢？』

「『啊！你是一個例外，』希茲克利夫夫人回答：『像你那樣的關心，我從來不希罕。』

「『但是我不止一次的提議，並且請求過，』他說，被她的盛氣給興奮起來了，『我請求過希茲克利夫先生准我代妳守夜——』

「『不要作聲！我要走出門去，或任何地方，也不願耳裡聽你那種不快的聲音！』我的夫人說。

「哈來頓喃喃的說，由他看來，她也不妨到地獄去！他取下了槍，不再拘束自己不做他的星期日的工作了。他現在很隨便的說話了，她立刻覺得有急速回到她的寂靜去的必要；但是霜已下降，她雖然驕傲，也被迫得漸漸的多和我們接近些了。但是，我很留心，不要令我的好意再受人的蔑視。從此以後，我也像她一樣的冷板板的，我們之間沒有愛她或喜歡她的人，她也不配有；因為如果誰對她說一句最不相干的話，她就退縮起來，對任何人都沒有一點禮貌！她對主人也很莽撞，並且不怕惹他一頓打。而且她越多受傷害，她變得越毒狠。」

起初，聽齊拉述說這一段話，我決定離去我的住處，另租一所田舍，接凱撒琳出來和我一同住。但是要希茲克利夫先生准許，正如要他給哈來頓另造一所獨立的房子一樣的難。在目前，我看是沒有辦法，除非她能再嫁，而這計畫不在我所能為力的範圍之內。

*****

丁太太的故事就這樣完結了。我全不理會醫生的預言，我急速的恢復了體力。雖然這不過是正月的第二星期，我提議一二日內騎馬出去，去到咆哮山莊，告訴我的房東將要在倫敦住上半年。如果他高興，他可以另尋房客在十月之後來居住——我是怎樣也不肯再在這裡過一個冬天。

31

昨天是很明亮的，平靜的，而且有霜。我照我原議到山莊去了。我的管家婦請求我給她帶一封短箋給她的小姐，我沒有拒絕，因為這個好女人並不覺察她這個請求有什麼古怪處。前門是敞開著的，但是外面那個多疑的柵門是鎖著的，像我上回去時那樣。我敲門，把恩蕭從花圃裡引出來了。他打開了鎖，我進去了。這個人是很漂亮的一個鄉下人的樣子。我這回特別注意他，但是很顯然的，他已盡力的不充分利用他的優點。

我問希茲克利夫先生在家麼？他回答，不在，但是在吃飯時會在家的。是十一點鐘了，我就說我想進去等他。他聽了立刻就放下他的工具，陪我進去，並非代主人招待，是做看家狗的職務。

我們一同進去。凱撒琳在那裡，正在為午餐預備一些蔬菜，她比我第一次見她時還顯得抑鬱無聊。她幾乎沒有抬起眼睛看我，繼續做她的事，像以前一樣不顧普通的禮貌，從不稍稍動作一下來回答我的鞠躬早安。

「她並不和善，」我想：「像丁太太勸我信的那樣。她是美人，是真的，但不是一個天使。」

恩蕭驕橫的令她把東西搬到廚房去。

「你自己搬。」她說，她做完之後就把東西推開，回到窗前的凳上一坐，開始在她懷裡的蘿蔔皮上刻畫些鳥獸之形。我走近她，作為要看園景的神氣，然後，按照我所想的，把丁太太的短箋丟在她的膝上，沒有令哈來頓看見——但是她大聲的問：「這是什麼？」把它擲開了。

「是妳的老朋友在田莊做管家的一封信，」我回答。她暴露了我的善意的行為，我很惱怒，我又怕她誤會以為是我自己的信。她聽了這話本可以高興的拾起來，但是哈來頓比她來得快，他抓到了，塞進他的背心袋裡，他說要希茲克利夫先生先看。於是，凱撒琳一聲不響的轉過臉去，偷偷的取出小手巾，不住的擦她的眼睛。她的表哥，掙扎了片刻，想壓制他的軟心腸，扯出了那封信，極其不客氣的擲在她旁邊的地板上。

凱撒琳焦急的拾起讀了，然後她問我幾句關於她家裡人的話，以及家裡的東西，她凝望著山陵，喃喃的自語：「我願騎明妮到那裡去！我願爬上那裡去！啊！我厭倦了——我膩煩了，哈來頓！」她把她的美麗的頭靠在窗框上，半欠伸半嘆氣的，陷入出神的悲哀狀態裡；也不管、也不曉得我們是否看見她。

「希茲克利夫夫人，」我說，默坐一會之後，「妳不曉得我是妳的一個熟人罷？我對妳很熟，所以我覺得奇怪，為什麼妳不過來和我說話。我的管家婦從不疲倦的說起妳、稱道妳。她會大大的失望，如果我回去沒有關於妳的消息或是妳給我的消息，除了妳收到信沒說什麼之外！」

她聽了這話像是很驚訝，她問：「哀倫歡喜你嗎？」

「是，很歡喜。」我遲疑的回答。

「妳一定要告訴她，」她接著說：「我願回她的信，但是沒有寫字的東西。連可以扯下一頁來的書都沒有。」

「沒有書！」我驚叫。「妳在這裡沒有書怎能過活？如果我可以大膽的問。我雖然有一個很大的圖書室，我在田莊還時常很悶。把我的書拿走，我會急煞！」

「我得到書的時候，我總是讀，」凱撒琳說：「希茲克利夫先生從來不讀，所以他想起把我的書都燬掉。有許多星期我不見一本書了。只有一次，我翻閱約瑟藏的宗教書，使他很惱怒。還有一次，哈來頓，我在你屋裡找到一堆祕藏的書——一些拉丁文和希臘文，還有一些故事和詩歌，全是老朋友。詩歌是我帶來的——你蒐集起來的，像一隻鵲聚集銀匙似的，皆因愛偷東西！這些書對你一點用沒有，否則便是你惡意的藏起來，你既不能享受，要別人也不得享受。或者是你的嫉妒勸告希茲克利夫先生把我的寶貝奪去的罷？但是大多數都已寫在我腦筋上、刻印在我的心上，你卻奪不了去！」

恩蕭的臉緋紅，當他的表妹宣布了他的私下裡的文學收集，訥訥的惱怒的否認她的控訴。

「哈來頓先生是很想增長他的知識，」我說，為他解圍。「他對妳的學識不是嫉妒，是競勝。幾年內他可以成為很聰明的學者。」

「同時他願我變成一個傻子，」凱撒琳說：「是的，我聽見他努力拼音讀誦，他做出多少錯誤喲！我要像昨天似的背一遍那首獵歌，極可笑。我聽見了，我聽見你翻字典查生字，然後又咒罵，因為你讀不懂那些字的解釋！」

這年輕人顯然是覺得很難堪，他因愚蠢既被人恥笑，他努力除掉愚蠢仍是被人恥笑。我也有同樣感覺，我記起了丁太太所說他最初如何的想啟發他從小未開的蒙昧，便說：「但是，希茲克利夫夫人，我們每人都有起首的時候，每人都顛倒蹣跚的不得其門而入。如果我們的教師訕笑而不幫助我們，我們還是要顛倒蹣跚。」

「啊！」她回答：「我並不願限制他的成就，但是，他沒有權利處分我的東西。又發生那些由我看來極可笑的下流錯誤和不正確的讀音！那些書，散文和詩都有，因有別種聯想，對於我是神聖的；我不願其在他口裡被褻瀆污壞！況且，他選的正是我所最愛背的幾首，好像是由於預謀的惡意。」

哈來頓的胸無言的起伏了一會兒，他是在一種極嚴重的屈辱與憤怒的感覺之下掙扎著，要壓抑下去是不容易的。我立起來，由於一種紳士念頭想解救他的窘。我立在門口處看外面的景致，他模仿我，離了這房間，但是立刻又出現了，手裡捧著有半打的書本，他擲到凱撒琳的懷裡，喊道：「拿去！我再也不要聽，或讀，或想到這些書！」

「我現在不要了，」她回答：「我看見這些書就聯想到你，我恨這些書。」

她打開了一本，顯然是常翻的一本，用一個初學者的拖長的聲調讀了一段，然後大笑，又把書丟開。「聽！」她再挑釁的說，開始又用那腔調讀一節古歌謠。

但是他的自愛不能再忍受更多的痛苦。我聽見了一種聲音，並不全不贊成，是用手來制止她的傲慢的舌頭的聲音——這小東西是已盡了她的全力來傷害了她表哥的敏銳而未受過教養的感情，暴力是他所有的唯一的清帳報仇的方法。他隨後把書聚攏來擲到火爐裡。我從他臉上看出是怎樣苦痛的心情纔使他給怒火獻上那個燔祭。我猜想，在燒著的時候，他一定是在回想那些書曾給予他的快樂，以及他預料由那些書而來的勝利與無窮的快樂。我想我還猜到了他祕密研讀的動機。他在和凱撒琳邂逅之前，本來是滿足於他的日常工作和粗陋的獸性的享受。因她的訕笑而羞愧，以及想要她的贊許的希望，這便是他最初力求上進的動機。他的自強的努力，一方面不能防止訕笑，另一方面不能得到贊許，只產生了相反的結果。

「是的，這就是像你這樣的畜生從那些書中所能得到的益處！」凱撒琳叫，舐她的受傷的脣，用憤怒的眼睛看著那火焰。

「妳最好是住嘴，現在！」他兇猛的說。

他的憤激使他不再多說話，他急忙走到門口，我讓路放他過去。但是在他跨過門石之前，希茲克利夫先生走上石路正遇見他，抓著他的肩頭問：「現在有什麼事，我的孩子？」

「沒事，沒事。」他說著逃脫了，到寂靜處去咀嚼他的悲哀與憤怒。

希茲克利夫凝視著他，嘆一口氣。

「如果我挫敗了我自己，那纔是奇怪哩。」他喃喃的說，沒覺得我在他背後。「但是我從他的臉上找他的父親，我卻一天天的發現了她。這鬼東西，他怎麼長得這樣像呢？我幾乎看不得他。」

他俯首看地，沉鬱的走了進去。他臉上有一種焦躁不安的神情，是我從來沒在他臉上看見過的。他較前也消瘦了些。他的兒媳婦從窗裡望見他，立刻逃到廚房去了，所以屋裡只賸下我一個。

「我很高興看見你又能出門了，勞克伍德先生，」他說，回答我的招呼。「一部分是由於自私的動機，我不能供給你在這荒涼地方所得不到的東西。我不止一次的詫異你為什麼要到這裡來。」

「恐怕是由於一種無聊的怪想罷，先生，」我回答：「否則是一種無聊的怪想又要趕我走了。下星期我要出發到倫敦。我一定要警告您，我於原約定的十二個月之外，無意再保留鶇翔田莊，我想我不再在那裡住了。」

「啊，真的；你是倦於與塵世隔絕，是不是？」他說：「但是如果你是來請求停付你所不再住的房屋的租金，你這次是白走一遭。我對任何人取任何應得的費是從不放鬆的。」

「我來不是為請求停付什麼費，」我驚嘆，很有點生氣。「如果您願意，我現在就和您清算。」我從袋裡扯出了支票簿。

「不，不，」他冷淡的回答：「你會留下夠多的錢來補償你的欠債，如果你不回來。我並不忙要錢。坐下和我們一同吃飯罷，一個穩不再來的客人是大抵可以成為被歡迎的。凱撒琳，開飯來，妳在哪裡呢？」

凱撒琳又出來了，托著一盤子的刀叉。

「你可以和約瑟一同吃飯，」希茲克利夫私下裡小聲說：「妳在廚房裡，等他走了再出來。」

她很準確的聽從他的指揮。或者是她沒有什麼違犯的引誘。在一群蠢人和恨世者中間生活慣了，她遇見較好的一類人，大概也不能賞識他們了。

我一邊坐的是沉悶而乖戾的希茲克利夫先生，一邊坐的是絕對啞口的哈來頓，我吃了很不痛快的一頓飯，很早的就辭去了。我本想從後門走，最後看凱撒琳一眼，並且困擾那老約瑟。但是哈來頓奉命牽了我的馬來，主人陪我到大門口，我沒能如願。

「這家裡的生活是多麼沉悶喲！」我在路上騎行的時候想：「如果林頓・希茲克利夫夫

人能如她的好保母所願望的，和我發生了愛情，一同遷到繁華的城市裡去，那該是何等一件比童話更浪漫的事情的實現呀！」

32

一八〇二年——

這年九月，我被北方一個朋友請去漫遊他的澤地。我在到他家去的途中，無意的來到離吉墨頓十五哩的地方。路旁客棧的一個馬夫正提了一桶水來飲我的馬，這時候有一車新割穫的很綠的雀麥經過，他就說：「那是從吉墨頓來的，哼！他們總是在別人收穫之後三個星期纔割。」

「吉墨頓？」我重複說——我在那地方的住處已經變得很模糊而迷惘了。「啊！我曉得了，離這裡有多遠？」

「山那邊有十四哩罷，一條不好走的路。」他回答。

一個突然的衝動引我到鶇翔田莊去。還不到正午的時候，我想我可以睡在我自己的屋裡，和睡在旅館是一樣的。並且，我可以用一天的工夫和我的房東辦理交涉，省得我下次再特意來。休息一刻之後，我令我的僕人去打聽到那村莊去的道路。結果是把我們的牲口累得不堪，大約用了三小時，我們到達了。

我留他在那裡，我獨自走上小路去。灰色的禮拜堂像是格外灰色了，寂靜的墳園格外的寂靜了。我看見一隻澤地羊在吃墳上的短草。是甜美溫暖的天氣——為旅行是嫌太暖些，但是熱度並不曾阻礙我領略上上下下的美景。如果我是在近八月的時候來，我敢說一定會引誘我在這寂靜地方費掉一個月的時光。在冬天沒有地方更荒涼，在夏天沒有地方更美妙；比起這眾山環抱的谷，比起這豪放叢盛的草原。

我在日落以前到了田莊，叩門求進。但是家人已搬到後面去住，因為我看見一縷彎捲的藍色的炊煙從廚房的煙囪出來，所以他們聽不見。我騎馬到院裡。在陽臺下，一個九歲或十歲的女孩子在坐著編織，一個老婦人靠在臺階上，悠然的吸著一袋煙。

「丁太太在裡面嗎？」我問那老婦人。

「丁太太？不，」她回答：「她不在這裡住，她在山莊上呢。」

「妳是管家嗎，那麼？」我說。

「是的，我管這家。」她回答。

「好，我是勞克伍德先生，主人。可有什麼房間給我住麼，我懷疑？我要住一整夜。」

「主人！」她驚訝的叫。「噫，誰曉得你要來呀？你該先送一個信來。這裡沒有一個地方是乾淨的，現在真是沒有！」

她丟下煙袋匆匆進去，小女孩跟著，我也進去了。我立刻看出她的報告不假，並且我的突然來臨使得她幾乎驚惶失措，我便令她鎮定。我要出去走走，同時她要在一間屋裡清理出一個屋角給我吃飯用，再打點出一間睡房。無須灑掃拂拭，只要有一爐好火和乾被單就行。她像是很願意盡她的力量，雖然她把爐帚當作了火鉗戳到爐柵裡去了，並且錯用了她的其他的用具。但是我走開了，信賴她在我回來之前努力給我預備一個休憩之所。咆哮山莊原是我提議要去的目的地。我離了庭院之後，一個事後的念頭又把我喚回來了。

「山莊上都很好罷？」我問那婦人。

「據我所知道的，都很好。」她回答，端著一盤熱熾的火燼匆匆而去。

我本想問問丁太太為什麼拋棄了田莊，但是她忙得成這個樣，實在不能再耽擱她，所以我就轉身走去，閒散的走著，後面是下沉的夕陽的殘照，前面是上升的柔和的月光——一個是漸漸昏黑，一個是漸漸明亮——我離開了果園，爬上通到希茲克利夫先生住處的砌石的支路。我沒望得見那地方以前，西方只賸有一點瑪瑙色的暗澹光輝了。但是靠了那皎潔的月色，我可以看得見路上每一顆石子、每一片草葉。我無須爬大門，也無須敲門——門應手而開。這是一種進步，我想。我用我鼻子又發現一樁事：從家裡果樹林中間飄出家畜和牆花的氣味。

門窗全都開著，但是，按照產煤區域的普通情形，有一爐旺火把壁爐照得通亮，由眼睛望上去所得到的舒適使得那過度的熱氣也成為可忍耐的了。但是咆哮山莊的大廳很大，屋裡的人有的是空間可以退避那熱力，所以，屋裡的人都聚集在離一個窗口不遠的地方。我在進來之前可以看見、可以聽見他們說話，於是就望著聽著。是被一種好奇心與嫉妒的混合感所驅使。可是待了一會兒，好奇與嫉妒的心越發增長了。

「相——反的！」一個像銀鈴般甜的聲音說——「這是第三回了，你這傻瓜！我不再告訴你了。要記住，否則我揪你的頭髮！」

「好，相——反——的，」另一個沉重而柔和的腔調說：「現在，吻我，我記得這樣好。」

「不，先正確的讀一遍，不許有一個錯。」

那男人開始讀。他是一個年輕人，穿得齊齊楚楚，坐在桌旁，前面放著一本書。他的漂亮的面孔煥發著愉快的光彩，他的眼很不安定的從書面上望到他肩頭的一隻小白手，可是一經發現他這不專心的舉動，那小白手就在他的臉上打一巴掌。她是立在他身後面；她的輕柔光亮的鬈髮，在她俯身指導他讀的時候，便時刻的和他的棕髮混合了。她的臉——幸而他看不見她的臉，否則他永遠不會這樣安定。我能看見，我恨恨的咬嘴脣，因為我丟掉了一個大有可為的機會，否則何至於只是呆呆的凝視著那臉上微笑的美貌！

功課完畢了，不是沒有錯誤，但是學生要求獎勵，得到了至少五個吻，他又慷慨的回敬了。然後他們來到門口，從他們的談話裡我知道他們是要出去到澤地上散步。我猜想，我如果在他近旁出現，哈來頓•恩蕭口裡不說，心裡要把我詛咒到十八層地獄。心緒很卑怯而毒惡，我偷偷的轉過去躲在廚房裡。

那一邊也是進出無阻，我的老朋友奈萊．丁在門口坐著，一面縫一面唱；她的歌聲常被裡面的一種輕蔑煩躁的厲聲所打斷，那音節是極不音樂的。

「我寧願耳裡從早到晚聽咒罵，也不要聽妳唱歌！」廚房裡面有人說，是回答奈萊的一句什麼話。「真慚愧極了，我不能打開聖經，你不住的讚美撒旦和這世上一切的罪惡！啊！你是一個沒出息的，她又是一個。那可憐的孩子被你們兩個引誘壞了，可憐的孩子！」他說，加上一聲呻吟，「他是中魔了，我敢說一定是！啊，主啊，制裁他們，因為我們的統治者簡直沒有王法，沒有公理！」

「不！否則我們要下地獄受火刑哩，我想，」唱歌的抗聲說：「你別吵了，老頭子，像一個基督徒似的讀你的聖經罷，不要管我。這是《安妮小仙的結婚》——很好的調子——可作跳舞的音樂用。」

丁太太剛要再唱，我走上前，她立刻就認識是我，跳起來，大叫：「噫，上天保佑您，勞克伍德先生！您怎麼能這樣的就回來了？鶫翔田莊的一切都封閉了。你應該先送個信給我們！」

「我已經在那裡安排好了，我也住不了多麼久，」我回答：「我明天就走。你怎麼搬到這裡來了，丁太太？告訴我。」

「在你到倫敦去之後不久，齊拉辭去了，希茲克利夫先生要我來，我就停在這裡等您回來。但是，請進來！您是今晚從吉墨頓走來的嗎？」

「從田莊，」我回答：「乘她們給我整理睡房，我來此要和妳的主人結束一樁事，因為我想短期間內不見得有機會再來。」

「什麼事？先生？」奈萊說，引我走進大廳。「他出去了，一時不得回來。」

「關於房租的事。」我回答。

「啊！那麼你是一定要向希茲克利夫夫人去接洽的，」她說：「或者乾脆和我接洽。她還沒有學會管理家事，我代替她，沒有別人。」

我做驚訝狀。

「啊！你還沒聽說希茲克利夫的死，我明白了。」她繼續說。

「希茲克利夫死了！」我叫，很吃一驚。「多久以前的事？」

「三個月前，但是坐下來，帽子交給我，我來告訴你一切經過罷。等一下，你還沒吃點什麼，是不是？」

「我不要吃，我已吩咐家裡預備晚飯了，妳也坐下來。我從沒有夢想到他死！告訴我那是怎樣發生的。妳說他們一時還不致回來——那兩個年輕人？」

「不——我曾每晚斥責他們的深夜散步，但是他們不理會我。至少你要嘗嘗我們的陳釀，喝了於你有益，你像是倦的樣子。」

在我沒來得及拒絕之前，她急忙去取，我聽見約瑟在問：「在她這樣的年紀還有人來追求，這是否醜事？而且還從主人酒窖裡取出那些酒瓶！他看著不動，實在是很愧得慌！」

她沒有停下來回辯，立刻又進來了，帶了一大銀杯。我以得體的熱心稱讚了那酒。隨後她就給我補充了希茲克利夫的歷史。用她的話講，他有一「奇異」的結局。

她開口說道——

*****

您離開以後兩星期之內，我被召喚到咆哮山莊，為了凱撒琳的緣故，我快樂的服從了。我第一次會見她使我很苦痛而驚駭。自從分別之後她改變得這樣多。希茲克利夫先生沒有解釋他為什麼改變主意要我來的理由，他只說他要我來，並且他倦於看凱撒琳了，要我把小客廳作為我的起居室，留她在我身旁。如果他不得不見她，一天見一兩次就足夠。她似是很滿意於這樣的安排，慢慢的我偷運來不少的書，還有別的東西，都是她在田莊歡喜玩的。自幸我們以後可以過較安適的生活了。這幻想並未延長多久。凱撒琳起初很滿足，不久就變得易怒而焦躁，她是被禁止不得到花園裡去的，春天來了，而她還被關閉在狹隘的範圍以內，這一件事就夠使她難過；還有一件事，我要照料家務，不得不常離開她，她就嫌悶得慌，她寧願在廚房裡和約瑟吵嘴，也不願在寂靜中獨坐。我並不介意她和他吵架，但是哈來頓也常常因為主人要獨佔大廳而不得不到廚房來。起初他走來時，她或是躲避，或是不作聲的加入我的工作，總避免和他談話——他也是極其沉默寡言——但是不久她的行為改變了，她不能不理他了。談論到他，批評他的蠢笨與懶惰，表示她之驚訝——他如何能忍受他過的生活——他如何能整晚的坐著呆呆的望著火打瞌睡。

「他恰似一隻狗，是不是，哀倫？」她有一次說：「或是一匹套車的馬？他做工、吃東西、睡覺，永久如是！他的心一定是如何的空虛淒涼啊！你可曾做過夢嗎，哈來頓！如果你做過夢，你夢見過什麼？但是你不能對我說話！」

然後她看著他，他既不開口，亦不回看。

「或者他現在是做夢呢，」她繼續說：「他的肩膀抽筋，像鳩諾女神抽筋似的。」你問問他，哀倫。」

「哈來頓先生會請主人把妳打發到樓上去的，如果妳不放規矩些！」我說。他不僅是肩膀搐搦，並且握緊了拳，好像要用武似的！

「我知道為什麼我在廚房的時候，哈來頓總是不說話，」她又有一次說：「他怕我笑他，哀倫，妳說是不是？他曾有一次開始教自己讀書，因為我笑他，他把書燒掉，再也不讀了。他不是傻瓜嗎？」

「妳是不是頑皮呢？」我說：「回答我這句話。」

「也許我是，」她接著說：「但是我沒料到他這樣蠢。哈來頓，若是我現在給你一本書，你接受不？我來試試！」

她把她正在讀著的一本書放在他手上，他擲開了，喃喃的說，如果她不停止，他要打斷她的頸子。

「好罷，我放在這裡，」她說：「放在抽屜裡，我要睡去了。」

然後她小聲對我說要我看著他是否去動，她就走了。但是他並不走過去拿。於是我第二天早晨告訴了她，她大失所望。我看得出，為了他的抑鬱和懶惰，她很難過。她嚇得他不敢上進，她在良心上很受責罰；她做得太過火了。但是她的聰明已在設法補償這個傷害。在我熨衣服或做其他的這樣的不能在小客廳裡做的固定工作時，她就帶幾本有趣的書高聲讀給我聽。哈來頓在那裡的時候，她總是讀到一個有趣的地方就停止了，敞著書本而去。她屢次的這樣做，但是他像騾子一般的頑強，他不上她的鉤，他在陰雨天氣就去和約瑟抽菸，他們就

1. 編註：鳩諾女神（Juno）是羅馬神話裡的一位天后，主宰女人婚姻及生產的女神。地位相當於希臘神話中的主神宙斯的妻子赫拉（Hera）。

像自動玩具一般坐著，火爐旁一邊一個。年長者耳太聾，聽不到她所說的他認為胡說八道的話；年輕的一個極力表示他是沒在聽。天氣好的夜晚，年輕人就出去行獵，凱撒琳打呵欠、嘆氣，逗我和她談話。可是我一開始說話她又跑到院裡或園裡去了，最後，實在沒有辦法，哭了，說她活夠了——她的生活是無益的。

希茲克利夫先生變得越來越孤獨，幾乎把恩蕭完全從他的房間趕出來了。在三月初，為了一件意外的事，他有幾天沒有離開廚房。他獨自在山上的時候，他的槍爆炸了，碎片傷了他的臂，他在回到家之前失了很多的血。結果是，他被迫的到爐邊靜養，等到復元為止。有他在那裡，凱撒琳倒是覺得合適。無論如何，這使她格外恨她樓上的房間，她強迫我在樓下找事做，她好陪我下來。

復活節的早晨，約瑟趕了幾頭牛羊到吉墨頓市場。在下午，我在廚房裡忙著整理被單。恩蕭照常沉悶的坐在爐角裡，我的小女主人在玻璃窗上畫圖消遣，她時而遏住一陣歌聲，時而低聲驚叫，時而對著那一個勁兒抽菸呆望著爐柵的表哥送出惱恨焦急的秋波。我通知她不要再遮住我的光亮，她就走到爐臺邊去。我不大注意她的舉動，但是不久我聽見她開始說：「我發覺了，哈來頓，現在我要——我很高興——我會歡喜你做我的表哥了，如果你沒有變得對我那樣兇惡，那樣粗野。」

哈來頓沒有回答。

「哈來頓，哈來頓，哈來頓！你聽見沒有？」她繼續說。

「妳滾開！」他吼，帶著強項的粗率。

「讓我拿那煙斗。」她說，很小心的伸手從他的嘴上抽出來。

他尚未奪回來的時候，煙斗已經折斷，丟在火爐裡。他向她咒罵，抓起另一支。

「止住，」她叫道：「你一定要先聽我說話，煙在我臉上飄，我不能說話。」

「妳下地獄去罷！」他兇狠的叫，「不要理我！」

「不，」她堅持，「我偏不。我不知怎樣辦纔能使你和我講話，你是決心不肯諒解。我說你蠢的時候，我並沒有什麼用意，我並沒有看不起你的意思。好，你要理我，哈來頓！你是我的表哥，你要承認我。」

「我絕不理妳，我也不理會妳那臭架子，可惡的輕蔑的狡猾！」他回答：「我寧願連身體帶靈魂一齊下地獄，我也不要斜眼看妳一下。走出去，現在，立刻！」

凱撒琳皺眉了，退到窗前的座位上，咬她的嘴唇，哼著一個怪調，想隱藏那要哭的趨勢。

「你應該對你的表妹和和氣氣的，哈來頓先生，」我插嘴說：「既然她後悔她的孟浪，這會對你有很大的好處的；如果你有她作伴，你會完全變成另一個人。」

「作伴！」他叫道：「她還恨我呢，認為我不配給她擦皮鞋呢！不！縱然我因此可以做皇帝，我也不願再討她的沒趣。」

「不是我恨你，是你恨我呀！」凱撒哭了，不能再隱藏她的煩惱。「你像希茲克利夫先生一樣的恨我，並且更甚。」

「妳是該死的扯謊的人，」恩蕭說：「為什麼足足有一百次，我使得他生氣，只因我站在妳一邊？並且妳每次譏笑我輕視我——妳現在繼續欺侮我罷，我就走到那裡去，就說是妳把我從廚房裡擠出來的！」

「我不曾知道你站在我一邊，」她回答，擦乾了她的眼，「並且我對任何人都沒有好氣，現在我謝謝你，求你原諒我；此外我還能怎樣呢？」

她回到爐邊，坦率的伸出手。他的臉陰沉得像一塊帶著雷雨的雲，堅決的握緊了拳，眼凝視著地上。凱撒琳一定是本能的揣想到他這種倔強的態度是由於頑固的乖僻，而不是由於厭惡；因為，遲疑了一陣之後，她蹲下去在他的臉上輕輕的印上一個吻。這小東西以為我沒有看見她，她縮回去又坐到她窗前的座位，一聲不響。我搖搖頭不以為然，她紅了臉小聲說：「但是！我應該怎麼辦呢，哀倫？他不肯握手，他也不看我。我一定要用個方法表示我歡喜他——我願和他為友。」

是否那一吻打動了哈來頓，我不知道。有好幾分鐘，他很謹慎的不露他的臉，可是當他抬起頭來的時候，他不知往哪裡望好。

凱撒琳忙著把一本好看的書用一張白紙好好的包紮起來，用一條緞帶繫起，寫上：「贈哈來頓·恩蕭先生」。她要我做她的特使，把這禮物送給這指定的受禮人。

「並且告訴他，如果他收下，我立刻就來教他讀，」她說：「如果他拒絕，我就上樓去永遠不再惹他。」

我帶過去了，把話說了一遍，我的雇主焦急的望著。哈來頓不肯伸出他的指頭，於是我放在他的膝頭上。他也並不推開。我回去做我的工作。凱撒琳把頭和臂都趴在桌上，後來她聽到撕包紙的沙沙之聲。於是她偷偷走過去，安靜的坐到她的表哥的身旁。他直發抖，他的臉紅亮。他的粗暴和乖戾完全都沒有了。起初他不能鼓起勇氣說一個字來回答她的疑問的樣子和她的小聲的懇求。

「你說你饒恕我，哈來頓，你說？你只消說這一句就能使我十分快樂。」

他喃喃的說了一句聽不清楚的話。

「你願做我的朋友了罷？」凱撒琳再加上一問。

「不，妳以後天天都要以我為羞，」他回答：「妳越知道我深，妳越覺得羞。我不能忍受。」

「那麼你不願做我的朋友？」她說，微笑得甜如蜜，並且又挪近了些。

我不能再聽到什麼清晰的談話了。但是，再抬頭看時，我看見兩個如此容光煥發的臉俯在那被接受的書頁上，我便知道和約是已經雙方批准，敵人從此成了盟友。

他們研究的那本書充滿了珍貴的插圖，那些圖和他們的座位很有魔力，使得他們直到約瑟回家都沒有動身。他，可憐的人，看見凱撒琳和哈來頓坐在一條凳上，把手搭在他的肩上，簡直嚇壞了。他的偏愛的人會能容忍她這樣挨近，他也莫名其妙。這對他刺激太深，當晚關於此事他不能說一句話。他嚴肅的把聖經在桌上打開，把一天交易所得的髒鈔票從袋裡掏出攤在聖經上，這時候他長嘆幾口大氣，抒發他的情感。最後，他把哈來頓喊過去。

「把這個給主人送進去，孩子，」他說：「就停在那裡。我去到我自己屋裡去。這地方對我們不大適宜，我們要溜出去另找一個地方。」

「來，凱撒琳，」我說：「我們也一定要『溜出去』了。我已經熨完，妳可以走了麼？」

「還不到八點呢！」她回答，不情願的立了起來。「哈來頓，我把這本書留在爐板上，明天再帶幾本來。」

「妳留下任何書，我都拿到大廳去，」約瑟說：「妳要能再找到，那纔是怪事。所以，隨妳的便！」

凱撒威脅說他的圖書要拿來抵償，微笑的經過了哈來頓，唱著就上樓了。我敢說，自從她來到這房裡以來從沒有這樣輕鬆過，或者，要除掉她最初來訪視林頓的那幾次。

這樣開始的親暱，很快的增長，雖然也遭遇暫時的中斷。恩蕭不能按照一個願望而就變成為有教養，我的年輕小姐也不是一個哲學家，而且絕不是有耐心的人。但是他們兩顆心卻向著一個目標——一個是愛慕而且抱著敬意，另一個是愛慕而且想受人敬重——結果是他們都達到了。

您看，勞克伍德先生，要獲得希茲克利夫夫人的心是很容易的。但是現在，我很高興你沒有試。我的一切願望中之最高的一個便是這個能結合起來。在他們結婚那一天，我將不嫉妒任何人，在英格蘭將沒有比我更快樂的女人！

33

那個星期一的早晨，恩蕭還是不能去做他的日常工作，所以就在屋裡流連，我很快的發覺了如果我仍像以前一樣負照顧小姐之責，那將是辦不到的事。她先我下樓，跑到園裡去，看她的表哥做些輕微的工作。我去喊他們來吃早飯的時候，我看見她已經勸動他在一片黑醋栗和桃金孃的樹叢裡開闢出一大塊地，忙著栽新從田莊移來的植物。

短短半小時內開闢出這樣大的一塊地，我嚇了一跳。那些黑醋栗是約瑟最心愛之物，而她偏偏在其間選中了她的花圃的位置。

「好！這全要給主人看見，」我叫道：「只要一經發覺。你們這樣自由處分這花園，可能提出什麼解釋呢？為了這事我們將要挨一場大罵大鬧。你們看著好了！哈來頓先生，我很驚訝，你為什麼不放聰明些，竟由她擺布弄得這樣一團糟！」

「我忘記這是約瑟的了，」恩蕭回答，有點不知所措，「但是我去告訴他是我做的。」

我們總是和希茲克利夫先生一起吃飯。我佔女主人的位置，倒茶切肉全是我的事，所以我在飯桌上是不可少的。凱撒琳平常坐在我身邊，但是今天她偷偷的挨近哈來頓一些，我立刻看出，她在友誼上比在敵恨上更不知分寸。

「現在妳要記住，不可和妳的表哥談話太多，和注意他太多，」我們走進的時候我便這樣低聲的指導她。「那樣一定要使希茲克利夫先生生氣的，他會對你們兩個大發作一頓。」

「我不那樣。」她回答。

過了一分鐘，她側身挨近了他，並且在他的粥碗裡插上些櫻草。

他不敢在那裡和她說話，他幾乎不敢看她。但是她還繼續淘氣，有兩次他幾乎笑了出來。我皺了眉頭，她隨後向著主人望。主人心裡正想著別的事情，並未注意到他的伴侶，這是從他的臉上可以看得出的。她嚴肅了一下，很嚴重的審視他。然後她轉過來，又開始她的瞎說。最後，哈來頓發出一聲遏止住的笑。希茲克利夫先生一驚，他的眼很快的檢視了我們的臉。凱撒琳用她的常有的怯懦又輕蔑的相貌回看他，這是他所極不歡喜的。

「妳最好躲開我，」他叫道：「妳中了什麼魔了，用那獰惡的眼睛不斷的這樣回看我？低下眼皮！不要令我再想起妳的存在。我以為我已經醫好了妳的笑。」

「是我。」哈來頓喃喃的說。

「你說什麼？」主人問。

哈來頓望著他的盤子，沒有複說他的懺白。希茲克利夫先生看他一下，然後繼續他的早餐和他的被擾亂的玄思。我們也快要吃完了，這兩個年輕人也很聰明的挪開了一點，所以我料想這一回不致再有什麼亂子了。這時候約瑟在門口出現，他的抖顫的嘴唇和兇惡的眼睛表示著他的寶貴的樹叢所受的蹂躪是被察覺了。他在檢視那地方之前一定先看見凱撒和她的表哥曾在那地方了，因為他的下巴像是牛在反芻一般，使得他的話很難懂，他說：「給我工資，我一定要走！我本想死在這個我已經服務了六十年的地方，我本想把我的書運到樓頂上去，和零碎的東西。把廚房讓給他們，為的是求安靜。放棄我自己的爐邊的位置原不是容易事，但是我想我能做得到！但是，噫，她把我的花園也給拿去了，主人，這個我可不能忍受！你可以引頸受縛，你會的——我是不慣的，一個老人不能很快的慣於新的負擔。我寧可拿個榔頭到路上掙飯吃！」

「喂，喂，蠢人！」希茲克利夫打斷他說：「簡單的說！你抱怨什麼？你若是和奈萊吵架，我是不管的。為了任何事她都可以把你丟到煤屋子裡去。」

「不是奈萊！」約瑟回答：「我不會為了奈萊而走的——雖然她也是很沒有出息。感謝上帝！她不能偷取任何人的靈魂！她從來沒有這樣漂亮過，但是一定要霎著眼看她。是那個頑皮的邪惡的女王，用她的無恥的眼睛和大膽的行為魔住了我們的孩子——以至於——噯呀！我傷心極了！他忘記了我給他的好處、我調理他的地方，他竟在花園裡拔去了一整排頂好的黑醋栗樹！」說到這裡他放聲大哭，他把持不住了，因為他覺得受了大委屈，並且恩蕭是忘恩負義的，而且處境危險。

「這傻瓜是喝醉了嗎？」希茲克利夫問：「哈來頓，他是挑你的錯嗎？」

「是我拔了兩三棵樹，」青年人回答：「但是我再給種上便是。」

「你為什麼拔的呢？」主人說。

凱撒琳很聰明的插嘴了。「我們要在那裡栽一點花，」她喊道：「只要怪我一個，因為是我要他做的。」

「是誰准許你觸動這地方的一根樹枝？」她的公公問，很驚訝的。「又是誰命令你服從她的呢？」他轉過來對哈來頓說。

哈來頓無言，他的表妹說：「你不該吝惜幾碼地給我栽花，你已經把我所有的土地都奪去了！」

「妳的土地？狂傲的賤人！妳從沒有任何土地！」希茲克利夫說。

「還有我的錢，」她繼續說，回瞪他一眼，同時咬了一口她早餐騰下來的乾麵包殼。

「住聲！」他叫道：「吃完了，走！」

「還有哈來頓的土地、他的錢，」那放肆的東西繼續說：「哈來頓和我現在是朋友了，我要把你的事情全告訴他！」

主人有一陣像是嚇昏了，他變得慘白，立了起來，不住的望著她，帶著深惡痛絕的表情。

「你若是打我，哈來頓會打你的，」她說：「所以你大可以坐下來。」

「如果哈來頓不把妳趕出去，我把他打死，」希茲克利夫咆哮起來。「該死的妖婆！妳敢裝作激他反對我！我要殺死她，哀倫‧丁，如果妳讓她再被我看見！」

哈來頓忍氣吞聲的勸她走。

「拉她出去！」他兇野的大叫。「妳還停著說話嗎？」他走過去自己執行他的命令。

「你這壞人，他不再服從你了，」凱撒琳說：「他將像我一樣的厭惡你！」

「噓！噓！」年輕人斥責的說：「我不願妳這樣對他說話——算了罷。」

「但是你不會由著他打我罷？」她叫喊。

「來呀，那麼。」他誠懇的低聲說。

但是太晚了，希茲克利夫已經抓到她。

「現在你走開！」他對恩蕭說。「該死的妖婆！這一回她可惹得我忍受不住了，我要令她以後永久後悔！」

他抓著她的頭髮。哈來頓想要鬆開她的頭髮，求他這一次不要傷害她。希茲克利夫的黑眼睛閃亮了，他似乎是準備要把凱撒琳撕得爛碎，我剛剛鼓起勇氣要去冒險解救，忽然他的手指鬆下來了，他的手從她的頭上移到胳臂上，用心的凝視她的臉。然後他以手掩住他的眼睛，站了一會兒，顯然的是力求鎮定，又轉過來對著凱撒琳，故作鎮靜的樣子說：「妳一定要避免使得我狂怒，否則有一回我真會殺死妳！跟丁太太去，和她在一起，妳的傲慢的話都說給她一個人聽好了。至於哈來頓•恩蕭，如果我看見他在聽妳，我便要趕他出去，由他到哪裡討飯吃去！妳的愛將使他成為一個流浪人、一個乞丐。奈萊，帶她走，離開我，你們都——離開我！」

我引我的小姐出去，她能脫逃已經是很高興，所以不願抗拒。那一個也跟了出來，希茲克利夫先生獨自在屋裡直到午飯時候。我已經勸告凱撒琳在樓上吃，但是他一看見她的空位子，就派我去喊她。他對我們都沒說話，吃得很少，以後就照直走出去，並且聲明他晚飯前是不回來的。

兩個新朋友就乘他不在的時候佔據了大廳。我聽見哈來頓很嚴重阻止他的表妹說話，因為她提議要把她的公公對待他的父親的行為整個的揭發出來。他說他不願忍受任何毀謗他的一句話：如果他是惡魔，那也沒有關係，他還是擁護他。他寧願她來辱罵他自己，像她慣常做的那樣，不願她開始辱罵希茲克利夫先生。凱撒琳聽了這話都要變惱了，但是他有法子令她不開口。他問她如果他說她父親的壞話，她是否歡喜呢？於是她明白了，原來恩蕭是把主人的名譽看得和自己有密切關係。他和他的聯繫不是理智所能打斷的——是鎖鍊，用習慣打成的，若想解放反而是殘忍的了。她的態度很好，以後不再抱怨，也不再說反對希茲克利夫的話。並且對我承認她很抱歉，因為她挑動他和哈來頓之間的惡感。真的，以後她從沒有當著哈來頓說過一個字關於她的暴主。

一場輕微的衝突過去之後，他們又和好了，他們的先生學生的工作又忙得不可開交。我做完我的事之後，進來和他們一起坐著。我望著他們，心裡覺得十分舒貼，所以竟不曉得時間是怎樣過的。你知道，他們都好像是我的孩子：其中一個我久已認為很得意；現在，我敢說，另外一個也給我同樣的滿足。他的誠懇的、溫熱的、敏捷的性格很快的擺脫了他幼小沾染的愚昧與墮落。凱撒琳的誠懇的稱許格外刺激了他的勤奮。他的光亮了的心使得他的相貌也變得光亮，並且加上了光彩與尊嚴。我幾乎不能想像，這就是凱撒琳旅行到山岩之後，我在咆哮山莊找到她的那一天我所看見的同一個人。

我驚羨，他們工作，暮靄漸深，主人也回來了。他出乎意料的來到我們跟前，是從前面進來的，完全看到我們三個，我們還沒來得及抬頭看他。是的，我記得，當時的那景象是再愉快不過的，實在沒有心腸罵他們。紅的爐火照在他們兩個好看的頭上，映出他們的洋溢著孩子們的情趣的臉。雖然他是二十三歲，她十八歲，但是每個都有那樣多的新鮮事物去感覺和學習，所以冷靜清醒的成熟情感是他們所沒有驗證過的。

他們一齊抬起眼睛，看見了希茲克利夫先生。或者您從沒有注意過，他們的眼睛完全相像，簡直是凱撒琳・恩蕭的那一對眼睛。現在的凱撒琳沒有別的相像之處，除了寬額，和鼻孔的圓拱形，那是使她顯著驕傲的，其實她本人倒不一定是。哈來頓的相像處便更進一步；隨便什麼時候都很相像，這時候格外相像；因為他的感覺正是敏銳的，他的內心正在非常的活躍著。我想他這點貌似使得希茲克利夫先生和緩了。他顯然很激動的走到爐邊去，但是他看了看那年輕人，激動便很快的消逝了；或者，我可以說，那激動變了性質了；因為激動依然還是在的。他從他手裡拿起那本書，望望那敞著的一頁，然後還了他，沒說一句話，只是作勢令凱撒琳走開。她的伴侶沒多久也走了，我也正要離去，但是他叫我別動。

「是很不妙的結局，是不是？」他對他剛剛目睹的這一景沉思了半刻之後說：「對於我的強烈的努力，這不是很滑稽的結果嗎？我用槓桿和鋤頭來毀這兩所房屋，訓練自己能像大力士赫鳩里士一般的工作，[1]一切都準備好了，都在我的威力之下了，而我忽然發現我揭屋頂上的瓦的力量消逝了！我的舊日的敵人沒有制勝我，現在正是時候，我該在他們的代表人身上復仇了。我能這樣做，沒人能攔阻我。但是有什麼用處呢？我不想打，我嫌麻煩，不要舉起手來！這好像是我吃了這樣久的苦，只是得到一個機會來表示我的寬大的美德。事實並不是如此，我已經失掉了享受他們的毀滅之能力，我太懶了，不願再做無益的毀滅。

「奈萊，有一奇異的改變將要來了，我現在正在那改變的陰影中。我對我日常生活不感什麼趣味，幾乎不記得吃喝的事。剛走出去的那兩個是唯一對我保持清晰的物質的形象的東

1. 編註：赫鳩里士（Hercules）是希臘神話中的半神英雄，一生充滿傳奇，以完成十二項艱巨任務而著名於史詩中。

西。而那形象又使我難受，以至慘痛。關於她，我不願說什麼，我也不願想，但是我誠懇的希望她最好不要叫我看見。她的出現只是引起令人要發瘋的感覺。他感動我不同些。但是如果我能做得不像是瘋，我願永不再見他。你也許以為我是要變成瘋罷。」他說，努力的微笑一下，「如果我描寫出他所提醒的，和他所象徵的成千成萬的過去的聯想與觀念。但是我告訴妳的話妳不要說，我的心一向是永久的孤獨的，終於不能不向另外一人傾吐一下。

「五分鐘前，哈來頓好像是我的青春的化身，不是一個活人，我對他有許多不同的感覺，我不能用理性的對待他。

「第一，他之酷似凱撒琳，把他和她聯繫在一起了。但是，妳也許以為最有力的能抓住我的想像的，其實是最無力的。因為，對於我哪一樣東西不是和她有關係的呢？哪一樣東西不使我憶起她來呢？我不能低頭看這地板，她的相貌是畫在這地板上的！每一朵雲裡、每一棵樹裡——在夜裡充滿了空中，在白晝每一件東西裡都看得見一瞥——她的相貌環繞著我！頂平常的男人女人的臉——我自己的臉——都像她，好像有意戲弄我。全世界是一個可怕的紀念品的總集，證明她確曾存在，而我已經失掉了她！

「嗳，哈來頓的相貌是一個鬼魂，象徵著我的不朽的戀愛，保持我的權益之瘋狂的努力、我的墮落、我的驕傲、我的幸福、我的苦痛！

「但是把這些念頭講給妳聽，這也是由於我的熱狂。只是這可以令妳知道，為什麼我既不情願永久的孤獨，而他的陪伴又是毫無益處，反而是加重我的常受的苦痛。這也可部分的解釋，為什麼我並不注意他和他表妹之間的關係。我不能再注意他們了。」

「但是你所謂的改變是什麼意思呢，希茲克利夫先生？」我說。因為他的態度使我吃驚，雖然他沒有瘋狂的危險，也不像要死的樣子。據我看，他是很強壯而健康的，至於他的理性，他從小就喜歡思索神祕的事、超古怪的念頭。他也許是對於他的死去的偶像發生了「妄想狂」；不過在別的方面他的頭腦是和我的一般健全。

「在它未來之前我也不曉得，」他說：「我現在只是一半意識到。」

「你不覺得病罷？」我問。

「不，奈萊，我沒有病。」他回答。

「那麼你不是怕死罷？」我再問。

「怕？不！」他回答：「我對於死，既沒有怕，也沒有預感，也沒有希望。我為什麼要呢？我的身體結實，生活有節制，又不做危險的事情。我應該，大概也可以，在頭上幾乎沒有一根黑髮之前，停留在地面上罷。但是像現在這樣子，我是不能繼續下去的！我要時刻提醒我自己呼吸氣—幾乎要提醒我的心跳動！就好像是彎一個硬彈簧似的。每一樁極細小的事，凡不是被那一個念頭所主動的，我都是被強迫纔做的。任何活的或死的東西，凡是與那一個普遍概念不相聯屬的，我也是被強迫纔加以注意。我只有一個願望，我的整個生命和能力都企望著去達到那個願望。企望了這樣久，這樣不動搖，我確信終有一天必定可以達到—而且不久—因為那願望已經吞滅了我的生存：我已經被吞滅在那實現的預感裡了。我的懺白並不曾解除我的苦痛，但是可以解釋我的脾氣中之否則不能解釋的幾方面。啊上帝！這是一個長久的掙扎，我願意它快快過去罷！」

他開始在屋裡走來走去，喃喃的對自己說了些可怕的話，以至於我漸相信（據他說約瑟是相信的），是他的良心發現，使他的心成為人間地獄。我很憂慮這將如何結局。雖然他從前很少時候洩露他的心境，絕不形於色，他的平常的心境大概即是如此，我毫不懷疑。他自己也承認了，但是從他一般外表看來，沒有人會猜想到這真相。勞克伍德先生，您見到他的時候您也沒想到。他在我現在所說的這個時期是和從前一樣的，只是更好長時期的寂靜，或者當著人更少些話。

34

那一晚之後的幾天，希茲克利夫先生避免在吃飯的時候遇見我們，但是他不願正式的承認把哈來頓和凱撒除外。他不肯這樣完全的任性，他寧願自己不來。每二十四小時吃一次對於他似乎是很夠了。

有一晚，一家人都睡了，我聽見他走下樓，出了前門。我沒有聽見他再進來，到早晨我發現他還是沒回來。這時候是四月裡，天氣和美，草葉被春雨煦日弄得十分綠，靠南牆的兩棵矮蘋果樹正在盛開。早飯後，凱撒琳堅持要我搬出一把椅子，帶著活計坐在屋盡頭處的樅樹底下；她又勸誘那早已把前事忘盡的哈來頓再給她掘一個小小的花園。由於約瑟的抗議，地點是移在一個角落裡去了。我正在歡暢的享受四圍春天的香氣和頭上藍軟的天。跑到近門處採取櫻草根做花圃邊緣的小姐，帶著一半草根就回來了，告訴我們希茲克利夫先生正走進來。「並且他和我說話了。」她帶著迷惑的神情說。

「他說什麼？」哈來頓問。

「他告訴我越快走開越好。」她說：「但是他和平日的樣子不相同，所以我站住看他一下。」

「怎樣的？」他問。

「唉，幾乎是活潑快樂的樣子。不，幾乎沒有什麼——是很興奮的，狂而喜的樣子！」她回答。

「夜間散步使得他高興了，那麼是，」我說，故作不介意狀。其實我是和她一般的吃驚，很想去證實她所說的是否真確，因為看見主人喜悅不是每天能見到的事。我藉詞走了進去。希茲克利夫站在門口，他的臉蒼白，他在發抖，但是，當真的，他的眼裡有奇異的愉快的閃亮，使得他的整個的臉變了樣子。

「你要吃一點早飯麼？」我說：「你一定是餓了，整夜的走著！」我想要知道他到什麼地方去了，但是我不願直接的問。

「不，我不餓。」他回答，轉過頭去，有點輕蔑的樣子，好像是他猜到我是想揣測他的歡喜的原由。

我覺得不知所措，我不曉得這是否一個進忠告的好機會。

「我以為是不大對的，竟在外邊走，」我說：「而不睡覺。至少，是不大聰明，在這潮濕的季候。我敢說你要著涼，或是要發熱。你現在就是有點不好過罷！」

「沒有什麼，我還忍得住，」他回答：「並且可以極愉快的忍受，如果妳別理我。進去，不要攪我。」

我服從了。我走過身時，聽見他呼吸快得像一隻貓。

「是的！」我自己想，「我們將有一場大病了。我不能想像他做的是什麼事。」

那天正午，他坐下和我們吃飯，從我手裡接過堆得高高的一盤，好像他要補償過去幾天的絕食。

「我既未受寒，亦未發熱，奈萊，」他說，提起我早晨說的話來，「我準備不辜負妳給我的這些吃的。」

他拿起刀叉，要開始吃，那意念忽然消失了。他把刀叉放下，急急的望著窗口，然後站起來走出去了。我們吃完飯的時候，還看見他在園裡走來走去。恩蕭說他要去問他為什麼不吃飯，他以為我們必有什麼地方惱了他。

「喂，他來不來？」凱撒琳叫，看見她的表哥回來了。

「不，」他回答：「但是他沒有生氣。他真像是很高興的樣子。只是我對他說了兩次話，使得他不耐煩。隨後他令我到妳這裡來，他很奇怪我怎麼還要找任何別人作伴。」

我把他的盤子放在爐欄上暖著，過了一兩小時他又進來了，這時屋裡沒有人。他並不見鎮定，依然是不自然的——是不自然的——快樂的表情。在那黑眉毛之下，依然是毫無血色的臉，時而露著牙，像是笑。他的渾身在抖，並不是像一個人凍得或弱得發抖，而是像一根繃緊了的繩子的顫動——是強烈的震撼，不是顫動了。

我要問這到底是怎麼回事；我想，否則誰問呢？我於是說：「你聽到什麼好消息了麼，希茲克利夫先生？你像是非常興奮的樣子。」

「從哪裡有好消息到我這裡呢？」他說：「我是餓得興奮，而彷彿我又絕不可以吃。」

「你的飯就在這裡，」我回答：「你為什不拿去吃呢？」

「我現在不要，」他急忙喃喃的說：「我要等到吃晚飯的時候。並且，奈萊，只這一回，我求妳警告哈來頓和另外一個都躲開我。我不願任何人攪擾我，我願這地方只有我一個。」

「可有什麼新理由要這樣的隔絕嗎？」我問：「告訴我你為什麼這樣怪，希茲克利夫先生？你昨天夜晚到哪裡去了？我問這句話並不是由於無聊的好奇，但是——」

「妳問這句話是由於很無聊的好奇，」他打斷我的話說，笑了一聲。「但是我回答妳。昨夜晚，我到了地獄的門口。今天，我已經看到我的天堂，我親眼看到了，離開我不到三呎！現在妳最好走開！如果妳不窺探我，妳不會看見或聽見任何使妳害怕的事。」

掃過爐臺、抹過桌子之後，我就走了，益發的惶惑。

那天下午他沒有再離開屋，沒有人打攪他的寂靜。直到八點鐘，雖然他沒有喊我，我認為該給他送個蠟燭和晚飯了。

他正靠著一個開著的窗框，但沒有向外望，他的臉是對著屋裡的黑暗。爐火已燒成了灰燼。屋裡充滿了陰晚的濕氣，十分的寂靜，不僅吉墨頓那邊小河的汩汩聲清晰可聞，水沖在碎石上的潺潺聲以及在淹沒不了的大石頭中間穿過的漣波聲，都可以聽得見。我看到那黑暗的爐火，便發出一聲不滿意的驚叫，開始關上窗戶，一個一個的關，關到他靠著的那個。

「要不要關上這一個？」我問，為的是喚醒他，因為他不動一動。

我一面說，燭光便照在他臉上。啊，勞克伍德先生，我不能表示我看了他一眼之後我受了多大一驚！那兩隻深陷而烏黑的眼睛！那微笑，那死人般的慘白！我覺得那不像是希茲克利夫先生，是一個鬼。我於驚怖之中，把蠟燭觸在牆上，屋裡頓時黑了。

「好，關上罷，」他回答，是他的平常的聲音。「妳看，這純然是蠢笨！妳為什麼橫著拿蠟燭呢？趕快，去再拿一根來。」

我於恐怖的窘態中跑了出去，向約瑟說：「主人要你再送一根蠟燭給他，並且再燃起火爐。」因為在那時候我不敢再進去。

約瑟在煤斗裡盛了一些煤，走去了，但是他立刻又帶回來了，另一手托著晚餐的托盤，他說希茲克利夫先生要睡，在明早之前不要吃什麼東西。我們聽見他照直的上樓了，他沒有到他平常的寢室，轉到有木壁板的大床的那間。那屋的窗子，我在前面說過，是很寬的，任何人都可以鑽進鑽出，我忽然想起他是準備再出去來一次夜行，他不願我們疑心。

「他是一個食屍鬼，還是一個殭屍？」我心裡想。我讀過這一類怕人的化身的鬼魔。然後我又回想，他在嬰孩時我怎樣的看護他，怎樣的照管他長大到青年，幾乎追隨他整個的一生，我現在這樣的害怕，真是太無聊了。「但是這個小小的神祕的東西，被一個好人養育著直到他死，他究竟是從哪裡來的呢？」「迷信」這樣的說著，我昏然睡去。我半夢半醒的揣想他的父母該是何等樣人。我重複醒時的思索，把他一生又想過一遍，加上些悲慘的變化。最後，想到他的死和葬：關於這一點我只記得一件事，便是我很著急，不曉得他的墓碑上刻什麼字好，便去請教看墳的人。他沒有姓，我們又不知道他的年齡，我們只好就刻上一個字：「希茲克利夫」。這夢真驗了，我們真只好那樣做。如果您進墳園去，您在他的墓碑上就會只看到那一個字，和他的卒年。

天明使我恢復了常態。我纔能看見東西便起來，走到園裡去，看看他的窗下有沒有足跡。沒有。「他是在家裡的，」我想，「他今天會要好的。」

我預備早餐，這是我的慣例，但是告訴哈來頓和凱撒琳在主人下來之前先去吃他們的早餐，因為他要多睡些時。他們願意在戶外樹底下吃，我便給他們安排一張小桌。

我再進來，發現希茲克利夫先生已經在樓下。他和約瑟正談論關於田上的事情。他給了清楚瑣細的指示，但是他說話很急促，不住的把他的頭轉開，有同樣的興奮的表情，甚或更加厲害些。約瑟走出，他便坐在他常坐的位置，我把一杯咖啡放在他面前。他把杯拉近些，胳臂放在桌上，向對面牆上望。據我想，他是在看某一塊牆，上上下下的看，用閃耀不安的眼睛看，看得非常起勁，足有半分鐘他忘記了喘氣。

「好了，」我叫，把一塊麵包推在他的手上，「乘熱吃罷，等了快一小時了。」

他沒理會我，但是他微笑一下。我寧願見他咬牙切齒，也不願見他這樣的笑。

「希茲克利夫先生！主人！」我叫道：「為了上帝，你別這樣凝視，好像是見了鬼似的。」

「為了上帝，妳別這樣高聲叫，」他回答：「轉過身，告訴我，我們是不是沒有別人在身邊？」

「當然，」我回答：「當然是。」

但是我還是服從了他，好像我沒有確切把握似的。他把手一掃，在桌上的早餐什物之間清出一塊空地方，向前探著身子更安詳的凝視。

現在，我發現他並不是看牆，因為我單看他的時候，他好像是在凝視著兩碼以內的什麼東西。雖然不知道那是什麼東西，但是很顯然的，那東西能給他極端的快樂與痛苦；至少他的臉上的苦痛而又狂歡的表情是這樣暗示著的。想像中的那東西是不固定的，他的兩眼不倦的追著看，就是和我說話的時候，眼光也從不移動。我無效的提醒他的長期絕食。如果他聽從我的勸告而動彈一下去摸什麼，如果伸手去拿一塊麵包，在沒有摸到的時候便把手指握緊，拳頭放在桌上，忘記了本來的目標。

我以非常的耐心坐著，想轉移他的潛心冥想的注意力。後來他惱怒了，立了起來，問我為什麼不准他在吃飯的時候聽他自由？並且說下一次我無須等候，我可以把東西放下就走。他說完這些話便離開屋子，踱到園路上，出大門而去。

時間很焦急的過去，又是一晚。我直到很晚纔睡，既臥下之後我也不能睡著。他於半夜後回來，他不上樓，自己關在樓下。我聽著，輾轉反側，終於穿起衣服下樓。躺在床上實在是太苦痛，無數的憂懼襲上我的心頭。

我聽出希茲克利夫先生的腳步焦躁的在地板上踱著，他常常的抽一口大氣，像是呻吟似的打破寂靜。他也斷斷續續的說幾個字，我聽得出的只是凱撒琳的名字，加上幾個親暱的稱呼和苦痛的絕叫；他像是面對著一個人講話，聲音低而誠摯，是從他的心靈深處絞出來的。我沒有勇氣照直走進屋裡去，但是我又想喚醒他的幻夢，於是去收拾廚房的火、擾動它，開始鏟爐灰。這聲音把他引出來了，比我所想的還快。他立刻開門，說：

「奈萊，到這裡來——到早晨了嗎？拿蠟燭進來。」

「打四點了，」我回答：「你需要一根蠟燭帶上樓去，你本可以在這爐火上點燃的。」

「不，我不願上樓去，」他說：「進來，給我燃起一爐火，並且收拾這房間。」

「我在取煤之前，一定要先把這煤吹紅。」我回答，拿了一把椅子和一個風箱。

他來回的逡巡，幾乎要瘋的神氣。他的長嘆是接連不斷的，中間沒有平常呼吸的時間了。

「等到天亮，我要請格林來，」他說：「在我能想的時候，能鎮定的處分的時候，我要問他幾樁關於法律的事。我還沒有立下遺囑，怎樣處分我的產業我還不能決定。我願我能把它完全毀滅了。」

「我不願這樣說，希茲克利夫先生，」我插入說：「你先不忙立遺囑，你還要活著去追悔你所做的許多不公道的事哩。我從沒有想到過你的神經會錯亂，但是現在卻錯亂得厲害；幾乎全是由於你自己的錯處。你過去三天所過的生活可以使一個巨人倒下。吃點東西，休息一下罷。你只要照照鏡子，你就知道你需要了。你的臉消瘦了，你的眼睛紅了，像是一個餓得要死睏得要瞎眼的人。」

「我不能吃、不能睡，並不是我的錯，」他回答：「我向妳擔保，這不是出於預謀。我只要能，我立刻就吃就睡。但是妳也可以令一個在水裡掙扎的人於距岸只有一臂之遙的時候休息罷！我一定要先到達岸上，然後休息。好，不要管格林先生。至於追悔我所做的不公道事，我沒有做過任何不公道事，我也沒有可追悔的。我是太幸福了，但是我還不夠幸福的。我的靈魂的幸福害死了我的軀體，但是本身還不滿足。」

「幸福嗎，主人？」我叫道：「奇怪的幸福！如果你聽了不生氣，我願進一點忠告使你更幸福些。」

「是什麼呢？」他問：「妳說罷。」

「你是曉得的，希茲克利夫先生，」我說：「自從你十三歲時候起，你就過的是一種自私的非基督徒的生活。大概在那期間，你手裡從來沒有拿過聖經。你一定是把內容都忘記了，你現在沒有工夫再去搜查。可否請個人——任何教會的牧師，那都沒有關係——來解釋一下，告訴你知道你離經叛道有多麼遠，你如何的不適宜於進天堂，除非你在死前痛改前非？」

「我不生氣，反而是很感謝的，奈萊，」他說：「因為妳提醒了我所願要的下葬的方法。要在晚上運到墳園。如果你們願意，妳和哈來頓可以送我去，要記住，特別注意掘墳人要服從我所指示的關於兩個棺木的話！用不著牧師，用不著什麼祈禱——我告訴你罷，我快要得到我的天堂了；別人的天堂在我看來是毫無價值，我也不羨慕。」

「假如你堅持你的頑強的絕食，因此而死，他們拒絕你埋在禮拜堂範圍之內呢？」我說，聽了他的漠視神明的話很是驚駭。「你可怎麼辦呢？」

「他們不會這樣辦的，」他回答：「如果他們真這樣，妳一定要偷偷的把我運去。假如妳不管，妳將要證實死人並不是完全消滅的！」

他一聽到家裡別人響動，他就縮回到他的房裡，我也可以較自由的呼吸了。但是在下午，約瑟和哈來頓正在做工，他又走到廚房來，臉上露著狂野的神氣，令我到大廳去坐。他要有個人陪他。我謝絕了，我坦白的告訴他，我怕他的奇怪的說話和舉動，我既不敢亦不想單獨的去和他作伴。

「我相信妳以為我是惡魔罷，」他說，帶著他的獰笑，「我是太可怕的東西，不能同在一個屋裡過活罷。」凱撒琳正在那裡，看他來便躲在我的身後。他對著她半譏諷的說——「妳來罷，小乖乖？我不傷害妳。不！對於妳，我把我自己弄得比惡魔還更可怕。好罷，有一個人不躲避我！上帝呀！她是殘酷的。啊，該死的！這是太難堪了，不是血肉的人所能忍受的——我都忍受不了。」

他不再要人陪伴。黃昏時候，他到他自己屋裡。整夜的，一直到早晨，我們聽見他呻吟自語。哈來頓很想進去，但是我令他去請坎奈茲先生，他應該進去看他。他來之後，我便請求進去，但是門上了鎖，希茲克利夫令我們滾開。他好些了，不願人來打攪他，於是醫生也走了。

翌晚天雨，傾盆大雨直到天明。我清晨繞屋散步，我看見主人的窗子擺盪著開著，雨直打進去。他不能是在床上的，我想：大雨會要把他浸透。他不是起來了，便是出去了。但是我不再麻煩，我要大膽的去看。

用另一把鑰匙打開了門，我跑過去打開床壁，因為屋裡是空的。我推開壁板，向裡一望。希茲克利夫先生在裡面呢——仰臥著。他的眼睛銳利而兇惡的望著我，我嚇了一跳，然後他像是微笑了。

我不能想他是死了，但是他的臉和喉嚨全被雨水洗了，床單也浸濕了在滴水，他不動一下。窗子來回的拍著，擠破了放在窗框上的一隻手。但是沒有血從破皮上流出來，我伸手一摸，我不能再疑了：他是死了、僵了！

我扣上了窗戶，我從他額上撫摩了他的黑的長髮。我想把他的眼睛閉上，我是想在別人來看之前掩起那可怕的活人一般的狂喜的凝視。但是眼不閉，好像是譏嘲我的嘗試，他的張著的嘴唇和尖白的牙齒也好像是在譏嘲！我又一陣膽怯，我喊叫約瑟。約瑟跑上來，發出一個聲音，但是堅決的拒絕來參加他這回事。

「是惡魔攫去了他的靈魂，」他喊道：「他還可以把這屍首拿了去，我滿不在乎！唉！他是怎麼的一個壞東西啊，對著死還在獰笑！」這老東西也譏嘲的獰笑一下。我以為他是要圍繞著床亂跳一陣。但是，他忽然鎮定，跪了下去，高舉兩手，感謝上天現在合法的主人和古老的世家又恢復了他們的權益。

這奇怪的舉動使我目瞪口呆。我的記憶不免帶著抑鬱的悲哀回到從前的時候。但是可憐的哈來頓，最委屈的一個，是唯一的真感覺悲傷的人。他整夜坐在屍首旁邊，真心的哭泣。他握緊他的手，他吻那人人都不敢想像的譏嘲野蠻的臉。他用從一顆慷慨的心裡很自然的流出來的強烈悲傷來哀悼他；雖然那心是像鋼鐵一般的粗。

坎奈茲先生覺得很為難，不知怎樣宣布主人致死的病因。我把他四天沒吃東西的事隱藏起來了，生怕引出麻煩，可是我也曉得他並非故意絕食，那是他的奇病的果，不是因。

我們按照他的願望把他埋了，鄰近的人都引為奇談。恩蕭和我，掘墳的人，還有六個抬他的人，便是送殯的全體。那六個人把棺木放下墓穴就走了，我們等著掩埋。哈來頓淚流滿面，親自掘綠草泥鋪上那棕色的墳堆。現在這墳頭已像其他的墳一般的光滑，綠茵茵的——我希望這墳裡的人也睡得一般踏實。但是鄉下人，如果您問起他們，會撫著聖經發誓說他的鬼魂出現；有些人說在教堂附近遇見過他，在澤地裡，甚而至於在這屋裡。您會說這是不可信的讕言，我也是這樣說。但是廚房爐邊的那個老頭子，他硬說自從他死後每逢下雨的夜晚，他就看見他們兩個由他的寢室窗口向外望。大約有一個月前，我也遇見一樁怪事。有一晚我到田莊去——很黑的一晚，雷雨要襲來——就在山莊轉彎的地方，我看見一個小孩子，前面有一隻羊和兩隻羊羔。他哭得很兇，我以為必是羊膽怯，不肯前進。

「是怎麼一回事呀，小朋友？」我問。

「希茲克利夫和一個女人在那邊，在那山岩底下，」他哭著說：「我不敢過去。」

我看不見什麼，但是他和羊都不前進，於是我令他從底下繞路過去。也許是他聽過他的父母或伴侶亂說，如今獨自經過澤地，便不免由疑心而幻出鬼物來了。但是，現在天黑了，我也是不肯外出，我也不願獨自在這陰慘的屋裡住著。我也不知其所以然，等他們搬到田莊去，我就快活了。

「他們是要到田莊去了，那麼？」我說。

「是的，」丁太太回答：「結過婚就搬，那是訂在新年那一天的。」

「誰住在這裡呢，那麼？」

「噫，約瑟照料這房子，或者，再找個人陪伴他。他們住在廚房裡，其他的房間都關閉起來。」

「給願住在這地方的鬼來用。」我說。

「不，勞克伍德先生，」奈萊搖著頭說：「我相信死者是平安的，我們不該輕薄他們。」

在這時候，園門開了，散步的人回來了。

「他們是什麼也不怕，」我嘟囔說，由窗口望著他們走進。「他們在一起敢和惡魔及其大隊人馬挑戰。」

他們踏上門階，停住身對月亮看最後一瞥——或是，更確切的說，藉了月光彼此對看——我不由自主的又逃開了，把一點紀念品塞進丁太太的手裡，也不顧她抗議我的鹵莽，我乘他們開屋門的時候就從廚房溜出去了。如果不是因為我丟了一塊錢在約瑟腳邊叮噹響，使得他幸而認出我是個體面人，他真要證實了他對於他的風流的夥件的猜疑哩。

我走得很遠纔回到家，因為我繞路到禮拜堂去。走到牆下，我看出不過七個月便有頹蝕之象了。屋頂的石瓦在屋脊右面有幾處凸出來了，再經秋天的風雨吹打就要漸漸脫落。

我在接近澤地坡上去尋找那三個墓碑，立刻就找到了。中間的一個是灰色的，半埋在草裡；哀德加・林頓的剛剛和爬上碑腳的草苔顏色調和；希茲克利夫的還是光光的。

我流連一刻，在那和善的天堂之下，看著蛾子在荒草桔梗中間翻飛，聽柔風在草葉裡吹。我心中懷想，任何人怎能想像到在這和平的土地下的長眠人會有不和平的睡眠。

國家圖書館出版品預行編目 (CIP) 資料

咆哮山莊／艾蜜莉.勃朗特（Emily Brontë）著；梁實秋譯. -- 二版. -- 新北市：臺灣商務印書館股份有限公司，2023.02
面；　公分. --（經典小說）
譯自：Wuthering heights
ISBN 978-957-05-3470-2

873.57　　111020575

經典小說

咆哮山莊
Wuthering Heights

作　　者—艾蜜莉・勃朗特（Emily Brontë）
譯　　者—梁實秋
發 行 人—王春申
審書顧問—陳建守
總 編 輯—張曉蕊
責任編輯—徐　鉞
版　　權—翁靜如
校　　對—呂佳真
封面設計—蕭旭芳
版型設計—菩薩蠻電腦科技有限公司

營 業 部—王建棠、張家舜、謝宜華
出版發行—臺灣商務印書館股份有限公司
231023 新北市新店區民權路 108-3 號 5 樓（同門市地址）
電話：（02）8667-3712　傳真：（02）8667-3709
讀者服務專線：0800056196
郵撥：0000165-1
E-mail：ecptw@cptw.com.tw
網路書店網址：www.cptw.com.tw
Facebook：facebook.com.tw/ecptw

局版北市業字第 993 號
二版一刷：2023 年 02 月
印刷廠：鴻霖印刷傳媒股份有限公司
定價：新台幣 560 元
法律顧問—何一芃律師事務所